삼한지 9

삼한지 9

초판 1쇄 발행 | 2009년 12월 25일

지은이 | 김정산
펴낸이 | 공혜진
펴낸곳 | 도서출판 서돌
편집 | 조일동 김진희
마케팅 | 임채일
경영지원 | 김복희
디자인 | 남미현

출판등록 | 2004년 2월 19일 제22-2496호
주소 | 서울시 마포구 합정동 412-28
전화 | 02-3142-3066
팩스 | 02-3142-0583
메일 | editor@seodole.co.kr
홈페이지 | www.seodole.co.kr

ISBN 978-89-91819-48-1 04810
      978-89-91819-39-9 (전10권)

김정산 역사소설

삼한지

9

아아, 백제여!

서돌문학

차례

제9권

부록

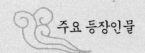

주요 등장인물

계백 階伯
백제의 명장. 오랫동안 지방 병영을 떠돌다가 자신을 아끼던 성충이 우술군의 7성을 하루 만에 쳐서 얻을 때 공을 세운다. 나당 연합군 침공 때 스스로 식솔들을 죽이고 5천 결사를 조직해 황산벌로 나간다.

반굴 盤屈
흠순의 아들이자 김유신의 조카. 19세에 화랑이 되어 친구인 관창과 함께 낭도를 거느리고 전쟁에 참여한다. 황산벌 전역에서 계백의 5천 결사대를 맞아 신라군이 고전할 때 홀로 말을 타고 나가 장렬히 전사한다.

관창 官昌
품일의 아들. 16세에 대 백제전에 참전했다가 계백의 손에 장렬히 전사한다.

소정방 蘇定方
당나라 장수. 백제 정벌의 최고 책임자로, 13만 군대를 이끌고 바다를 건너온다. 백제를 멸한 뒤엔 연합국인 신라까지 정벌하라는 밀명을 받는다. 사비성을 함락시키고 의자왕을 사로잡았으며, 이후 여러 차례 고구려를 침략한다. 667년 병사했으나, 경상북도 문경 근처에서 김유신의 부하들에게 살해되었다는 설도 있다.

김유신 金庾信
명실상부 통일전쟁의 최고 영웅이자 신라 제일의 명장. 매제인 무열왕 김춘추와 조카인 문무왕 법민을 차례로 섬기면서 삼한을 한집으로 만들고 젊어서부터 꿈꾸던 천 년 숙원을 푼다. 나당 전쟁이 시작될 즈음 풍병을 얻는다.

김인문 金仁問
춘추의 둘째아들이자 법민의 동생. 무열왕 7년(660)에 신구도부총관으로 당장 소정방과 함께 백제를 멸하고, 문무왕 8년(668) 당나라 군사와 더불어 고구려를 멸망시킨다.

김춘추 (태종무열왕) 金春秋

신라의 29번째 왕. 처남 김유신과 서로 손발이 되어 백제를 멸하고 천년 사직의 꿈을 이룬다. 그러나 백제 멸망 이듬해 갑자기 세상을 떠난다.

김법민 (문무왕) 金法敏

신라 30번째 임금. 부왕의 갑작스런 타계로 전쟁 중에 서둘러 즉위한다. 선왕의 유업을 계승하여 고구려 정벌에 심혈을 쏟지만 한편으로 백제 유민들을 포용하는 정책 때문에 대내외적으로 마찰을 빚는다.

강수 强首

본래 이름은 자두(字頭)다. 머리 모양이 특이하게 생겨 강수란 이름으로 불린다. 가야 출신의 5두품인 내마 석체(昔諦)의 아들로 일찍부터 총명함이 돋보였고 문장에 뛰어나다. 김유신의 천거로 문무왕을 보필해 훗날 삼한을 통일하는 데 큰 공을 세운다.

부여융 扶餘隆

의자왕의 장남으로, 백제가 망한 후 당으로 끌려가지만 웅진도독에 임명되어 귀국한 뒤 흑치상지와 사마 녜군의 보필에 힘입어 남몰래 사직의 재건을 도모한다.

사마 녜군 禰軍

백제의 마지막 책사. 사마는 직책. 지략이 무궁무진하고 병법에 밝다. 부여융을 위해 견마지로를 다하지만 강수의 계략에 빠져 신라에 포로로 붙잡힌다.

흑치상지 黑齒常之

백제의 명장. 흑치사차의 막내아들이다. 웅진도독으로 귀국한 부여융을 도와 백제의 재건을 도모한다.

안승 安勝

보장왕의 서자. 나라가 망한 뒤 장수와 중신들을 모아 고구려의 재건을 도모한다.

빛나구나, 황산벌의 드높은 충절이여!

나라는 스러져도 사람은 남고,

사람은 죽어도 이름은 남는다고 했소.

비록 스러질 사직이요 없어질

나라일지언정 백제 사람의 기개만은

훗날까지 남겨야 하지 않겠소.

장군께서 기왕 원대한 뜻을 품고

예까지 나왔으니 나를 넘어서

지나가시오. 그것만이 처음부터

나라를 달리하여 태어난 우리 두 사람의

각기 다른 소임이 아닐까 합니다.

이때까지도 백제 임금 의자는 나당 연합군의 거병 사실을 까맣게 모르고 있었다. 당이 미리 손을 써서 숙위사인 복신을 가둬버렸기 때문이다.

　그보다 앞서 3월에 낙양*에서 조칙으로 징집령이 내렸을 때 복신은 아무래도 낌새가 수상해 사람을 시켜 알아보니 등주와 내주에서 수백 척의 전선을 만든다는 소문이 있었다. 그는 급히 본국에 심부름꾼을 보내 전란에 대비하라고 말했으나 임금은 복신의 우려를 기우로 간주하고 이를 무시했다. 당이 고구려를 놓아두고 백제를 칠 리 없다는 게 의자의 확고한 믿음이었다. 그는 복신이 보낸 사신에게 전후 시말을 꼬치꼬치 묻고 나서,

---

* 낙양(洛陽): 당은 측천무후를 반대하는 세력을 피해 장안에서 낙양으로 수도를 옮겼다.

"어디로 군사를 낼지는 아직 명확히 알지 못합니다만 만일의 경우를 대비하시라는 게 복신공의 전언입니다."

하는 말을 듣자,

"당나라는 사방에 적을 깔아두고 있다. 낙양에 징집령이 내리고 등주와 내주에서 전함을 만든다고 그때마다 우리가 긴장한다면 불안해서 당최 어떻게 산단 말인가? 그러잖아도 근년에 민심이 부쩍 흉흉해져서 근거도 없는 온갖 풍문들이 나도는데 그 근원을 따져보면 죽은 성충이 전란을 겪을 거라고 공연한 소문을 퍼뜨려 백성들을 불안하게 만들었기 때문이다. 확실한 말이 아니면 더 이상 떠들지 말라. 백성이 불안하면 나라가 저절로 망한다. 고구려 하나도 상대하지 못해 쩔쩔매는 당나라가 미쳤다고 가만 있는 우리를 친단 말이냐?"

하고 복신의 전갈을 무시해버렸다.

안심하고 지내던 의자가 비로소 사태를 알아차린 때는 덕물도에서 신라군과 군기 약정을 마친 소정방이 대규모 선단을 이끌고 백제 해역으로 들어선 직후였다. 확고했던 신념이 너무도 어이없이 무너진 탓일까. 급보에 접한 의자는 한동안 별로 놀라지도 않은 채 꿈을 꾸는 듯한 표정으로 망연히 허공만 바라보았다. 난리가 난 건 대신들이었다.

"마마, 큰일났습니다! 당나라 전함과 신라 선박이 서해 바다를 새카맣게 뒤덮어 물빛이 보이지 않는다고 합니다!"

"우리 수군은 수평선을 가린 적선들만 구경할 뿐 감히 대적할 엄두를 내지 못한다 하옵니다!"

뿐만이 아니었다. 해역에서 비보가 날아든 때와 거의 동시에 서쪽 육로에서도 신라군의 침략을 알리는 봉화가 치솟고 얼마 안 있어 사색이 된 전령이 당도했다.

"신라군 수만이 벌 떼같이 국경을 침공하고 있나이다! 어서 군사를 동원해 이를 막아주소서!"

의자는 그때까지도 아무 반응이 없었다. 털끝만큼도 대책을 세워두지 않았으므로 갑자기 묘안이 떠오를 리 만무했다. 평시에 온갖 비상한 지략으로 정적(政敵)을 음해하고 정사를 떡 주무르듯이 주물러온 왕비와 그의 측근들 역시 정작 대란을 만나자 소스라치게 놀라며 야단법석만 떨 뿐 나라를 구할 방법이 없기는 임금과 크게 다르지 않았다. 술수가 나오던 머리에서 대략(大略)이 나오지는 않는가 보았다.

"마마, 이제라도 늦지 않았나이다! 흐려진 성총을 바로잡고 시급히 중지를 모아 나라와 백성을 구하옵소서. 유구한 7백 년 사직이 대왕폐하의 말 한마디에 달려 있나이다!"

무기력한 임금을 일깨우려 한 이는 좌평 정무였다. 그러나 정무의 간언에도 의자는 아무 응대가 없었다. 정무의 뒤를 이어 좌평 의직도 안을 내었다.

"당병은 멀리 바다를 건너와서 지쳐 있을 게 분명합니다. 더구나 당은 본래 수군이 허약한데 수백 척의 배로 사람을 싣고 왔다면 배에 탄 자들은 대부분 물에 익숙하지 않을 것이고, 배를 타고 오는 동안 줄곧 괴로웠을 겁니다. 이들이 처음 육지에 내려 미처 기운을 차리지 못했을 때 군사를 내어 급히 공격하면 쉽게 이길 수 있습니다. 서쪽 신라군은 대국의 원조만 믿고 출정했을 테니 우리를 경시하는 마음이 있을 겁니다. 따라서 만약 당군이 불리하게 된다면 미리 겁을 집어먹고 감히 함부로 날뛰지 못할 게 뻔합니다. 먼저 군사를 해안으로 내어 당군과 결전함이 옳습니다. 윤허해주옵소서!"

의직의 말이 끝나기 무섭게 달솔 상영(常永)이 입을 열었다.

"그렇지 않습니다. 당군은 멀리서 쳐들어왔으므로 한시라도 빨리 싸우려고 들 테니 우선 그 예봉을 피하는 게 유리합니다. 그에 비하면 신라군은 앞서 여러 차례 우리와 싸워 패하였기 때문에 군사를 동원해 위엄을 갖추고 나간다면 그 병세(兵勢)만 바라보고도 두려워할 게 틀림없습니다. 그러므로 오늘에 쓸 계책은 당인의 길을 막아 피로함을 기다리고, 먼저 일부 군사로써 신라군을 들이쳐 그 예기를 꺾은 연후에 적당한 기회를 보아 합전(合戰)하면 군사도 온전히 보호하면서 아울러 국가도 보전할 수 있습니다. 통촉하옵소서!"

의직의 주장은 당병과 먼저 싸우되 단기간에 끝장을 보자는 속전쪽이었고, 상영의 주장은 신라군을 먼저 상대하되 가급적 시일을 끌어보자는 장기전이었다. 두 계책은 양인의 성격만큼이나 정반대였다. 그 뒤로 천복과 임자를 비롯한 몇몇 신하들이 뜻과 말을 보탰으나 대개는 의직과 상영이 말한 범주를 벗어나지 않았다. 논쟁이 뜨겁게 전개되는 동안 줄곧 편전의 천장만 바라보던 의자가 드디어 입을 열고 깊은 한숨을 토했다.

"내 한 번도 조공을 거른 일이 없거늘 낙양의 더벅머리 아이놈이 어찌 이리도 무례하단 말인가……."

그는 제일 먼저 당주 이치를 원망했지만 이미 덧없는 푸념에 불과했다. 임금은 신하들의 논쟁 가운데 어느 쪽을 선택해야 할지 선뜻 결단하지 못했다.

의자는 본래 그런 사람이 아니었다. 즉위 초만 해도 만인의 신망을 한몸에 받던 인물이었고, 선왕의 유지를 이어받아 신묘한 계략으로 번번이 신라를 쳐서 위세를 떨치고 국토를 넓혀온 강군이었다. 하지만 불과 20년 만에 그는 이처럼 달라져 있었다. 하루아침에 돌변한

게 아니라 매일 조금씩 달라져서 급기야는 적군이 코앞에 당도하도록 아무 전략도 세우지 못하는 천하의 무능한 군주가 되어 있었다. 백제로 봐서는 안타깝고도 슬픈 실상이 아닐 수 없었다.

한동안 결정을 내리지 못하고 우물쭈물하던 의자는 시립한 내관 하나를 불러 말했다.

"너는 지금 고마미지현으로 가서 흥수에게 사태가 위중하니 어떻게 하면 좋을지를 물어보고 오라."

수많은 중신들과 근 1백 명에 달하는 처자식들에게 둘러싸여 있었지만 위급한 순간이 오자 그는 귀양을 보낸 흥수를 찾았다. 이 또한 따지고 보면 한심하기 짝이 없는 처사였다. 백척간두의 위기에서 필생(必生)의 묘책을 물을 만큼 중요한 사람이라면 마땅히 죄를 사하고 귀양지에서 대궐로 시급히 불러와야 옳았다. 그럼에도 의자는 흥수의 뜻만 물었을 뿐 그의 고단한 처지는 헤아리지 않았다.

대궐에서 내관이 나와 긴박한 사정을 전하고 의향을 묻자 흥수는 조금도 지체하지 않고 붓을 들었다.

본래 당나라 군사는 숫자가 많기도 하지만 군율과 기강 또한 엄정하기로 정평이 난 데다 신라군과 공모하여 기각지세(掎角之勢)를 이루었다고 하니 만일 평원이나 광야에서 대적해 싸운다면 승패를 장담하기 어렵습니다. 우리나라 요로(要路)는 백강 하류의 기벌포와 탄현입니다. 그 두 곳은 길목에서 장부 하나가 창 한 자루를 들고만 있어도 만인이 당하지 못합니다. 대왕께서는 마땅히 용사를 뽑아 앞서 말한 두 길목을 굳건히 지키십시오. 당병은 백강으로 들어오지 못하게 하고, 신라인은 탄현을 넘지 못하게 막은 뒤 성문을 굳게 닫고 엄중하게 지키다가 저들의 군량이 다하고 군사들이 피로해졌을 때 급히 우리 군사를 내어 분격한다면 반드시 양 적을 격파할 수 있습니다. 이는 전날 죽은 성충이 이미 글로써 아뢴 그대로입니다.

햇수로 4년째 귀양을 살고 있었지만 흥수는 충심으로 자신의 생각을 쏟아놓았다. 내관이 흥수의 글을 받아 대궐에 이르자 의자는 그 내용을 읽어본 뒤 중신들에게 전했다. 그런데 속전을 주장하던 신하들이 흥수의 서신에 의문을 달고 나섰다.

"아룁니다. 흥수는 오랫동안 유배 중에 있어 대왕을 원망하고 나라를 진심으로 걱정하지 않을 게 틀림없습니다. 이처럼 위급한 때에 어찌하여 그런 자의 의견을 쓰려고 하십니까?"

"그렇습니다. 당병들이 설혹 백강을 거슬러 올라온다 해도 역류하는 강물에 배를 마음대로 부리지 못하고, 신라군 역시 탄현을 넘더라도 길이 좁아서 군마를 벌려 세울 수 없습니다. 차라리 이들에게 길을 내주었다가 적당한 곳에서 몰아친다면 울안에 들어온 닭을 잡고 그물에 걸린 물고기를 줍는 것과 무엇이 다르겠나이까?"

백제 조정은 마지막 순간까지도 단합하지 못하고 서로를 의심했다. 임금은 속전을 주장하는 신하들의 논리에 차츰 수긍하기 시작했다. 그는 적당히 두 의견을 절충하여 기벌포와 탄현에 방어선을 구축하되 사정이 여의치 않으면 백강 중류인 가림군(加林郡 : 서천) 남쪽 물가와 황등야산(黃等也山 : 황산, 논산군 연산면)을 최후의 보루로 삼도록 하고, 의직, 임자, 충상, 정무, 자간(自簡), 계백, 상영과 무수 등의 장수들에게 도성 군사를 총동원하여 적을 막도록 지시했다. 이에 의직과 임자, 정무와 상영 등은 5부의 군사를 나눠 가림군으로 향하고,

충상과 자간, 계백과 무수 등은 나머지 군사를 데리고 신라군을 상대하러 동쪽으로 갔다.

이때 백제 도성에 남아 있던 군사는 대략 8만 명쯤 되었다. 그런데 정작 왕명이 떨어지고 5방(方) 각 부에서 방진과 방좌, 10군 장수들을 전부 소집했더니 모여든 군사가 고작 절반에도 미치지 못했다. 둘 가운데 하나는 난리가 났다는 말을 듣자 싸우기도 전에 달아났고, 나머지 군사들도 마지못해 소집령에 따르긴 했지만 결전의 각오 따위는 아예 찾아볼 수 없었다. 창칼을 비스듬히 들고 나온 군사들은 한결같이 뒷짐을 지거나 팔짱을 끼고 서서,

"서자 좌평이 마흔 한 명이나 되니 그들에게 막으라고 하지 그러시오?"

"3천 궁녀를 풀어 적장들을 녹이는 건 어떠하오?"

"우리가 누구를 위해, 무엇 때문에 싸워야 하는지 어디 높은 분네들 얘기나 한번 들어봅시다!"

하며 야유 섞인 고함들을 질러댔다. 군사뿐 아니었다. 도망간 자 가운데는 10군 장수들도 상당수 포함돼 있었고, 더 위로 올라가면 임자나 충상 같은 좌평들 또한 이런 병세(兵勢)를 가지고 제대로 싸움이 될까 스스로 의구심에 젖어 있었다. 임금과 조정에서부터 비롯된 불신과 반목의 여파가 군사와 백성들에게 전해지지 않을 리 없었다.

달솔 계백의 군사들도 처음에는 그랬다. 계백은 성충이 살았을 때 유독 아끼던 장수였다. 성충은 움직임이 크고 힘있는 계백의 검법에 대해 달관과 입신의 경지에 올랐다는 찬사를 아끼지 않았다. 계백은 나이 열일곱에 무관이 되었으나 8족 출신이 아니었기 때문에 주로 지방 병영과 사군부(司軍部)의 편장으로만 떠돌다가 거의 마흔이 가

까워서야 서울에 와서 방군(方郡) 장수가 되었다. 을사년(645년)에 성충은 보군 2천과 계백이 거느린 마군 1천 기만을 데려가서 단 하루 만에 신라의 우술군(雨述郡: 대덕, 유성)을 빼앗아 임금의 신임을 되찾았는데, 그 이후로 누가 성충의 신묘한 계책을 칭찬하면,

"그건 계백이란 큰 장수가 있어서 가능했던 일이지 나 혼자 힘으론 어림도 없소. 계백은 내 아우 윤충에는 비할 바가 아니오. 그가 지금까지 향리에서 한직으로만 전전한 까닭은 인물을 제대로 알아보지 못하는 나라의 그릇된 제도와 권문세가의 막대한 입김 때문이오. 신라엔 골품이 있어서 재인(才人)과 용장(勇將)의 출세를 가로막는다던데 우리 백제엔 팔성의 단합된 권세가 그에 못지않소. 계백은 빈틈 없는 출장입상(出將入相)의 재목이오. 뒷날 계백이 재상이 된다면 그땐 우리나라가 살기 좋은 강국이 되어 있을 테지만 그가 끝까지 마군의 장수로만 썩는다면 국사도 순탄하지 못할 테니 계백의 앞날로 사직의 운명을 점쳐도 크게 어긋나지는 않을 거외다."

하고 무명 장수 계백을 입버릇처럼 높여 말하곤 했다. 성충이 말한 대로 계백은 무예뿐 아니라 병법과 용병에도 탁견이 있어 가히 문무를 겸전한 보기 드문 장수였지만 성충이 그토록 자랑하고 다니지 않았다면 은솔, 달솔로 등용되지 못했을 터였다.

성충이 죄를 받아 죽기 직전인 을묘년(655년) 봄에 두 사람은 자칫 사돈의 인연까지 맺을 뻔했다. 계백의 큰딸이 아버지를 닮아서 키도 크고 인물이 고왔는데 성충이 자신의 막내아들 배필감으로 벌써부터 눈도장을 찍어두었기 때문이다. 그러나 날까지 받아놓은 그 혼사는 아무도 예상하지 못한 성충의 변고로 무산되고 말았다. 성충이 옥사하자 계백은 딸을 파혼시키고 매정하게도 성충의 장례에 문상조차

가지 않았다. 이를 두고 주위에서는 계백이 배은망덕하고 야비한 인물이라고 욕을 하는 자가 많았다. 다른 사람은 고사하고 성충의 아들과 정혼했던 딸조차도 아버지를 비난하며,

"천금보다 중한 게 약조라고 늘 말씀하시지 않았습니까? 아버지께서는 어찌하여 시정잡배보다도 못한 처신을 하는지요?"

하고 따졌지만 계백은 어쩐 일로 고개를 좌우로 흔들며,

"네가 뭐라고 해도 좋지만 혼사만은 안 된다. 그런 줄 알아라."

하고 단호한 결심만을 밝혔을 뿐이었다.

성충이 죽고 나자 낙담한 흥수가 한때 물러나려고 마음먹은 뒤 이를 정무에게 가만히 말했는데, 계백이 정무에게 우연히 그 말을 듣자 밤에 변복을 하고 흥수의 집을 찾아갔다. 이때만 해도 흥수 또한 계백을 야박하고 몰인정한 인물로 여겨,

"자네가 내 집에는 어인 일인가?"

찾아온 사람을 마당에 세워둔 채 물으니 계백이 허리를 굽혀 절한 뒤,

"세상에는 큰 도리와 작은 도리가 있습니다. 사람 사이의 큰 도리란 마음을 읽는 것이고, 작은 도리는 말과 표정을 읽는 것입니다. 지금 좌평께서 상좌평의 일로 낙담하여 물러나신다면 작은 도리는 지킬지언정 큰 도리는 저버리는 겁니다. 상좌평이 계시지 않는 조정에서 대감마저 사직을 하면 가뜩이나 어지러운 나랏일을 누가 제대로 보살핀단 말입니까? 이는 필경 돌아가신 상좌평께서도 반대할 일입니다."

하고 말하는데 닭똥 같은 눈물이 후두둑 떨어져 옷깃을 적셨다. 흥수는 그제야 계백이 큰 사람임을 알고 안으로 청하여 밤새 술을 마셨다. 그가 새벽까지 강조한 말은 주위에서 무슨 소리를 듣더라도 자신

은 성충이 다하지 못한 일을 반드시 하겠노라는 거였다.

적이 쳐들어오고 국운이 간두지세(竿頭之勢)에 처한 그 위급한 순간에도 임금은 정신을 차리지 못하고 신하들은 서로를 믿지 못하니 그 참담한 조정 공론을 지켜보는 계백의 마음은 말할 수 없이 착잡했다. 비록 적병의 숫자가 엄청나다지만 백강과 탄현의 지형지세를 잘만 이용하면 아주 승산이 없는 것도 아니었다. 도성을 중심으로 군신이 단결하고 합심해 장기전을 펴고, 적당히 틈을 보아 임금을 안전한 외곽으로 피신시킨 뒤 전국 각지의 향군들을 일으켜 적의 후미를 친다면 저 요동벌의 고구려 군사들처럼 이번 기회에 오히려 거만한 당나라의 코를 납작하게 만들 수도 있을 것 같았다. 적어도 고구려와 왜에 원군을 요청할 시간만이라도 벌자는 게 계백의 주장이었다. 그 어떤 동맹국도 스스로 망하는 나라를 돕지는 않는다. 그러니까 우선은 불시에 침략한 적을 상대로 백제의 위용을 떨쳐 보일 필요가 있었다. 어떤 경우에도 7백 년 사직이 이렇게 망할 수는 없었다. 계백은 머리를 풀고 땅에 이마를 찧으며 장기전에 승산이 있음과 군신의 단합을 호소했으나 임금은 어이없게도 유배 중인 흥수를 끌어들이고 결국은 또다시 흥수를 불신하는 이해하기 힘든 자충수를 두고 말았다.

계백은 온몸에 와닿는 섬뜩한 망국의 징후를 느끼기 시작했다. 마음 같아서는 임금과 서로를 불신하는 신하들 앞에서 할복이라도 하고 싶었지만 그의 옷자락을 끝까지 붙잡은 것은 죽은 성충의 손길이었다. 성충이 살아 있었다면 이럴 경우 과연 어떻게 대처할 것인가.

왕명이 자신의 의사와는 다르게 결정된 뒤 그에게 배정된 방군의 군사 5천여 명을 모아놓고 보니 더욱 기가 막혔다. 군사들의 표정과 눈빛만 보아도 승패 따위는 대개 짐작할 수 있는 게 장수였다. 병영에 모인 군사들은 하나같이 남들처럼 달아나지 못하고 재수가 없어서 끌려나왔다는 듯한 얼굴이거나, 마치 남의 나라 전쟁에 동원된 듯한 태도였다. 뒷짐을 지거나 팔짱을 낀 채로 임금과 조정을 야유하고 빈정대는 그들에게서 결사항전의 분발을 촉구하기란 애당초 무리였다. 이런 오합지졸들을 끌고 나갔다간 적장의 고함 소리 한 번이면 모조리 새 떼처럼 흩어져버릴 것만 같았다.

하긴 군사들만 나무랄 수도 없는 형편이었다. 그간의 악정과 실정을 감안하면 오히려 달아나지 않고 무기라도 손에 쥐고 나와준 게 고맙다는 생각마저 들었다.

계백은 잠시 깊은 상념에 잠겼다가 곧 휘하의 군사들을 모두 이끌고 대궐 밖 4, 5리허인 자신의 집으로 달려갔다. 대문 앞에 당도한 그는 군사들이 궁금히 여기는 가운데 말에서 내려 안장에 걸어둔 칼을 집어들었다.

"지금 우리 인력으로 당나라와 신라의 대병을 상대하려니 국가의 존망을 알 길이 없다. 만일 사직이 망하고 내 처자가 적들에게 붙잡히면 노비나 노리개가 되기밖에 더하겠는가? 살아서 그들에게 욕을 당하느니 식구들도 차라리 내 손에 죽기를 바랄 것이다."

말을 마치자 계백은 성큼성큼 대문 안으로 걸어 들어갔다. 계백의 집 앞에 모여 있던 군사들은 서로 얼굴을 마주보며 눈만 끔벅댔다. 처자를 죽이다니, 스스로 처자를 죽이다니…….

모두들 설마 싶었다.

앞줄에 선 몇몇은 문틈으로 고개를 집어넣었고 뒷줄의 군사들은 목을 길게 뽑아 담장 너머를 기웃거렸다. 계백이 집에 들어갔다가 다시 바깥으로 나온 시간은 그리 길지 않았다. 그는 피가 뚝뚝 흐르는 칼날을 자신의 소매에 닦아 다시 말 안장에 걸고 부장 백량(苩良)에게 말했다.

"들어가서 내 식구들의 시신을 거두어 집 뒤에 땅을 파고 대강 묻어주게나. 나는 잠시 다녀올 데가 있네."

계백은 그 길로 자신의 애마인 가라말*을 달려 망해정 북산에 묻힌 성충의 무덤을 찾아가 절한 뒤 봉분 앞에 엎드려 고했다.

"사직위허(社稷爲墟)를 한탄하는 처량한 노랫소리가 사방을 울타리처럼 에워쌌으나 용렬한 계백은 이런 날이 올 때까지 대감의 유지를 제대로 받들지 못했습니다. 이미 오랫동안 성은을 입고 국록을 받은 몸으로 무엇을 원망하고 누구를 탓하오리까. 마지막 순간까지 백제 장수로서 맡은 바 소임을 다하는 일만 남았을 뿐입니다. 바라옵건대 정녕 충혼이 계신다면 이 계백에게 적을 물리칠 힘과 지략을 주소서! 그게 어렵다면 장수의 위용이라도 크게 떨쳐 천년 사직의 대미가 수려하고 장엄하였음을 만대에 길이 전하게 해주소서!"

성충의 묘 앞에서 계백은 처자를 죽일 때도 흘리지 않았던 눈물을 보였다. 흙을 덮고 누운 충신의 응답이었을까. 비장한 호소가 끝나는 순간 갑자기 무덤 근처에 회오리가 일어나고 사방 나뭇잎들이 수천 개의 종처럼 일제히 흔들리기 시작했다.

계백이 다시 집 앞으로 돌아왔을 때 그를 기다리던 군사들은 이미 처음의 오합지졸이 아니었다. 그들은 본래 도성 방군(方軍) 가운데도 제일 으뜸으로 치던 중방(中方)의 군사들로 일찍이 성충이 대란을 예측하고 키워온 정병 중의 정병들이었다. 이들은 계백이 자신들의

* 가라말: 털빛이 검은 말.

눈앞에서 처자를 단칼에 베어 죽이자 두 가지 사실을 명확히 깨달았다. 첫째는 충신의 높은 절개요, 둘째는 이렇게 나라가 망하면 자신들의 식솔 역시 노비가 되거나 죽음보다 못한 치욕과 수모를 당할 거라는 점이었다.

그랬다. 임금이 죽고 사직이 망하는 거야 어째도 좋았다. 그들이 창칼을 들고 적과 싸워야 할 이유는 임금을 위해서도 사직을 위해서도 아닌, 바로 자신과 처자식을 위해서라는 당연한 사실을 계백은 스스로 식솔들을 죽임으로써 분명히 가르쳐준 셈이었다.

전쟁에서 지고 나라가 망하면 백성들이 어떤 꼴을 당할지는 너무도 뻔했다. 야수 같은 적의 품에 알몸으로 안긴 처와 딸자식, 곱디고운 그네들을 마음껏 짓밟고 유린하는 광경들이 눈앞에 펼쳐지고, 울부짖는 노부모와 피를 흘리며 죽어갈 아들자식의 비명 소리가 귓전에 들리는 듯했다. 목숨을 바쳐 싸우기에 그보다 더한 이유가 어디에 또 있을 것인가. 아무도 결사항전을 강요하지 않았으나 그들은 장수의 처자식을 땅에 묻으며 한 사람도 빠짐없이 필사의 각오를 다지기 시작했다. 오합지졸이 철벽의 강군이 되기란 실로 한순간이었다. 황산의 전역(戰域)을 피로 물들인 계백의 5천 결사(決死)는 이렇게 만들어졌다.

계백은 이들을 이끌고 황등야산 들판에 이르렀다. 전날 상좌평 성충을 수행하고 지나갔던 길, 불과 하루 만에 적성 일곱을 쳐서 빼앗고 만인의 찬사와 부러움을 받았던 전설의 땅 우술군은 이미 신라군의 수중으로 넘어간 뒤였다.

옛 추억에 잠긴 그의 눈앞에 어느덧 깃발을 촘촘히 늘여 세운 적군의 모습이 보이기 시작했다. 계백은 더 이상 전진할 수 없음을 알고 황산을 의지해 3영(三營)을 설치한 뒤 군사들에게 이렇게 말했다.

"옛날에 월(越)나라의 구천(句踐)은 5천 결사로 오(吳)나라의 70만 군대를 무찔렀다. 모두 다 분발하여 반드시 이기도록 하자. 결승(決勝)만 다짐하면 저 따위 신라군은 얼마든지 격파할 수 있다!"

이때 신라군 선봉장은 흠순과 품일이었다. 태자 법민이 덕물도에서 당군과 군기를 약정하고 돌아온 뒤 춘추는 금돌성(今突城 : 상주)으로 내려와 본영을 꾸미고 사비성을 향해 네 갈래로 군사를 내었다. 전략을 짜고 군사를 부리는 건 김유신의 몫이었다. 유신은 임금이 지켜보는 앞에서 장수들을 불러모으고 다음과 같은 군령을 내렸다.

"천존은 아우 천품과 진순(眞純), 진왕(眞王)을 데리고 소비포로 가서 전날 백제에 뺏긴 우술군의 자성들을 되찾고 탄현을 넘어 은진으로 오되 항복하는 군사나 힘없는 백성들은 한 사람도 해치지 마시오. 이번 싸움은 적군을 죽이고 적성을 쳐서 무너뜨리는 과거의 싸움과는 격이 다르오. 백제가 망한 뒤 그 땅을 다스리자면 후사를 생각하지 않을 수 없소. 당군과 약정한 군기가 내달 10일로 아직 날짜가 넉넉히 남았으니 민심에 반하는 싸움이나 노략질은 금하도록 군사들을 철저히 단속하시오. 만일 적성에서 사생결단으로 나와 함락시키기 어려운 데가 있거든 우회하여 길만 얻는 것도 한 방법이오. 급할 게 없으니 인심을 잃지 말고 천천히 은진으로 오시오."

군령을 받은 천존이 허리를 굽혀 절하고 물러나자 유신은 일선주에서 달려온 죽지를 불렀다.

"그대는 문충, 군관(軍官)과 수세(藪世), 의복(義服) 등을 데리고 진현현(眞峴縣 : 대전)을 넘어가 황산 북방으로 진격하되 앞서 말한 바를 명심해 함부로 백성들을 해치는 일이 없도록 하라. 지금 백제는 왕도가 황폐하고 민심이 흉흉하여 목숨을 버리면서까지 결사항전을 하려는 군사는 찾아보기 힘들 것이다. 항복하는 자들은 너그럽게 거두고 백성들은 모두 그 땅에 그대로 살게 한다면 뉘라서 우리 군사의 진군을 방해하겠는가? 백제 백성들도 우리가 지나간 뒤엔 모조리 우리 대왕의 신하와 백성들임을 유념하라."

죽지 다음으로 호명된 장수는 병부령 진주였다. 제아무리 병부령이 되었다지만 진주 또한 유신에겐 업어서 키운 자식 같은 장수였다.

"병부령에겐 병부령다운 대임을 맡겨야 하지 않겠는가?"

유신의 말에 진주가 겸연쩍게 웃었다.

"하명만 하십시오. 무슨 일인들 못하겠나이까?"

"흠돌과 네 아우 진흠은 혼자서도 만군을 상대할 장수들이다. 너는 그들을 데리고 소비포와 계룡산 북변으로 돌아가서 웅진 땅을 점령한 뒤 그대로 거기 남아 있으라. 백제왕 의자는 도성이 위태로워지면 틀림없이 웅진으로 피신하려 할 것이다. 만일 그렇지 않다 해도 사비성을 점령한 뒤 당군들이 어떤 행동을 보일지 알 수 없으니 어찌 방책을 세워두지 않겠는가?"

그러자 진주가 의아한 기색으로 조심스럽게 물었다.

"대장군의 말씀은 충분히 알아듣겠습니다만 5만 군사로도 당군에게 시빗거리가 되지 않을까를 걱정하는 판국입니다. 은진에 가서 일단 당군과 합세한 뒤에 다시 웅진으로 가는 건 어떻습니까?"

유신은 웃으며 고개를 저었다.

"그럴 이유가 없다. 당군의 위세가 이미 백제 군신들을 놀라게 하기에 충분한데 무엇하러 우리 군사를 피로하게 만들겠는가? 백제를 치는 일은 당군의 힘을 빌리면 된다. 정작 우리가 나서야 하는 전쟁은 그 뒤에 있으니 너는 내 말을 명심하고 결코 장병들을 미리부터 피곤하게 만들지 말라. 은진의 일은 내가 다 알아서 할 것이다."

그리고 김유신은 진주에게 1만 5천이나 되는 군사를 배정해주었다. 3군(軍)에게 모두 군령을 내린 다음 그는 마지막으로 흠순과 품일에게 선군을 맡기고 자신은 뒤에서 문영과 함께 후군을 인솔해 길동군(영동)을 지나 진동(珍同 : 금산)과 황산을 거쳐 은진으로 향할 계획을 세웠다.

출병에 앞서 임금은 아홉 장수를 선발하고 황금 투구와 보검을 하사해 전장으로 나서는 군문의 사기를 높였다. 유신, 천존, 흠순, 진주, 죽지, 품일, 문충, 천품, 흠돌은 임금의 품의가 없이도 싸움터에서 절도와 군령을 마음대로 행사할 수 있었고, 진퇴와 군율을 자유롭게 결정할 수 있었으며, 임금 앞에서도 칼을 차도록 허락했다. 무열왕의 9신(九臣)이 탄생하는 순간이었다.

아홉 장수가 이끄는 신라군 5만은 금돌성 성문 앞에서 네 패로 나뉘었다. 이 가운데 진주의 군대를 뺀 나머지 신라군들은 당군과 약속 장소인 은진으로 가기 위해 어떤 형태로든 황산벌을 통과하게 돼 있었다. 유신의 말처럼 급할 건 하나도 없었다. 오히려 당군들이 먼저 기벌포로 진입해 백제 군사들이 그곳으로 몰려가기를 기다렸다가 진격하는 편이 육로의 신라군으로선 한결 유리했다.

신라군은 국경을 지나 백제 성곽들을 차례로 함락시키며 탄현을 넘고 계룡산을 우회해 서진(西進)하였다. 때로는 충정이 갸륵한 성주를 만나 치열한 접전이 벌어지기도 했지만 대부분의 백제 성곽들은 그리 극렬한 저항을 해오지 않았다. 펄럭이는 깃발을 앞세우고 북소리를 요란하게 울리며 성문까지 진격한 신라군을 보자 백제의 많은 주민들은 드디어 올 게 왔다는 기색이었다. 3천 궁녀로 대변되는 왕의 실정이 저자에 소문으로 나돈 지 여러 해, 수십 가지 망국의 조짐들이 거의 달마다 생겨나 민심을 어지럽힌 지도 어언 이태나 되었다. 거기에 적군 장수들이 창칼을 앞세워 무작정 공격부터 하는 게 아니라 먼저 예를 갖춰 항복을 권유하고, 투항하는 자들은 해치지 않고 고향 땅에 그대로 살게 하겠다고 약속하자 백성들은 고사하고 성주와 관리들조차도 싸움을 포기하는 사례가 속출했다. 이렇게 성 하나가 항복하면 다음 성은 일이 더 쉬웠다. 신라 장수들은 항복한 성주와 관속, 성민 몇 사람을 앞세우고 이웃 성으로 가서 먼저 그들을 성 안으로 들여보냈다. 약탈과 노략질을 하지 않겠다는 약속을 선험자의 입을 통해 전달하려는 계산이었다. 이런 신라군의 전략은 비록 시일은 많이 걸렸으나 백제 땅을 큰 싸움 없이 장악하게 만들었고, 백제 백성들의 마음도 크게 다치지 않아서 뒷날 양국이 일가(一家)를 이뤘을 경우를 대비해서도 탁월한 심모원려(深謀遠慮)가 아닐 수 없었다. 김유신이 먼저 가야 망국의 후예가 아니었고, 그 뒤로 1백 년 가까이 신라인과 가야인이 극심한 알력을 겪지 않았더라면 쉽사리 나오지 못했을 지략(智略)이었다.

늙은이들은 군문으로 달려가 자식의 옷깃을 부여잡고 항복을 권유했다. 부인과 어린애들 역시 남편과 아버지의 사지에 매달려 눈물로 싸움을 만류했다. 설령 비장한 결심을 했던 이들일지라도 굳은 뜻이 봄날 눈 녹듯이 허물어질 수밖에 없었다. 이리하여 보름 만에 탄현 북방의 18개 성곽과 진현, 진동의 12개 토성이 모두 성루에 백기를 꽂았고, 무기를 들고 교전한 성은 왕족이 성주로 있던 계룡산 인근의 불과 두세 곳뿐이었다.

3군 가운데 제일 먼저 황산에 당도한 군사는 흠순과 품일이 이끄는 최남단의 군사들이었다. 이들은 황산벌에서 병영을 설치하고 기다리던 계백의 군사를 만나자 먼저 항복을 권유하는 글을 써서 적진으로 보냈다. 앞서 경험에 비춰 그렇게 하면 당연히 무기를 버리고 투항을 하리라 여겼다. 그런데 결과는 신라군의 예상을 보기 좋게 빗나갔다. 계백은 신라군이 정중히 예를 갖춰 보내온 편지를 읽지도 않고 찢어버린 뒤 사신으로 온 자에게 눈을 부릅뜨고 으름장을 놓았다.

"가거든 너희 장수에게 전하라. 나는 백제 장수 달솔 계백이다. 내 손으로 처자를 죽이고 나왔으니 항복할 이유가 없다. 백제를 치려면 먼저 나를 꺾어야 할 것이다. 누구든 이 황산벌을 재주껏 지나가 보라. 내 휘하에선 오로지 생사를 초월한 결사항전만 있을 뿐이다."

돌아온 사신이 혼비백산하여 계백의 말과 뜻을 전하자 흠순과 품일은 결전이 불가피함을 알아차리고 선군 5천 명에게 모처럼 교전을 명령했다.

"적이 비록 항전을 결심했다고는 하나 그 숫자가 얼마 되지 않는다. 정작 싸움이 벌어지고 우리 후군이 당도할 때쯤이면 저들의 결심은 달라질 것이다. 그러려면 먼저 우리 군사의 매운 맛을 보여서 적으로 하여금 두려운 마음을 갖게 해야 한다. 천년 사직을 멸하는 판에 전역이 아주 없어도 싱겁지 않은가?"

두 장수는 계백의 군사를 약간 시쁘게 여겼다. 곧 5천 군사를 두 패로 나누고 함성을 지르며 적진으로 달려들자 백제 측에서도 마군 1천여 기를 내어 맞섰다. 신라군 5천에게 좌우로 포위된 백제 마군들의 형세는 시초만 해도 별게 아닌 듯이 보였다. 와, 하는 함성 소리에 파묻혀 금방이라도 흔적 없이 사라져버릴 것만 같았다. 그러나 예상과는 달리 싸움은 제법 호각세를 이루며 한참 동안 계속됐다. 백제군은 거세게 달려드는 적군을 상대해 당초의 예봉을 얼마만큼 꺾어놓았다고 판단하자 아주 조금씩 황산 쪽으로 후퇴했다. 처음부터 그랬다면 유인책을 의심했을 테지만 한동안의 치열한 접전 끝에 교묘하게 일어난 일이어서 신라군은 조금도 수상히 여기지 않았다. 중과부적을 위장해 마치 기력이 다한 것처럼 꾸며서 백제군은 적을 끌고 황산 깊숙이 들어갔다.

"신라군이 왔다! 마군들은 어서 사방으로 흩어져라!"

싸우던 군사들 틈에서 갑자기 한 장수가 크게 소리치자 백제군은 잽싸게 등을 돌려 산지사방으로 뿔뿔이 달아났다. 이를 신호로 어디선가 북소리가 울리더니 황산 계곡에서 수백 명의 궁수들이 나타나 비오듯이 화살을 날려댔다. 놀란 신라군들이 황급히 발걸음을 되돌리려 했을 때였다.

"이놈들, 어디로 달아나려 하느냐!"

어느새 퇴로를 가로막은 한 패의 군사들 틈에서 유난히 늠름한 장수 하나가 칼을 뽑아 든 채 점잖게 호통을 쳤다. 앞선 신라군 몇 명이 제법 호기롭게 달려들자 그 장수는 짧은 기합 소리와 함께 거침없이 칼을 휘둘렀는데, 검법에 얼마나 힘과 무게가 실렸으면 맞서는 칼마다 허공으로 날아가고 동시에 사람 목이 마치 작대기질에 떨어지는 밤송이처럼 후두두 땅바닥에 나뒹굴었다.

"계백이 있는 한 백제는 망하지 않는다! 황산에 들어온 자는 한 놈도 살려 보내지 말라!"

황산에 의지해 3영을 설치한 계백의 전략은 참으로 절묘했다. 유인한 한 패의 군사가 뒤로 빠지면서 나머지 양쪽 병영에서 달려나온 군사들이 좌우 협공을 시도했고, 달아나는 길은 계백이 방군 장수와

1백여 기의 무사들을 동원해 철저히 차단했다. 유인군을 포위하고 갔던 신라군들은 순식간에 자신들이 도리어 포위당한 형국이 되자 당황한 마음에 갈피를 잡지 못하고 허둥댔다. 안쪽에서는 화살이 계속해서 날아오고, 좌우에선 창칼을 든 마군들이 아귀처럼 달려드는데, 달아날 길마저 끊어졌으니 죽기 살기로 싸울 도리밖에 없었다. 그런데 맞서는 백제군은 하나같이 일당백의 무시운 용사들, 짐작건대 모두가 죽기를 각오하고 나온 자들이 분명했다. 그렇지 않고서야 칼날이 투구를 치거나 코끝을 스쳐도 그처럼 고개를 빳빳이 세워 달려들 리 없고, 심지어 신체의 일부가 떨어져서 걷잡을 수 없이 피가 흘러도 그처럼 태연히 싸움을 계속할 리 없었다. 신라군들은 갈수록 기가 질리고 힘이 빠졌다. 하나를 베면 둘이 달려들었고, 둘을 피해 도망가면 셋, 넷이 앞을 가로막았다.

첫 번째 교전에서 신라군은 대패했다. 사상자가 1천 명이 넘었고 정벌에 나선 대군 선봉의 예기도 여지없이 꺾이고 말았다. 군사를 인솔해 나갔던 흠순과 품일은 수많은 부하들을 잃고 간신히 처음 병영을 설치했던 곳으로 돌아오자 눈에 불을 켜고 남은 군사를 소집했다.

"우리가 패한 이유는 적을 너무 가볍게 보았기 때문일세. 이번엔 놈들의 유인책에 말려들지 말고 벌판 초입에서 결판을 지어보세. 나는 우측을 상대할 테니 자네는 좌측을 맡게. 한바탕 결전한 뒤엔 중앙에서 모여 다시 좌우로 번갈아 공격하기를 되풀이한다면 이번처럼 패하지는 않을 것이네."

흠순의 말에 품일도 분기를 참지 못하고 대답했다.

"깊이 들어가지만 않으면 됩니다. 적이 이미 3영을 설치해 번갈아 치고 빠지는 계책을 쓰니 먼저 한곳을 집중 공격한 뒤 차례로 영을 무너뜨립시다."

두 사람은 전략을 의논한 뒤 각기 군사를 인솔해 좌우로 흩어졌다. 신라군이 양쪽으로 군사를 갈라 나오자 계백은 10군의 장수 세 사람을 불러 말했다.

"이제 저들은 우리의 힘을 좌우로 분산시키려고 애쓸 것이다. 이를 알고도 어찌 당하겠느냐."

그는 수미(首彌)와 진사(眞沙)에게 각각 1천 군사를 배정한 뒤 말을 이었다.

"너희는 좌우에서 적을 상대하다가 흩어지지 말고 도리어 벌판 안쪽으로 사력을 다해 신라군을 끌고 들어오라. 넓은 들에서 싸울 때는 바깥을 막아서면 상대는 저희끼리 부딪히지 않으려고 안쪽으로 모이게 마련이다. 교전이 시작되면 군사를 점차 종렬로 늘여 세우되 앞의 군사는 뒤에서 돕고 뒤쪽 군사는 다시 앞으로 보낸다면 띠처럼 적을 에워쌀 수 있다."

그런 다음 계백은 백량에게 말했다.

"너는 나머지 3영의 군사를 총동원해 수미와 진사가 끌어모은 적의 한복판을 쏜살같이 치고 지나가라. 좌우 협공을 막는 길은 그것뿐이다. 다만 흩어지는 적군은 쫓거나 막지 마라. 한번 흩어진 군사는 그대로 두면 달아나지만 뒤를 쫓거나 막아버리면 다시 뭉칠 수 있다."

두 번째 교전이 시작되었다. 보폭과 간격을 넓게 벌린 신라군은 좌우에서 백제군과 만나 치열한 접전을 벌이며 이들을 바깥으로 몰아내려 애를 썼지만 웬일로 백제군은 쫓기는 형세를 취하고도 도리어 바깥쪽을 막아서는 눈치였다. 사통팔달(四通八達)의 허허벌판에서는 상식에 어긋난 반응이었다. 당초 신라군은 백제가 처음처럼 자신들을 3영이 있는 황산 깊숙이 유인할 거라고 예상했다. 그러므로 좌우에서 커다란 원을 그리며 상대를 밖으로 내몰면 쫓긴 자들이 얼마만큼 달아났다가는 다시 한사코 중앙으로 모여들 줄 알았다. 하지만 백제군은 처음부터 기를 쓰고 밖을 막아섰다. 그렇게 띠처럼 둘러싸서 외곽을 차단하는 백제군의 숫자는 어림잡아 2천여 기, 신라군에 비하면 절반에 불과한 적은 무리였다. 적은 무리로 많은 군대를 바깥에서 에워싼다는 점도 신라군이 보기엔 엉뚱한 반응이었다.

모든 게 상식과 예측을 빗나가니 신라군으로선 차츰 어이가 없어졌다. 그런데 바로 그때였다. 갑자기 황산 쪽에서 수많은 군사들이 일제히 함성을 지르며 달려나와 중앙을 급습하자 신라군은 또다시 도탄에 빠지고 말았다.

사정은 유인책에 말렸던 첫 번째와 조금도 다를 바가 없었다. 궁지에 몰린 신라군은 지난번의 패전을 떠올리며 급격히 기운을 잃어갔고 백제군의 기세는 더욱 거세게 살아났다.

드넓은 벌판에서 맞붙은 두 번째 교전에서도 신라군은 여지없이 참패했다. 이번에도 사상자는 1천여 명. 들판에 처참히 나뒹구는 무수한 사람과 말의 시체는 대부분 신라군의 것이었다.

"계백이란 장수는 가볍게 볼 인물이 아닙니다! 후군이 당도할 때까지 기다리는 게 좋겠습니다!"

품일의 탄식에 흠순도 놀란 가슴을 쓸어내리며 땅이 꺼지게 한숨을 쉬었다.

"선군의 사기를 꺾어놓은 게 무엇보다 큰일이오. 저런 장수가 셋만 있어도 백제를 멸하기란 어렵지 싶소."

연거푸 패퇴하여 혼비백산한 두 장수는 화를 낼 기운마저 없었다.

이들은 위용을 뽐내며 황산벌에 나타났을 때와는 달리 10여 리나 거리를 물려 병영을 꾸미고 후군을 기다렸다.

선군이 지나간 길을 따라 백성들에게 선심을 쓰고 인심을 베푸느라 후군은 하루 하고도 반나절이나 늦게 황산에 당도했다. 비장 김문영을 데리고 뒤늦게 도착한 유신은 자신의 아우와 품일로부터 뜻밖의 사태를 전해 듣자 직접 말을 타고 나가 계백이 설치한 황산 병영을 살펴보았다.

"병법과 용병을 잘 아는 장수가 꾸며놓은 군영이다. 저 철옹의 산거진*은 만군으로도 깨뜨릴 수 없다!"

적세를 보는 순간 유신이 크게 한숨을 쉬며 단언했다. 장수들이 궁금해하자 그는 이렇게 덧붙였다.

"흔히 이와 같은 지형에서 쓸 수 있는 진지의 형태엔 세 가지가 있다. 적이 만일 우리의 선봉을 꺾어 사기를 무너뜨릴 생각으로 합수진**을 쳤다면 이쪽의 군사가 많으니 규진법**이나 곡차진**으로 응수하면 된다. 잡초가 무성한 황산 서편으로 위이진***을 쳤다고 해도 정병을 선봉에 배치해 추행진***으로 뚫고 나갈 수 있다. 그러나 지금 적장이 쳐놓은 진지는 황산 등성이의 굽은 곳을 의지한 산거진이다. 산거진도 보통 산거진이 아니라 3영의 간격이 3각을 이루어 각각의 거리가

---

* 산거진(山朏陣) : 산등성이의 굽은 곳에 흔히 치는 진형이다.
** 합수진(闔燧陣) : 취훼이합수(取喙以闔燧)에서 나온 말로, '훼(喙)'는 새의 부리를 뜻하며 적의 선봉 부대를 가리킨다. 즉, 도로나 요새를 봉쇄하는 진형이다.
**' 규진법(刲陣法) : 예리한 각을 이루는 진지의 형태. 흔히 언덕을 공격할 때 쓴다.
‡‡ 곡차진(曲次陣) : 산을 통과할 때 쓰는 진법.
***' 위이진(逶迤陣) : 구불구불 길게 이어지는 진의 형태. 흔히 가시나무와 잡초가 무성한 지형에 사용한다.
‡‡‡ 추행진(錐行陣) : 송곳 모양의 포진(布陣)법. 돌파에 유리하다.

자로 잰 듯이 같고, 평지와 언덕을 서로 엮어 태극의 3혈(三穴)을 이뤘으니 앞으로 들어가면 뒤에서 죽고, 옆을 치면 가운데에서 당하게 마련이다. 3영의 군사는 한 곳에 고정되지 않고 장수 명령에 따라 좌로 돌기도 하고 우로 돌기도 하는데, 하나가 나와서 치고 달아나면 이내 좌측 병영의 군사가 뒤를 치고, 뒤를 막으면 다시 우영(右營)의 군사가 반대편에서 칠 수 있으므로 저 계략에 말려들면 마치 사방에서 적이 나오는 것과 같은 착각에 빠진다. 병서에서 읽기로 옛날 월왕 구천이 5천 군사로 오나라의 70만 대군을 무찌를 때 저와 같은 진법을 구사한 일이 있다고 했는데, 계백이란 장수가 반드시 이를 알고 있는 듯하다. 그가 만일 탄현 고개에서 저 진법을 구사해 아군을 막았더라면 우리는 절대로 여기까지 들어오지 못했을 것이다."

유신의 설명을 들은 장수들은 한결같이 난감한 표정들이 되었다.

"아직 북쪽에서 천존 장군과 죽지의 군대가 오지 않았으니 그들을 기다렸다가 함께 밀어붙이면 승산이 있지 않겠습니까?"

흠순이 안을 내자 유신은 내키지 않는다는 얼굴로 고개를 끄덕였다.

"글쎄 방법이야 그뿐이지만 아군의 희생이 얼마나 크겠느냐? 이미 두 차례나 참패한 우리 군사들의 사기도 걱정이려니와 지금쯤은 적군의 기고만장함도 극에 달했을 것이다. 싸움은 사기로 하는데 아무리 이쪽에서 대군을 동원해도 저쪽의 달아오른 기세를 꺾기 힘들테니 그게 걱정스럽구나."

하지만 황산을 통하지 않고는 은진으로 갈 수 없으니 달리 방법이 없었다. 더군다나 그날은 7월 초아흐레, 당군과 만나기로 약조한 날을 꼭 하루 남겨둔 시점이었다.

중식 때가 지나자 황산벌 북쪽에서 천존과 죽지의 군대가 거의 동시에 도착했다. 이들은 탄현과 진현 고개를 넘자마자 충상과 자간, 무수의 군대를 만났다. 그러나 백제군은 이미 싸울 태세가 아니어서 싸움은 싱겁게 끝났다. 좌평 충상과 은솔 무수는 천존이 회유하는 말에 순순히 투항했고, 도살성에서 전사한 자견의 아우 자간도 처음엔 한바탕 죽지의 군대와 싸움을 벌였지만 세력이 다하자 이내 백기를 들고 항복해버렸다.

천존과 죽지가 합류하자 유신은 장수들을 모두 불러모으고 둔덕에 설치한 백제군의 3영을 가리키며 말했다.

"군사를 세 패로 나눠 하나씩 맡아 치는 수밖에 없다. 천존은 좌영을, 죽지는 우영을 공격하고 품일과 흠순은 가운데를 치되, 각자가 맡은 곳만 상대하지 서로를 돌아보거나 협력하지 말라. 어떻게든 적이 서로 연결되는 걸 막고 세가 불리해지면 차라리 뒤로 후퇴하는 편이 낫다. 지금 군사를 갈라 나가되 그 전에 내가 계백이란 장수를 만나 설득해보겠다. 세 번 나팔을 불면 공격을 시작하라."

말을 마치자 유신은 투구도 쓰지 않은 채로 혼자 백설총이를 타고 벌판으로 나갔다. 젊어서는 검다 못해 푸른빛마저 돌던 그의 머리털과 수염이 어느덧 은발이 되어 바람에 휘날렸다. 백발 노장이 별다른 무기도 없이 필마단기(匹馬單騎)로 나오자 계백은 그가 김유신임을 단번에 알아차렸다.

"내 말을 가져오라."

부하들이 계백의 애마인 담가라*를 대령하자 그 역시 특별한 군장도 갖추지 않고 훌쩍 말잔등에 올라탔다. 그제야 부하들은 계백의 뜻

---

* 담가라: 털빛이 완전히 검지 않고 거무스름한 가라말.

을 알고 앞을 다투어 만류했다.

"김유신은 늙고 교활한 자입니다! 장군께서 혼자 나가셨다가 무슨 봉변을 당할지 알 수 없습니다!"

"뒤로 무슨 꿍꿍이가 있는 게 틀림없습니다! 나가지 마십시오!"

그러나 계백은 태연하게 웃으며 부하들의 손길을 뿌리쳤다.

"허허벌판에 꿍꿍이가 있을 까닭이 없다. 적장을 상대하는 예는 따로 있으니 그대들은 과히 염려하지 말라."

개미 떼처럼 수많은 적병을 눈으로 보고도 그는 조금도 위축되지 않는 듯했다. 실로 두둑한 배포요, 만군을 상대할 기개가 아닐 수 없었다.

두 장수는 일정한 거리를 두고 마주섰다. 그들의 등 뒤에는 눈에 보이는 것으로 각자의 군사들이 있었고, 눈에 뵈지 않는 것으론 7백 년 사직의 명운이 걸려 있었다. 먼저 인사를 건넨 쪽은 유신이었다.

"계백 장군이시오? 늙은이를 만나러 이렇게 나와주니 고맙소."

유신이 마치 오랜 지기를 만난 듯 반갑게 웃음을 짓자 계백도 마상에서 가볍게 목례를 건넸다.

"오랜만이외다. 도살성에서 싸울 때 먼발치에서 뵌 일이 있는데 그때는 사정이 워낙 다급해 장군의 명성을 직접 확인하지 못했습니다."

"허허, 그랬던가요? 명성이랄 게 무에 있겠소. 나는 그저 부하들이 세운 공으로 허명만 높아진 계림의 평범한 노인일 뿐이지요."

유신은 자신을 겸손하게 낮춰 대답한 뒤 사뭇 정색을 하고 말을 이었다.

"장군의 고매한 우국충정은 이만하면 천하에 알려졌고, 두 번에 걸친 용맹과 지략은 우리 5만 군사를 두려움에 떨게 하기에 충분했소. 백제와 신라는 장구한 세월 서로 국경을 접하고 이웃 나라로 지내왔으나 근년에 이르러 다툼이 잦고 백성들이 많이 상하므로 어느 한 나라가 다스리는 것만 같지 못하게 되었소. 임금을 위하고 사직을 보존하려면 마땅히 장군처럼 목숨이 끊어질 때까지 싸워야 하겠지만 잠시 눈을 돌려 백성들을 보시오. 내 가계는 삼한에서 이미 흔적도 없이 사라진 금관 망국에서 비롯되었으나 지금은 계림의 신하로 더 이상 오를 수 없는 상신이 되어 내 열성조를 멸한 신라 조정과 왕실을 섬기고 있소. 생각해보시오. 사직이 무엇 때문에 있고 임금이란 또 무어요? 태초에 삼한 땅이 솥발처럼 나뉘지만 않았더라도 장군과 내가 이처럼 군대를 이끌고 불행하게 만날 리 없고, 오히려 같은 임금 밑에서 서로 형제처럼 지내며 충절을 다투었을 게 아니오? 우리는 여기까지 오는 동안 무고한 백성들을 털끝 하나 손상시킨 일이 없소. 성문을 열지 않으면 밖에서 종일 기다렸고, 쌀 한 됫박도 허락 없이 취하지 않았으니 이는 모두 백성을 중히 여긴 때문이오."

유신은 잠시 말허리를 끊었다가 호소하는 눈빛으로 계백을 쳐다보았다.

"너무 괴로워하지 마시오. 그대가 서라벌(徐羅伐 : 경주)로 오지 않고 내가 황산에 와서 우리가 만난 것은 양국의 일기가 서로 다르듯 금일의 시운과 일진이 백제에 불리한 탓이지 그대가 못났고 내가 잘나서가 아니오. 신라 사람 목숨이나 백제 사람 목숨이나 중하기는 한 가지인데 우리가 피를 흘리며 싸워봤자 피차 무슨 이득이 있겠소. 어차피 결론은 났지 싶소. 감히 청하건대 장군은 당대 한 사람을 섬기는 장수가 되지 말고 부디 앞날의 천추만대와 수백만 백성들을 생각해주오. 그것이 일평생 사람 죽이는 일로 싸움터를 전전한 이 늙은이의 마지막 소청이외다."

유신의 말투는 매우 간곡했다. 마상에 앉아 묵묵히 듣고 있던 계백이 한참 만에 입을 열었다.

"장군 말씀은 잘 알아들었소. 바보가 아닌 다음에야 난들 어찌 금일의 형세를 읽지 못하겠소. 그러나 장군이 신라인으로 가야 할 길이 있다면 나 역시 그러하오. 우리의 처지가 서로 다른 것은 장군과 내가 타고 나온 말의 빛깔만큼이나 확연합니다."

그러고 보니 김유신의 애마는 눈처럼 희고 계백이 탄 가라말은 돌처럼 검었다.

"번창할 때만 나라를 섬기다가 기우는 사직을 돌보지 않는다면 그건 장부의 도리가 아니오. 사직지신(社稷之臣)이란 나라가 망할 때도 맡은 바 소임이 따로 있는 법이외다. 더구나 나는 삼망*의 도리를 실천하기 위해 이미 내 손으로 처자를 죽이고 나온 몸이오."

유신은 눈을 휘둥그레 뜨고 새삼스레 계백을 쳐다보았다. 계백이 태연하게 말을 이었다.

"나라는 스러져도 사람은 남고, 사람은 죽어도 이름은 남는다고 했소. 비록 스러질 사직이요, 없어질 나라일지언정 백제 사람의 기개만은 훗날까지 남겨야 하지 않겠소? 장군께서 기왕 원대한 뜻을 품고 예까지 나왔으니 나를 넘어서 지나가시오. 그것만이 처음부터 나라를 달리하여 태어난 우리 두 사람의 각기 다른 소임이 아닐까 합니다."

---

* 삼망(三忘): 사마천의 《사기》에 나오는 말로 전장에서 잊어야 할 세 가지 일, 즉 명을 받으면 집을 잊고, 싸움터에 나가서는 부모를 잊고, 공격의 북소리가 울리면 자신을 잊어야 한다는 뜻.

계백의 뜻은 확고했다. 유신은 말로써 그를 회유할 수 없음을 알았으나 애석한 마음만은 쉽게 지우지 못했다.

"반드시 그래야만 하겠소?"

유신이 안타까운 얼굴로 묻자 계백은 시선을 피하지 않고 천천히 고개를 끄덕였다. 하는 수 없다고 판단한 유신은 말 머리를 돌리려다 말고 다시 계백을 돌아보았다.

"언제든 마음이 바뀌거든 백기를 들고 투항하구려. 아니 백기가 아니라도 좋소. 징 소리만 울려 신호를 주오."

그러자 계백은 잠시 묘한 표정을 짓고 유신을 물끄러미 바라보았다. 하지만 끝내 아무 말 없이 그냥 돌아섰다.

유신이 진중으로 돌아오자 곧 3취*의 신호가 황산벌을 울리고 신라군의 대대적인 공격이 시작되었다.

전투는 그로부터 밤을 넘겨 꼬박 하루 동안 계속되었다. 좌영을 공격한 천존의 군사는 백제군이 미리 파놓은 3혈 가운데 하나인 깊은 구덩이에 빠져 수백 명이 목숨을 잃었고, 우영의 죽지도 결사항전을 외치며 달려드는 백제군의 예봉에 혼쭐이 났다. 두 번씩이나 거푸 패한 흠순과 품일만이 적군 3백여 명을 참살하는 전과를 올렸지만 역시 그만큼의 아군이 희생되었으니 반드시 전과라고 할 수도 없었다. 바싹 약이 오른 신라군은 밤에도 횃불을 들고 나가 적진을 공략했다. 이번엔 천존이 좌영에서 적장 수미를 베고 병영을 불태웠으나 계백과 맞선 죽지의 군대가 크게 당했다. 아침이 되어 군사를 불러들였을 때는 1만 군사 가운데 돌아오지 못한 자가 무려 3천 명이나 되었다.

---

* 3취(三吹) : 군대가 출발할 때 나팔을 세 번 부는 일.

"큰일났다. 당군과 약조한 날이 오늘인데 아직도 황산을 넘지 못했으니 소정방이 무슨 트집을 잡고 나올지 알 수 없구나."

유신은 난감한 얼굴로 한탄했다.

"많은 군사로써 적은 무리를 토벌하지 못하는 이유는 군사들의 사기가 떨어졌기 때문입니다. 그러나 이미 몇 차례 교전으로 기력이 다해 땅에 떨어진 아군의 사기를 되살릴 방도가 없으니 그게 제일 큰 난제입니다."

부하를 가장 많이 잃은 죽지도 땅이 꺼져라 깊이 한숨을 토했다.

신라군은 다시 10여 리나 더 물러나 병영을 꾸미고 아침밥을 지어 먹은 뒤 교대로 눈을 붙였다. 앞으로 나가도 부족할 판국인데 한 번 교전이 끝날 때마다 번번이 뒤로 물러나는 꼴이라 장수들은 더욱 기가 막혔다.

"처음에 우리가 적을 너무 가볍게 보고 싸웠다가 패했기 때문에 일어난 일이다."

흠순은 패전이 계속될수록 심한 죄책감을 느꼈다. 그는 밥도 입에 대지 않고 잠도 자지 못했다. 남들이 코를 골며 잘 때도 그는 군막 한쪽에 우두커니 주저앉아 무언가 골똘한 생각에 잠겨 있는 눈치더니 중식 때가 되어 군사들이 단잠에서 깨어나자 가만히 아들 반굴(盤屈)을 불렀다.

이때 흠순의 장자인 반굴은 나이가 19세로 화랑이 되어 낭도를 거느렸는데, 아버지의 가계를 닮아 기골이 장대하고 용맹스러웠다. 특히 그는 품일의 아들인 관창(官昌)의 낭도들과 무리를 지어 산곡간을 돌아다니며 곧잘 기예를 겨루곤 했다. 제법 기운깨나 쓴다는 신라 풍월도 사이에선 백제를 토벌하러 임금까지 나선 이때의 사건이 큰 화젯거리였다. 천년 사직의 숙원을 푸는 장도(壯途)에 자신들도 참가해 하다못해 시석이라도 나르고 싶었던 건 어쩌면 훗날의 명장과 양신(良臣)을 꿈꾸는 화랑들에겐 당연한 바람이었을 것이다. 전국 2백여 풍월도 무리 가운데 화주(花主)를 통해 참전 의사를 밝힌 화랑이 대략 30여 군(群)이었는데, 아버지의 군대를 따라온 반굴과 관창도 그들 가운데 하나였다.

"전쟁터에 나와보니 소회가 어떻느냐?"

"장수들이 위대해 보이고 아버지와 큰아버지가 더욱 자랑스럽습니다!"

흠순이 다정한 어조로 묻자 반굴은 씩씩하게 대답했다. 어느새 불쑥 자라나서 아버지보다 머리통 하나는 더 있던 반굴이었다.

"그간 아버지가 공무로 바빠서 네가 갈고 닦은 무예를 눈여겨보지 못하였구나."

흠순은 그렇게 입을 열었다.

"네 큰아버지는 옛날 낭비성에서 고구려 군사들과 싸울 때 꼭 지금 너처럼, 할아버지를 모시고 부자가 나란히 싸움터에 나간 일이 있었다. 그때도 우리 군사들이 어려움에 처하였는데 중당의 당주에 불과하던 네 큰아버지가 혼자 말을 타고 나가 적장 셋을 차례로 베어 단숨에 전세를 뒤집고 그 여세를 몰아 낭비성을 손쉽게 공취하였다. 자고로 신하 노릇을 하는 데는 충(忠)이 제일이고, 자식 노릇을 하는 데는 효(孝)만한 것이 없는데, 이런 위급함을 보고 기꺼이 목숨을 바친다면 충과 효를 둘 다 완전히 이루는 것이다."

흠순은 집에서 다정하고 자상한 아버지였다. 그는 성품이 활달하고 청탁(淸濁)에 구애되지 않아 기승 원효를 따라다니는 노상의 걸인들과도 곧잘 어울렸다. 어려서는 유신을 아버지처럼 여기고 잘 따랐지만 사람들이 모두 유신을 두려워하고 공경하자 어느 순간부터 이를 비웃으며,

"내 형은 저자에서 알몸으로 만난 여인의 정분 하나도 제대로 간수하지 못할 만큼 어리석은 사람이다. 그런 내 형이 어찌 두렵단 말인가?"

하고 옛날 유신의 가슴 아픈 애사(愛事)를 거론하며 말과 태도를 조심하지 않았다. 유신은 이를 알고도 늘 지극한 우애로 흠순을 어린아이처럼 사랑했다. 또한 흠순은 재물에도 어두워 늘 가세가 적빈했으나 원광 법사의 아우인 보리(菩利)공의 두 딸을 한꺼번에 처로 맞이할 만큼 성정이 대범하고 배포가 두둑했다. 그는 집에 있으면 항상 좋은 아버지가 되어 처자식과 뒹굴며 노는 모습이 마치 천진한 어린애 같았지만 칼을 차고 전장에 나오면 사정은 판연히 달라졌다. 평소에 우습게 여기는 듯하던 유신의 말을 하늘처럼 받들 뿐만 아니라 유신이 지나갈 때는 그림자도 밟는 일이 없었다. 그 때문에 흠순의 군대는 늘 군율이 엄정하고 위계가 엄격해 만군의 본보기가 되곤 했다. 이를 두고 세간에서는 흠순을 가리켜,

"전쟁에 임하면 산천초목이 모두 떨지만 집에서는 닭과 개가 업신여기는 사람이다."

하는 우스개가 나돌 정도였다.

반굴은 아버지를 따라 전쟁터에 나와서야 주변 사람들이 하는 말 뜻을 알아차렸다. 집에서 본 아버지는 전장에 나가면 제대로 싸움이나 할까 싶은 평범한 사람이었지만 갑옷과 투구를 쓰고 칼을 들자 호령 소리부터가 달라졌다. 특히 그가 백제군과 세 번째 벌인 싸움에서

무인지경 적군 사이를 헤집으며 혼자 수십 명의 목을 베는 광경을 목격한 뒤론 그런 영걸을 아버지로 둔 사실이 새삼 눈물이 날 만큼 기쁘고 자랑스러웠다. 나이 열아홉, 한번 피가 끓으면 죽음도 두렵지 않을 때였다.

"소자를 믿어주시니 고맙습니다. 삼가 아버지의 명을 받들겠습니다."

반굴은 아버지가 무엇을 말하는지 잘 알았다. 그는 조금도 망설이지 않고 일어나 무장을 갖추고 말에 뛰어올랐다. 흠순이 말잔등에 앉은 반굴의 엉덩이를 툭 치며,

"과연 내 새끼다! 너를 낳아 키운 보람이 있구나."

하고 격려한 뒤,

"아비가 직접 북을 칠 테니 어디 북소리에 맞춰 유감없이 싸워보거라!"

말을 마치자 곧장 북을 걸어둔 곳으로 달려가 웃통을 벗어젖히고 손수 북채를 잡았다.

둥, 둥둥, 둥둥둥, 둥둥둥둥둥…….

잠에서 막 깨어난 신라군은 난데없는 북소리에 놀라 사방에서 모여들었다. 유신을 비롯한 장수들도 무슨 일인가 싶어 군막 밖으로 달려나왔다. 북을 치는 사람은 흠순인데 그 소리에 맞춰 한 장수가 쏜살같이 적진으로 말을 몰아가는 게 보였다.

"흠순 부자가 드디어 일을 낼 모양이다!"

유신은 그가 다름 아닌 자신의 조카 반굴임을 직감으로 알아차렸다. 북소리에 놀라긴 백제군도 마찬가지였다. 계백은 모든 군사들에게 전열을 갖추도록 지시한 뒤 자신도 싸울 채비를 하고 말에 올랐다.

그런데 저만치 황산벌을 질주하며 달려오는 것은 단기필마. 그는 또 김유신이 자신을 회유하러 오는 줄 알고 칼집에서 칼을 뽑아 들었다.

"이번엔 아무리 김유신이라도 그냥 돌려보내지 않을 테다!"

그는 장수들에게 방비를 철저히 하도록 당부한 뒤 혼자 벌판으로 달려나왔다. 그런데 거리가 가까워지면서 보니 김유신이 아니라 처음 보는 젊은 장수였다.

"멈춰라, 너는 누구이며 무슨 용무로 왔느냐?"

차마 싸우러 왔을 거라곤 짐작하지 못한 계백이 묻자 반굴은 뜻밖에도 칼을 휘두르며 버럭 고함을 내질렀다.

"나는 신라 화랑 김반굴이다! 네 목을 취하러 왔다!"

거칠게 휘두르는 칼날을 피하며 계백은 잠시 어이가 없었다.

"보아하니 아직 어린애인 듯한데 상대하기 귀찮으니 그냥 돌아가라! 무얼 잘못 먹었을 땐 물로 속을 헹궈내면 다소 나을 것이다."

"닥쳐라, 이놈! 네 목을 베지 않고는 한 발짝도 물러설 수가 없다!"

반굴은 칼자루를 고쳐 잡고 다시 힘껏 공격을 가해왔다. 그의 칼날이 계백의 어깨를 가볍게 스쳤다. 일이 그 지경에 이르러서야 계백도 더는 두고 볼 수가 없었다.

"굳이 죽겠다는 말이구나?"

"무슨 잔말이 그렇게 많은가?"

반굴은 말대꾸도 귀찮다는 듯이 소리친 뒤 잇달아 몇 차례 칼을 휘둘렀다. 낭도를 이끌고 다니며 틈틈이 수련한 풍월주답게 반굴의 칼솜씨는 제법 예리한 데가 있었다. 그가 거친 숨을 몰아쉬며 10여 차례 몰아붙일 동안 계백은 오직 피하기만 할 뿐 역공을 취하지는 않았다. 아무래도 내키지 않는다는 듯한 태도였다. 그러나 언제까지나 피할 수만은 없었고, 피하기만 한다고 그만둘 상대도 아닌 듯했다. 하는 수 없다고 판단한 계백은 마음을 다잡아먹고 결전으로 응수했다. 반굴이 비록 풍류황권에서야 칼 다루는 재주가 뛰어난 축이었지만 계백으로 말하면 백제에서 첫손에 꼽는 검객이요, 나라를 대표하는 장수였다. 본격적인 결전이 시작되자 상대가 될 턱이 없었다.

눈빛을 빛내며 맞겨룬 지 단 3합 만에 계백의 목을 치려고 칼을 휘두르며 들어갔던 반굴은 말잔등에 납작 엎드려 번개처럼 튀어나온 계백의 칼날에 그만 몸이 두 동강이로 끊어져 구슬픈 비명과 함께 바닥에 나뒹굴었다. 반굴이 말에서 떨어지는 순간 황산벌을 뒤흔들던 흠순의 북소리도 서서히 잦아들었다. 백제 병영에서는 함성이 치솟고 신라 진영에서는 비탄의 한숨이 새어나왔다.

반굴이 죽는 것을 보자 흠순 곁에 있던 품일은 자신의 아들 관창을 불렀다. 관창의 나이는 반굴보다도 세 살이 더 어린 열여섯이었다. 어려서부터 의표가 단아하고 사람들을 잘 사귈 뿐만 아니라 말타기와 활쏘기에 남다른 재능을 보여 이른 나이에 화랑이 되었다. 이에 화주가 관창을 볼 때마다 매양 사다함과 젊은 시절의 용화 김유신을 함께 거론하다가 특별히 그 기개와 재주를 높이 사서 임금에게 천거한 일까지 있었다.

"너는 비록 나이는 어리지만 의지와 기개가 남다른 아이다. 오늘 싸움에서 한번 3군(軍)의 표적(標的)이 되어보겠느냐?"

딴에는 반굴과 어울려 호연지기를 논하며 수십 명의 또래들 사이에서 우두머리 노릇을 하고 있었지만 아버지가 보기엔 아직 귀밑에 솜털이 보송보송한 어린애일 뿐이었다.

"지금 이런 자리야말로 공명을 세우고 부귀를 취할 때다. 장부로 서 가히 용맹이 없어서야 되겠더냐?"

"그렇습니다!"

관창은 반굴의 죽음을 본 순간에 이미 안색이 벌겋게 달아올라 있 었다.

"공을 다투기로 하고 나온 반굴이 먼저 용맹을 보였는데 제가 나 가지 않는다면 풍류황권에서 맺은 맹세가 헛될 뿐입니다. 반굴이 못 다 이룬 공을 제가 나가서 마저 이루겠나이다!"

말을 마치자 관창은 창을 비껴 잡고 적진으로 내달았다. 북소리가 다시 울리고 황산벌엔 숨죽인 긴장감이 감돌았다.

반굴을 죽이고 자신의 병영으로 돌아온 계백은 투구를 벗고 부하들 에게 술 한 잔을 청해 마시고 있었다. 애송이를 죽였다는 사실이 과히 유쾌할 리 없었다. 스스로 처자를 죽인 일이 다시금 눈앞에 어른거리 고, 겁에 질린 눈으로 자신을 쳐다보던 아이들의 얼굴이 새삼 뇌리에 아프게 떠올랐다. 그에게도 미처 다 자라지 못한 열 살 안팎의 자식들 이 있었다. 열다섯 살짜리 아들은 살려서 전장으로 데려올까도 싶었 으나 어차피 적군의 손에 죽을 양이면 그 꼴을 지켜보는 게 더 괴로울 것 같았다. 반굴을 죽인 계백은 부쩍 그 아들놈 생각이 났다.

"……전쟁은 과연 참극이다."

술 한 되를 벌컥벌컥 들이켜고 나서 계백은 혼잣말로 중얼거렸다. 바로 그때였다. 또다시 벌판의 정적을 깨는 북소리와 함께 멀리서 한 장수가 말을 달려나오는 게 보였다.

"장군께서는 그대로 계십시오. 저자는 제가 처리하겠나이다."

시립한 백량의 제안에 계백은 잠자코 고개를 끄덕였다. 백량은 말을 타고 나가 관창과 맞섰다. 두 사람이 어울려 10여 합쯤 싸우자 신라 진영에서 반굴과 관창을 따라온 낭도들이 끓어오르는 의분을 참지 못하고 소리쳤다.

"화랑의 행적이 저와 같은데 우리라고 어찌 가만히 있겠는가!"

"생사고락을 오로지 주인과 같이할 뿐이다!"

그렇게 울부짖으며 달려나간 낭도들의 숫자가 족히 2, 30명쯤 되었다. 백제군들이 이를 가만히 두고 볼 리 없었다. 관창과 백량이 싸우는 곳을 중심으로 양측 군사들 간에 소규모의 혈전이 벌어졌다. 낭도들을 본 관창은 더욱 힘이 솟았다. 그는 백량의 칼끝을 피해 백제 군사 서너 명을 찔러 죽이고 다시 자리를 옮겨 벌 떼처럼 달려드는 적과 맞섰다. 그런데 자신의 낭도를 향해 날아오는 칼날을 대신 막으려는 순간 갑자기 말이 기우뚱하더니 몸이 허공으로 날아올랐다가 그대로 땅바닥에 곤두박질을 치고 말았다. 관창의 실수가 아니라 말의 실수였다. 말에서 굴러떨어진 관창을 보자 백제군 네댓 명이 와르르 달려들어 옴짝달싹도 못하게 사지를 묶어버렸다. 우두머리가 생포되자 낭도들도 급격히 기운을 잃고 무너졌다.

사로잡힌 관창은 곧 계백에게 끌려갔다. 백량은 관창의 다리를 쳐서 무릎을 꿇게 하고 투구를 벗겼다. 그런데 투구 속에서 나타난 땀에 절은 얼굴은 짐작과는 달리 아직 애티가 가시지 않은 미소년이었다. 자신이 죽인 반굴보다도 훨씬 더 어린 듯한 관창을 보는 순간 계백은 잠시 기가 막혔다.

"이 녀석아, 너는 도대체 몇 살이나 먹었느냐?"

계백을 대신해 백량이 물었다. 어이가 없기로는 그 역시 마찬가지인가 보았다. 그러자 관창은 허리와 목을 꼿꼿이 세운 채로 대답했다.

"장수의 나이는 물어 무엇하느냐? 잔소리 말고 어서 죽여라!"

변성기를 지나지 않은 관창의 고함 소리는 흡사 여자 목소리 같았다. 목소리뿐 아니라 짐짓 거벽스러운 태도 역시 그랬다. 딴에는 어른인 척하려고 사납고 거세게 구는 눈치였지만 정말 어른이 보기엔 실소를 금치 못할 어설픈 흉내에 불과할 뿐이었다.

"돌려보내게."

계백이 앉은 채로 백량을 올려다보았다.

"어린애를 해치기도 께름칙하지만 저런 풋내기를 죽여봤자 적의 사기만 북돋아줄 뿐일세."

백량은 계백의 깊은 뜻을 알아차리고 관창을 묶은 줄을 풀어준 뒤 말에 태워 다시 적진으로 돌려보냈다.

"관창이 돌아온다! 관창이 살아서 돌아온다!"

말을 타고 달려오는 관창을 보자 신라군들은 일제히 함성을 질렀다. 죽었으리라 믿었던 자식이 멀쩡한 모습으로 돌아오니 품일은 반가움 못지않게 궁금증이 일었다.

"네가 적에게 붙잡혀갔다고 들었다. 어떻게 된 일이냐?"

말에서 내린 관창에게 품일이 물었다.

"소자가 큰 수모를 당했으므로 차마 아버지께 말씀을 드리지 못하겠습니다."

관창은 무슨 영문인지 잔뜩 화가 나 있었다. 그는 투구를 한 손에 든 채 곧장 우물가로 가더니 손으로 물을 움켜 벌컥벌컥 들이켰다. 어지간히 목이 말랐던 모양이었다. 물을 마시고 나자 관창은 투구를 고쳐 쓰고 미처 붙잡을 겨를도 없이 말잔등에 훌쩍 올라탔다. 그는 주변으로 모여든 낭도와 군사들을 향해 말했다.

"내가 적진에 들어가 그 장수를 베고 깃발을 꺾지 못했으니 한스럽기 짝이 없다! 이번에 들어가면 반드시 성공할 수 있을 것이다!"

말을 마치자 다시 기세를 올리며 적진을 향해 맹렬히 돌진했다.

"또 그 아이인가?"

계백은 달려나오는 관창을 보고 난감한 얼굴로 물었다.

"그렇습니다."

백량의 대답에 성질 급한 진사가 버럭 화를 냈다.

"저놈이 죽지 못해 안달이 난 모양입니다! 살려준 은공도 모르고 또다시 불거져서 날뛰니 제가 베어버리고 오겠습니다!"

계백은 잠시 생각에 잠겼다가 벌떡 일어났다.

"아니다. 내가 하마."

그는 비호처럼 담가라를 달려 벌판으로 나갔다. 눈에는 불빛이 이글거리고 표정은 까닭을 알 수 없는 분노로 가득 차 있었다. 이윽고 두 장수가 마주서자 계백은 성난 목소리로 관창을 꾸짖었다.

"아무리 어린애라지만 말귀는 알아들을 게 아니냐? 썩 돌아가지 못할까!"

"시끄럽다! 네 목을 취하기 전에는 어림도 없다!"

관창도 지지 않고 응수했다. 이어 관창의 창 끝이 계백의 가슴으로 파고들자 계백은 움찔 뒤로 물러나 다시 소리쳤다.

"지금이라도 늦지 않았다. 마지막으로 하는 말이니 어서 돌아가라!"

어린애를 죽이기가 내키지 않아서이기도 했지만 한편으로 계백은 관창을 죽였을 때 일어날 일이 더 염려스러웠다. 김유신이 5만이라고 했으나 적군의 숫자는 대략 3만쯤 돼 보였고, 네 차례 교전에서 모두 이겼다지만 백제군의 희생도 1천 소수를 헤아렸다. 남은 군사는 4천여 명, 아직까지 버틸 수 있는 이유는 죽기를 각오하고 나온 장정들의 새파란 독기 때문이었다. 그런데 반굴에 이어 관창까지 죽이면 신라군 역시 만만찮은 독기를 품을 게 뻔했다. 어떻게든 관창을 살려 보내려는 이유가 거기에 있었다.

하지만 관창은 아무리 타일러도 말을 듣지 않았다. 이번엔 대꾸도 귀찮다는 듯이 눈앞에서 창을 휘둘러대는데 그 솜씨란 게 계백이 보기엔 제 녀석 나이만큼이나 젖비린내가 났다. 관창 하나를 죽이면 수만 적군이 벌 떼처럼 일어날 테지만 기어이 죽겠다며 설쳐대는 철부지를 만류할 방법은 죽이는 것밖에 없으니 낭패였다.

계백은 관창의 서투른 창날을 몇 차례 막아내면서 김유신이 했던 말들을 떠올렸다. 형편을 보건대 어차피 백제 사직은 오래가지 못할 터였고, 그렇다면 백제 사람도 곧 신라의 제도와 문물에 편입되어 신라 사람으로 살아가게 될 공산이 컸다. 그 역시 수십 년 백제 장수로 신라의 변경을 침범하면서 삼한이 솥발처럼 나뉜 형세가 안타깝다는 느낌은 여러 번 들었다. 무고한 사람을 끝도 없이 죽여야 하는 일이 뉘라서 흔쾌하랴. 장수가 3대를 내려가면 저절로 멸문(滅門)한다는 속설도 인간 세상의 지나친 살상을 염두에 둔 경구가 아니던가. 만일 이제라도 국경이 무너져 양국이 하나가 된다면 훗날의 백성들은 살벌한 전란의 참화(慘禍)에서 벗어날 것이었고, 사람이 죽고 집과 살림이 불타는 전역(戰域)의 황폐함과 조잔(凋殘)함에서도 해방될 수 있을 것이었다. 그리하여 양국 7백 년 역사에는 한 번도 없던 시절, 사람마다 천수를 누리는 꿈같은 세상이 마침내 도래할지도 몰랐다. 그 휘황하고 찬란한 대의명분 앞에서, 하필이면 왜 백제가 망해야 하느냐고 따지는 일은 유치한 푸념에 불과했다. 어차피 국경을 허물자면 한 나라는 망하게 마련이요, 이기는 쪽이 어디든 진정으로 양국 백성을 애호하는 마음만 확고하다면 훗날에는 틀림없이 더 나은 세대가 펼쳐질 것이었다. 그렇다면 백제가 망하는 것은, 하필 백제가 망해야 하는 것은 비록 한스러운 일이지만 또한 어이하랴. 그 가슴 아픈 운명은 김유신의 말처럼 다만 근년의 불우했던 운세와 일진 탓이리라.

신라가 내세우는 명분을 인정한다면 이런 싸움은 실상 무의미했다. 나머지 4천 결사로 마지막까지 투항을 거부하고 신라인 몇 명을 더 죽인들 이미 기울어진 대세에 무슨 영향을 미치겠는가. 아군도 적군도 모두가 다 불쌍하고 아까운 목숨들, 강물이 이미 시원(始原)을 출발해 내닫기 시작했으면 그대로 흐르도록 두는 것이 바로 순리 아니던가. 간과 뇌를 땅에 쏟아 지킬 수 있을 일만 같으면 몰라도 그게 아닐 바엔 차라리 순리에 따라주는 것이 또한 장부의 갈 길이 아니던가.

"네 이놈!"

한동안 관창의 창 끝을 피해 다니던 계백은 온갖 번뇌에 종지부를 찍으려는 듯 큰 소리로 고함을 지르며 매섭게 칼을 휘둘렀다. 순간 무서운 완력을 이기지 못한 관창의 창이 허공으로 날아올랐고 계백은 그 틈을 놓치지 않고 말을 달려 한 손으로 관창의 목덜미를 답삭 낚아챘다. 뒷덜미를 잡힌 관창은 기운을 쓰지 못하고 그대로 말에서 굴러 떨어졌다. 이어 계백의 칼끝이 관창의 명줄을 겨누었다.

"살려주면 다시 나올 테냐?"

계백이 묻자 관창이 웃으며 대답했다.

"물론이다!"

"그럼 할 수 없구나. 네 투구를 벗겨본 것이 내 실수다."

말을 마치자 계백은 가차없이 칼을 휘둘러 단번에 관창의 머리를 몸에서 떼어놓았다. 자신의 처자를 제 손으로 죽이려고 결심한 순간에 사직의 종말을 예감했던 그였다. 계백은 말에서 내려 한참이나 굴러간 관창의 머리를 찾아 손에 들었다.

"네 혈기가 나를 이겼다. 풋내기 어린애도 이러하니 무슨 수로 스러지는 내 나라 사직을 다시 일으켜 세우랴!"

영문도 모르는 부하들의 함성 소리가 황산벌을 뜨겁게 뒤흔들었지만 계백은 혼자 하늘을 우러러 탄식했다. 그는 피가 뚝뚝 흐르는 머리를 주인을 잃고 방황하는 관창의 말안장에 단단히 옭아맨 뒤 말의 엉덩이를 차서 신라군 진영으로 쫓았다. 그렇게 하면 장차 어떤 사태가 벌어질지 용병과 지략에 밝은 그가 모를 리 없었다. 자청하여 둔악수(惡手), 마지막까지 명예를 중히 여긴 계백은 모든 일을 체념하면서 그렇게 항서(降書)를 띄웠다.

관창의 말이 주인의 머리를 매달고 돌아오자 품일은 자식의 머리를 두 손으로 높이 쳐들고 흐르는 피를 소매로 닦으며 말했다.

"내 아이의 면목(面目)이 살아 있을 때와 꼭 같구나! 국사(國事)에 죽었으니 후회될 것이 하나도 없다. 오히려 장하고 다행스러운 일이다!"

그 모습을 본 신라군은 과연 불같이 일어났다. 한번 감동하여 의기를 투합하면 물불을 가리지 않음이 신라인의 타고난 기질이었다. 애당초 그 신기를 보자고 귀중한 자식까지 희생시킨 장수들이 아니던가. 연거푸 싸움에 져서 침울하게 가라앉았던 분위기는 일시에 하늘을 찌를 태세로 돌변했다. 임전무퇴와 결사항전을 연호하는 3군의 함성이 황산벌을 일깨우자 신라 장수들은 기회를 놓치지 않고 군사들을 모아 진격을 명령했다.

화광(火光)이 충천하고 질풍이 성난 물결처럼 떨쳐 일어나는 것 같았다. 반굴과 관창의 원한을 갚자는 구호가 북소리를 대신하고, 백제군에 대한 분노와 적개심이 결전 의지를 뜨겁게 달구었다. 3군은 지난번과 똑같은 형태로 백제 3영을 공격했지만 싸움의 양상은 판연히 달랐다. 그렇게 바짝 약이 오른 신라군 3만이 4천 적군을 흔적 없이 토벌하는 데는 반나절이 채 걸리지 않았다.

계백은 교전이 시작되고 얼마 뒤 천존과 맞섰다. 두 장수는 30여 합 이상을 겨뤘으나 승부를 내지 못했다. 천존의 아우 천품이 합류한 뒤에도 사정은 마찬가지였다. 적군의 한복판을 들이쳐 제일 먼저 병영 하나를 완전히 멸한 흠순과 품일은 좌영에서 싸우는 계백을 발견했다. 아들의 원한을 갚으려는 아버지의 마음이야 당연한 것이었다. 흠순과 품일은 말 머리를 나란히 하여 계백에게 달려갔다.

그러나 이들까지 싸움판에 합류해 무려 네 사람의 이름난 장수가 협공을 하고도 계백은 쉽게 꺾이지 않았다. 그의 날카로우면서도 힘찬 검법은 마침내 신라 장수들을 모두 탄복시키기에 충분했다. 오죽했으면 흠순과 품일마저도 자신들의 아들을 죽인 계백에게 몇 차례나 투항을 권유했다.

"그대와 같은 사람을 잃는다는 건 삼한의 큰 손실이오."

천존도 싸우는 틈틈이 계백을 회유했으나 그는 아무 대꾸도 하지 않고 오로지 칼만 휘둘렀다. 그러다가 사람과 말이 다 같이 힘이 빠졌을 때쯤 먼저 흠순의 칼에 옆구리를 찔리고 품일의 칼에 목이 떨어져 죽으니 자신이 죽인 두 아이들의 끝과 비슷한 최후였다.

계백의 5천 결사를 멸하고 황산을 장악한 뒤 김유신은 군사를 풀어 계백의 시신을 거두도록 지시했다. 갈 길이 바빠 촌각도 아쉬운 그였지만 같은 장수로서 계백의 충절에 깊이 감동하지 않을 수 없었다. 그는 재촉하는 장수들에게 이렇게 말했다.

　"백제가 아무리 무도한 왕정에 시달렸다곤 해도 천년 사직의 말미에 계백과 같은 장수가 어찌 없겠는가! 그가 관창의 목을 베어 우리 진중으로 보낸 일은 숭고한 뜻이 있어서다. 내 친히 그의 시신에 절하고 충신의 죽음을 애도할 것이며, 훗날 백제를 평정한 뒤엔 반드시 그가 묻힌 곳을 찾아내 제대로 예를 갖춘 만년유택을 지어줄 것이다."

　신라군은 수많은 전사자들 틈에서 가까스로 계백의 시신을 수습했다. 그리하여 황산벌에 가묘를 만들어 묻은 뒤에야 다시 북소리를 울리며 당군과 약속 장소인 은진으로 진군했다.

백제여,
아아 백제여!

백강 푸른 물살을 따라

끝없이 흐를 것만 같던 역사는

그렇게 끝이 났다. 승리의

북소리를 울리며 개선하던

용사도 화려했던 영광의 날도

더는 오지 않을 터였고 임금이

망국의 연회에 끌려나가

술시중을 든 일을 끝으로 필경은

더한 치욕의 날도 없을 것이었다.

신라군이 황산을 넘어 은진에 당도한 날짜는 7월 12일, 미리 약정한 군기를 이틀이나 넘긴 때였다. 그사이 소정방은 부총관 김인문의 길 안내에 따라 기벌포에 상륙해 의직, 임자, 정무, 상영 등이 이끄는 백제군과 맞섰다. 그러나 당군 13만과 백제군 2만은 군사들의 규모에서도, 기세에서도 애당초 상대가 되지 않았다. 장수들의 독려에 마지못해 갯가로 나갔던 백제군은 바다를 가득 메운 당나라의 선단(船團)을 보는 것만으로도 싸울 마음이 싹 달아났다. 수군들은 아예 배를 띄우지도 못했고, 포구 둔덕에 병영을 설치했던 육지의 군사들도 화살 한 대 제대로 날리지 못했다.

　사정이 여의치 않자 임자는 먼저 조미압을 통해 김유신과 맺은 약조를 상기하고 자신을 따라나온 달솔 상영을 설득했다. 죽기를 각오하고 싸워도 어려운 판에 뒤로 믿는 구석마저 있으니 사생결단은 아예 기대할 수 없었다. 두 사람은 가림군에서 기회만 엿보다가 군사들을 이끌고 다시 도성으로 돌아갔다.

그에 비하면 백강 중류에 포진한 의직과 정무의 군대는 제법 용맹스러웠다. 이들은 군사들을 둔덕에 횡렬로 늘여 세우고 불을 먹인 화살을 쏘아대기도 하고, 석포(石砲)에 돌을 실어 날려대기도 했다. 하지만 이것만으로 대병의 진로를 막는다는 건 무리였다. 더욱이 망망대해의 물살에 시달리며 오랫동안 뱃전에서 고생한 당군들은 육지가 보이자 한순간에 피로가 말끔히 달아났고, 적을 보자 초전(初戰) 필승의 결의 또한 맹렬하게 일어났다. 당선(唐船)들은 뱃머리에 설치한 쇠뇌에서 화살을 쏘아대며 유유히 백강으로 진입했다.

백제군의 저항보다도 정작 당군들을 괴롭힌 건 강물을 거슬러 올라가야 하는 백강의 지형과 배의 진행을 가로막는 세찬 물살이었다.

"천만다행이다. 만일 강변을 따라 적이 조직적인 저항을 한다거나 수중에 보를 설치해 수공을 썼더라면 큰일날 뻔했다. 이런 지형을 가지고도 왜 계책을 쓰지 않는지 알 수 없구나. 자고로 망하는 나라는 다 이유가 있다더니 직접 와서 보니 백제가 꼭 그렇다."

소정방은 까다로운 지세를 보고 몇 번이나 같은 말을 반복했다. 그는 배가 자꾸만 물살에 밀려나자 배와 배를 줄로 연결하고야 가까스로 역풍과 역류를 헤치고 은진 나루터에 닿을 수 있었다. 배에서 내린 뒤에는 해안이 질어 잘 행군할 수 없었으므로 버들을 엮어 길에 깔고 약속 장소에 도착했다. 그러느라 시일을 많이 잡아먹긴 했지만 큰 전역이 없었던 탓에 기한보다는 도착이 이틀이나 빨랐다.

일찍 도착한 당군들은 이제나저제나 신라군이 오기만을 기다렸다. 그런데 약속한 날짜가 되어도 신라군이 나타나지 않자 소정방을 비롯한 당군 장수들은 차츰 화가 치밀기 시작했다. 싸움터에서 군기란 목숨과도 같은 것, 이를 어긴다는 건 있을 수 없는 일이었다.

하루도 아니고 이틀씩이나 기한을 넘겨 신라군이 은진에 나타났을 때 당군 장수들은 모두 이성을 잃을 정도로 격분해 있었다.

"도대체 아무 기별도 없이 이틀이나 늦게 오다니, 세상에 신라군과 같은 무리가 또 있을지 모르겠구나! 저런 무리를 믿고 어떻게 전략을 모의하고 용병을 공모한단 말인가!"

특히 소정방의 노여움은 극에 달했다.

"이제라도 왔으니 다행이 아닙니까? 필시 무슨 곡절이 있었을 것입니다."

이틀 내내 마음을 졸이며 남몰래 노심초사하던 김인문이 소정방의 화를 누그러뜨리려 애를 써보았으나 그럴수록 소정방은 그 큰 덩치로 군막 사이를 서성이며 눈에 쌍심지를 켜고 바득바득 이를 갈아댔다.

"1만 리 뱃길을 달려온 우리도 오히려 기한 안에 당도하였거늘 곡절은 무슨 곡절이란 말이오? 그렇게 치자면 우린들 곡절이 없었소? 귀공도 보았다시피 우리 군사들이 밤잠도 자지 않고 뱃머리를 서로 묶느라 고생한 이유는 모두 군기에 맞추려는 일념 때문이 아니었소? 사정과 형편을 일일이 핑계 삼는다면 무엇 때문에 미리부터 군기를 약정한단 말이오?"

뒤늦게 도착한 김유신이 자신의 비장인 김문영을 당나라 병영으로 보낸 건 바로 이럴 때였다. 유신은 늦게 온 사정을 소정방에게 설명하고 사죄할 뜻으로 문영을 파견했으나 소정방은 문영을 대하는 순간 얘기도 들어보지 않고 버럭 고함부터 내질렀다.

"동맹군에게 군기란 명줄과도 같은 것이다! 이를 어겼으니 어찌 군율을 논하지 않겠는가!"

벼락같은 호통 소리에 이어 그는 좌우의 군사들에게 문영을 결박하라고 명령했다.

"저자를 당장 참형에 처하고 그 목을 군문에 높이 효수하라!"

실로 어처구니없는 일이었다. 아무리 군기를 어겼기로 자신의 부하도 아닌 동맹군의 장수를 함부로 참형하고 효수한다는 건 있을 수 없는 처사였다. 당자인 문영은 어이가 없어 입을 다물지 못했고, 혼비백산한 김인문이 대신 소정방의 갑옷 자락을 붙잡으며,

"장군, 그럴 수는 없습니다! 명을 거두소서!"

하고 만류했지만 소정방은 인문의 손길을 거세게 뿌리치고서,

"그렇게 하지 않고는 신라군의 흐트러진 기강을 바로잡을 수 없소! 장수 하나를 참형하는 것도 죄에 비하면 오히려 약한 처벌이라 그래 가지고 군기가 바로잡힐는지 의심스럽소."

하고는 다시 좌우를 돌아보며,

"무엇하느냐? 어서 명령대로 시행하라!"

험상궂게 눈알을 부라렸다. 백제를 멸한 뒤엔 곧바로 군사를 돌려 신라까지 치라는 황제의 밀명을 받은 소정방으로선 어떻게든 자신들의 위상을 분명히 해둘 필요가 있었고, 미리부터 신라 조정과 군사들을 제압해 위엄을 세워두는 편이 후사를 위해 한결 유리하다고 판단했다. 그렇게 하는 데 적절한 꼬투리를 잡은 셈이었다.

자신의 힘만으로 문영을 구하기 어렵다고 판단한 인문은 급히 시종 문천(文泉)을 신라 진영으로 보내 긴박한 사정을 전하는 한편 소정방과 당군 장수들을 상대로 승강이를 벌이며 시간을 끌었다. 소정방이 문영을 참수한다는 소식에 신라군은 크게 놀라고 당황했다. 대

경실색한 장수들 틈에서 김유신이 벌떡 몸을 일으켰다.

"소정방이란 자가 어찌 이토록 무도하단 말인가!"

유신의 고함 소리가 군막을 쩌렁쩌렁 울렸다. 그는 군문에 높이 걸어둔 부월(斧鉞 : 큰 도끼)을 끌어내려 한 손에 들고 백설총이에 올라타더니 내처 당군 병영으로 쏜살같이 달려갔다. 예순도 훨씬 넘긴 백수풍신(白首風神)의 노장이 가슴까지 늘어뜨린 흰 수염을 휘날리며 새하얀 말을 타고 달려오자 당나라 초병들은 감히 앞을 막아서지도 못했다. 장군들이 머무는 막사에서 시종 초조한 눈빛으로 바깥을 살피던 인문의 눈에 비로소 말을 타고 달려오는 김유신의 모습이 보였다.

"저희 큰외숙께서 오십니다!"

인문은 반가운 기색을 감추지 못하며 주위의 당군 장수들에게 소리쳤다.

"부총관의 큰외숙이라면 혹시 김유신 장군이 아니오?"

선제 이세민이 틈만 나면 명장이라고 극찬하던 김유신을 당나라 장수들이 모를 리 없었다.

"왜 아니겠습니까? 저분이 바로 김유신 장군입니다!"

당군 장수들은 소문으로만 듣던 김유신을 직접 구경하려고 인문을 따라 군막 밖으로 걸어나왔다. 기굴한 덩치에 펄럭이는 수염, 대춧빛 얼굴에 찬란한 황금빛 갑옷은 과연 범상치 않은 인물임에 틀림없어 보였다.

"오랜만에 뵙습니다. 그간 평안하셨는지요?"

인문이 말에서 내린 김유신에게 다가가 공손히 허리를 굽혀 인사했다.

"원로에 노고가 크네."

유신은 짤막하게 대답한 뒤 대뜸 화난 목소리로,

"총관은 어디 있는가?"

하고 사방을 두리번거리며 물었다. 인문이 당군 장수들 사이에 서 있던 소정방에게 눈길을 돌리는 순간 김유신이 먼저 복색으로 알아보고 훌쩍 몸을 날려 소정방 앞에 버티고 섰다. 유신의 머리털은 이미 분노로 꼿꼿하게 일어섰고 허리에 찬 보검은 저절로 칼집에서 튀어나올 듯이 들썩거렸다. 게다가 웬만한 사람은 양손으로도 들기 힘든 군문의 상징 대부(大斧)를 무슨 모종삽처럼 가볍게 한 손에 쥐고 있었다.

"그대가 소정방 장군이오?"

유신은 강렬한 눈빛과 거친 태도로 집어삼킬 듯이 소정방을 노려보았다. 두 사람은 비슷한 또래에 비슷한 체구의 거한이었지만 배가 불룩 튀어나오고 살집이 많은 소정방에 비해 약간 마른 듯한 김유신이 훨씬 더 거대하면서도 날렵해 보였다.

"그, 그렇소."

소정방이 엉겁결에 대답하고는 상대의 시퍼런 서슬과 손에 든 도끼를 의식해 반보쯤 뒷걸음질을 치자 유신은 성큼 한 발을 더 다가서서 특유의 쩌렁쩌렁한 목소리로 호통을 치듯 말했다.

"총관은 황산의 전역을 눈으로 보지 않았으면서 오직 기일에 늦었다는 이유로 죄를 논하려 하는가! 분명히 말하거니와 나는 절대로 죄 없이 욕을 당하지는 않는다! 굳이 그렇게 하겠다면 먼저 당나라 군사와 결전한 후에 백제를 격파할 수밖에 없다!"

우렁찬 고함 소리에 장수들은 하나같이 간담이 서늘해졌다. 유신은 소정방이 미처 뭐라고 말할 틈도 주지 않고 더욱 사납게 꾸짖었다.

"나도 병법과 용병에는 일가견이 있고 싸움터를 전전하며 평생을 보낸 사람이다! 전란의 참혹한 사정은 자세히 알아보지도 않고 날짜만을 헤아리는 장수가 어디 있는가! 더구나 내가 사정을 설명하기 위해 보낸 아끼는 부하를 마음대로 참수하겠다니 어찌 이게 동맹군의 예란 말인가! 황제의 총관이 과연 그런 사람인가!"

유신이 이글거리는 눈빛으로 소정방을 직시했다. 대국 총관임을 자랑스럽게 여기던 소정방은 부하들이 지켜보는 앞에서 모욕을 당하는 게 마음에 걸려 미간을 잔뜩 찌푸리며 불쾌한 표정을 지었다. 그 역시 눈에 힘을 주고 김유신을 응시했다. 두 사람은 한동안 그렇게 서로를 잡아먹을 듯이 노려보기만 했다. 긴장된 침묵이 흘렀다.

그러나 기세에서 밀린 쪽은 소정방이었다. 생사를 걸고 싸움터를 누비던 장수들은 서로 눈빛을 보면 대강 상대의 강약을 읽어내는 본능이 있었다. 소정방은 노여움으로 머리털이 곤두선 유신의 위엄에 기가 질리고 천지를 진동하는 노발대성(怒發大聲)에 서서히 주눅이 들었다.

소정방만 그런 게 아니었다. 주변의 다른 당군 장수들도 유신에게 압도되기는 마찬가지였다. 소정방의 시선이 잠시 향할 곳을 모르고 허공을 맴도는 순간 옆에 있던 우장 동보량(董寶亮)이 지그시 그의 발등을 밟으며 속삭였다.

"신라 군사들의 변고가 있을까 두렵습니다. 장군께서 참으시지요."

그 말이 끝나자 소정방은 갑자기 껄껄 너털웃음을 터뜨리며 유신의 앞으로 왈칵 다가섰다.

"신라의 노장군께서 화가 단단히 나신 모양입니다. 어찌 정말로 장군의 부하를 참수하겠소? 우리가 나흘씩이나 기다리다 지쳐서 잠시 장난을 쳐본 것뿐인데 장군께서 상견례도 갖추기 전에 그토록 화를 내실 줄은 몰랐소이다. 큰 결례를 범한 것 같으니 그만 용서하시지요."

그는 당석에서 김문영을 풀어주라고 이른 뒤 군막 안에 술상을 차리고 상견의 예를 정중히 갖춰 유신을 청했다. 화가 나서 도끼까지 쥐고 달려온 김유신이었지만 소정방이 그렇게까지 나오는 데는 더 분개할 이유가 없었다. 유신은 목숨이 경각에 달렸다가 가까스로 풀려 나온 문영의 등을 다정스럽게 어루만진 뒤,

"우리 장수들을 이곳으로 불러오너라. 적을 치기 전에 동맹군의 우의는 다져야 하지 않겠는가."

하고 말했다. 양국 장수들은 당군 병영에서 서로 인사를 나누고 백제 도성을 공략할 계책을 모의했다.

은진에서 사비 도성까지는 육로와 수로로 공히 50리허는 되었다. 당군들은 계속 물길을 따라 북진하려는 생각이었으나 신라 장수들은 그럴 필요가 없다고 주장했다. 소부리(所夫里 : 부여) 벌판을 지나 왕궁을 점령하려면 필경은 육로의 저항이 더 뜨겁고 거셀 것이었다. 한동안 논의의 끝에 당군을 두 패로 갈라 배는 그대로 백강을 따라 진격하고, 배에서 내린 군사들은 신라군과 합세해 소부리벌로 진군하자는 결론을 내렸다. 아까와는 달리 김유신은 소정방에게 온화한 표정과 다정한 어투로 말했다.

"우리 두 늙은이는 말 머리를 나란히 하여 육로로 가십시다. 내 기꺼이 총관을 호위하리다."

그 말을 듣기 전까지만 해도 소정방은 당연히 배를 타고 올라갈 생각이었다. 그런데 김유신이 호위를 자청하며 다정히 권하자 이를 거

절할 명분이 없었다.

"그렇게 하십시다."

그는 울며 겨자 먹기로 김유신의 청을 수락했다.

부대총관 김인문과 우무위장군 풍사귀가 선단을 이끌고 강을 거슬러 올라가자 소정방은 유백영과 방효공에게 4만 군사를 거느리게 하고 신라군과 보조를 맞춰 소부리벌로 진격했다. 이때 백제에서는 좌평 정무와 의직이 동원할 수 있는 도성 군사 전부를 끌어모아 소부리벌로 나왔는데 그 숫자가 대략 3만이었다. 도성 외곽의 백강에서는 줄로 묶은 거대한 선단이 새카맣게 강물을 뒤덮고 물고기가 튀어오를 만큼 요란하게 북을 울리며 함성을 질러댔다. 같은 시각, 벌판 동남쪽은 천지를 가득 메운 동맹군의 깃발이 파도처럼 출렁이며 사방을 에워싸니 하늘이 놀라고 땅이 진동할 난리란 바로 이를 묘사하는 말이었다. 육로와 보조를 맞춘 수군들은 조수(潮水)를 타고 백강 전역을 가로막은 뒤 강변에 연하여 진을 쳤고, 배에서 내린 군사들은 강의 왼쪽 언덕으로 나와 산으로 올라가서 다시 병영을 꾸몄다. 그사이 육로의 군사들은 마군을 앞세우고 보군으로 후군을 만들어 차례로 성곽을 무너뜨리며 도성 근방 30리허까지 육박했다.

이 과정에서 소정방은 다시 한 번 김유신의 위엄에 기세가 꺾이고 말았다. 그는 소부리벌에서 만난 백제군이 제법 위세를 떨치며 이위진*을 만들어 포위를 풀려고 하자,

"저건 손가(孫家)의 두 책사(손무와 손빈)가 다투어 극찬한 진형으로 가히 사면초가에서 쓸 수 있는 유일한 방진(防陣)이다. 이위진을

---

* 이위진(贏渭陣) : 길게 이어지는 진의 형태. 적의 포위 공격을 방어할 때 쓴다.

아는 걸 보니 가볍게 여길 군사들이 아니다."

하고는 좀처럼 진격할 엄두를 내지 못했다. 신라군들이 한동안 맹공을 퍼붓고 난 뒤에도 당군 진영에서 군사를 내지 않자 김유신은 직접 말을 몰아 소정방을 찾아갔다.

"총관의 군사들은 무얼 하는 게요?"

유신이 묻자 소정방은 앞서 말한 바를 되풀이하는데 이미 얼굴에 두려워하는 기색이 역력했다. 소정방의 대답을 들은 유신이 웃으며 말했다.

"그건 총관의 기우외다. 지금 저들이 쓴 이위진은 허세에 지나지 않소. 본래 이위진이란 적은 무리의 군사들을 띠처럼 길게 이어서 포위망을 뚫는 허계(虛計)인데, 이는 착행진**으로 능히 깨뜨릴 수 있소. 우리 군사가 먼저 왼쪽을 들이쳐 적진의 틈새를 벌여놓거든 총관이 화공을 써서 전열을 흔들고 복판이 비거든 정면으로 공격해 들어가시오. 그럼 별로 힘들이지 않고 일거에 적진을 무너뜨릴 수 있소."

소정방은 반신반의했으나 유신이 돌아간 뒤에 그 말을 좇아 군사를 내었더니 견고하게만 보이던 적진이 모래성처럼 쉽게 허물어졌다. 그는 적진을 격파하고 난 뒤,

"김유신은 과연 불세출의 영걸이다. 저런 장수가 있으니 신라를 어찌 소국이라고 하랴!"

하며 탄복을 금치 못했다. 그가 김유신에 대해 더욱 두려운 마음을 갖게 되었음은 당연한 일이었다.

** 착행진(錯行陣) : 양동 작전에 적합한 지그재그 행진법. 주로 화공을 쓰고 적을 유인해 대오를 혼란에 빠뜨린다.

소부리벌 싸움에서 백제의 마지막 저항군은 1만가량의 사상자를 냈고, 좌평 의직도 전사했다. 나당 연합군은 승리의 여세를 몰아 드디어 궁성이 바라뵈는 곳까지 진격해 들어갔다.

"후회로다, 내가 성충의 충언을 듣지 아니하여 급기야 일이 이 지경에 이르렀구나!"

의자는 가슴을 치며 탄식했지만 이미 때늦은 후회였다. 달콤한 말로 눈앞에서 알짱거리던 만조의 신하들은 다 어디로 갔는지 보이지 않았고, 몇몇 의로운 이들은 싸움터에 나가 돌아오지 않았다.

자업자득이었다.

신하들만 그런 게 아니라 처자식도 마찬가지였다. 많은 이의 반대를 무릅쓰고 좌평에 식읍까지 하사한 41명이나 되는 서자 가운데 진심으로 자신을 걱정해 달려온 자는 부여궁 하나뿐이었다. 매사에 볼강스럽던 젊은 왕비 또한 정작 꾀가 필요한 대란을 만나자,

"아녀자가 국사를 어찌 압니까? 신첩은 그저 대왕과 중신들을 태산같이 의지할 따름입니다."

하며 발을 빼고 말았다.

그에 비하면 태자 자리에서 쫓아낸 장자 부여융의 태도는 임금을 감동시키기에 충분했다. 어려움을 당해봐야 사람의 진가를 안다고 했던가. 융은 소식을 듣자마자 허둥지둥 입궐해 태자 및 아우들과 함께 대책을 세우느라 바빴다. 의자로선 융의 그런 태도가 여간 든든하지 않았다.

"당나라 군사가 여기까지 온 건 무언가 우리에게 불만이 있기 때문입니다. 지금이라도 대국을 섬기는 번국(藩國)의 예로써 당나라 장

수들을 대접하고 회유한다면 왕궁까지 침범을 당하는 일은 막을 수 있을지도 모릅니다."

융은 그렇게 말한 뒤 문장에 뛰어난 좌평 각가에게 글을 짓도록 했다. 차후로는 황제의 명을 어기는 일이 없을 것이며 한층 정성을 다해 당조를 섬기겠다는 맹세에 이어 부디 퇴병해달라고 애걸하는 내용이었다. 그러나 소정방은 간청을 받아들이지 않았다. 융은 아우들과 의논 끝에 이번엔 온갖 진귀한 음식을 마련해 소정방을 달래려고 했다.

"음식이나 먹자고 1만 리 뱃길을 힘들게 왔겠는가? 지금이라도 사죄를 하려거든 궁성의 포위를 풀고 순순히 궐문을 열어라. 의자가 목숨을 구하는 길은 그것뿐이다!"

소정방은 심부름을 온 자에게 호통을 쳤다. 그런데 그건 모두 융의 계교였다. 그는 다시 서제(庶弟)인 부여궁을 불러 말했다.

"나는 금일 밤중에 아바마마와 태자를 웅진성으로 피신시키려 한다. 그러니 너는 좌평들을 모두 거느리고 당나라 병영을 찾아가 죄를 빌며 시간을 벌어보라. 어떤가, 할 수 있겠느냐?"

궁은 효심이 깊고 의로운 인물이었다.

"형님 말씀을 따르겠지만 좌평들이 말을 들으려고 할지 의문입니다. 게다가 의직공은 이미 죽었고 임자와 충상공은 생사를 알 수 없으니 어떤 좌평을 데리고 가야 할는지요?"

융은 잠시 고민에 잠겼다가 임금의 윤허를 얻어 당석에서 달솔과 은솔 신하 가운데 좌평을 새로 뽑았다. 대부분 언변이 좋은 사람들이었다. 부여궁은 이렇게 급히 뽑은 인물들을 거느리고 당나라 병영을 찾아가서 죄를 빌며 시간을 끌었다.

그사이 대궐에서는 융의 주도로 왕자와 신하들이 머리를 맞대고 임금과 태자를 웅진으로 대피시킬 계획에 골몰했다. 해만 떨어지면 좌평 정무가 대궐의 호위 군사들을 동원해 어가를 모실 계획이었고, 이튿날 날이 밝으면 융이 만조의 백관들을 거느리고 항복해 당군과 신라군을 맞이한 뒤 군은 맹세와 진심 어린 사죄로 양국의 분노를 달래볼 심산이었다. 그렇게 시일을 두고 회유하면 굳이 사직이야 멸하랴 싶었던 게 융을 비롯한 많은 사람들의 생각이었다. 당군은 물러가면 그뿐이었고, 수치와 굴욕이 문제였지 신라군도 화친의 맹약을 맺기만 하면 달랠 수 있으리라 싶었다. 그러니 어차피 당할 수치와 굴욕을 일개 왕자에 불과한 자신이 나서서 감수하겠다는 게 융의 갸륵한 마음이었다.

전대 역사를 상고하건대 실제로 그와 같은 일은 있었다. 고구려왕 거련(장수왕)이 웅진의 왕성을 점령했을 때도 임금을 죽이고 유진군*을 두어서 그렇지 사직을 없애지는 않았다. 수나라와 당나라가 일어나 사방 번국들을 무수히 아울렀어도 왕가를 멸하거나 사직의 제사를 받들지 못하게 한 예는 하나도 없었다. 당시 이웃 나라 간에 벌인 전쟁의 관례와 상규가 그러했다.

소나기는 우선 피하랬다고, 나라를 지키기 위해서라면 융은 무슨 일이든 못 할 게 없었다. 나라와 사직을 지켜낼 수만 있다면 기회는 틀림없이 다시 오게 마련이었다. 그리하여 고구려와 탐라, 왜를 설득할 시일만 번다면 오늘의 수모는 언제든 갚아줄 수 있을 터였다.

다행히 부여궁은 해가 질 때까지 돌아오지 않았다. 늦여름의 길고

---

* 유진군(留陣軍): 주둔하면서 점령지를 다스리는 군대.

긴 해를 원망하며 조바심을 내고 기다리던 융은 천지에 어둠이 깃들이기 시작하자 서둘러 좌평 정무에게 말했다.

"천년 사직이 오로지 장군 한 사람의 어깨에 달렸습니다. 어서 출발하십시오!"

그리고 융은 이렇게 덧붙였다.

"길은 멀어도 칠악(七嶽 : 칠갑산)으로 돌아가는 편이 안전합니다. 백강을 건너 계룡산으로 가면 십중팔구 신라군과 마주칠 것입니다."

그러자 정무도 이미 알고 있다는 듯 고개를 끄덕였다.

"염려하지 마십시오. 신에게도 생각해둔 길이 있습니다."

임금 내외와 태자가 몇 명의 신하들과 함께 대궐 뒷문으로 달아나고 나자 성정이 불과 같은 둘째 왕자 부여태가 갑자기 고함을 지르며 융에게 대들었다.

"대궐 문을 스스로 열어 항복하다니 있을 수 없는 일이오! 나는 끝까지 싸우다가 죽을 테니 그리 아시오!"

융은 잠시 어이없는 얼굴로 태를 쳐다보다가 조용한 말투로 타일렀다.

"싸우면 일은 더욱 어려워진다. 나라고 어찌 항복하고 싶겠느냐. 그러나 피를 흘리며 끝까지 결전한 뒤엔 무슨 말로 사직을 보존해달라고 요청한단 말이냐. 승산이 없을 때는 굽힐 줄 아는 것도 지혜요 계책이다."

"나는 형과 뜻이 다릅니다!"

"다르다니?"

"아버지는 이미 임금 노릇을 할 사람이 아니오. 술에 찌들고 요부의 치마폭에 싸여서 정사를 잊은 지 오랩니다. 효란 놈도 마찬가지요.

걸핏하면 계집애처럼 얼굴이나 붉히고, 낮에 개 잡는 것만 봐도 밤에 오줌까지 싸는 놈이 무슨 태자란 말씀이오? 그렇게 흘러갈 사직을 기를 쓰고 구해봤자 장차 무엇을 기대할 수 있겠소? 아버지와 효는 대궐 문으로 달아나는 순간 이미 이 나라 사직을 버린 사람들이오!"

융은 태를 꾸짖고 싶었지만 꾹 참고 물었다.

"그럼 너는 어떤 계획을 가지고 있느냐?"

"계획이랄 게 무에 있소? 목숨이 다할 때까지 싸우는 거지요."

태가 퉁명스럽게 내뱉었다. 그러나 태의 속셈은 따로 있었다. 융이 폐위된 뒤 자신을 제쳐두고 아우인 효가 태자가 되자 늘 이를 불만해 온 태는 이번 기회에 자신이 공을 세워 임금이 되고자 했다. 비록 승산은 희박했지만 보위를 이을 방법은 그뿐이었다. 한번 그런 욕심을 품자 이런 난리가 일어난 게 자신에겐 절호의 기회로만 보였다. 혼란의 와중이 아니라면 어떻게 태자도 장자도 아닌 자신이 임금이 될 수 있으랴.

"안 된다. 그래서는 좋지 않은 감정만 더 쌓일 뿐이다. 너는 내 말을 들어라."

융이 점잖게 나무라자 태는 자리를 박차고 벌떡 일어나며 허리에 차고 있던 칼을 뽑아 들었다.

"시끄럽소! 이제부터 사비궁에선 내가 임금이오! 항복하려는 자는 누구든 내 손에 죽을 것이오!"

순간 융은 크게 놀랐지만 이미 이성을 잃어버린 태의 기세를 당할 수가 없었다. 태는 그 길로 바깥으로 뛰어나가 궐내에 남은 군사들을 모조리 소집했다.

이튿날 날이 밝자 태는 자신을 따르는 무리와 함께 기치를 늘여 세우고 북을 울리며 도성을 굳게 지키려고 했다. 항복을 기다리던 당군과 신라군은 결전을 알리는 북소리를 듣자 대오를 정비해 도성으로 진군했다. 그날 아침, 신라 태자 법민이 상주와 국원 근방에서 차출한 향군 2만을 이끌고 선군에 합류했기 때문에 연합군의 사기는 더욱 고조되어 있었다. 누가 보더라도 태의 저항은 위태롭고 무모했다.

나당 연합군은 도성 안으로 포를 쏘고 불화살을 날려대며 맹렬한 공격을 퍼붓기 시작했다. 하늘에서 우박처럼 돌덩이가 쏟아지고 누각과 집이 불바다가 되자 거리로 뛰쳐나온 백성들의 울부짖는 소리가 천지에 뇌성처럼 가득 찼다. 참변도 그런 참변이 없었고, 지옥도 그런 지옥이 없었다. 향촌과는 달리 사방이 대문으로 둘러싸인 도성은 도망가거나 피할 곳마저 없었다. 평화로울 때는 도성에 사는 게 큰 유세요 자랑이었으나 망국지변 앞에서는 도리어 빈틈없는 업보요 형벌이었다.

가옥이 운집한 곳일수록 피해가 컸다. 날아온 돌에 맞아 떼죽음을 당하는 일가가 부지기수였고, 부모를 잃은 아이들과 아이를 잃은 부모는 미친 듯이 거리를 떠돌거나 한길에 서서 무작정 울어댔다. 그 사이에서 우리를 뛰쳐나온 가축들마저 털과 꼬리에 불을 매단 채 고샅길을 무섭게 질주했다. 아비규환 생지옥이란 7월 13일 아침의 사비성을 가리키는 말이었다. 다행히 운이 좋아 참화를 피한 이들은 오로지 산으로, 산으로만 올라갔다.

이때 도성 안에는 왕가 족친과 친지들이 다 모여 있었다. 태자 효의 장자인 부여문사(扶餘文思)도 어머니와 함께 그들 가운데 섞여 있었다. 문사는 민가가 불길에 휩싸이고 적의 포박이 점점 사위를 좁혀오자 낯빛이 상기되어 부여융을 찾아왔다.

"백부께서는 이런 난리를 보고만 계시겠습니까?"

문사가 따지듯이 융에게 물었다.

"무고한 백성들이 다 죽습니다. 어서 성문과 대궐 문을 열고 항복하십시오!"

문사의 종용에도 불구하고 아우 태를 의식한 융이 선뜻 결단을 내리지 못하자 그는 사뭇 음성을 낮춰 이렇게 말했다.

"할아버지와 아버지가 궁을 비운 틈에 작은백부가 마음대로 임금이 되었으니 만일 당나라 군사가 포위를 풀고 돌아가더라도 우리가 어찌 안전할 수 있겠습니까? 태 백부는 무서운 사람입니다. 큰백부께서 결단하지 못하신다면 차라리 저는 밧줄을 타고 내려가서라도 이 난리를 피하겠습니다."

그것은 문사 혼자만의 생각이 아니었다. 이견이 아주 없지는 않았지만 대부분의 왕가 사람들과 중신의 식구들, 8족 권문세가의 뜻이 문사와 같았다.

융을 설득한 문사는 백기를 높이 세우고 항복하기를 원하는 사람들을 불러모았다. 그러자 곧 수많은 이가 모여들어 삽시간에 대열은 인산인해를 이루었다. 문사는 이들을 거느리고 성루로 가서 타고 내려갈 수십 개의 밧줄을 설치했다.

"멈춰라! 허락 없이 성을 나가려는 자는 먼저 내 손에 죽을 것이다!"

뒤늦게 소문을 들은 태가 칼을 뽑아 들고 달려왔다. 그러나 태를 본 문사는 조금도 두려워하지 않고 오히려 당당하게 앞으로 나서며 말했다.

"이래 죽으나 저래 죽으나 어차피 마찬가지요. 어디 죽이려면 죽여보시오!"

"정말 내 손에 죽겠느냐?"

태는 무서운 얼굴로 문사를 노려보았지만 이미 그가 마음대로 처리할 상황이 아니었다. 문사의 주위를 에워싼 왕가 족친들과 수많은 백성들이 한결같이 원망하는 눈빛으로 자신을 주시하자 결국은 태도 칼을 거둘 수밖에 없었다. 문사가 그런 태를 왈칵 밀치고 제일 먼저 밧줄에 매달려 내려갔다. 그를 신호로 무리가 일제히 문사의 뒤를 따랐다. 사비성은 결국 이렇게 무너졌다.

공세의 고삐를 늦추지 않고 성문 앞까지 진격한 소정방은 곧 군사들에게 성첩을 넘어가 당나라 깃발을 꽂도록 지시했다. 사비성 성루에 7백 년간 하루도 빠짐없이 펄럭이던 백제 기가 꺾이고 당나라 깃발이 대신 꽂혔다. 태도 일이 그 지경에 이르러서는 더 저항할 수 없어 스스로 성문을 열고 나와 항복을 청했다.

사비성이 함락되자 당군들이 제일 먼저 입성하고 뒤를 이어 신라군이 들어갔다. 신라군들은 백제 백성들을 함부로 해치지 말라는 장수들의 엄명을 받은 터라 약탈과 노략질을 하지 않았지만 당군들의 사정은 달랐다. 장수들에게야 무공도 있고 보상도 따로 있었으나 종군한 군사들의 경우 승전의 대가는 흔히 약탈과 노략질이었다. 하물며 집을 떠난 지 수개월, 당나라 군사들은 고자만 빼고 거의가 여색에 한껏 굶주려 있었다.

"백제는 예로부터 미인이 많기로 소문난 곳이다. 도성을 정복하면 그 나라의 아녀자들은 모두 너희에게 나눠주겠다!"

소정방을 비롯한 당군 장수들은 틈틈이 그런 말로 여색에 굶주린 군사들을 독려해왔다. 재물보다도 더욱 마음을 설레게 만들었던 건 바로 여자였다. 이들이 마침내 꿈에도 그리던 사비성에 들어와 소문으로만 듣던 아리따운 백제 여인들을 보자 눈알과 창자가 뒤집힌 것은 두말할 나위가 없었다.

도성을 점령한 당군들은 마치 닭장에서 닭을 잡듯이 여자들을 쫓아다녔다. 창칼로 무장한 수만 명의 군사가 산지사방으로 흩어져 여인들을 붙잡고 겁탈하느라 사비성은 또 한 번 아수라장이 되었다. 처음엔 인물을 따지고 젊고 늙음을 가리던 사내들도 소문을 들은 여인들이 달아나거나 숨어버리자 이내 아무 여자나 눈에만 띄면 달려들어 젖을 주무르고 아랫도리를 탐했다. 패전의 참상은 본래 그처럼 무섭고 잔인한 것이었다. 이런 꼴을 당하지 않으려고 그렇게들 군사를 기르고 온갖 지략과 계책을 짜내어 적과 싸워오지 않았던가. 살아서 봉변은 여자들이 당하고 죽어서 서러운 것은 남자들이었다. 노인은 자식을 잃었고, 아이들은 부모를 잃었으며, 임금은 백성을 잃고, 백성들은 나라를 잃었다.

사비성 도처에서 필설로 차마 형용할 수 없는 무참한 일들이 벌어지자 왕궁의 궁녀들 가운데는 무작정 뒷산으로 달아나는 이들이 많았다. 비단 끔찍한 소문이 아니더라도 임금마저 쫓겨간 대궐에 적군이 쳐들어오면 어떤 수난을 당하게 될지는 불을 보듯 뻔했다. 하나가 달아나기 시작하자 서너 명이 뒤를 따랐고, 서너 명을 보고는 열 명, 스무 명이 쫓았다. 그렇게 험한 산길로 도망간 궁녀가 대략 2백 명쯤 되었다. 주로 젊은 여자들이었다. 이들 가운데는 물론 임금과 동침해 승은을 입은 궁녀도 있었으나 밥짓고 빨래하던 아이와 비빈의 시중을 들던 나인들, 대전과 내전의 여시(女侍) 태반이 2백 명 속에 포함돼 있었다.

코앞에 닥친 난리를 피해 무작정 달아나긴 했지만 대궐 뒤편 부산(扶山 : 부소산)은 고립무원의 기험한 절벽이었다. 숨기에는 너무 얕은 산이요, 길은 끊어져서 더 도망갈 곳도 없었다. 그때 산정에 다다른 궁녀들 가운데 하나가 임금이 가끔 산보 삼아 노닐던 북변 기슭의 정자를 떠올렸다. 그곳엔 서동대왕이 세운 궁중의 내불전(內佛殿)이 있어 임금뿐 아니라 비빈들도 무료하면 가끔 찾아가던 장소였다.

"법당에 가서 기도를 하면 혹시 살길이 보일지 누가 알어?"

이렇게 말한 궁녀가 앞장서서 정자로 달려가자 나머지 궁녀들이 종종걸음으로 그를 쫓아갔다.

정자는 깎아지른 절벽 사잇길로 위태로운 계단을 밟고 내려가야 도달할 수 있었다. 그곳에서 밑을 내려다보면 아찔한 백마강(白馬江 : 백강 상류)이 오늘의 환난을 아는 듯 모르는 듯 유유히 절벽 밑을 흘러갔다. 조금 있으니 세상을 집어삼킬 듯한 굉음과 함께 수백 척의 당선들이 꼬리를 물고 나타났다. 궁녀들은 누가 볼세라 황급히 내불전으로 몸을 숨겼지만 천지를 진동하는 북소리와 나팔 소리에는 울음이 절로 터졌다. 하나가 울자 모두 따라 울었고, 하나가 그치면 모두 함께 그쳤다.

굉음이 차츰 멀어지고 나자 궁녀 하나가 살그머니 고개를 빼고 동태를 살폈다. 당선들이 지나간 백마강의 물길은 더 이상 푸르지 않았다. 강바닥이 뒤집혀 오물처럼 누렇게 변한 흙탕물이 무슨 불길한 짐승처럼 절벽 밑을 휘감아 돌고 있었다. 그런 날에도 하늘은 어찌 그리 푸르고 태양은 또 왜 그리 밝은지, 위를 쳐다보면 눈이 부셨고 아래를 내려다보면 한숨이 절로 나왔다.

"우리 신세도 곧 저 강물과 같이 될 테지?"

누군가가 처량한 어조로 말했다. 오물처럼 변한 강물은 마치 앞으로 닥칠 자신들의 신세를 예고하는 것처럼 보였다. 바로 그럴 때였다. 궁녀들의 탄식이 깊은 탓이었을까. 절벽에 매달려 피어 있던 이름 모를 꽃잎 한 떨기가 갑자기 바람에 목이 떨어져 강물로 날려갔다.

이상한 일이었다. 그해따라 부산 절벽에는 유난히 바위틈에 많은 풀들이 자라나 있었다. 본래 부산에는 지초와 난초가 흔했다. 세상에서 좀체 보기 힘들다는 고란초(皐蘭草)도 잡초처럼 무리를 지어 생겨나서 임금이 내불전의 약수를 찾으면 물을 뜨러 간 궁녀가 고란초 잎사귀를 물바가지에 띄워오기도 했다. 고란초 주변으로 산목련도 피고, 봄과 여름에는 영험한 지초 꽃잎도 흐드러졌다. 풀 흔하고 꽃 흔한 곳에 어찌 열매인들 없으랴. 꽃 흐드러진 여름이 지나고 나면 궁녀들은 부산에서 나는 갖가지 열매를 따먹으며 또 즐거운 한때를 보내곤 했다.

그러나 서럽게도 떠오르는 풍경은 모두가 지나간 일, 갑자기 궁녀 하나가 강물로 날려간 꽃잎을 가리키며,

"저것 좀 보아!"

하고 소리쳤다.

낙화(落花).

궁녀들은 일제히 추락하는 꽃잎에 시선을 모았다. 그 순간에 궁녀들의 뇌리엔 대부분 똑같은 생각들이 자리를 잡기 시작했다. 제일 먼저 꽃잎을 가리켰던 궁녀가 무엇에 홀린 사람처럼 하늘을 바라보며 말했다.

"살아서 욕을 보지 않으려면 길은 하나뿐이야."

그의 눈에는 시리도록 푸르디푸른 하늘만 가득 들어차서 다른 건

하나도 뵈지 않았다. 마치 누군가의 손에 이끌리듯 궁녀는 절벽으로 난 계단을 밟고 더 높은 곳으로 걸음을 옮겨놓았다. 그가 당도한 장소는 부산에서 가장 높은 절벽 끝, 그에게는 이승의 끝이기도 했다.

천 길 낭떠러지에서 한 발짝도 더 나아갈 수 없는 곳, 거기서 숨 한 번 크게 쉬고 한 걸음만 더 보태면 비로소 좋은 세상이 열린다고 했던가. 궁녀는 보기만 해도 아찔한 벼랑 끝에 이르자 그대로 허공에 몸을 날려 백마강 강물로 투신했다.

그 또한 낙화.

꽃 하나가 떨어지자 뒤이어 수많은 꽃들이 우수수 떨어져 내렸다. 2백 송이의 꽃잎이 잇달아 지는 광경은 애처롭다 못해 차라리 아름다웠다. 어떤 장부가, 그 어떤 충신과 열사가 일제히 그토록 곱게 질 수 있으랴. 훗날 사람들이 그곳을 가리켜 낙화암(落花巖)이라고 부른 사유는 백제 여인들의 곧고 아름다운 절개를 높이 샀기 때문이리라.

하지만 멀리서 이 광경을 지켜보던 사람들은 대부분 3천 궁녀가 다 투신했다고 믿었다. 그때 민간에 나돈 소문으로 궁녀의 숫자가 3천 명이나 됐기 때문이다.

아름다운 여인들이 꽃잎처럼 지고 있을 무렵, 왕궁에서는 신라 태자 법민이 항복한 백제 왕자 부여융을 자신의 말 앞에 꿇어앉히고 얼굴에 침을 뱉으며 무섭게 꾸짖었다.

"전날 네 아비 의자는 내 누이를 원통하게 죽여 대야성 옥중에 파묻어서 나로 하여금 20년 동안이나 마음을 아프게 하고 머리를 앓게 하였다! 네가 그 사실을 아느냐?"

융은 격분한 법민의 발 아래 엎드려 머리를 땅에 붙이고 죄를 빌었다.

"알고 있습니다. 그런 일이 있었습니다. 부왕을 대신해 백배 사죄합니다. 태자께서는 부디 노여움을 거두소서!"

자신보다 10여 세나 위인 융의 간곡한 사죄를 받고도 법민은 분을 풀지 못했다. 비록 어머니는 달랐지만 자신을 등에 업어서 키운 고타소였다. 반드시 백제를 멸한 뒤엔 군왕과 왕자들을 제 손으로 모조리 베어 죽이겠다고 한때 얼마나 다짐하고 또 다짐했던가. 그는 허리춤에서 칼을 뽑아 들고 융의 목을 겨누며 고성을 질렀다.

"고개를 들고 내 얼굴을 똑똑히 보라! 오늘 네 목숨은 내 손안에 있다! 너를 죽여야 네 아비의 마음도 아프지 않겠느냐?"

법민의 노한 눈빛과 거친 태도에 융은 부들부들 몸을 떨었다. 세상 그 누구보다 귀하고 곱게 자란 그로서는 태어나서 단 한 번도 그 따위 봉변을 당한 적이 없었다. 법민이 겨눈 칼날이 조금씩 숨통을 아프게 짓눌렀다. 수치와 모욕은 차후의 문제였다. 우선은 죽고 사는 일이 다급했다.

"용서하십시오……."

융은 땅에 엎드려 더 이상 말을 잇지 못했다. 그때 김유신이 들어와서 융에게 칼을 겨눈 법민을 보고는 슬그머니 옷자락을 끌어당기며 만류했다.

"고정하십시오. 지금은 달아난 의자를 찾는 일이 시급합니다."

그 말을 듣고야 법민은 천천히 칼을 거두었다. 융이 공손하고 다소곳하게 나오자 법민도 굳이 그를 해칠 마음은 없었다. 그러나 융은 이때의 일이 평생 가슴에 큰 상처로 남았다. 한때 태자로서 만인의 공경을 받았던 그에게는 죽어서도 잊지 못할 치욕과 악몽의 순간이 아닐 수 없었다.

사비성을 장악한 나당 연합군은 의자가 이미 웅진으로 달아났다는 소식에 크게 격분했다. 소정방은 군사들을 이끌고 당장 웅진성으로 쳐들어가자고 주장했다. 그러나 김유신의 생각은 달랐다. 당나라 군사를 웅진으로 데려가는 건 아무래도 께름칙했다. 당군의 공격에 대비해 한산과 금돌성에 배치한 아군이 발각이라도 나는 날엔 동맹군의 우호와 결속이 깨어질 공산이 컸다.

"총관은 어찌 쉬운 일을 어렵게 처리하려 하시오? 웅진으로 달아난 사람은 의자 부처와 태자뿐이오. 나머지 식솔들은 모두 여기 있으니 사람을 보내어 부르면 결국 오지 않을 수 없을 게요. 사정이 다급해 달아났지만 지금쯤은 그도 이곳의 일이 걱정되어 잠이 오지 않을 거외다. 우선 사람을 보내 청해보고 그래도 오지 않거든 군사를 냅시다."

유신의 설명을 들은 소정방은 곧 그 말이 맞다고 여겼다.

"누구를 보내는 게 좋겠습니까?"

"태자의 아들 문사라는 아이가 우리 수중에 있소. 그 아이는 성루에서 밧줄을 타고 내려와 항복한 녀석인데 특히 제 어머니에 대한 효성이 지극해 능히 심부름을 보낼 만합니다. 의자가 가장 두려워하는 점은 제 목숨과 식구들의 안위일 테니 총관이 해치지 않겠다는 약속을 하면 틀림없이 제 발로 걸어올 게요."

소정방은 유신의 뜻에 따라 문사에게 자신이 직접 쓴 글을 주어 웅진으로 보냈다. 스스로 찾아와 항복하면 목숨과 안전을 책임질 테지만 만일 끝까지 거역하면 사비성의 부여씨들을 모조리 잡아 죽이고 웅진성으로 쳐들어가겠다는 게 문사 편에 보낸 글의 내용이었다. 손자인 문사에게서 글을 받아 읽은 의자는 한동안 깊은 고민에 빠졌다. 웅진성의 군사는 기껏해야 3천여 명, 주변에서 농부와 아이들까지 끌어모은다고 해도 1만 군사를 만들기 어려웠다.

좌평 정무는 끝까지 싸우자고 주장했지만 의자는 깊은 고심 끝에 항복을 결심했다.

"그럴 거면 무엇하러 힘들게 여기까지 오셨습니까?"

정무가 눈에 핏발을 세워 묻자 이미 위엄을 상실한 왕은 침통한 얼굴로 한숨에 섞어 말했다.

"당시는 사정이 너무 급해 세세한 점을 미처 헤아리지 못하였구나."

그런데 두 사람의 대화를 엿듣고 분위기를 간파한 웅진성 수비장 예식진(禰寔進. 혹은 예식禰植이라고도 함)은 기왕 항복하려는 의자를 자신이 붙잡아 당군에 바치면 제 식구들을 보호하는 것은 물론 일이 잘 되면 출세 길까지 닦을 수 있을 거라고 생각했다. 예식진은 할아버지와 아버지가 모두 좌평을 지낸 문벌 높은 집안의 자손이었지만 망국지변 앞에서 돌아서는 인심이 실로 비정하기 짝이 없었다. 천년 사직이 망하는 판에는 계백 같은 이도 있었지만 예식진 같은 자도 있는가 보았다. 그런 자가 없었다면 어찌 나라가 망했으랴.

이튿날 정무는 웅진성에 그대로 남고 의자 일행만 사비성으로 향했다. 예식진은 정무의 눈을 피해 임금을 사비성까지 호위한다는 명분으로 웅진성을 빠져나온 뒤 휘하의 부하들을 부려 의자와 나머지 식솔들을 모조리 결박했다.

사비성이 함락되고 닷새가 지난 7월 18일, 의자는 자신의 신하들에게 사지가 묶인 비참한 모습으로 사비성에 되돌아왔다. 그는 궐문 앞에 이르러 예식진에게서 당인 관리들에게 인계되었고, 태자와 함께 머리를 풀고 칼을 거꾸로 잡은 뒤 대궐로 들어갔다.

용상에는 이미 소정방이 앉아 있었고 나당 양국의 장수와 수만의 군사가 궁정과 전각을 빽빽이 메우고 있었다. 의자는 소정방 앞으로 나아가 항복의 예를 표한 뒤 허리를 굽혀 사죄했다.

"신 백제국대방군왕 부여의자는 상국에 씻을 수 없는 큰 죄를 지었나이다. 이에 멀리 황제 폐하의 대명을 받아 나오신 대총관께 머리를 숙여 깊이 사죄합니다. 부디 용서하십시오."

의자의 항복을 받은 소정방은 흐뭇한 표정을 짓다 말고 옆에 나란히 앉은 김유신을 돌아보았다.

"죄인 의자는 들으라!"

"네!"

"여기 신라국 김유신 장군께도 항복하고 사죄하라."

이미 김유신의 위엄에 여러 번 압도당한 소정방은 차제에 유신의 환심을 사두려고 했다. 하긴 양국 연합군으로 백제를 쳐서 이겼으니 신라에서도 누군가가 항복을 받는 것은 사리에 어긋나는 일이 아니었다. 그제야 의자는 고개를 들어 비로소 김유신을 처음으로 보았다. 그의 눈에 비친 김유신은 소문으로 듣고 짐작한 것보다 훨씬 나이가 들고 유순해 보였으나 범상치 않은 자태만은 짐작했던 대로였다.

"무얼 하는가?"

소정방이 재촉하자 의자는 잠시 괴로운 표정을 지었다. 소정방에게 하는 항복과 김유신에게 하는 항복은 격이 달랐다. 의자가 머뭇거리는 사이에 김유신이 먼저 입을 열었다.

"나는 그대의 항복을 받을 자격이 없소. 조만간 우리 대왕께서 납시거든 그때 항복하시오."

유신의 이 말은 의자보다도 소정방에게 더욱 크게 와닿았다. 물론 소정방은 선주 이세민이 살았을 때부터 신라사로 장안을 들락거린 춘추를 잘 알았다. 그러나 유신이 군신의 위계를 명백히 하자 그는 다시 한 번 김춘추에 대해 어렵고 두려운 마음을 갖게 되었다.

금돌성에 머물던 춘추가 의자의 항복 소식을 전해 듣고 사비성으로 행차한 때는 그로부터 열흘쯤 뒤인 7월 29일이다. 그는 우선 제감 천복(天福)을 당나라로 파견해 전첩(戰捷)을 알린 뒤 사비성에 이르러 양국 장수들의 환대와 영접을 받았다.

힘겨운 승리 뒤에 한바탕 잔치가 빠질 리 없었다. 춘추는 의자에게 항복과 사죄를 받은 뒤 사비궁에서 승전을 자축하는 연회를 열도록 지시했다. 춘추를 비롯한 신라인에게 실로 꿈에서나 그리던 광경이 펼쳐졌다. 7백 년 사직의 숙원을 이루는 날, 얼마나 많은 이가 바로 이날을 꿈꾸며 죽어갔던가. 승전의 낭보를 듣던 때부터 춘추는 너무 기쁜 나머지 잠도 오지 않았다. 공연히 어깨춤이 절로 나오고 밥을 먹지 않아도 배고픈 줄을 몰랐다.

"백제를 멸하다니, 오오 백제가 망하다니……."

그는 한밤중에도 새삼스레 감격에 들뜬 음성으로 감탄을 연발했다. 수시로 기쁘고 문득문득 즐거운 모양이었다. 승자의 너그러움이었으리라. 춘추는 머리를 풀고 무릎을 꿇어 사죄하는 의자를 보는 순간 죽은 딸의 원한을 갚는 개인사쯤은 능히 잊어줄 수 있다고 생각했다.

잔치 준비가 진행되는 한편에선 백제 관인들을 샅샅이 적간해 옥석을 가리는 작업이 함께 진행되었다. 전력을 캐고 전비를 살펴 용납할 수 없는 자는 옥에 가두었고, 이미 항복을 했거나 협조적인 자에게는 가산을 보존하고 식솔들을 지킬 수 있는 비표를 나눠주었다. 세상은 또 한 번 송두리째 뒤집혔다. 어제의 충신이 오늘의 역신이 되고, 오늘 살길을 얻거나 출세하는 자는 어제까지 눈물겹던 이였다. 나라가 망했으니 어쩔 수 있으랴. 망국의 충량(忠良)을 재던 잣대 대신 새로운 잣대가 생겨나 만사를 다시 재단했다. 강자의 편리에 따른 천지개벽의 대역리(大逆理)는 망국 백성들의 수난에 이어 다시금 민간의 비탄과 슬픔을 자아냈다.

8월 2일, 신라왕 김춘추는 의자가 집무를 보던 사비궁 편전에서 크게 잔치를 베풀고 풍악을 동원해 모든 장수들을 위로했다. 왕은 김유신과 소정방을 비롯한 여러 장수들과 함께 당상(堂上)에 높이 앉고 의자와 부여융은 당하(堂下)에 엎드리게 한 뒤 망국대신들이 보는 앞에서,

"죄인 의자는 어서 이리로 와서 술을 따르라!"

하고 지시했다. 모욕의 극치였다. 차지했던 자리가 높고 화려할수록 추락의 치욕은 끝이 없었다. 당하에 무릎을 꿇린 의자 앞에 곧 술병이 놓여졌다. 머리를 풀고 고개를 숙인 의자는 원망스러운 눈빛으로 내관이 가져온 술병을 지그시 응시했다. 시간이 지체되자 이번엔 소정방이 소리쳤다.

"무엇하는가! 어서 사죄의 술을 따르지 못하겠느냐!"

만일 이런 치욕이 뒤에 있는 줄 알았다면 차라리 자결이라도 했을 거라고 의자는 후회했다. 뒤에 시립한 신하들 가운데는 벌써부터 흐느끼는 자가 있었다. 젊은 시절, 김춘추가 부여헌의 조문사로 왔을 때 그를 죽여줄까 하고 묻던 부왕 서동대왕의 얼굴이 새삼 눈앞에 떠올랐다. 바로 그때였다.

"제 아비는 늙고 병든 몸이라 손이 떨려 술을 제대로 따르지 못할까 염려됩니다. 아비를 대신해 제가 술병을 들도록 해주십시오."

융이었다. 그러나 융의 간청은 받아들여지지 않았다.

"아무리 늙고 병이 들었기로 어찌 술병 하나를 들지 못하랴. 넘쳐도 좋고 흘려도 좋으니 임금이 직접 따르도록 하라."

기어코 의자에게 술 한 잔은 받아 마셔야겠다는 게 춘추의 뜻이었다. 그것으로 죽은 딸과 두 사위의 원한을 잊고, 아울러 백제군의 손에 죽은 역대의 숱한 충신과 벗, 누대에 걸친 크고 작은 원한을 말끔히 털어버리겠다는 것도 그리 과한 욕심은 아닐 터였다. 7백 년 묵은 원한을 풀고 마음속에서 굳어진 양국의 경계를 허무는 데 어찌 술 한 잔을 받지 못하랴, 춘추는 그렇게 마음을 도슬렀다.

"사무친 한을 그대가 따르는 술 한 잔으로 씻으려 한다. 의자는 대범한 마음으로 명을 따르라."

춘추가 다시 재촉하자 의자는 비로소 술병을 잡고 몸을 일으켰다. 그는 잠시 현기증이 이는 듯 두어 걸음 비틀거렸으나 이내 자세를 바로잡아 당상으로 올라갔다. 망국 대신들이 흐느끼는 소리가 여기저기에서 흘러나오기 시작했다. 의자는 제일 먼저 춘추의 잔에 술을 쳤다. 의자가 허리를 굽힌 채 양손으로 술을 따르고 춘추는 한 손으로 그 술을 받아 마셨다. 춘추의 뒤로 소정방과 김유신, 유백영과 풍사귀, 천존, 흠순, 방효공, 품일 등의 연합군 장수가 차례로 의자에게 술을 받았다. 당하에서 이 모습을 지켜보던 백제 군신들 중에는 눈물을 흘리지 않는 사람이 없었다.

백제의 마지막 날이었다. 임금이 머리를 풀고 땅에 무릎을 꿇는 순간 영화롭던 7백 년 백제 사직도 함께 무릎을 꿇었고, 그가 술병을 쥐고 색주가의 천한 계집처럼 술을 따르면서 25만 날 찬란하고 휘황했던 백제의 일력도 막을 내렸다. 그날은 백제가 땅에 묻히고 세월에 갇혀버린 날이었다. 동편으로 떠오른 해는 여전히 빛나고 빛났지만 이미 백제의 해가 아니었다. 산천도 그대로요 백성도 그대로였으나 그 또한 더 이상은 백제의 것이 아니었다.

백강 푸른 물살을 따라 끝없이 흐를 것만 같던 역사는 그렇게 끝이 났다. 승리의 북소리를 울리며 개선하던 용사도, 화려했던 영광의 날도 더는 오지 않을 터였고, 임금이 망국의 연회에 끌려나가 술시중을 든 일을 끝으로 필경은 더한 치욕의 날도 없을 것이었다.

잔치는 오후를 지나 저녁까지 계속되었다. 땅 위의 일을 아는지 서편에 지는 저녁놀은 그날따라 유난히 피처럼 붉었고, 밤이 되자 달은 나오지도 않았다. 백제의 해와 달도 그렇게 졌다.

잔치가 벌어지는 동안 옛날 대야성에서 배반한 검일(黔日)과 모척(毛尺)의 처형식이 있었다. 신라 태자 법민은 사비성에 입성한 날부터 휘하의 모든 군사를 풀어 그 두 사람을 찾아냈다. 공을 세우고 귀순한 그들은 사비성에서 다시 처를 얻고 자식들을 낳아 제법 호사스럽게 살고 있었다. 법민은 이들을 결박해 왕궁 앞뜰로 끌고 나와 큰소리로 꾸짖었다.

"너희는 대야성에서 함께 공모하여 백제 군사를 끌어들이고 식량을 불태워 성을 망하게 한 일이 첫 번째 죄요, 성주 부처를 죽인 일이 두 번째 죄며, 백제와 내통해 제 나라를 공격한 것이 세 번째 죄다! 나는 도저히 너희를 용서할 수 없다!"

누이 고타소에 대한 법민의 그리움은 참으로 크고 깊었다. 장성하여 혼인을 한 뒤에도 법민은 누가 대야성 얘기만 하면 그윽한 눈빛으로 한숨을 쉬곤 했다. 그런 그에게 검일과 모척은 산 채로 갈아 마셔도 시원치 않을 자들이었다.

"여봐라, 저 두 놈을 줄에 묶어 사지를 찢어 죽이고 그 시체를 강물에 던져버려라!"

논고를 마친 법민이 무서운 얼굴로 명령했다. 검일과 모척은 스스로 지은 죄를 알기 때문에 아무 변명도 하지 못하고 형장으로 끌려나갔다. 태자의 노여움을 본 신라 장수들이,

"마마, 저들의 죄를 살피건대 그 위중함으로 말하면 9족(九族)을 동시에 멸해도 시원찮습니다. 마땅히 처자식도 죽여버립시다!"

하고 건의했다. 그러나 잠시 대답이 없던 법민은 시퍼렇게 설쳐대던 기세와는 달리 가만히 고개를 저었다.

"여기서 얻은 처자식이야 무슨 죄가 있겠는가. 나는 죄를 벌하지 사람을 잡는 건 아니다."

춘추는 능지처참한 검일과 모척의 시체를 강물에 던지고 나서야 이 소식을 들었다.

"그래, 태자는 그럴 게다. 제 누이를 따르고 섬기는 마음이 오히려 나보다도 훨씬 깊었을 게다."

그는 흡족한 얼굴로 이렇게 덧붙였다.

"일을 처리하는 태자의 분별 또한 가히 칭찬할 만하구나. 그를 보면 내 뒤는 크게 걱정하지 않아도 되지 싶다."

한편 잔치가 끝난 뒤 소정방은 김유신에게 따로 만나기를 청했다. 백제를 치고 나면 곧바로 군사를 돌려 신라까지 정벌하라는 밀명을 받은 그로선 사비성에 입성한 직후부터 김인문의 눈을 피해 장수들과 잦은 회합을 가졌다. 그런데 아무래도 마음에 걸리는 인물이 김유신이었다. 게다가 전역에 동원된 신라군의 숫자가 얼마 되지 않는 점

도 께름칙했다. 저쪽에서 이미 실상을 간파하고 무슨 대책을 세워놓았다면 차라리 일을 벌이지 않는 편이 나을 터였다.

"김유신이 있는 한 신라를 치기란 어렵습니다. 총관께서도 그가 어떤 인물인가는 이미 겪지 않았습니까?"

풍사귀의 말에 방효공도 머리를 절레절레 흔들었다.

"사비성에 나타난 신라군의 숫자가 기껏해야 4만이 조금 넘을 뿐입니다. 따로 무슨 방책을 세워놓은 게 틀림없습니다."

그러자 좌위장군 유백영이 말했다.

"뒤로 무슨 방책을 세워놓았다면 이를 명분으로 신라를 칠 수도 있지요. 전군을 동원하지 않았다면 우리를 의심한다는 얘긴데, 혈맹을 운운하는 자들이 의심을 한다면 마땅히 군사를 돌릴 명분이 됩니다."

유백영의 말이 끝나자 유수 유인원(劉仁願)이 거들었다.

"김유신이 비록 용장이고 명장이라곤 하지만 그 역시 사람입니다. 하물며 그와 같이 뜻이 높고 그릇이 큰 사람이라면 어찌 손바닥만한 신라에서 일생을 마치고 싶겠습니까? 낙양으로 데려가 우리나라에서 높은 벼슬을 내린다면 마음을 돌릴지도 모르는 일이올시다."

소정방은 특히 유인원의 말에 솔깃했다.

"그렇지. 꺾기 힘든 자는 내 편으로 삼음이 상책이라고 했네. 그의 마음을 돌리려면 어떻게 하는 게 좋겠는가?"

이 질문에 대답한 이는 우장 동보량이었다.

"먼저 김유신의 마음을 돌릴 만한 선물이 있어야 합니다. 후일을 기약하는 황제 폐하의 친서를 얻어낼 수 있다면 다행이옵고, 백제 땅을 갈라 그에게 식읍으로 주겠다고 제의하는 것도 써볼 만한 계책입니다."

소정방은 크게 고개를 끄덕였다.

"우장의 말이 옳다."

그는 부랴부랴 전첩을 알리는 사신 편에 김유신의 공을 자세히 일러 보내고 황제의 친서가 당도하기를 기다렸다. 낙양에 간 사신이 황제를 배알하고 다시 사비로 돌아온 때는 8월 중순, 이치는 당군 장수들의 노고를 글로써 치하하는 말미에 특별히 김유신의 무공을 높이 말하고 온갖 미사여구를 동원해 그를 칭찬했다.

그러나 이 과정에서 일은 자연스럽게 김인문에게 알려졌다. 인문은 비록 신라의 왕자였지만 명목상으론 당나라 장수요 부총관이었고, 황제의 친서가 오가는 공식적인 행사에 인문이 참여하는 것을 막을 수는 없었다. 소정방이 이 일로 고민하자 처음 꾀를 낸 동보량이 말했다.

"꺾기 어려운 자는 내 편으로 삼음이 상책이라고 이미 총관께서 말씀하시지 않으셨습니까? 속이기 힘든 경우에도 마찬가집니다. 부총관은 신라의 왕자이긴 하나 태자가 아닙니다. 하물며 그는 신라에서보다 우리 당에서 더 출세한 사람입니다. 어찌 그 마음에 파고들 만한 틈이 없겠습니까?"

"그럴까?"

소정방이 쉽게 결심하지 못하고 머뭇거리자 동보량은 이렇게 덧붙였다.

"김유신의 처지를 고려한다면 차라리 잘된 일입니다. 혼자만 불러 회유하면 아무리 뜻이 있어도 우리 제안을 선뜻 받아들이기 어려울 수 있습니다. 부총관뿐 아니라 신라사로 우리나라와 인연이 깊은 김양도(金良圖)도 함께 구슬려보십시오. 그 역시 신라에서보다는 장안에서 더 출세한 사람이니 말이 통할 겁니다. 그렇게 세 사람쯤이면 말을 꺼내기도 받아들이기도 한결 자연스럽지 않겠습니까?"

소정방은 동보량의 제의에 따라 김인문을 통해 유신과 양도를 같이 초대했다. 전쟁이 끝났으니 마음 편히 술잔이나 나누자는 게 명분이고 이유였다. 하긴 양도는 장안에서 면을 익힌 구연으로, 김유신은 양국 군사를 지휘한 책임자로 각별한 자리를 만드는 일이 수상한 건 아니었다.

소정방은 당군 병영을 설치한 사비성 별궁에 주안상을 차려놓고 김유신에게 상석을 권했다. 유신이 몇 번 사양하자 그는 거의 우격다짐으로 등을 떠밀며 말했다.

"언제 어디서든 장군을 깍듯하게 모시라는 황제폐하의 전언이 있었습니다. 장군께서 이곳에 계셔서 그렇지 만일 우리나라에 가셨다면 영국공(이적)이나 이위공(이정)에 견주어 조금도 뒤지지 않을 명성을 천하 만방에 크게 떨치셨을 겁니다. 비단 황제폐하의 전언이 아니더라도 어찌 장군을 높이 뫼시지 않겠습니까? 사양치 말고 상석에 앉으십시오."

소정방은 은근히 속셈을 드러내고 유신의 의중을 떠보려고 한 말이었으나 이를 받아치는 김유신의 응대도 만만찮았다.

"보잘것없는 이 몸을 그토록 추켜세우시니 낯이 다 붉어지는구려. 과연 황제폐하께서는 변방의 늙고 이름 없는 장수조차도 충정에 사로잡히게 할 만큼 큰 덕을 갖추신 분이외다. 그러나 총관이 나를 그처럼 예우한다면 나는 감히 계림의 법도에 따를까 합니다. 이 자리에 우리나라 왕자께서 와 계시니 마땅히 그분께 상석을 양보하겠소."

상석에 인문을 앉히겠다는 뜻이었다. 일순 소정방의 얼굴엔 실망의 기운이 스쳤다. 하지만 김인문인들 하늘 같은 외숙을 두고 상석에 앉을 수는 없는 법이었다.

"그냥 앉으시지요. 이 자리는 총관께서 마련하신 사사로운 자리입니다. 본래 사석에선 연배를 따지는 게 만국의 공통된 상규가 아닙니까?"

인문이 거듭 사양을 한 뒤에야 김유신은 하는 수 없다는 듯 소정방이 권한 자리로 가 앉았다. 상석 싸움으로 한 차례 풀이 꺾인 소정방은 어떻게든 달콤한 말로 유신의 마음을 돌려보려고 애를 썼다. 그는 술잔이 돌고 주연이 시작되자 황제가 보낸 서신을 화제로 김유신의 무공을 칭찬하는 일에 침이 말랐다. 유신을 극찬하며 그렇게도 만나고 싶어했던 선제 이세민의 얘기에서부터, 낙양에서 식읍을 하사받는 장수가 되면 얼마나 호강하고 영화를 누리는지, 그리고 지금의 황제가 신장(神將)을 기다리는 심정으로 김유신이 입조하기를 바란다는 말까지 장황하게 늘어놓았다. 하기 좋은 말은 듣기에도 좋은 법이었다. 자신을 칭찬하는 말에 김유신도 줄곧 호방한 웃음을 터뜨렸고, 두 사람 사이에 합석한 인문과 양도도 간혹 유신이 잘 알아듣지 못하는 말은 통역을 해주며 함께 즐거워하였다. 화기애애한 분위기는 밤이 깊도록 이어졌다. 몇 동이의 술을 비우고 네 사람이 모두 거나하게 취했을 때였다. 소정방은 갑자기 사뭇 음성을 낮춰 이렇게 말했다.

"백제 일은 이제 저에게 모든 권한이 있습니다. 여기 부총관도 이미 알고 있겠지만 엊그제 사신에게서 만사를 편의에 따라 처리하라는 폐하의 명령을 받았습니다."

그것은 사실이었다. 백제를 토벌했다는 낭보를 받고 크게 기뻐한 이치는 의자왕을 살리고 죽이는 일에서부터 고구려와 신라를 치는 문제까지 만사를 책임자인 대총관이 알아서 하라며 소정방에게 재량권을 주었다. 소정방은 더욱 낮은 음성으로 말을 이었다.

"그래서 말입니다만, 지금 공취한 백제 강역을 3등분해서 공들에게 식읍으로 주려는 게 내 생각입니다. 어떻습니까? 그만하면 유신 장군의 공적에도 보상이 될 테고, 숙위사와 입조사로 양국에 두루 공을 세운 부총관과 양도공에게도 훌륭한 선물이 되지 않겠소?"

소정방의 제안에 세 사람은 크게 놀랐다. 인문과 양도가 입을 벌리고 유신을 바라보자 유신이 돌연 껄껄 웃음을 터뜨렸다.

"총관께서 많이 취하신 모양이오!"

유신은 자신이 비운 잔을 소정방에게 내밀고 술 한 잔을 더 권하며 점잖게 말했다.

"총관께서 황제의 군사를 거느리고 와서 우리 임금의 소망을 이루고 나라의 깊은 원한을 풀어주었으니 대왕은 물론 온 나라의 신하와 백성이 기뻐하는 건 말로 다할 수가 없소. 그런데 유독 우리 세 사람만 상을 받는다면 그 의리가 어떻겠소? 총관의 마음만 고맙게 받아들이리다."

유신의 말이 끝나자 양도 역시 웃으며 말했다.

"제 생각도 우리 대장군의 말씀과 다를 바 없습니다. 장수와 신하가 공을 다툼은 오직 대왕의 성지를 받들기 위함이지 어찌 사사롭게 상을 바라고 하는 일이겠습니까? 총관의 말씀은 매우 고마우나 따를 수 없습니다."

자신의 말이 먹혀들지 않자 소정방은 취기를 핑계 삼아 너털웃음으로 속셈을 얼버무렸다.

"신라는 작지만 과연 대국이오! 허허, 내 어찌 신하 된 도리를 모르겠소. 세 분의 공이 높음을 말하다 보니 본의 아니게 말이 헛나와 버렸소."

아무래도 어렵겠다는 느낌은 들었다. 하지만 그날 이후로도 소정방은 틈틈이 김유신을 만나면 황제의 뜻임을 내세워 함께 당나라로 가서 대국에서 벼슬살이를 하자고 꼬드겼다. 그럴 때마다 유신은 웃으며,
"말씀은 고마우나 나는 금관의 후예이고, 계림의 신하요. 우리 대왕 곁을 떠나선 단 하루도 살 수가 없소."
하고 말했다.
김유신의 마음을 돌리는 데 실패한 당군 장수들의 의견은 크게 두 가지로 갈렸다. 유백영과 유인원은 황제의 밀명대로 신라를 치자고 주장했고, 풍사귀와 방효공 등은 그냥 포기하고 돌아가자는 쪽이었다. 특히 동보량은 아직 고구려를 치지 않았으므로 마땅히 신라와 동맹 관계를 유지해야 한다며 돌아가자는 주장에 적극 동조했다. 소정방은 양론이 팽배한 가운데 이번에도 쉽게 결정을 내릴 수 없었다. 그러나 김유신을 의식한 그는 신라를 치는 일에 과히 마음이 동하지 않았다. 유백영의 권유에 못 이겨 사비성에 군영을 만들고 금성을 공격할 모의까지 마쳤으나 정작 군사를 움직이려니 자꾸만 누군가가 옷자락을 잡아당기는 것만 같았다.
"신라에선 따로 방비를 세워두었을 게 틀림없습니다. 만일 섣불리 출병했다가 일이 실패로 끝나면 혈맹의 가약은 여지없이 깨어지고 기왕에 얻은 백제 땅마저 신라에 빼앗길 공산이 큽니다. 차라리 백제를 진수해 우리 성읍으로 삼는 일만 같지 못합니다."

동보량의 거듭된 만류에 그때까지 신라를 치자고 주장했던 유인원의 마음도 차차 바뀌기 시작했다.

"듣고 보니 우장의 말도 옳은 것 같습니다. 우선 총관께서 신라왕을 만나 그가 머물던 금돌성을 구경시켜달라고 청해보십시오. 신라왕이 선뜻 허락을 하면 방비가 따로 없는 것이지만 뒤가 구릴 경우엔 틀림없이 핑계를 댈 겁니다. 그사이에 저도 정탐꾼을 시켜 신라의 국경과 강역을 몰래 살펴보도록 하겠습니다."

소정방은 유인원의 말에 따르기로 하고 아직 사비성 별궁에 머물고 있던 춘추왕에게 알현을 요청했다.

그런데 이때 춘추는 당군들의 수상한 낌새를 이미 알아차리고 군신들을 불러 대책을 논의하고 있었다. 이세민과 피로 서약한 문서에 따르면 백제 땅은 토벌한 뒤 마땅히 자신들에게 돌려주어야 했으나 사비에 입성한 당군들의 태도는 그게 아니었다. 한편에선 백제 땅을 다스릴 유진군과 진수사(鎭守使)를 선발한다는 소문이 들렸고, 사비성 전역에 풀어놓았던 당군들을 다시 끌어모아 대오를 만들고 무기를 손질한다는 소식도 들려왔다. 필경은 우려하던 일이 현실로 나타날 조짐이었다. 소정방이 김유신과 인문, 양도를 초청해 회유책을 썼다는 사실도 이미 유신과 양도의 입을 통해 알고 있던 춘추였다. 백제 땅을 돌려 받기는커녕 오히려 사태는 당군의 침략을 걱정하는 쪽으로 치달았다. 수심에 가득 찬 임금에게 제일 먼저 태자 법민이 말했다.

"아바마마께선 너무 걱정하지 마십시오. 소정방은 감히 우리나라를 침범하지 못합니다."

법민이 단언하듯 하는 말에 춘추는 고개를 갸우뚱거리며 물었다.

"너는 어찌하여 그처럼 자신하느냐?"

"그가 큰외숙과 양도를 불러 회유한 까닭은 큰외숙을 두려워하는 마음이 크기 때문입니다. 군사를 함부로 낼 수 없는 첫 번째 이유는 그겁니다. 두 번째 이유는 아직 북방의 고구려가 건재하므로 드러내고 우리와 싸울 형편이 되지 못합니다. 그러니 군사를 일으키더라도 반드시 우리한테서 무슨 꼬투리를 잡으려고 할 것입니다. 그래야 파맹(破盟)의 책임을 우리에게 전가할 수 있기 때문입니다. 그런데 이번 전역에 동원된 우리 군사가 4, 5만에 불과하니 저들로선 후군의 방비를 염탐한 뒤 그 자료와 증거를 가지고 꼬투리를 삼는 수밖에 없습니다. 이 점만 철저히 대비한다면 소정방은 큰외숙과 고구려를 의식해 거병하지 않고 그냥 돌아갈 겁니다."

법민의 설명을 듣고 나자 춘추의 안색은 한결 밝아졌다.

"하지만 기왕에 세워둔 후군 방비가 아니냐? 저들이 염탐해서 알아낸다면 무엇으로 변명을 한단 말이냐?"

"우리에겐 고구려 침략에 대비해야 하는 사정이 있습니다. 그러니 북방에 세워둔 군사들은 그런대로 설명이 가능합니다. 문제는 당군의 침략에 대비해 금돌성과 한산주, 그리고 남역 접경에 배치한 군사들입니다."

법민의 말이 끝나기 무섭게 병부제감 다미(多美)가 한 가지 묘안을 꺼냈다.

"접경에 배치한 우리 군사와 백성들에게 백제 옷을 구해 입혀서 거짓으로 도둑질을 하려는 것처럼 만들면 당나라 군사들은 거기 신경을 쓰느라 딴 마음을 품지 못할 겁니다. 그때를 놓치지 말고 우리 군사를 움직여 사비성 외곽에서 먼저 당군을 포위하면 능히 저들의 도발을 저지할 수 있습니다."

춘추는 잠시 생각에 잠겼다가 다소 의아한 표정을 지었다.

"당나라 군사가 우리를 위해 적을 토벌했는데 이제 도리어 그들을 포위해 궁지로 몬다면 천하의 비난을 받지 않겠소? 하늘이 우리를 도와줄지도 의심스럽구려."

그러자 김유신이 웃으며 말했다.

"다미공의 말이 취할 만하오니 청컨대 이를 가납하소서. 개는 주인을 두려워하지만 주인이 발을 밟으면 무는 법입니다. 어찌 난을 당하고도 자신을 구원하지 않겠나이까."

한창 논의가 무르익고 있을 때 당나라 진영에서 보낸 사신이 와서 소정방이 알현을 청한다고 말했다. 용좌 곁에 시립했던 법민이 춘추에게 다가와 가만히 귀엣말로 속삭였다.

"총관이 아바마마께 우리 강역을 구경시켜달라고 청하면 흔쾌히 이를 허락하십시오. 조금이라도 머뭇거리는 기색이 있으면 의심을 사겠지만 쾌히 수락을 하시면 조만간 그는 낙양으로 떠날 겁니다."

법민의 예측은 정확했다. 춘추가 소정방을 만나자 그는 대뜸,

"대왕께서는 언제 신라로 돌아가십니까?"

하고는,

"가실 때 저를 좀 데려가서 신라 강역을 구경시켜주십시오. 소문에 신라엔 이름난 명산이 많고 아름다운 계곡도 돌밭에 자갈처럼 흔하다고 들었나이다. 여기까지 와서 신라를 구경하지 않고 돌아가면 뒷날 후회가 크지 않겠습니까?"

하고 청했다. 춘추는 내심 법민의 혜안에 탄복하면서 기쁜 얼굴로 말했다.

"여부가 있겠소? 그러잖아도 내가 총관에게 먼저 그 얘기를 하려던 참이었소! 예까지 왔으니 우리 땅도 구경하고 가야지. 아무렴, 총관뿐 아니라 장수들도 전부 데려갑시다. 내일이라도 좋으니 어서 채비를 하오! 계림의 산자수명한 경관을 다 돌아보려면 주마간산을 하더라도 족히 두어 달은 걸릴 게요!"

춘추는 조금도 꺼리는 기색이 없었다. 춘추의 태도가 제 짐작과는 완연히 딴판이니 소정방으로선 난감한 기분에 사로잡히지 않을 수 없었다.

"정말 우리 장수들을 다 데려가도 좋습니까?"

"물론이오! 여기 일은 대충 다 보았으니 내일 일찍 출발하는 게 어떻겠소?"

오히려 춘추가 다그치고 나오자 소정방은 슬그머니 발을 뺐다.

"내일은 너무 촉박합니다. 대왕의 뜻을 알았으니 사나흘 말미를 주십시오."

"사나흘이나 걸릴 게 무에 있소? 시급히 갑시다."

"하여간 알겠습니다. 다시 말씀을 올리겠나이다."

소정방은 당황하는 기색이 역력했다. 그는 허둥지둥 자신의 병영으로 돌아갔다.

그로부터 며칠간 당나라 장수들은 신라 측과 연락을 끊고 각방으로 정탐꾼을 놓아 신라의 사정을 알아보았다. 그런데 소식을 물어오는 정탐꾼들마다,

"국경엔 방비가 가히 철통과 같아서 쥐새끼 한 마리도 허락 없이 드나들기 어려운 지경입니다."

"저는 가까스로 국경 마을에 들어간 뒤 주막에서 지나가는 말로

임금 욕을 했다가 달려든 신라 사람들한테 맞아 죽을 뻔했습니다. 그 나라 백성들은 애 어른 할 것 없이 임금을 정성으로 섬기고 김유신이나 천존 같은 장수들을 마음 깊이 흠모하는 듯했습니다."
하며 이구동성 입을 모았다. 안으로는 물샐틈없는 방비를 해놓고 겉으로는 트집거리를 제공하지 않으니 소정방으로선 신라를 칠 명분도 찾기 어렵고 그러구러 의욕도 잃어버렸다.

한편 도성이 함락되고 임금이 사로잡혔지만 백제 전역이 연합군의 수중에 온전히 들어온 건 아니었다. 제일 먼저 반기를 들고 나선 이는 웅진성까지 의자를 수행했던 좌평 정무였다. 그는 남잠성(南岑城)과 정현성(貞峴城) 등지에서 의병을 끌어모은 뒤 두시원악(豆尸原嶽: 청양)에 진을 치고 나당 연합군에 대항했다.

8월 26일, 연합군은 정무 세력이 포진한 임존성(任存城: 대흥)의 대책(大柵)을 공격했으나 지형지세에 밝은 잔병들은 험지에 의지해 역공을 취했다. 결국 연합군은 이들을 격파하지 못하고 다만 소책(小柵) 몇 개를 무너뜨린 뒤 사비성으로 돌아왔다.

망국의 잔병들까지 일어날 기미를 보이자 소정방은 신라를 치겠다는 생각을 깨끗이 단념했다. 그는 춘추를 만나 황제로부터 급히 돌아오라는 명령을 받았다고 말했다.

"고구려를 치지 않고 이대로 귀국을 하시겠소?"

"우리가 백제로 내려온 뒤 요동 방비가 과거 어느 때보다 굳세다는 전언이올시다. 왜 그렇지 않겠습니까. 이제 백제는 얻어놓았으니 아무 때고 남북으로 군기만 맞추면 되지요. 소장의 짐작으론 명년이나 후명년쯤 적당한 기회가 오지 싶습니다."

사실이 그러했다. 고구려는 동맹을 맺은 사이임에도 불구하고 백제가 망하는 순간까지 원군을 보내지 않았다. 을사년(645년) 전란 때백제가 돕지 않았던 과거사의 앙갚음이기도 했지만 그보다 더 큰 이유는 바로 그들 스스로의 안위 때문이었다. 연개소문은 백제를 토벌한 나당 연합군이 행여 자신들을 공격할 경우에 대비해 요동과 남쪽국경에 철저한 방비를 펴고 나왔다. 소정방이 출정한 뒤 요동을 치려고 몇 번이나 기회를 엿보았던 당나라는 아무래도 사정이 여의치 않다는 결론을 내리고 고구려 정벌을 뒤로 미루었다.

"그보다는 백제 강역의 유진군 문제를 의논했으면 합니다."

소정방이 조심스럽게 말을 꺼냈다. 명목상 백제 강역은 모두 신라에게 주기로 돼 있었다. 하지만 13만 대병을 거느리고 와서 애써 얻은 땅을 고스란히 돌려주자니 소정방으로선 아깝다 못해 원통한 심사를 억누를 길 없었다. 게다가 고구려를 쳐서 요동까지 얻었다면 사이좋게 양국 땅을 갈라 전리품으로 공유할 수도 있다지만 언제 요동으로 군사를 낼지, 군사를 낸다고 반드시 고구려를 정복할 수 있을지도실은 의문이었다. 신라가 내세우는 선제와 춘추왕 사이의 맹약문은빛이 바랜 지 오래였고, 두 사람이 책상머리에서 이마를 맞대고 의논한 일과 정작 그를 실행으로 옮길 때의 사정은 판이했다. 하물며 기회를 봐서 그런 신라까지 토벌하라는 게 지금 황제의 본심이 아니던가.

"소총관이 수고로움을 무릅쓰고 와서 백제를 궤멸시켜준 것만으로도 이미 갚을 길 없는 큰 신세를 졌는데 어찌 유진군까지 남겨달라고 부탁을 하겠소. 만일 그렇다면 물에서 건져놓았더니 옷까지 말려달라는 몰염치와 무엇이 다르겠소? 과인이 그처럼 뻔뻔한 사람은 아니니 뒷일은 걱정하지 말고 그냥 돌아가오."

서로가 상대의 속셈을 간파하고 나누는 대화였다. 소정방도 순순히 물러날 수는 없었다.

"비록 백제왕을 사로잡고 사비성을 장악했다지만 백제 땅 전역을 취한 건 아닙니다. 당장 엊그제만 하더라도 임존성에서 큰 싸움이 일어나지 않았습니까? 도성을 되찾고 망한 사직을 일으켜 세우려는 자가 어찌 비단 정무 하나뿐이겠습니까? 유진은 결코 가벼이 여길 일이 아닙니다. 자칫하면 그동안 애쓴 공적이 하루아침에 물거품이 될 수도 있으니 향후 몇 년간은 각별한 노력과 주의가 필요합니다. 마땅히 양국에서 유진군과 진수사를 두어 같이 다스리는 편이 옳습니다."

"그럴 것까지야 있겠소. 우리 군사만으로도 충분하오."

춘추가 곤혹스러운 표정을 짓자 소정방은 얄미울 정도로 춘추의 약점을 파고들었다.

"여기 나온 군사가 신라 군대의 거의 전부라고 말씀하시지 않았는지요?"

"그, 그렇지요……."

"북방에 배치해둔 군사들은 계속 고구려의 남진을 막아야 할 테고, 이번 전역에 동원된 전군을 사비성에 그대로 두고 갈 수도 없는 일이 아닙니까? 저희 황제께서도 대왕을 도와 뒷일을 빈틈없이 마무리해놓고 돌아오라고 각별히 당부하셨나이다."

황제의 명령이라는 말에 춘추도 더 이상 고집을 세우지는 않았다. 하긴 백제 전역(全域)에서 얼마나 되는 무리가 저항을 해올지 아직은 알 수 없었다. 너무 지나치게 고집을 부려 당군들을 기어코 돌려보낸다면 그로 말미암아 양국 관계가 틀어질 일도 걱정스러웠지만 한편으론 뒷날 사정이 위태로울 때 다시 도움을 청하기도 쉽지 않을 터였다.

"그럼 얼마나 군사를 두고 가시겠소?"

춘추가 묻자 소정방은 미리 계산을 해놓은 듯 조금도 머뭇거리지 않고 대답했다.

"1만 명쯤을 두고 갈까 합니다. 신라에서도 그쯤 되는 군사를 남겨 두십시오."

기왕 당이 유진군을 두고 가는 마당이라면 한 사람의 신라군이라도 더 고생시킬 이유가 없다는 게 춘추의 재빠른 판단이었다.

"그럼 우리는 사천당*과 중당**의 군사들만 남겨두겠소. 양군이 모두 합쳐서 7천 명쯤 되니 총관의 뜻과 부합하지 않겠소?"

"좋습니다. 그렇게 하시지요."

경신년(660년) 9월 3일, 소정방은 의자왕 내외와 태자 효, 왕자 융과 태, 연, 태자의 아들 문사 등을 귀국선에 태우고 좌평 천복과 예식진을 비롯한 망국대신과 장수 1백여 명, 그 밖의 왕족 및 귀족 1만 2천8백7명을 포로로 삼아 백강을 출발했다. 부총관 김인문도 사찬 유돈(儒敦)과 대내마 중지(中知)를 데리고 소정방을 따라 다시 낙양으로 들어갔다. 유진군 1만을 거느리고 사비성에 남은 당나라 장수는 유수(留守)이자 낭장(郎將) 유인원이었다.

소정방이 떠나는 날 춘추왕도 사천당과 중당의 군사 7천여 기를 제외한 대부분의 장수와 군사들을 거느리고 귀경길에 올랐다. 그런데 이 대목에서 신라왕 춘추의 처신은 다시 한 번 빛났다. 그가 유인

---

* 사천당(四千幢) : 진평왕 13년(591)에 설치한 군부대. 옷깃은 황흑(黃黑)색이다.
** 중당(仲幢) : 문무왕 11년(671)에 설치한 군부대. 옷깃은 흰색이다.

원을 도와 사비성을 진수하라며 선발한 장수는 인태(仁泰), 바로 자신의 다섯째 아들이었다. 아직 모든 일이 불안하고 위태로운 적성 한복판에 자식을 책임자로 남겨두는 판이니 다른 장수와 군사들의 불만이 있을 수 없었다. 이에 사찬 일원(日原)과 급찬 길나(吉那) 같은 장수는 물론 유진군을 자청하는 군사들이 헤아릴 수 없이 많았다. 춘추는 일원과 길나로 하여금 인태를 보좌하도록 지시한 뒤 신라에 항복한 백제 신하들을 데리고 개선군의 위용을 자랑하며 금성으로 향했다.

소정방은 귀국하자마자 잡아간 포로를 앞세우고 대궐에 들어가 황제를 알현했다. 이치는 기쁜 낯으로 소정방의 노고를 크게 치하한 뒤,

"어찌하여 이내 신라를 정벌하지 않았는가?"

하고 물었다. 소정방은 두 번 절하고 대답했다.

"신라는 그 임금이 어질어 백성을 사랑하고 신하와 장수들은 지극한 충성으로 임금을 받들었습니다. 또한 아랫사람은 윗사람 따르기를 마치 부형(父兄)을 섬기듯 하므로 비록 나라는 작지만 함부로 도모할 수 없었나이다."

나머지 장수들의 전언도 소정방과 거의 일치하자 이치는 웃으며 이렇게 말했다.

"나무라고자 한 말이 아니고 그냥 궁금해서 물어봤을 뿐이다."

한편 당나라 수도 낙양으로 끌려간 백제 임금 의자는 자식보다도 어린 당주 이치에게 크게 꾸지람을 들었다. 지난 일을 백배 사죄하여 가까스로 용서를 받고 풀려나긴 했지만 이미 여러 곳에서 받은 치욕과 수모는 사람으로서 견딜 만한 한계를 벗어난 것이었다. 나라를 잃은 뒤로 그는 정신마저 약간 이상해져서 수시로 하늘을 올려다보며

히죽히죽 웃거나, 웃다 말고 돌아앉아 대성통곡을 했고, 누가 말을 시키면 엉뚱한 대답으로 지켜보는 사람들을 더욱 슬프게 만들었다. 왜 그렇지 않으랴. 그렇지 않다면 도리어 이상한 일이었다.

낙양에 간 뒤로 의자는 곧 병이 들었다. 치유될 수 없는 마음의 병이었다. 오장육부가 새까맣게 타 들어가서 마침내 골수까지 퍼진 그 병은 결국 의자를 죽음으로 몰아갔다. 막판에 그는 자신의 운명을 미리 예감한 듯 약도 먹지 않고 의원의 진찰도 한사코 거부했다.

"내가 나라를 잃었구나! 이 한을 어찌할거나, 죽어서도 이 한을 다 어찌할거나……."

그 말을 끝으로 의자는 왕비 은고와 장자 융을 비롯한 자식들이 모두 지켜보는 가운데 조용히 숨을 거두었다. 이역만리 남의 나라에서 맞은 서글픈 종말이었다. ,

당주 이치는 의자가 죽었다는 소식을 듣자 그에게 금자광록대부 위위경(金紫光祿大夫衛尉卿)을 추증하고 그를 따라온 백제의 옛 신하들이 조문하는 것을 허락했다. 아울러 조서로써 북망산의 손호(孫皓 : 吳나라 손권의 손자)와 진숙보(陳叔寶 : 陳나라 後主)가 묻힌 묘 옆에 장사 지내게 하고 비를 세워 망자의 원혼을 위로했다.

의자의 장례는 맏이 부여융이 주관했다. 장례가 끝나자 이치는 부여융을 대궐로 불러들여 사가경(司稼卿) 벼슬을 제수하고 의자를 대신해 본국에서 데려온 백제인들을 거느리게 했다.

부흥군

"나를 죽인다고 망한 나라가
다시 일어나겠는가?" 춘추는 의연함을
잃지 않고 물었다. 시간에 쫓기던
부여궁으로선 마음이 급했다.
"그런 건 나는 모른다.
다만 너에게 지울 길 없는 수모를
당하고 당나라로 끌려간 내 아버지의
원한을 기억할 뿐이다."
"허, 그런가……." 춘추는 크게
고개를 끄덕였다. "그렇다면
어서 뜻대로 행하라."

서동대왕의 조카이자 부여헌의 아들 복신은 선왕 때부터 아버지의
뒤를 이어 장안과 낙양에서 숙위사로 평생을 보낸 사람이다. 웬만한
당조 중신들은 집에 제삿날까지 꿰고 있던 그는 그해 3월 나당 양국
관계에 이는 심상찮은 기운을 감지했다. 황제의 조칙으로 징집령이
내리고 등주와 내주 일대에 수백 척의 군함을 만든다는 사실이 알려
지자 그는 본국으로 사람을 보내 만일에 있을지도 모를 전란에 대비
하라며 자세한 사정을 알렸다. 그로부터 두어 달 뒤인 5월, 복신은
갑자기 집으로 들이닥친 당나라 군사들에게 붙잡혀 관사에 갇히고야
나당 연합군의 거병을 확신했다. 군사들은 복신이 관사 밖으로 한 발
짝도 나가지 못하게 불철주야 감시했고, 사람과 물자의 출입도 철저
히 봉쇄했다. 아무리 이해타산에 따라 돌아가는 세상이지만 이럴 수
가 있나 싶었다.

사신들의 숙소에 갇힌 복신이 다시 풀려난 때는 두어 달 뒤인 7월.
그와 친분이 두터운 중신들은 한결같이 입가에 비굴한 웃음을 흘리며,

"폐하의 명이 원체 지엄하니 어쩔 도리가 있어야지요."

"나도 부여공만 생각하면 가슴이 찢어지게 아팠소. 그러나 어찌하
오? 공이 이해를 해주오."

하고 말했지만 복신의 마음은 벌써 당나라를 떠나 있었다. 당이 신라
와 연합해 백제를 쳤다는 사실보다도 더욱 치가 떨리는 건 30년 넘게
남다른 교분을 쌓아온 자들에게서 느낀 배신감이었다.

"당나라에서는 단 하루도 더 있고 싶지 않다. 나는 죽을 때까지 중
국 쪽을 보고는 오줌도 누지 않겠다!"

복신은 바득바득 이를 갈며 미련 없이 낙양을 떠나 등주로 갔다.
선주와 후주에게서 여러 차례 받은 벼슬과 식읍, 정든 처첩과 노비들
이 있었으나 나라를 잃는 마당이었다.

기왕 살던 나라도 버리고 떠나는 이가 있는가 하면 복신처럼 바깥
에서 얻은 모든 것을 버리고 망한 나라로 돌아오는 이도 있었다.

하지만 조급한 마음과는 달리 그는 백제로 가는 배편을 쉽게 구하
지 못했다. 전란 때문이었다. 등주에서 다시 달포가량을 보낸 뒤에야
복신은 요행히 감평(순천)으로 돌아서 왜로 간다는 상선 한 척을 얻
어 탈 수 있었다. 그렇게 해서 귀국했을 때는 8월 하순, 이미 도성은
망하고 임금은 사로잡혀 천년 사직이 무참히 거덜나버린 뒤였다.

그는 법승 혜현*의 그늘을 찾아 경사에서 가까운 덕숭산 수덕사(修

---

* 혜현(惠現, 570~627): 백제 때의 고승. 삼론종(三論宗)에 정통했으며 수덕사에서 살았다. 외국에 유
학한 적은 없으나 이름은 해외까지 알려졌다.

德寺)로 갔다. 전날 연문진과 더불어 용화산 사자사로 출가했던 혜현은 일생을 산문에서 열심히 도를 구하여 말년에 크게 이름을 떨쳤다. 특히 혜현이 수덕사에 머물며 《법화경》을 강론할 때는 승려는 물론 불법을 받드는 경향 각지의 왕족과 귀족들까지 앞을 다투며 모여들어 법당에서 신발이 바뀌는 경우가 한두 번이 아니었다. 혜현은 단 한 번도 서쪽으로 유학한 일이 없었지만 중국 장안에서조차 전기(傳記)가 나돌 만큼 명성이 높았다.

그런데 백제 대덕 혜현을 중국에 알리는 데 누구보다 크게 공헌했던 이가 바로 복신이었다. 그는 혜현이 여러 가지 신묘하고 기이한 행적을 보이다가 입적한 뒤로 혜현의 시자들과 교류하며 대덕이 남긴 저술과 강론의 요지를 수시로 나라 밖에 전파했다. 백제에도 혜현 같이 경전에 달통한 고승이 있다는 걸 알리는 일은 숙위사로 국사를 보좌하는 데도 큰 도움이 되었다. 본국을 다녀갈 기회가 있으면 복신이 직접 수덕사를 찾았고, 수덕사 승려 가운데 장안을 다녀갔던 이도 있었다. 도침(道琛)이라는 중은 그렇게 사귄 혜현의 시자승 가운데 한 사람이었다. 그는 혜현이 살았을 때부터 불법보다는 무예에 심취해 자주 스승에게서 꾸지람을 들었다.

"내가 널 보면 꼭 젊은 날 연문진이라는 내 도반을 보는 듯하다. 사람 찔러 죽이는 칼질, 창질은 고요한 산문에서 무엇 때문에 그토록 열심히 해대느냐? 그런 걸 할 양이면 저자에 내려가 아예 연문진이처럼 하든가, 연문진이처럼 못할 바엔 그 정성으로 내 밥그릇이나 닦아라. 너만 보면 내가 심란해 못 살겠다."

"스님, 창칼을 쓰는 데도 법이 있고 도가 있습니다."

"시끄럽다 이놈아, 사람 찔러 죽이고 부처 됐다는 소리를 나는 전고에 들은 바가 없다."

"천하 만물이 불법을 알면 제가 굳이 창칼을 쓸 일이 없겠지만 맹수가 우글거리는 산중에서 무슨 봉변을 당할지 어떻게 압니까? 스님 밥그릇 닦는 중은 여럿 있으니 저 하나쯤 샛길로 빠져도 좋지 않겠는지요?"

"저놈이 하라는 공부는 안하고 어디서 주둥이질만 배웠구나. 인석아, 내가 산중에 거한 지 수십 년째지만 아직 한 번도 맹수한테 봉변당한 일이 없다. 그리고 나뭇잎 하나에도 불성(佛性)이 있어 사람이 그 아래 누우면 그늘을 만들어주는 법이거늘 하물며 산짐승들이 가만있는 산승을 왜 해친단 말이냐?"

잦은 꾸중에도 불구하고 도침은 스승의 눈을 피해 조석으로 신체를 단련하고 무예를 닦았다.

말년에 혜현은 수덕사의 번잡함에 싫증이 나서 남쪽 달라산*으로 거처를 옮겨 지냈는데, 그곳은 왕래가 어렵고 산세가 험악할뿐더러 도처에 범이 많았다. 도침이 다른 시자들과 함께 스승을 수행해 암자에 머물고 있을 때 돌연 사납게 생긴 수범 한 마리가 으르렁거리며 나타나 승려 하나를 와락 덮쳤다. 이에 도침이 들고 있던 작대기로 범의 이마를 정통으로 내리쳐 그 자리에서 죽이고 호환당할 뻔한 도반을 구해내자 다른 시자들이 일제히 환호를 지르며 박수를 쳤다. 혜현이 미간을 잔뜩 찌푸린 채 눈과 코에서 피를 흘리며 죽은 범을 내려보더니,

"범보다 더 무서운 게 내 시자다. 산승 덮친 범이나 그놈 때려죽인

* 달라산(達拏山): 달이 나온다는 달라산으로 지금의 월출산 설이 유력하다.

중놈이나 불성을 잃기는 매한가지다."

하며 혀를 찼지만 그 뒤론 도침이 창칼 들고 수련하는 광경을 설령 보더라도 별 타박을 주지 않았다.

혜현이 입적한 뒤 도침은 수덕사로 돌아와 산중 공터에 나이 어린 중들을 모아놓고,

"불법을 배워 도를 닦으려면 우선 심신을 수련하는 법부터 배워야 한다."

하고 예불에 앞서 공공연히 조석으로 체력 단련을 시켰으나 아무도 이를 나무라지 않았다. 오히려 이때는 도침이 작대기 하나로 범을 때려죽인 일이 산문에 널리 알려져서 호신의 용도로 무예를 배우겠다는 젊은 납자(衲子)가 나날이 늘어나는 추세였다.

나라가 망하고 복신이 덕숭산을 찾아갔을 때는 수덕사 인근에도 사비성의 비보가 전해져서 사람마다 눈물을 흘리며 비분강개하고 있었다. 임금이 무릎을 꿇고 술을 쳤다는 얘기며 옛 태자 부여융이 신라 태자 법민의 말발굽 아래 엎드려 곤욕을 치렀다는 소리에 백제 사람들은 남녀노소 할 것 없이 이를 갈며 주먹을 부들부들 떨었다. 아무리 민심을 잃은 왕이요 조정이었지만 그럴 수는 없는 법이었다. 왕이 당한 수모는 백성들의 수모였고, 왕자가 당한 치욕 역시 백성들의 것이었다.

"사정이 어떨지 모르지만 의병을 일으켜 도성을 되찾았으면 합니다."

도침을 만난 복신이 소문을 듣고 울먹이는 음성으로 말하자 도침은 마침 자신을 찾아와 산중에 머무르고 있던 금물현(今勿縣 : 예산, 덕산) 장사 해미(解彌)에게 관병의 수가 얼마나 되는가를 물었다.

"난리 소식에 달아난 자가 많지만 농기구를 들고 찾아온 의로운 장부들도 있으니 소집을 해보면 5, 6백 명쯤은 되지 싶습니다."

해미의 말에 도침의 안색은 환하게 밝아졌다.

"소승이 산중에서 끌어모을 수 있는 승병(僧兵)도 2백 명은 너끈하오. 지금 전국 백성들이 사비성 참변 소식에 울분을 금치 못하니 우선 우리가 떨쳐 일어나면 인근 기군(基郡 : 서산)의 어부와 지육(地育 : 서산 지곡)의 농부들, 결기(結己 : 홍성)와 두릉(豆陵 : 청양 정산)의 의병들까지 가세해 그 숫자가 얼마나 될지 알 수 없소. 소문에 좌평 정무공이 두시원에 진을 치고 적과 용맹하게 싸우고 있다 하니 우리가 남쪽으로 내려가 정무공과 합류한다면 도성을 되찾을 희망이 있지 않겠소?"

도침의 주장으로 승병과 금물의 관병, 의병을 모으고 다시 사방 군현에서 장정들을 소집하자 모여든 사람이 사나흘 사이에 무려 3천 명이나 되었다. 스스로 싸우겠다고 찾아온 이가 3천 명이니 그들의 눈빛과 기개는 자못 뜨거웠다. 도침과 복신은 이들을 이끌고 두시원 악으로 가서 정무의 군사들과 합류했다.

홀로 고군분투하던 정무는 크게 기뻤다. 세 장수는 먼저 웅진과 칠악 주변의 성곽들을 확보하기로 계획을 세운 뒤 아직 지형에 낯설고 연합군 편제에 서툴러서 방비 체제를 제대로 갖추지 못한 유진군을 상대로 맹렬한 공격을 퍼붓기 시작했다. 무기는 지방 관아의 무고(武庫)에서 조달했고, 군량은 각 고을 백성들이 자진 기부했다.

선량한 백성들은 의병들을 보고 눈물을 흘리며 제발 나라를 찾아 달라고 애원했다. 그 정성에 감복해 의병들도 울고 장수도 울었다. 이때의 감동은 싸움터에 나가면 그대로 물러서지 않는 용기가 되고 뜨거운 사기가 되었다. 백제는 망하기 전의 관병보다 망하고 난 후의 의병이 더 무서웠다.

김유신의 명령으로 웅진을 점령했던 진주와 진흠, 흠돌은 휘하의 1만 5천 군사를 총동원해 두시원으로 진출하려 했지만 오히려 접전이 벌어지는 곳마다 밀리기 시작했다. 사비에서 두릉성 쪽으로 올라온 당나라 군사도 마찬가지였다. 백제 의병 1만여 명은 정무가 장악한 임존성을 거점으로 연일 맹공을 퍼부으며 동남쪽으로 진출해 주류성(周留城)과 두솔성(豆率城), 심지어 두릉이성(豆陵伊城)까지 장악해 칠악 일대를 완전히 수복했다.

9월 23일, 이들은 강을 건너와 사비성 북문까지 진격하며 기세를 올렸다. 도성 안의 항복한 사람들이 의병들의 기세를 보고 술렁대기 시작한 건 당연했다. 위기를 느낀 당장(唐將) 유인원은 인태와 더불어 연합군을 이끌고 가서 의병의 선군을 격파했지만 그사이에 복신과 도침의 군사는 사비성 남령(南嶺:부여 금성산錦城山)을 점거해버리고 말았다. 그런 다음 네댓 겹으로 울타리를 굳게 치고 수시로 북을 울려 사람들을 모집하는 한편 틈틈이 주변 성읍을 돌며 배신한 자를 죽이고 따르지 않는 자의 집에선 약탈을 일삼으니 도성 안팎의 20여 성이 크게 동요해 의병들에 호응하였다.

한편 정무가 임존성과 두시원을 장악하고 수시로 의병을 내어 연합군에 저항할 때부터 이 소식은 당나라 수도 낙양에 알려졌다. 이때까지 백제 소유권에 관해 나당 양국이 합의한 바는 실상 아무것도 없었다. 유일한 근거로 이세민과 김춘추 사이에 피를 찍어 맺은 맹약문이 있었으나 이치는 마음속에서 이를 무시해버린 지 오래였다. 소정방이 유인원과 유진군 1만을 사비성에 남겨놓고 귀국한 직후 낙양에

선 신하들 간에 격론이 벌어졌다. 13만 군대나 동원해 빼앗은 나라를 무엇 때문에 신라에 넘겨주느냐는 측과, 선제의 약속을 지키고 고구려를 토벌하기 위해선 신라와 척을 질 수 없다는 양론이 팽팽하게 맞섰다. 결국 이치가 택한 조치는 양론의 절충안이었다.

"백제를 토벌했다고는 하나 아직 모든 지역이 복종한 건 아니므로 내일 일을 장담할 수 없다. 게다가 인원의 장계를 보면 우리 군사가 떠난 뒤로 반란하는 무리가 매일 생겨나서 유진군을 괴롭힌다고 하니 마땅히 백제 땅에 도독부(都督部 : 당나라 행정관서)를 두어 황제의 위엄으로 다스려야 할 것이다. 신라도 이를 알면 고마워할 일이지 어찌 원심을 가지겠는가? 백제를 누가 차지하느냐는 문제는 만사가 고요해지면 다시 거론할 일이다."

이치는 백제 내정이 어렵다는 사실을 핑계로 도독부 설치를 강행했다. 명분은 반란을 진압시켜 신라에게 평온한 땅을 돌려주겠다는 것이었으나 실상은 백제 전역을 자신들의 강역으로 만들겠다는 속셈이었다. 전란 이후 낙양의 눈치만 보고 있던 신라로선 더욱 불안한 노릇이 아닐 수 없었다.

어쨌거나 당주 이치는 백제 땅을 다스릴 장수와 행정관료들을 선발한 뒤 좌위중랑장 왕문도(王文度)를 웅진도독(熊津都督)으로 삼아 백제로 파견했다. 그러나 이치도 부집존장(父執尊長) 김춘추에 대한 마지막 예까지 저버리지는 않았다. 그는 자신의 결정을 자세히 글로 적은 뒤 삼한 땅에 들어가면 먼저 신라왕에게 이를 전하게 하여 형식적이나마 허락을 구하는 절차를 밟았다.

이 일은 사신을 통해 한발 앞서 금성에 전해졌다.

"당이 마침내 마각을 드러내는구나……."

춘추는 호의 뒤에 감춰진 이치의 음흉한 속셈을 단번에 간파했다. 그것은 그 옛날, 고구려에 원병을 청하러 갔다가 죽을 고생을 하고 돌아온 뒤 어쩔 수 없이 당나라와 동맹을 맺기로 각오를 하면서부터 줄곧 걱정해온 문제이기도 했다. 춘추는 누구보다 먼저 삼한일가(三韓一家)의 큰 뜻을 세우고 구체적인 실행 방안까지 제시했던 김유신을 불러 이치의 조서를 내보이며 의견을 구했다. 글을 읽고 난 김유신은 별로 놀라지 않고 차분한 음성으로 말했다.

"이는 오래전에 충분히 예측했던 일입니다. 신이 생각하기에 백제는 당분간 소란스러울 게 뻔하고, 고구려의 개소문은 지금의 당주 따위가 함부로 넘볼 인물이 아니올시다. 고구려가 건재하는 한 당은 우리와 드러내놓고 싸우지 못합니다. 비록 백제를 토벌했지만 삼한을 일가로 만들기엔 아직도 숱한 어려움이 남았나이다. 대왕께서는 너무 근심하지 마시고 당나라가 도독부를 설치하도록 허락하십시오. 순리를 따르다 보면 좋은 기회는 반드시 오게 마련입니다."

유신의 말을 듣고 나자 춘추는 다소 마음이 놓였다. 그는 만조 백관을 거느리고 웅진도독의 부임 인사를 받기 위해 삼년산성(三年山城)으로 행차했다.

그날은 9월 28일이었다. 배를 타고 당항성으로 들어온 왕문도 일행은 삼년산성에 이르러 춘추왕에게 당주의 조서를 바쳤다. 왕문도가 동쪽에 서서 두 번 절한 뒤 서쪽에 선 춘추에게 당주의 인사를 전하고 준비한 예물을 막 바치려 할 때였다. 갑자기 왕문도는 두어 차례 비틀거리더니 그 자리에서 맥없이 쓰러져 인사불성이 되고 말았다.

"돌아가라, 이놈아!"

쓰러진 왕문도의 귀에는 오직 그 소리만 들렸다. 그가 당항성 갯가에 배를 대고 막 내리려 할 때 물 속에서 돌연 머리를 산발한 귀신 같은 노인이 나타나 꾸짖은 소리였다. 워낙 뜻밖의 일이어서 왕문도는 뱃전에 그대로 엉덩방아를 찧었다. 그 수상한 노인을 본 사람은 자신밖에 없었다.

그날 밤, 신라 객관에서 하룻밤을 묵을 때다. 낮에 본 일이 하도 께름칙해 시종 마음이 언짢다가 신라 관리들이 베푼 주연에서 술을 두어 잔 받아 마시고 소피를 보러 바깥으로 나왔을 때였다.

"돌아가라지 않느냐!"

관사 우물 속에서 무언가가 훌쩍 뛰어나와 소리쳤다. 혼비백산한 왕문도는 다시 엉덩방아를 찧었는데 이번엔 먼저보다 더 놀라 바지에 오줌까지 쌌다. 우물에서 튀어나온 물체는 낮에 본 바로 그 산발한 노인이었다. 노인은 기절할 지경에 이른 왕문도에게 다가와 물에 젖은 손으로 숨통을 짓누르며 매섭게 오금을 박았다.

"돌아가지 않으면 너는 죽는다. 명심하라, 이놈!"

밤새 왕문도는 산발한 노인이 뿜어내던 그 형형하고 무서운 눈빛을 잊을 수가 없었다. 함께 온 부하들에게 말을 하니 다들 취중 농담인 줄만 알아서 말하지 않은 것보다 더 답답했다. 그렇게 하룻밤을 보낸 그는 이튿날 아침이 되자 자리에서 일어나지도 못할 만큼 병색이 완연했다.

"도독이 안 타던 배를 오래 타서 그렇습니다."

"뱃멀미 심한 사람은 더러 죽기도 한답디다."

"멀미 뒤엔 움직이는 게 더 빨리 낫습니다. 누워 있으면 사흘 갈 것도 일어나서 다니면 금방 괜찮아집니다."

시종관들의 말에도 왕문도는 손가락 하나 움직일 힘이 없어 그대로 누워 있었다. 그런데 얼마 뒤 삼년산성에 신라왕이 행차했다는 전 갈을 받자 어쩔 수 없이 주위의 부축을 받으며 일어났다. 그렇게 무 리를 한 탓이었을까. 조서와 예물을 전하던 중에 왕문도는 홀연 정신 을 잃고 쓰러졌고 그가 할 일은 따라온 시종관들이 나서서 대신했다. 말에도 오르지 못하고 수레에 실려간 웅진도독 왕문도는 그날 밤 관 사 별채에서 조용히 숨을 거두고 말았다. 이 사실이 알려지자 이치는 급사한 왕문도를 대신해 선주 이세민의 신하였던 노신 유인궤(劉仁 軌)를 급파했다.

유인궤는 황제의 조칙을 받들어 본래 백제 5부에 각각 웅진(熊津), 마한(馬韓), 동명(東明), 금련(金漣), 덕안(德安)의 5도독부를 설치하 고 도독(都督), 자사(刺史), 현령(縣令) 등을 뽑아 소속 주현(州縣)을 다스리게 한 뒤, 낭장 유인원에게는 도성을 진수토록 하고 자신은 망 국의 유민들을 무마하고 회유하는 일에 착수했다. 이때 도독부 관리 는 당에서 데려온 당인들을 쓰기도 했지만 각 고을에서 추천하는 거 장(渠長)을 뽑는 경우가 더 많았다. 이는 말할 것도 없이 유민들의 저 항을 고려해 민심을 무마하고 달래기 위한 조치였다.

한편 유인궤를 파견한 뒤 당나라에서는 고구려 토벌에 관한 본격 적인 논의가 있었다. 백제를 쳤으니 이제 남은 것은 고구려. 제위에 오른 뒤 어느 정도 군국사무를 파악하고 나름대로 자신감에 차 있던 이치는 차제에 삼한 강역을 모조리 평정해 당나라 영토로 삼으려고 했다. 그는 백제를 치기 직전에도 연 이태나 정명진(程名振)과 설인 귀(薛仁貴)로 하여금 요동을 치도록 지시한 일이 있었다.

당주 이치에게 백제를 쳐서 무너뜨린 일은 그의 정치가 아버지 이세민의 그늘에서 벗어나는 데 결정적인 계기가 되었다. 그해(660년) 11월, 이치는 백제를 치고 돌아온 소정방을 요동도행군대총관으로 삼고, 좌위대장군 설필하력(契苾何力)을 패강도행군대총관으로, 좌효위장군 유백영을 평양도행군대총관으로, 포주자사(蒲州刺史) 정명진을 누방도(鏤方道)총관으로 삼아 각기 길을 나눠 고구려를 치도록 명령했다. 이치가 그런 결정을 한 이유는 10월에 고구려가 남쪽으로 군사를 내어 신라의 칠중성(七重城:積城)을 먼저 쳤기 때문이다. 그건 백제와 전쟁을 치를 때부터 당이 바라던 일이었다. 고구려가 동맹 관계를 내세워 백제에 원군을 보내거나 신라 국경을 침범하면 당에게는 고구려를 칠 명분이 생길 뿐 아니라 상대적으로 요동 방비도 그만큼 허술해질 거라고 이치는 생각했다.

하지만 고구려가 신라 칠중성을 공격한 이면에는 이치와 당조의 속셈을 미리 간파한 연개소문의 치밀한 전략이 깔려 있었다. 개소문은 요동 국경에 이미 물샐틈없는 방어선을 구축하고 서해 해역의 수군을 더욱 보강한 뒤 미끼를 던지듯 신라를 쳤다. 칠중성을 치는 데 동원된 군사는 대부분 말갈군이었고, 정작 고구려에서는 장군 뇌음신(惱音信)이 1천에도 못 미치는 남역 향군들을 이끌고 나갔을 뿐이었다.

칠중성을 지키던 신라 현령은 필부(匹夫)였다. 그는 아찬 존대(尊臺)의 아들로 충성스럽고 용맹이 뛰어난 인물이었다. 고구려가 쳐들어와 칠중성을 포위하고 공격하자 필부는 성안의 군사들을 이끌고 20여 일간이나 잘 싸웠다. 그 바람에 고구려와 말갈의 군사들은 일이 어렵겠다고 판단해 성곽 밖에서 군사를 돌려 회군하려 했다. 성을 함락시키는 것보다는 어차피 당을 상대로 미끼를 던지는 데 목적이 있던 군사들이었다. 스무 날 가까이 국경을 소란스럽게 만든 이들은 그만하면 소기의 성과를 충분히 거뒀다고 판단했다. 그런데 막 군사를 북쪽으로 돌리려 할 때였다.

평소 필부에게 밉보여 앙심을 품고 있던 대내마 비삽(比歃)은 필부가 다시 공을 세워 명성이 높아지고 벼슬이 올라가는 게 도무지 마음에 들지 않았다. 그는 은밀히 적진으로 심복을 파견해 성내의 궁핍한 사정을 전하면서 지금 공격하면 틀림없이 좋은 결과가 있으리라고 부추겼다. 고구려 장수 뇌음신으로선 마다할 이유가 없었지만 한편으론 자신들을 유인하려는 술책이 아닐까 의심했다.

"서찰을 다시 성주에게 보내라. 만일 계책이라면 비삽이 온전할 테지만 사실이 그렇다면 배신자의 신변에 반드시 불상사가 생기지 않겠는가? 우리는 비삽을 처리하는 성주의 태도를 지켜본 뒤 군사를 움직일 것이다."

뇌음신의 뜻에 따라 비삽의 서찰은 곧 필부에게 전달되었다. 필부는 성안의 실상을 알리는 비삽의 글을 읽자 크게 격분했다. 그는 대뜸 칼을 뽑아 들고 비삽을 찾아가 단칼에 그 목을 베어 성 밖으로 던져버리고 말았다. 비삽의 죽음을 확인한 뇌음신은 회심의 웃음을 지었다.

"망자의 고언이 사실이었구나. 그렇다면 어찌 성을 치지 않겠는가!"

그는 군사들을 독려해 다시금 맹렬히 칠중성을 공략했다. 성이 도탄에 빠지자 필부는 직접 절도봉을 휘두르며 소리쳤다.

"충신과 의사는 죽어도 굴하는 법이 없다고 했다! 성의 존망이 이한 싸움에 달려 있으니 군사들은 죽음을 두려워하지 말고 힘껏 싸워라!"

성민과 군사들의 신망을 한몸에 받고 있던 성주의 말에 병자(病者)
까지도 자리에서 일어나 앞을 다투어 성루로 기어올랐다.

싸움은 아침부터 저녁까지 계속되었다. 하지만 비삽의 밀고대로
칠중성의 어렵고 궁핍한 사정은 이미 말할 형편이 아니었다. 하루 동
안 벌인 싸움에서 성군의 희생은 과반이나 되고 사기도 급격히 떨어
졌다. 오후가 되면서는 바람마저 성 쪽으로 불어오기 시작했다. 역풍
을 안고 싸워야 하는 성군들로선 화공을 두려워하지 않을 수 없었다.
아니나 다를까, 뇌음신은 바람이 일기 시작하자 화살 끝에 기름을 바
르고 불을 붙여 성안으로 날려댔다.

화염에 휩싸인 성루에서 필부는 본숙(本宿), 모지(謀支), 미제(美
齊) 등의 부하들과 끝까지 적에 대항했으나 빗발처럼 날아든 화살에
맞아 온몸에 구멍이 뚫리고 피가 발꿈치까지 흘러내려 마침내 쓰러
져 죽었다. 필부가 죽자 성은 이내 함락되었다.

기대하지 않았던 칠중성까지 얻고 나자 고구려 전역에서 군사들의
사기는 더욱 고조되었다. 개소문은 직접 요동으로 건너가 성주들을
격려하고 군사들을 단속했다.

"이제 곧 전란이 있을 것이다. 잠시도 경계를 게을리 하지 말라."

그런데 과연 그의 말대로 당나라가 대병을 이끌고 쳐들어오자 군
사들은 한결같이 개소문의 혜안에 탄복했다. 만사가 짐작대로 돌아
가는 판에 어찌 그에 대한 방비가 없을 것인가. 계책을 내고 군사를
부리는 개소문의 신출귀몰함은 보통 사람들로선 가히 상상조차 할
수 없을 만큼 정확하고 정교했다.

"육로로 건너오는 군사는 적고 수군 숫자는 많을 것이다. 요동 길은 미리부터 차단해 시일을 끌고, 뱃길은 방어선을 물려 적을 유인한 뒤 해포 근해에서 한바탕 결전을 벌이자. 수군은 필경 백제를 칠 때의 해로를 그대로 따라올 텐데, 이는 우리에게 몇 가지 유리한 점이 있다. 첫째, 당나라 수군은 수군이 아니라 육지 군사를 배에 태웠을 뿐이다. 따라서 대부분은 물길에 서툰 자들이므로 배에 올라 하루나 이틀이 지났을 때가 가장 괴롭다. 이럴 때는 굳이 칠 이유가 없다. 또한 백제로 가는 해로는 풍랑이 심한 곳을 거쳐서 돌아가는 곳이다. 가만히 두어도 군사들은 저절로 지치게 마련이다. 하물며 당선들은 대부분 백제를 칠 때 건조한 대선(大船)들로 배 한 척에 수백 명이 탄 경우가 허다하다. 대선은 풍랑에는 강할지 모르지만 움직임이 둔하므로 해전에 서툰 자들이 배를 다룰 때는 위력을 발휘할 수 없다. 우리의 중선과 소선들이 적선을 포위하여 바람의 방향을 잡고 발빠르게 화공을 쓰면 얼마든지 이길 수 있다."

개소문은 수군 장수들을 불러 다음과 같이 지시했다.

"당선들이 결집할 해포 근해는 우리에겐 매우 익숙한 장소일 뿐만 아니라 비사성과 압록수의 물길이 만나는 곳이기도 하다. 당나라 선박이 우리 해역에 들어오고 난 뒤 비사와 압록에서 동시에 배를 내어 해포 수군과 함께 적선을 포위하라. 그런 다음 기름을 실은 빈 배 몇 척을 적의 선단 사이로 떠내려 보낸 뒤 화살에 불을 붙여 쏘되 적선이 흩어지는 걸 막는다면 풍랑에 지친 당나라 군사는 싸울 엄두조차 내지 못하고 무너질 것이다."

일은 개소문의 예측에서 한 치도 벗어나지 않았다. 소정방을 뺀 나머지 장수들이 백제에서 돌아온 선박을 앞세우고 세 패로 길을 나눠

동시에 쳐들어간 그해 싸움에서 당군들은 힘 한번 써보지 못한 채 해포 근해에서 대패했다. 당선 2천 척이 동원된 해전에서 5백 척에 가까운 배가 불길에 휩싸여 전소되었고, 고구려 수군에 나포된 배도 1백척이 넘었다. 주력 부대인 수군이 위력을 발하지 못하니 요동으로 진군한 소정방의 군대도 기운을 잃기는 마찬가지였다. 그들은 요하를 건너자마자 미리 기다리고 있던 고구려 군사들에게 포위되어 한 발짝도 더 진격하지 못했다.

장수들이 참패하고 돌아오자 성질 급한 이치는 약이 올라 어쩔 줄을 몰라 했다. 그동안은 선제의 간곡한 유언 때문에 요동으로 대군을 내지 않았던 그였으나 한 번 참패를 경험하자 이젠 모두가 자신의 일로 변해버렸다. 더군다나 그는 이 무렵 백제 정벌에 성공하고 그 자신감과 기고만장함이 가히 하늘에 닿아 있을 때였다. 아버지와 같은 천자가 되리라던 즉위 초의 겸손한 마음가짐은 어느덧 아버지를 능가하는 황제로 스스로를 자부할 만큼 크게 변해 있었다.

이듬해인 신유년(661년) 정월, 이치는 그동안 써오던 연호까지 영휘(永徽)에서 용삭(龍朔)으로 바꾸며 고구려 정벌의 의지를 뜨겁게 달구었다. 아울러 하남과 하북, 회남 등지의 67개 주에서 대대적으로 군사를 모집하라는 조칙을 내렸으며, 홍려경 소사업(蕭嗣業)을 부여 도행군총관으로 삼아 회흘(回紇) 등 여러 부병(部兵)을 거느리게 했다. 이렇게 모집한 군사가 제대로 모양새를 갖춘 때는 4월경이었다. 이치는 임아상(任雅相)과 설필하력, 소정방 등에게 67주에서 선발한 정병 4만 4천 명을 나누어 맡기고 소사업에게는 다시 호병(胡兵) 35 군을 배정한 뒤 수륙 양쪽으로 고구려를 칠 계획을 세웠다. 여기에서 그치지 않고 그는 이세민의 뒤를 이어 자신이 친히 대군을 이끌고 요동 정벌에 나설 뜻을 밝혔다.

"선제께서 요동 정벌을 금하라고 유조를 남긴 뜻은 짐의 제업을 걱정해서이지 어찌 진심이 그러했으랴. 옛일을 돌이켜보매 고구려만큼 중국을 괴롭히고 개소문만큼 선제의 심기를 불편하게 만든 죄인도 없다. 자식으로서 아버지의 진심을 헤아리고 말 속에 숨은 참뜻을 깨달아 천하를 온전히 구제하는 일이야말로 마땅히 행해야 할 짐의 본분이 아닌가? 백제를 멸한 일은 선대의 그 누구도 하지 못한 위업이며, 이로써 짐작건대 고구려를 정벌하고 삼한 강역을 모조리 수중에 넣는 일 또한 짐의 세대에선 능히 꾀할 만한 사업이다. 선제께서 물려준 기업으로 선제를 넘어서지 못한다면 어찌 이를 진정한 효라고 하겠는가?"

이치가 친정(親征)에 나설 뜻을 밝히자 울주자사(蔚州刺史) 이군구(李君球)를 비롯한 당조의 중신들은 한결같이 이를 극구 만류했다.

"고구려는 소국입니다. 소국을 멸하는 하찮은 일에 어찌 폐하께서 직접 나서시려 하옵니까?"

"고구려의 개소문은 위험천만한 인물이올시다. 선제께서 남긴 유조의 깊은 뜻을 다시 헤아리심이 옳은 줄 아옵니다!"

"군사를 적게 내면 위세를 떨칠 수 없고, 많이 내면 인심이 불안합니다. 전란은 오직 천하를 피로하게 만들 뿐이니 통촉하소서. 정벌이 도리어 정벌하지 않음만 못하고, 멸망이 멸망치 않음만 못하다는 건 고구려를 두고 하는 말이올시다."

신하들의 상소가 끝없이 이어지자 심약한 이치는 마음이 흔들렸다. 그런데 반대하는 이는 중신들뿐만이 아니었다. 그 무렵 이치의 사랑을 독차지하던 무후(武后 : 측천무후)까지 나서서 친정은 고사하고 고구려 정벌 자체를 맹렬히 반대하자 이치는 결단을 내리지 못하고 몇 달을 허비했다.

5월이 되자 개소문은 다시 장군 뇌음신으로 하여금 말갈의 무리를 거느리고 신라의 북한산성을 공격하게 했다. 이 역시 머뭇거리는 당군을 유인하기 위한 개소문의 술책이었다. 이치는 개소문의 예측에서 한 발짝도 벗어나지 못했다. 8월이 되자 소정방과 설필하력은 육로로 군사를 이끌고 고구려로 쳐들어왔지만 개소문의 아들인 연남생(淵男生)이 압록강을 막고 수비하는 바람에 뜻을 이루지 못하고 그냥 돌아갔다.

한편 의병을 모아 사비성을 위협하던 복신과 도침, 정무의 군대는 날로 그 위세를 더해갔다. 이들은 임존성과 주류성을 기반으로 세력을 크게 떨치며 당나라나 신라의 유진군들과 싸울 때마다 승승장구했다. 이 소식이 전해지면서 전국 각지의 젊고 의로운 청년들이 죽음을 무릅쓰고 연합군의 경계를 뛰어넘어 칠악 근방으로 모여들었다.

복신은 스스로 상잠장군(霜岑將軍)이라 칭하고 도침도 자신을 영거장군(領車將軍)이라 부르며 신유년(661년) 한 해 동안 더욱 많은 무리를 끌어모았다. 도성의 유진군들은 복신과 도침의 군사들 때문에 골머리를 앓았다. 유인궤는 장안과 낙양에 있을 때부터 복신과 익히 알던 사이였다. 그는 복신에게 사자를 파견해 은근한 말로 항복을 권유했다. 그러자 하루는 복신의 사자가 와서,

"듣건대 당나라는 신라와 서약하기를 백제 사람은 남녀노소를 불문하고 모조리 죽인 연후에 나라를 신라에 넘겨주기로 했다 하니 그렇게 개죽음을 당하는 일이 어찌 싸워서 죽는 것만 같겠소? 이것이

우리가 서로 모여 굳게 지키는 까닭이오."

하고 말했다. 유인궤는 다시 사자를 보내 대항하면 화가 오고 항복하면 복이 온다는 말로 복신을 설득하려 했다. 그런데 복신은 서찰을 들고 간 유인궤의 사자를 외관에 가두어버리고 말았다.

"사신의 관위가 낮다. 나는 일국의 대장인데 그대가 직접 오라. 그렇게 하지 않으면 답서하지 않겠다."

유인궤의 설득에 대한 복신의 회보는 그러했다. 유인궤는 화가 머리끝까지 치밀었다. 하지만 복신의 세력은 이미 3, 4만을 헤아리고 있었다. 기껏 1만 7천에 달하는 양국의 유진군으로선 대적하기 벅찬 형국이었다.

그렇다고 도독부까지 설치한 마당이라 신라에 원군을 청할 수도 없었다. 그는 유인원과 의논해 군사를 쉬게 하고 본국으로 글을 보내 신라군과 합세하게 해달라고 황제에게 요청했다.

이치는 신라에 사신을 보내 춘추왕에게 사비성 근교의 잔적들을 토벌해달라고 부탁했다. 도독부는 자신들이 설치해놓고 군사는 오히려 신라에서 동원하라니 앞뒤가 맞지 않는 부탁이었지만 고구려 정벌에 전력을 기울이던 당나라로선 어쩔 수 없는 일이기도 했다.

신라왕 춘추는 백제에서 돌아온 뒤 공을 세운 장수와 신하들을 포상하면서 백제인에게도 벼슬을 주는 발빠른 포용책을 쓰기 시작했다. 말로만 부르짖던 삼한일가(三韓一家)의 정신을 비로소 실천에 옮긴 거였다. 이에 따라 좌평 충상과 상영, 달솔 자간 등은 아찬과 일길찬 벼슬을 받고 총관이 되었으며, 은솔 무수(武守)는 대내마 벼슬과 대감, 무수의 아우 인수(仁守)는 대내마에 제감이 되었고, 그밖의 백제인들도 대거 신라 제도와 문물에 편입되었다. 당나라가 5도독부를 설치해 행정적인 백제 장악을 꾀하고 나섰다면 신라는 유민들에게 문호를 개방해 망국의 민심을 얻으려고 노력한 셈이었다.

이치의 협조 요청을 받은 춘추왕은 이찬 품일을 대당(大幢)장군으로 삼고, 자신의 아들인 문왕, 양도, 백제에서 귀화한 충상 등을 부장으로 삼고, 잡찬 문충을 상주(上州)장군에, 진왕(眞王), 의복(義服), 무훌(武欻), 욱천(旭川), 문품(文品), 의광(義光) 등을 장수로 삼아 사비성을 구원하라는 명령을 내렸다.

하지만 신라 원군들에게도 사비성 구원은 그리 호락호락한 일이 아니었다. 신라군 선발대는 두릉윤성(豆陵尹城 : 두량윤성이라고도 함. 금산)에 당도해 아직 병영을 설치할 장소도 물색하지 않았는데 갑자기 복신의 군대가 나타나 맹렬한 공격을 퍼붓는 바람에 여지없이 패주하고 말았다. 며칠 뒤 품일은 대군을 이끌고 고사비성(古沙比城 : 임피) 밖에 진을 쳤다가 다시 두릉윤성으로 쳐들어갔지만 한 달이 지나도록 성을 빼앗지 못하고 고전했다.

결국 품일은 일이 어렵다는 것을 알고 군사를 돌렸다. 대군 가운데 대당(大幢)과 서당(誓幢)이 먼저 철군하고 아찬 의복이 이끄는 하주(下州) 군사를 뒤에서 막게 하여 빈골양(賓骨壤 : 정읍으로 비정)이란 곳에 다다랐을 때였다. 돌연 사방에서 흙먼지가 일어나고 미리 매복했던 백제 복병들이 습격을 가해와 신라군은 손도 써보지 못하고 달아났다. 다행히 희생자는 적었지만 태산같이 싣고 갔던 군량과 병기구는 모조리 적에게 빼앗기고 말았다. 단지 문충이 이끌던 상주(上州) 군사와 의광 휘하의 낭당(郎幢) 군사들만이 각산(角山)에서 만난 정무의 군대를 쳐서 보루를 격파하고 2천여 잔병들을 참획했을 뿐이었다.

춘추는 품일의 군대가 패했다는 말을 듣자 크게 놀랐다. 그는 곧 흠순과 진흠, 천존과 죽지 등을 파견해 품일의 군대를 구원하게 했다. 그런데 이들이 원군을 이끌고 가시혜진(加尸兮津: 합천)에 이르렀을 때는 이미 신라군을 추격하던 백제군이 가소천(加召川: 거창)을 건너 물러간 뒤였다. 춘추는 품일을 비롯한 장수들이 돌아오자 패배한 죄를 물어 벌을 주고 다시 군사를 내려 했다.

그러나 이번엔 고구려 장수 뇌음신이 말갈 장수 생해(生偕)와 함께 술천성(述川城: 여주)과 북한산성으로 쳐들어왔다는 급보가 날아들었다. 백제가 망한 뒤 삼한의 사정은 이처럼 한 치 앞도 내다볼 수 없는 대란과 급변의 연속이었다.

북한산 전란은 스무 날쯤 계속되다가 끝났다. 포차를 앞세운 고구려군의 공격에 맞서 성주 동타천(冬陀川)은 철질려*를 성벽 밖으로 던져 인마가 범접하지 못하도록 한 뒤 돌에 맞아 허물어진 성벽을 재빨리 수리하는 한편 가죽과 무명옷으로 노포(弩砲)를 가려 숨겼다가 적이 접근하면 사정없이 화살 무더기를 날려댔다. 동타천의 활약으로 뇌음신과 생해는 별 성과를 거두지 못하고 그대로 물러갔다. 이 소식을 들은 춘추는 크게 기뻐하며 대사(大舍)에 불과하던 동타천의 벼슬을 하루아침에 대내마로 올려주었다. 6두품 진주를 일거에 병부령에 발탁하듯이 파격과 특진은 진골 임금 김춘추가 즐겨 쓰던 인사(人事)였다.

고구려 군사가 물러간 직후 춘추는 사비성의 유진군을 구원하기

---

* 철질려(鐵蒺藜): 기병의 통행을 막기 위해 세운 찔레잎 모양의 쇳조각.

위해 장수와 군사들을 거느리고 친히 금마군(金馬郡 : 익산)으로 행차했다. 때는 바야흐로 6월, 폭염이 기승을 부리는 찌는 듯한 한여름이었다. 춘추는 더위에 지친 군사들을 금마저 못 가에서 쉬게 한 뒤 어딘지 익숙한 듯한 주변 풍경으로 눈길을 돌렸다. 용화산의 수려한 산세에 잠시 넋이 팔렸던 그에게 채색과 단청이 화려한 절 한 채가 눈에 들어왔다. 그는 시종들을 불러 손으로 절을 가리키며 물었다.

"저게 우리가 백공을 파견해서 지었다는 미륵사냐?"

"아닙니다. 저 절은 전대의 서동임금이 지은 대관사(大官寺)라 하옵니다."

"그래? 절이 제법 크고 아름답구나……."

춘추는 시종들을 거느리고 절을 둘러보러 대관사로 향했다. 금마저 용화산에는 서동대왕이 아직 마동왕자 시절에 신라 공주 선화를 데려와 신접살림을 차렸던 화적촌이 그대로 있었다. 그곳 산채에서 의자가 태어났고, 은상이 태어났으며, 길지와 연문진 같은 장수가 마동왕자와 처음 인연을 맺은 곳이기도 했다. 강국 백제를 꿈꾸던 서동대왕에겐 초발심의 장소였다.

뒷날 서동대왕은 그곳의 산세와 지기가 영험함을 깨닫고 왕궁과 도성을 금마저로 옮기려 했다가 8족들의 맹렬한 반대에 부닥쳐 포기한 일도 있었다. 그토록 애착을 가졌던 곳이기에 금마저엔 서동대왕의 흔적이 도처에 가득했다. 그가 죽기 2년 전 금마저에 가궁을 짓고 창건한 대관사도 그 가운데 하나였다.

그 절은 본래 가궁 안에서 소원을 빌던 내원당(內願堂)이었다. 상부대관에 있던 절이라 그런 이름이 붙었는데 일부에선 임금이 행유하는 궁사(宮寺)로 창건했기 때문에 관궁사(官宮寺)라고 부르기도 했

다. 춘추는 대관사 앞에서 절이 앉은 지세를 살펴보고 난 뒤,

"내가 옛날에 눌최의 시신을 거두러 왔을 때 언뜻 이 앞을 스쳐 지나간 듯하다."

하며 지난 일을 회고했다. 그는 금마저에 들어온 뒤부터 줄곧 옛 생각에 젖어 있었다. 생전에 만난 서동임금과 자신을 쌀쌀맞게 대하던 이모 선화비의 모습도 떠올랐다. 그때만 하더라도 이런 날이 오리라고 누군들 짐작이나 했을 것인가.

"서동임금이 사실은 천하를 집어삼킬 만한 영걸이었다. 돌아보니 백제도 그때가 제일 성기였구나."

옛일을 회상하던 춘추의 표정엔 사뭇 감개무량한 기색이 감돌았다. 바로 그때 신라 임금이 행차했다는 소식을 들은 대관사 중들이 일제히 절 마당으로 달려나왔다. 춘추는 중들로부터 인사를 받고 절을 지은 내력에 관해 이야기를 들었다. 그가 주지를 앞세우고 경내를 둘러본 뒤 본당 앞에 이르렀을 때였다.

"저희가 해마다 이곳에서 돌아가신 임금님의 제사를 모시고 있나이다."

주지의 설명과 함께 본당 문이 열리는 순간이었다. 춘추는 갑자기 소스라치게 놀라며 움찔 뒷걸음질을 쳤다. 불전 한복판에 거대한 황금 주불(主佛)이 무섭게 두 눈을 부릅뜬 채 자신을 노려보고 있었기 때문이다.

"저, 저건 무엇인가……?"

시종들이 화들짝 놀라 임금을 에워싸려고 하자 춘추는 그들을 밀치고 주불을 손가락으로 가리키며 물었다.

"아뢰옵기 송구하오나 서동임금이십니다."

주지가 대답했다. 춘추가 보니 과연 불상의 이목구비는 살아생전 무왕의 모습과 조금도 다르지 않았다. 아직도 가슴이 벌렁거리던 춘추에게 주지가 조심스럽게 설명을 덧붙였다.

"서동임금께서 돌아가신 뒤 절에 모셔둔 본존불이 자꾸만 스스로 돌아앉았는데 그런 일이 있고 나면 우물물이 피처럼 붉게 변하고 그물을 마신 자는 어김없이 복통을 앓아서 심지어 목숨을 잃는 경우마저 있었습니다. 그런데 하루는 소승의 꿈에 한 노인이 나타나 서동임금께서 이 절을 잊지 못하니 임금의 형상으로 불상을 만들라고 하기에 대궐에서 백공들을 초청해 형상을 빚고 금물을 입혀 모셨더니 이후로는 그런 기변이 일어나지 않았나이다."

주지가 말하는 동안 춘추의 시선은 줄곧 불상에 박혀 움직이지 않았다. 머리엔 오라관을 쓰고 몸엔 용포를 걸친 채 근엄하고 무서운 눈빛으로 가부좌를 틀고 앉은 그는 자신이 젊어서 만난 서동대왕의 모습 그대로였다. 형상뿐 아니라 상체를 잔뜩 세우고 무릎에 팔을 짚은 채 누가 무슨 말을 하면 금방이라도 벌떡 일어나 좌대를 저벅저벅 걸어 내려올 것만 같은 자세까지, 보면 볼수록 영락없는 서동대왕이었다. 춘추는 자신도 모르게 혀를 내두르며 탄복했다.

"어쩌면 저리도 닮았는가. 마치 살아 있는 사람을 보는 듯하니 장인들의 솜씨가 대단하구나……."

"대왕께서 마음에 걸리신다면 당장이라도 내리겠나이다."

늙은 주지의 말에 춘추는 가만히 고개를 저었다.

"그럴 것까지야 있겠는가. 오랜만에 보았으니 저이도 반가울 것이다."

백제를 멸한 감회가 컸던 탓일까. 놀란 가슴이 진정되고 나자 춘추는 은근히 장난기가 발동했다. 그는 신을 벗고 법당에 올라가 불상과 정면으로 눈을 맞추었다.

"오랜만이외다, 대왕! 그간 무양하시었소?"

춘추가 불상을 향해 말을 건넸다.

"대왕의 나라를 내가 빼앗고 말았구려. 대왕이 그토록 애지중지하던 의자는 중국으로 끌려갔고, 살아생전 그렇게도 원하던 남역평정은 오히려 내가 이뤘소. 보시구려, 대왕이 애호하던 백성들은 이젠 모두 나의 백성이 되지 않았소?"

"……."

비록 무서운 얼굴로 앉아 있었지만 불상은 아무 대꾸도 하지 않았다. 그럴 수밖에 없었다. 불상이 무슨 대꾸를 하겠는가.

"돌이켜보면 대왕의 공이 작지 않소. 대왕이 허황된 소문을 퍼뜨려 신라 왕실의 공주를 훔쳐간 신묘한 계책이 아니었다면 내가 의자에게서 백제 사직을 송두리째 훔쳐내지는 못했을 것이오. 과연 어리석은 게 백성이고 민심입니다. 우리가 소문을 처음 퍼뜨렸을 땐 의자의 궁녀가 1천이었는데 사비에 와서 보니 어느새 3천으로 불어나 있었지요. 허허, 그러니 내 어찌 공을 세운 대왕에게 벼슬과 작위를 하사하지 않겠소?"

장난기가 발동한 춘추는 서동임금 무왕의 형상을 한껏 조롱했다.

"거기 그렇게 앉아 있지 말고 어서 이리로 내려와 관작을 받으시오. 망국의 선군 주제로 나보다 높은 자리에 거한대서야 말이 아니지 않소?"

그렇게 말하고 춘추가 불상과 다시 눈을 맞췄을 때였다. 갑자기 불상의 미간이 살아 있는 사람처럼 꿈틀거리더니 이어 눈동자가 움직였다. 그때까지 웃고 있던 춘추가 기겁을 하며 뒤로 물러났다.

"여봐라, 게 아무도 없느냐?"

그는 법당 문 밖에 시립한 주지와 종관들을 불렀다.

"저 불상이 방금 눈살을 찌푸리며 움직인 듯하니 자세히 보라! 달라진 바가 없느냐?"

그러자 주지가 불상을 쳐다본 뒤 허리를 굽혀 대답했다.

"불상이 움직일 리가 있겠나이까. 달라진 바가 없나이다."

"더 자세히 보라! 눈동자가 분명히 움직였느니라!"

춘추의 고함 소리에 주지와 시종들은 일제히 어리둥절한 표정들이 되었다.

"날이 무덥고 행군이 오래되어 대왕께서 헛것을 보신 듯하니 편히 쉬심이 좋겠나이다."

종관들이 걱정스러운 얼굴로 아뢰자 춘추도 그제야 정신이 드는 듯했다. 그는 께름칙한 시선으로 다시 한 번 불상을 쳐다보았다.

"……그래, 내가 헛걸 본 게지. 아무려면 불상이 움직일 리 있는가."

그는 혼잣말로 중얼거렸다.

"목이 마르다. 물을 떠오라."

법당 바깥으로 나온 춘추가 나무 그늘을 찾아 앉으며 말하자 종관들이 주지를 앞세우고 우물가로 갔다. 종관 하나가 두레박으로 우물물을 길어 올리다 말고 눈이 휘둥그레져서 주지를 불렀다.

"물 빛깔이 왜 이렇소?"

두레박 속에는 맑은 물이 아니라 피처럼 붉은 물이 가득 담겨 있었다. 그것을 본 주지가 황급히 불전을 향해 절을 한 뒤,

"큰일났습니다! 이는 서동임금께서 노하신 증거입니다! 반드시

사람이 죽을 것입니다!"

하고 소리쳤다. 춘추는 물을 뜨러 갔던 종관들로부터 얘기를 전해 듣자 친히 우물가로 와서 물빛을 확인했다. 과연 우물물의 빛깔은 피와 같아서 한 모금도 입에 댈 수 없었다.

"괴이한 일이로다……."

춘추가 석연찮은 기색으로 혀를 찼다.

"아무래도 여기서 나가시는 게 좋겠나이다."

"그렇습니다. 백제는 망하기 전에 수십 가지 괴사(怪事)와 기변(奇變)이 속출했다고 합니다. 그 망조가 아직 이곳에 남아 있는 듯하니 자칫 대왕께서 화를 당하실까 걱정이옵니다."

신하들이 한결같이 권유했다. 하지만 춘추로선 은근히 오기가 생겼다. 더욱이 그런 일로 쫓기듯이 달아날 수는 없었다. 그곳은 이제 무왕의 강토가 아니라 바로 자신의 땅, 망조가 있다면 눌러서 꺾어야 하고 사기(邪氣)가 돈다면 마땅히 물리쳐 다스려야 할 터였다.

"금마저도 소부리도 이젠 신라의 강역이고, 죽은 임금도 살아 있는 중들도 모두 과인의 신하들이다. 우물에 생긴 기변도 내 나라 내 땅에서 일어난 일이니 어찌 내가 다스리지 않겠는가. 여봐라, 오늘은 이 절 근처에서 하루를 묵을 테니 군사들에게 말하여 군장을 내리고 쉬게 하라. 사악한 기운은 우리 장병들의 정기로써 다스리리라!"

과연 춘추다운 결정이었다. 그는 자신의 수행원들뿐 아니라 금마군에 들어온 후군들까지 모두 불러와 대관사 근처에 군막을 치도록 했다.

그런데 바로 그날 밤이었다. 춘추가 어가를 내려놓은 금마저의 병영 주변에 비도 오지 않았는데 돌연 땅이 질척질척하게 변하더니 땅

밑에서 피가 흘러나와 무려 다섯 보 정도나 넓게 퍼졌다.

땅에서 솟아난 것은 틀림없는 피였다. 역한 피비린내가 병영 주변에 가득 찼다. 그 냄새는 무더운 날씨 때문에 곧 악취로 변했다. 군사들은 코를 싸쥐고 군막에서 달려나와 먹은 것을 토하느라 사방이 숫제 아수라장이 되었다. 춘추도 병영에서 나는 악취 때문에 쉬 잠을 이루지 못했다.

그런 한밤중의 난리통이었다. 대관사의 젊은 중 하나가 야음을 틈타 춘추가 머물고 있던 조막(朝幕)으로 숨어들었다. 그는 바로 의자의 서자 부여궁이었다.

부여궁은 나라가 망한 뒤 혼란한 와중에 소정방이 장악하고 있던 사비성을 탈출해 금마군에서 숨어 지냈다. 거기엔 난리를 피해 도성에서 먼저 도망간 그의 동복 누이가 있었다. 궁은 누이를 만나 앞일을 의논하고 기회를 보아 왜로 피신하려 했으나 당장은 배편을 구할 수 없었다. 그때 누이의 남편인 금마군 장리의 아들이 배를 구할 때까지 대관사에서 중노릇을 하라고 권유했다. 그렇게 하면 신분도 쉽게 감출 수가 있지만 설혹 들통이 나더라도 서동대왕을 생불처럼 섬기는 대관사에서 엄연한 대왕의 핏줄을 설마 쫓아내기야 하겠느냐는 게 매부의 말이었다.

궁은 신분을 철저히 숨긴 채 대관사에서 어설픈 중노릇을 하며 살았다. 나라가 망한 뒤 중이 되겠다고 찾아오는 이가 한둘이 아니어서 특별히 의심은 받지 않았다. 그러던 차에 숙부인 복신이 귀국해 결성한 부흥군이 칠악 근방에서 날로 맹위를 떨친다는 소문이 돌았다. 궁의 마음은 흔들리기 시작했다. 왜행을 포기하고 복신을 찾아가 미력이나마 보태야 하지 않을까, 한창 그런 고민에 빠져 있을 때 뜻밖에도 신라왕이 적군을 이끌고 자신 앞에 나타났다.

"이는 지하에 계신 열성조의 음덕이며, 특히 할아버지 서동대왕께서 나를 어여쁘게 여겨 마련하신 천금 같은 기회다. 우리나라를 망하게 한 신라왕이 제 발로 여기까지 왔으니 내 어찌 그를 살려 보내겠는가!"

궁은 슬그머니 절을 빠져나와 누이의 집에서 칼 한 자루를 얻으며 말했다. 아직도 눈에 선한 것은 자신의 아버지 의자가 대전에서 무릎을 꿇고 머리를 풀어헤친 채로 술을 따르던 처참한 광경이었다.

"꼭 그렇게 해야 되겠습니까? 오라버니마저 화를 당하신다면 저는 누구를 믿고 살겠는지요."

누이가 애틋한 눈길로 만류했으나 궁은 어금니를 깨물며 나지막이 대답했다.

"너는 아바마마께서 당한 수모를 보지 않아서 모른다. 자식으로서 부모의 치욕을 갚지 않는다면 백수를 누린들 그 삶이 얼마나 떳떳하겠느냐."

궁은 연신 눈시울을 적시던 누이와 하직하고 밤이 깊어지기를 기다렸다가 신라군 병영으로 숨어들었다. 과연 서동대왕의 음조였을까. 궁이 조막 가까이 이르렀을 무렵 돌연 사방이 소란스러워지더니 땅에서 피가 솟아올라 병영이 온통 아수라장이 되었다. 궁은 내심 쾌재를 불렀다. 그 덕택에 그는 대왕기가 펄럭이는 조막으로 손쉽게 접근할 수 있었다.

궁은 막사 앞을 지키는 초병의 목을 따고 쏜살같이 안으로 잠입했다. 그때쯤 신라왕 춘추도 군사들의 소란과 역한 냄새에 눈을 떠서 바깥으로 나가보려고 막 흐트러진 머리를 매만지고 있었다. 궁은 재빨리 춘추의 등 뒤로 다가서서 품에 숨겨온 칼을 꺼내 들었다.

"김춘추는 나를 똑바로 보라!"

난데없는 고함 소리에 깜짝 놀란 춘추가 급히 등 뒤를 돌아보았다.

"누, 누구냐?"

"나는 의자대왕의 서자인 백제 좌평 부여궁이다."

침입자의 결연한 표정과 자신을 겨눈 코앞의 칼끝을 동시에 바라보던 춘추는 비록 짧은 순간이었으나 자신에게 닥쳐온 최후를 예감했다.

"나를 죽인다고 망한 나라가 다시 일어나겠는가?"

춘추는 의연함을 잃지 않고 물었다. 시간에 쫓기던 부여궁으로선 마음이 급했다.

"그런 건 나는 모른다. 다만 너에게 지울 길 없는 수모를 당하고 당나라로 끌려간 내 아버지의 원한을 기억할 뿐이다."

"허, 그런가……."

춘추는 크게 고개를 끄덕였다.

"그렇다면 어서 뜻대로 행하라. 자식으로서 부모의 원한을 갚으려 함은 가상한 일이니 어찌 너를 나무라겠느냐."

이미 만사를 체념한 듯 춘추는 자리에 앉아 눈을 감았다. 마지막이구나 생각하니 그간 살아온 수많은 일들이 한순간에 뇌리를 스쳐갔다. 예기치 않은 순간 갑자기 덮친 죽음이라 한두 가지 미련이야 어찌 없으랴만 문득 이대로 끝이 난들 또한 어떠랴 싶었다. 백제를 멸했으니 유한은 없고, 본래 죽음이란 누구한테나 갑작스런 일이 아니던가.

춘추의 의연한 태도에 부여궁은 작심한 바를 선뜻 결행하지 못하고 주저했다.

"무엇하는가?"

죽을 사람의 재촉하는 소리가 끝남과 동시에 조막 밖에서 사람들의
인기척이 들려왔다. 화들짝 놀란 부여궁은 엉겁결에 칼자루를 단단히
그러쥐고 춘추를 향해 맹렬히 돌진했다.

"……이제 속이 후련하느냐."

칼에 찔린 춘추가 궁을 안은 채로 말했다. 죽지 않으면 어떡하나 걱
정이 된 궁은 급히 춘추의 가슴에 박힌 칼을 빼내 다시 여러 차례 정
신없이 찔러댔다. 신라 장수들이 들이닥친 건 그때였다.

"아니, 저놈이?"

무심코 조막 안으로 들어선 이들은 죽지와 흠순이었다. 군사들의
병영을 옮긴 뒤 보고를 하러 들어온 두 장수는 뜻밖의 광경 앞에 차마
입을 다물지 못했다. 먼저 칼을 뽑아 든 사람은 죽지였다. 춘추와 불
상득하여 일생 사이가 버성겼던 그였지만 칼에 찔린 임금을 보자 눈
에서 불꽃이 일었다.

"네 이놈!"

죽지가 대갈일성 고함을 지르며 부여궁을 향해 덤벼들었다. 그사이
흠순은 칼에 찔린 임금을 안고 상처를 살폈다.

"태자를 도와…… 태자를 도와……."

돌아보면 모두가 한바탕 흐드러진 꿈이었으리.

오래도록 깨지 않던 고단하고도 휘황한 세월을 뒤로한 채 처남 흠
순을 바라보는 춘추의 두 눈이 떨어지는 유성처럼 무서운 속도로 빛
을 잃어갔다.

"마마, 대왕마마!"

흠순이 애타게 부르는 소리를 뒤로한 채 춘추는 감겨오는 눈꺼풀을 뜨려고 몇 번 애를 쓰는 듯하다가 그대로 엷은 웃음을 지으며 숨을 거두었다.

왕이 죽자 흠순도 이를 갈며 칼을 뽑아 들었지만 이미 부여궁은 죽지의 칼에 맞아 목이 떨어진 뒤였다. 흠순은 부여궁의 머리를 칼끝에 찍어 들고 조막 바깥으로 달려나와 산천이 떠나가도록 큰 소리로 울부짖었다.

"대왕이 돌아가셨다! 우리 대왕이 돌아가셨다!"

선왕의 장수를 베다

두 장수는 들으라. 선왕의 유지를
받들어 백제를 평정하고 마침내는
삼한 백성들을 모두 불러모아
한집을 꾸려야 할 과인으로선
제 살을 도려내는 읍참마속의
절박한 심정으로 너희를 문죄할
수밖에 없다. 공이 높으면 그에
따르는 책무도 그만큼 큰 법임을
어찌 그토록 몰랐더란 말이냐!

누구도 예상치 못한 변고(變故)였다.

임금이 죽자 금마군의 군사들은 시신을 어가에 모시고 장졸이 함께 눈물을 흘리며 금성으로 회군했다. 김춘추의 죽음은 백제를 멸한 뒤 기쁨과 흥분으로 들떠 있던 신라 사람들의 마음을 하루아침에 충격과 비통함으로 바꿔놓았다.

문명왕후 문희는 왕의 시신을 부여잡고 통곡하다가 여러 차례 정신을 잃었고, 태자를 비롯한 왕의 자제들도 식음을 전폐하고 울기만 했다. 왕이 군사를 이끌고 떠난 뒤 대궐에 남아 국사를 돌보던 김유신은 고령에도 불구하고 어전에 엎드려 사흘 밤낮을 움직이지 않았으며, 9장수를 비롯한 만조 백관들 역시 수시로 통곡하는 모습이 마치 부모를 여읜 어린아이들 같았다. 노신 알천은 집에서 비보를 듣자 맨발로 대궐까지 달려와 주먹으로 제 가슴을 치며 울었고, 대국통(大國

統: 오늘날의 종정) 자장(慈藏)과 법사 명랑(明朗), 대사 원효 등 이름난 승려들도 눈물을 뿌리며 대궐에 모여들어 염불과 기도로 왕의 명복을 빌었다.

성군의 타계는 왕실과 조정의 슬픔만이 아니었다. 왕의 장례가 거행되는 동안 통곡 소리는 집집마다 구슬펐으며 황룡사, 흥륜사를 위시한 경향 각지의 대찰과 소찰에서도 죽은 임금의 성덕을 기리는 제사와 독경 소리가 끊이지 않았다.

그러나 어찌하랴.

한 세대가 가고 다음 세대가 오는 것은 만고의 섭리가 아니던가. 비명에 간 선왕의 나이 59세. 아직 해결하지 못한 나라 안팎의 어지러운 일들을 돌아보면 더욱 아깝고 원통한 죽음이었으나 한 번 넘어가면 그 어떤 재주로도 다시 돌릴 수 없는 게 생사의 경계요, 이승과 저승 사이를 흐르는 강일 터였다.

신라 문무 백관들은 돌아가신 춘추왕의 시호를 무열(武烈)이라 정하고 영경사 북봉에 장사를 지낸 뒤 다시금 상호(上號:廟號)를 태종(太宗)이라 하니, 이는 전대와 후대를 통틀어 신라 56분 임금 가운데 유례가 없는 일이며, 태종이란 종묘 사직에 그이만큼 큰 사람이 다시 없다는 최고의 예우이기도 했다. 그러나 먼저 죽은 당나라 이세민의 시호가 또한 태종이므로 살아서 남달랐던 두 사람의 관계를 회상하면 또 한 번 인연의 깊고 오묘한 감회를 느끼지 않을 수 없다.*

춘추의 죽음이 당에 알려지자 이치는 낙성문(洛城門)까지 걸어나와 애도의 뜻을 표했다.

그러나 삼한을 둘러싼 숨가쁜 정세는 신라가 성군을 잃은 슬픔에 마냥 머물러 있기를 허락하지 않았다. 부음을 듣고 낙양에서 달려온 선왕의 차남 인문이 장지에서 돌아오자 곧바로 법민을 찾아와 말했다.

"당주는 이미 소정방에게 35도(道)의 수륙군(水陸軍)을 모두 거느리게 하여 고구려로 보냈습니다. 우리에게도 시급히 군사를 일으켜서 당군과 서로 호응하라고 말했으니 비록 상중이지만 칙명을 무시하기는 어려울 듯합니다."

제대로 격식을 갖춰 즉위식을 거행할 여유조차 없었다. 태자 법민은 편전에서 간소하게 즉위한 뒤 곧 거병 명령을 내렸다. 그는 김유신을 대장군으로 삼고 인문과 진주, 흠돌을 대당(大幢)장군으로, 천존, 죽지, 천품을 귀당(貴幢)총관으로, 품일, 충상, 의복을 상주(上州：尙州)총관으로, 진흠, 중신, 자간을 하주(下州：창녕)총관으로, 군관, 수세, 고순을 남천주(南川州：경기도 이천)총관으로, 술실, 달관, 문영을 수약주(首若州：춘천)총관으로, 문훈, 진순을 하서주(河西州：강릉)총관으로, 진복을 서당(誓幢)총관으로, 의광과 위지(慰知)를 각기 낭당(郎幢)총관과 계금(罽衿)대감으로 삼은 뒤 친히 모든 장병들을 거느리고 금성을 출발해 한산주(漢山州：지금의 서울)로 향했다. 그

---

* 뒷날 당은 무열대왕의 묘호가 이세민의 시호와 같음을 문제 삼아 이를 고치라고 수차례 압력을 넣기도 했다. 이 일에 대한《삼국유사》의 기록은 다음과 같다.

신문왕(神文王：문무왕의 아들) 대에 당나라 고종(이치)이 신라에 사신을 보내 말하기를 "짐은 성고(聖考：이세민)께서 현신 위징과 이순풍(李淳風) 등을 얻어 협심동덕(協心同德)으로 천하를 통일했기 때문에 태종황제라 일컬었다. 너희 신라는 해외의 작은 나라인데 태종이란 칭호가 있으니 당치 않다. 함부로 천자의 호를 사용해 참람되고 불충하니 어서 고치라" 하였다. 이에 왕이 표를 올려 "신라가 비록 작은 나라이나 성신(聖臣) 김유신을 얻어 삼국을 통일했으므로 선대왕을 태종으로 봉한 것이다" 하고 설명했다. 그런데 당나라 고종이 태자로 있을 때 받아놓은 글 가운데 "하늘의 33천(天) 가운데 한 사람이 신라에 내려갔으니 그가 바로 김유신이다" 하고 써놓은 것을 발견하자 매우 놀라 다시 사신을 파견해 태종이란 묘호를 고치지 말고 사용하게 했다.

런데 법민이 시이곡정(始飴谷停)에 이르렀을 때 선군의 사자가 와서 백제 잔적들이 옹산성(甕山城 : 회덕)에 의거해 길을 막으므로 더 나아갈 수 없다고 알렸다. 병부령 진주가 머리털을 꼿꼿이 세운 채 입에 거품을 물었다.

"마마, 옹산성은 신이 가서 단숨에 쓸어버리겠나이다! 신에게 태종대왕의 원수를 갚을 기회를 주십시오!"

선왕의 남다른 총애를 받았던 진주였다. 그는 국상이 난 뒤로 연일 서럽게 통곡하며 백제인이라면 씨를 말려버리겠노라 새파랗게 이를 갈았다. 그 바람에 백제 사람인 충상과 자간, 무수와 인수 같은 이들은 진주와 마주치는 일이 두려워서 입궐도 기피할 정도였다. 진주의 말이 끝나기 무섭게 이번엔 성질 급한 흠돌이 나섰다.

"신에게도 3천 군사만 주옵소서! 백제인의 오장육부를 꺼내 억울하게 돌아가신 선왕의 영전에 바치겠나이다!"

어찌 그들뿐이랴. 국상을 치르고 나온 신라 장수들은 지위의 높고 낮음과 나이의 많고 적음을 가리지 않고 백제인을 향한 증오와 분노로 치를 떨었다.

"백제인처럼 배은망덕한 무리는 세상에 다시없습니다. 선대왕께서 얼마나 저희를 위하고 해치지 않으려고 애를 쓰셨는데, 그 은공을 이렇게 갚는단 말입니까! 백제인을 궤멸시키지 않고는 언제 이런 일이 다시 일어날지 알 수 없나이다!"

"당나라 유진군에게서 백제 전역을 돌려받아 우리가 토벌에 나서야 옳습니다! 백제인에게 자비를 베푸는 일은 사나운 맹수 새끼를 기르는 것과 같습니다! 차라리 죽여 없애는 편이 백번 지당합니다!"

장수들은 이구동성 소리쳤다. 그대로 두면 백제 잔적들은 물론 무고한 양민까지 해칠 일은 불을 보듯 뻔했다. 신왕 법민은 잠시 생각에 잠겼다가 입을 열었다.

"장수들의 의견은 충분히 알겠소. 그러나 백제인을 모조리 죽여 없앤들 선왕께서 살아 돌아오실 것이며, 그렇게 한다고 대왕의 혼백이 기꺼워하시겠소? 선왕을 해친 자는 백제인이 아니라 부여궁일 뿐이오. 삼한 사람들을 전부 끌어모아 한지붕 밑에 살게 하려면 오히려 이런 때일수록 넓은 도량을 가져야 하지 않겠소? 원한으로 말하면 과인보다 더한 이가 어디 있겠소만 나는 돌아가신 선대왕의 뜻을 우리가 제대로 한번 받들었으면 하오."

이어 법민은 옹산성에 사신을 파견해 항복을 권유하고자 했다. 갈아 마셔도 시원찮을 백제인들을 말로 설득하자는 신왕의 뜻이 격분한 장수들에게 먹혀들 리 없었다.

"임금의 말씀은 따르기 어렵습니다! 더구나 저들은 이미 창칼을 들고 우리를 가로막는 불충한 무리가 아니오?"

"그렇소! 임금께서 뭐라고 하든 나는 선왕의 원한을 갚아야겠소!"

"모시던 임금이 살해되셨는데 그 원수를 갚지 않음은 불충 가운데 가장 큰 불충이오! 신왕께서는 부왕의 원한부터 갚고 삼한일통(三韓一統)을 말씀하시오!"

장수들은 일제히 반발하고 나섰다. 반응이 예상외로 거세어지자 법민도 당황하지 않을 수 없었다. 그는 놀란 얼굴로 아버지의 신하들을 바라보았다. 병부령 진주가 성난 장수들을 대표해 칼을 뽑아 들며 말했다.

"나는 임금이 아니라 하늘이 가로막아도 반드시 옹산성을 궤멸시켜야겠소! 장부에겐 장부의 길이 있고 신하에겐 신하의 도리가 있거니와 선왕의 원한을 갚는 일은 국사이기에 앞서 이 김진주의 개인사요. 임금께선 간섭하지 마시오!"

사태는 짐짓 불경을 논할 지경으로까지 치달았다. 그때까지 잠자코 상석을 지키던 노장 김유신이 진주를 향해 버럭 고함을 질렀다.

"앉으라!"

신왕의 면전에서 칼까지 뽑아 들고 거벽을 떨던 진주도 김유신의 고함 소리에는 뜨끔한 표정을 지었다.

"장군……."

"어서 칼을 거두고 자리에 앉아라."

유신이 다시 점잖게 타일렀다. 진주는 유신의 노한 표정을 보고야 슬그머니 칼을 칼집에 집어넣고 엉거주춤 자리에 앉았다. 진주가 진정의 기미를 보이자 유신은 조카인 법민 앞에 허리를 굽히며 공손한 태도로 말했다.

"마마, 하늘 같고 태산 같은 선대왕을 잃고 아직 매사가 상시(常時) 같지 않은 장수들이옵니다. 부디 오늘의 불경을 용서하옵소서. 시일이 흐르면 장수들도 차츰 대왕의 깊은 뜻을 헤아릴 것입니다."

이어 유신은 다음과 같이 계책을 내었다.

"옹산성에는 신이 가겠나이다. 신이 가서 옹산성을 포위하고 반드시 먼저 항복을 권유해 백제인들에게 살길을 열어주겠습니다. 그러나 사비성 진수사 유인원과 혜포(鞋浦)에서 만나기로 약정한 날이 있으므로 마냥 항복을 기다릴 수만은 없지 않겠나이까? 세 번 기회를 주어 불응한다면 그때는 창칼로써 옹산성의 잔적을 토벌하겠나이다."

유신의 말에 법민은 흡족한 얼굴로 말했다.

"그렇게 해주십시오. 저는 상신만 믿겠습니다."

김유신은 진주를 비롯한 몇몇 장수들을 거느리고 옹산성으로 진격했다. 적당한 곳에 이르러 병영을 설치한 그는 진중의 목소리 큰 군사를 성 밑으로 보내고 임금과 약속한 대로 먼저 적을 설득했다.

"너희 나라가 대국에게 토벌을 당한 까닭은 치도(治道)가 옳지 않았기 때문이다. 부디 천명(天命)에 복종하라. 우리는 너희를 함부로 대한 일이 없다. 명에 순종하는 자에겐 상을 주고 거역하는 자만 죽였을 뿐이다. 지금 너희가 홀로 고성(孤城)을 지켜 무엇을 얻으려 하는가. 필경은 다 참혹해질 테니 나와서 항복하느니만 못하다. 성문을 열고 항복한다면 목숨을 보존하는 건 물론 가히 부귀영화도 기대할 수 있으리라!"

유신은 세 번이나 적을 설득했지만 적성에서 돌아오는 소리는 변함이 없었다.

"허튼수작을 거두라! 비록 보잘것없는 작은 성이지만 병기와 식량이 모두 넉넉하고 군사들은 용감하다. 차라리 죽기로 싸울지언정 살아서 항복하는 일은 없을 것이다!"

옹산성 장수는 복신과 도침을 따라왔던 금물현의 장사 해미였다. 세 번 설득에 실패하자 유신은 마침내 진격 명령을 내렸다.

"궁한 지경에 빠진 새와 곤란한 처지의 짐승도 스스로 제 목숨은 구할 줄 아는 법이거늘."

성군을 잃고 슬픔과 분노에 가득 차 있던 신라 장수와 군사들은 깃발을 앞세우고 북소리를 울리며 앞을 다투어 성으로 몰려갔다. 그들은 날아오는 화살과 돌을 피하지 않고 성문 근처에 이르러 대책(大柵)을 불 지르고 성벽을 향해 포차를 쏘아댔다. 웅현정에 머물던 신왕 법민은 정작 싸움이 벌어지자 갑옷과 투구를 쓰고 높은 곳에 올라가 친히 눈물 섞인 고함으로 군사들을 지휘하고 격려했다.

임금까지 나서서 목숨을 아끼지 않고 독려하자 신라군의 사기는 더욱 뜨거워졌다. 9월 25일에 시작된 싸움은 사흘째인 27일에 끝났다. 결과는 신라군의 대승이었다. 5천을 헤아리던 옹산성의 백제군들은 거의 목숨을 잃었고 해미도 성이 함락되기 직전에 전사했다.

옹산성에 입성하자 법민은 다시 장수들에게 말했다.

"옥석을 구분해 백성들을 해치는 일이 없도록 하시오."

그러자 장수들은 다시 거세게 반발했다.

"지금 백제인으로서 저항하는 무리들은 모두가 자원한 자들입니다. 그러므로 무기를 들면 잔적이고 무기를 놓으면 백성입니다. 어떻게 옥석을 가리란 말씀입니까?"

"우선 여자와 아이들, 노인들을 제외하고 남자들도 일일이 얘기를 나눠보면 그 뜻을 알 수 있지 않겠소?"

"당군과 혜포에서 약조한 군기가 있나이다. 그러잖아도 시일이 지체되었는데 생포한 자들과 일일이 얘기를 나누라니요?"

"시일이 아무리 걸리더라도 그렇게 하오. 무기를 들지 않은 백제 백성들은 모두 과인의 백성이오."

법민의 뜻은 확고했다. 장수들은 한결같이 신왕의 처사에 불만을 품었지만 아무 말도 없이 자리를 지키고 앉은 김유신의 위세에 압도되어 감히 명령을 거역하지 못했다.

왕명을 받드느라 옹산성에서 다시 사나흘을 더 지체했다. 옥석을 가리는 작업이 끝나자 법민은 승전의 공을 논해 각간, 이찬으로서 총관이 된 자에게는 칼을 하사하고, 잡찬과 파진찬, 대아찬으로서 총관이 된 자에게는 창을 주었으며, 그 아래 있는 자들도 각각 1품씩 벼슬을 올려주었다. 논공을 마친 법민은 자신이 머물던 웅현정 부근에 역부들을 남겨 웅현성을 축조하라고 일렀다.

법민의 이 같은 행보는 옹산성 인근에서 궐기한 우술성(雨述城 : 대덕)의 백제인들에게 당장 지대한 영향을 미쳤다. 우술성 장수는 망국에서 달솔 벼슬을 지냈던 조복(助服)과 은솔 파가(波伽)였다. 이들은 옹산성이 공격을 받은 시초만 해도 결사항전을 다짐하고 상주총관 품일의 군대와 맹렬히 교전했으나 옹산성이 무너진 뒤 사람을 함부로 죽이지 않는다는 소문이 전해지자 마침내 싸움을 포기하고 성문을 열어 항복하였다. 법민은 다시 장수들의 반대를 무릅쓰고 항복한 조복에게는 급찬 벼슬을 주어 고타야군(古陁耶郡 : 안동) 태수로 삼고, 파가에게도 급찬 벼슬을 주고 겸하여 집과 의복을 하사했다.

법민은 고구려로 들어갈 마음이 애당초 없었다. 당이 인문을 통해 소정방의 군대와 협공하라고 했지만 과연 소정방이 그 험한 요동을 거쳐 평양까지 이를 수 있을지 의문이었다. 자칫하면 신라군만 피해를 당하기 십상이었다. 그렇다고 당주의 요청을 거절할 명분도 없었다. 법민의 고민이 바로 여기에 있었다.

그런데 당주 이치는 법민의 환심을 사서 양국 동맹의 결호를 더욱 다지기 위해 뒤늦게 비단 5백 필의 부의와 함께 조위사를 신라에 파견했다. 이치로선 협공할 신라군을 동원하기에 유리하다는 판단에서 행한 일이었지만 법민으로선 당의 요구를 잠시 뒤로 미룰 빌미를 얻은 셈이었다. 10월 29일, 남천주 근교에서 차일피일 기회만 엿보던 법민은 당주가 보낸 조위사가 온다는 말에 기쁨을 감추지 못하고 소리쳤다.

"황제의 조위사가 온다는데 내 어찌 그를 친히 맞지 않으랴! 뒷날 다시 오는 번거로움이 있어도 마땅히 대궐로 돌아가리라!"

이후로도 당은 고구려를 칠 때마다 번번이 신라에 군사와 식량을 요구했다. 요동으로 군사를 내면서 식량을 원조하라는 요구는 달리 말하면 고구려와 신라를 싸우게 한 뒤 뒷전에서 어부지리를 얻겠다는 뜻이었다. 그러나 신라 국세는 고구려와 정면 대결을 펼치기엔 여러모로 불리했다. 법민이 조위사를 맞이한다는 핑계로 금성에 돌아온 뒤 당에서는 함자도(含資道) 총관 유덕민(劉德敏)을 파견해 또다시 평양으로 군량을 수송하라는 당주의 칙명을 전했다.

군량인들 넉넉할 리 없었다. 백제를 칠 때 당에서 건너온 13만 군대도 신라 양식으로 먹였고, 도독부에 남은 유진군들에게도 달마다 양식이 건네지는 판이었다.

임술년(662년) 정월, 법민은 당의 요구에 못 이겨 김유신을 비롯한 선왕의 9장수와 자신의 아우인 인문, 양도 등에게 명해 수레 2천여 량에 쌀 4천 석과 도정하지 않은 벼 2만 2천여 석을 나눠 싣고 당군을 원조했다. 그런데 갖은 고생 끝에 식량을 전해준 보람도 없이 당나라 군사는 밥만 지어 먹고 그대로 돌아가버렸다.

안팎으로 심한 곤란에 처한 신왕 법민이었지만 뭐니뭐니 해도 가장 큰 어려움은 선왕의 장수들이었다. 선왕을 도와 백제를 멸한 장수들은 이제 갓 보위에 오른 젊은 임금의 말을 잘 듣지 않았다. 임금이 장수들을 제대로 통솔하지 못하는데 정사가 순탄할 리 없고, 나라가 제대로 다스려지지 않음은 불을 보듯 뻔했다. 그렇다고 선왕을 도와 백제를 멸하고 공전절후의 대공을 세운 장수들과 연일 얼굴을 붉히고 화를 내며 언쟁하는 일도 민망하고 볼썽사나운 노릇이었다.

법민은 아버지 춘추가 표방했던 덕치(德治)를 지속적으로 추구해 삼한의 민심을 얻으려 했고, 그것만이 진정으로 아버지의 유업을 계승하는 길이라고 믿었다. 그러기 위해선 매사에 인내하고 또 인내하는 길밖에 없었다. 그런데 장수들은 그런 자신을 나약한 임금으로 취급하는 눈치들이었다. 아무리 설명을 하고 훈계를 해도 소용이 없었다.

자신의 정사가 그릇되지 않다는 확신은 수시로 느낄 수 있었다. 창칼로 사방을 제압하는 것보다 비록 시일은 오래 걸리지만 덕으로 다스려야 민심도 얻고 근본을 평정할 수 있었다. 춘추의 뒤를 이은 법민의 덕치는 조금씩 나라 밖으로 소문이 나기 시작해 임술년(662년)에는 탐라국(耽羅國)의 주좌평* 도동음률(徒冬音律)이 신라에 와서 항복하고 속국이 되기를 자청했다. 그때도 법민은 흔쾌한 마음으로 이를 받아들여 도동음률에게 이찬 벼슬을 주려 했으나 진주를 비롯한 선왕의 장수들은 새로운 관리를 뽑아 탐라를 다스리자고 주장했다. 매사가 그런 식이었다.

법민은 궁리 끝에 잔치도 열어주고 선물도 하사했으나 결과는 마찬가지였다. 자신의 열 마디, 백 마디보다 김유신의 말 한 마디가 더 위력이 있었다. 그런 일들은 법민으로 하여금 많은 생각을 하게 만들었다. 큰외숙 김유신의 위엄을 빌려 나라를 다스리는 일이 비록 다행스럽기는 하지만 장래를 내다보면 과히 바람직한 건 아니었다. 언제까지나 김유신에게 의지할 수도 없었고 그래서도 안 될 일이었다.

답답한 그는 김유신에게 몇 차례 속내를 털어놓고 자문을 구했다.

* 주좌평(主佐平): 탐라는 동성왕 이래로 백제에 신속(臣屬)했기 때문에 탐라를 다스리는 자들을 모두 좌평으로 삼았다. 주좌평이란 상좌평과 같은 뜻으로 탐라국의 임금을 말한다.

그러나 김유신이라고 별 뾰족한 묘책이 있을 리 만무했다.

"신 역시 밤잠을 이루지 못하고 그 일을 깊이 고민하는 중이지만 이는 대왕께서 친히 넘어야 할 산입니다. 신이 단 한 가지 할 수 없는 일이 바로 그것이니 깊이 생각하고 또 생각하소서!"

"큰외숙께서 보시기에 제가 과연 잘못하고 있습니까?"

"서로 뜻이 다를 뿐 잘잘못은 없나이다. 장수들이란 본래 거친 구석이 있게 마련이고, 방자함은 무언가를 지나치게 믿기 때문에 생기는 마음입니다."

8월에 백제 잔적들이 내사지성(內斯只城 : 충남 유성)에 집결해 이미 신라에 항복한 백성들을 상대로 약탈과 노략질을 일삼는다는 하소연이 금성에 전해졌다. 급보에 접한 왕은 재빨리 장수들을 불러 말했다.

"유민을 괴롭히는 건 우리 백성을 짓밟는 것과 무엇이 다르겠소. 어서 가서 괴로움에 시달리는 유민들을 구휼하시오."

이어 그는 흠순을 대장군으로 삼고 천존, 죽지, 진주, 진흠, 품일, 문충, 문영 등 무려 열아홉 명의 장수들에게 잔적 토벌을 명령했다. 물론 백제에서 귀화한 충상과 자간, 무수 등도 신라 장수들과 함께 동원됐다.

이들 장수 가운데 병부령 진주와 새롭게 남천주총관으로 임명된 진흠 형제는 남천주 병영에 머물러 있었고, 품일과 충상은 상주에서, 문영은 수약주에서 각각 왕명을 받았다. 대부분의 장수들은 유민을 구휼하라는 신왕의 명령에 시뜻한 마음들이 되었지만 어쩔 수 없이 복명해 나갔는데, 유독 남천주 병영에서만 문제가 생겼다.

"뭐야? 이젠 망국 유민들까지 우리가 나서서 보살펴주라고?"

왕의 사신에게서 출정 명령을 전해 받은 진주가 얼굴이 붉게 달아오른 채 버럭 고함을 질렀다. 진흠도 만만찮은 기세로 거들었다.

"대체 임금은 정신이 있는 게냐, 없는 게냐? 선대왕을 시해한 백제놈들이다! 그따위 일로 전군을 동원하다니 아무래도 머리가 돌았거나 철이 덜 든 모양이구나."

두 형제는 한동안 노발대발하다가 진주가 사신을 향해 이렇게 말했다.

"병이 나서 출정을 못 하겠다고 아뢰어라. 내 아우 진흠도 마찬가지다. 우리는 간밤에 똑같은 음식을 먹고 배탈이 나서 운신 기동이 어렵다. 가거든 천 번 만 번 죄송하다고 전하라."

사자는 두 장수의 불경스러운 태도가 몹시 거슬리고 불쾌했다. 금성으로 돌아오자 곧 자신이 보고 들은 바를 하나도 빠뜨리지 않고 그대로 털어놓았다. 신왕 법민은 한동안 고개를 숙인 채 깊은 생각에 잠겼다가 다시 사자에게 말했다.

"수고스럽겠지만 남천주에 다시 한 번 다녀오라. 가서 두 장수에게 과인이 특별히 좋은 약을 지어놓고 기다리고 있으니 금성에 와서 찾아가라고 일러라."

왕명을 거역한 진주와 진흠은 사신을 돌려보낸 뒤 남천주 병영에서 크게 잔치를 베풀고 군사들과 더불어 신나게 놀았다. 나름대로 임금에 대한 불만을 해소하려는 방편이었다. 그런데 사신이 다시 와서 임금의 뜻을 전하자 취기에 편승해 이렇게 대답했다.

"우리는 선대왕을 도와 천년 사직의 원수였던 백제를 멸한 주역들이다. 마땅히 그에 상응하는 보답이 있어야 한다. 식읍과 보물을 주지는 못할망정 어찌 토벌한 적국의 망국민을 위해서까지 우리에게 수고를 강요할 수 있더란 말이냐? 이제라도 임금이 정신을 차리고 우리를 귀히 여긴다면 마땅히 우리도 대를 이어 충성을 바칠 것이다. 지은 약은 당분간 임금이 보관하라고 전하라. 적당한 기회가 오면 찾으러 가겠다."

진주의 이 말은 다시 법민의 귀에 고스란히 들어갔다. 법민은 화도 내지 않고 그저 고개만 끄덕였다.

"알았다. 두 번씩이나 먼 길을 다녀온다고 고생이 많았구나."

그날 밤에 법민은 아버지 무열대왕의 위패를 모신 황룡사 불당을 찾아가 참배하고 그 어머니 문명태후의 처소에도 들렀다. 이튿날에는 김유신과 노신 알천을 대궐로 초청해 긴한 얘기를 나누기도 했다. 임금의 말을 들은 김유신과 알천의 안색은 몹시 어두워졌지만 두 사람 다 어쩔 수 없는 일이라고 대답했다.

진주와 진흠이 금성에 나타난 건 출정했던 장수들이 내사지성을 평정하고 돌아온 후였다. 그들 두 사람이 편전에 이르러 왕을 배알하자 법민은 돌연 만조의 문무 백관들을 소집하라는 영을 내렸다.

"각간에서부터 조위에 이르기까지 한 사람도 빠짐없이 전부 왕정에 모이도록 하라!"

법민의 음성은 그 어느 때보다 강하고 결연했다. 진주와 진흠은 잠시 어리둥절했지만 무슨 특별한 일이야 있으랴 싶었다. 그런데 문무 백관들이 왕정에 다 모이고 나자 법민은 시립한 호위 군사들에게 진주와 진흠을 결박하라고 명했다.

"저들 두 장수는 선대왕을 도와 백제를 토벌한 공을 지나치게 믿고 날로 방약무도해져서 사사건건 과인의 정사를 어지럽히더니 급기야는 왕명마저 거역하는 지경에 이르렀다. 이대로 두면 국법과 치도가 문란해지고 군율이 흔들리며 사직의 근본마저 위태롭게 될 테니 어찌 이를 처벌하지 않으랴. 금일부로 진주를 병부령에서 폐하고 진흠을 남천주총관에서 해임하라. 이는 신하로서 꾀병을 핑계 삼아 임금을 속인 죄과를 묻는 것이다."

문무 백관들은 그것으로 진주와 진흠의 죄가 대강 마무리될 줄 알았다. 하지만 임금의 진노는 계속되었다.

"아울러 진주와 진흠을 참형에 처하고 그 목을 사흘간 병부에 효수하라. 이는 왕명을 어긴 대가로, 저들 두 사람이 어지럽힌 전군의 군율을 바로 세우기 위함이다!"

임금의 말이 떨어지자 진주와 진흠은 홀연 정신이 번쩍 들었다. 설마 자신들을 어쩌랴 싶었던 믿음이 단숨에 모래성처럼 허물어져 내렸다. 그러나 사태는 거기서도 끝나지 않았다.

"또한 진주와 진흠의 9족(九族)을 찾아내어 함께 처형하라. 악신의 뒤가 얼마나 참혹한가를 보여주려면 반드시 씨를 말려야 한다. 씨족들이야 특별히 무슨 죄가 있으랴만 저들이 저질러놓은 죄가 이미 사직의 근본을 위협할 지경이다. 이를 바로잡자면 안타깝지만 또한 불가피한 일이다."

만조의 백관들은 한결같이 놀라움과 두려움에 떨며 서로 얼굴을 마주보았다. 일장 훈시를 마친 법민은 안색이 백짓장처럼 변한 진주와 진흠에게로 눈길을 돌리고 근엄한 표정으로 말했다.

"두 장수는 들으라. 선왕의 유지를 받들어 백제를 평정하고 마침내는 삼한 백성들을 모두 불러모아 한집을 꾸려야 할 과인으로선 제 살을 도려내는 읍참마속(泣斬馬謖)의 절박한 심정으로 너희를 문죄할 수밖에 없다. 공이 높으면 그에 따르는 책무도 그만큼 큰 법임을 어찌 그토록 몰랐더란 말이냐! 너희가 이 나라 사직에 세운 찬란한 공은 조금도 훼손하지 않고 만대에 전할 테니 안심하라. 어제는 공을 세우고 오늘은 죄를 지었으니 과인은 다만 신상필벌을 명확히 할 따름이다."

왕정에는 무수한 신하들이 도열해 있었으나 감히 누구도 왕의 준엄한 유시에 토를 달지 못했다. 오로지 찬물을 끼얹은 듯한 정적만이 감돌 뿐이었다. 그동안 임금에게 반감을 가졌던 늙은 신하와 장수들은 오금이 저리고 등골이 오싹해 서로 눈치만 보았고, 젊은 신하들 역시 꿈에도 예상치 못한 임금의 처사에 넋을 잃고 말았다.

"자, 이제 그만 명대로 시행하라."

왕명이 떨어지자 진주와 진흠은 눈물을 흘리며 도부수들에게 끌려 나갔다. 두 사람은 하늘을 우러러 탄식하고 또 후회했지만 이미 사태는 돌이킬 수 없었다. 한번 노하면 누구보다 무서운 젊은 군주 법민이었다.

진주와 진흠 형제가 망나니의 칼에 목이 떨어져 죽은 그날, 경사와 남천주, 하주와 북한산주에 흩어져 살던 그들의 식솔과 9족도 모조리 참변을 당했다. 6두품 출신으로는 최초로 병부령까지 지낸 천하 검객 김진주의 뒤가 그처럼 끔찍하고 참혹하였다.

한편 춘추왕이 붕어하고 당이 고구려 정벌에 기운을 쏟는 틈을 타 칠악과 웅진 부근의 백제군들은 더욱 숫자가 늘어나고 세력이 커졌다. 일이 이렇게 된 데는 왜에서 원군을 이끌고 귀국한 부여풍(扶餘豊)의 공도 톡톡히 한몫을 했다.

서동대왕의 차남이자 의자의 아우인 부여풍은 젊어서부터 날카로운 기질과 총명한 자질로 한때 그 형과 왕위를 다투던 인물이었다.

그는 의자가 태자 자리에 오른 뒤 형제간의 세력이 갈리고 다툼이 일 것을 걱정한 서동대왕의 뜻에 따라 왜국으로 가서 일생을 보냈는데, 사비성이 함락됐다는 소식이 전해지자 왜 왕실의 후원으로 선단을 이끌고 본국으로 돌아왔다.*

서동대왕의 차남 부여풍이 귀국하자 백제 의병들의 기세는 하늘

---

* 당시 왜국과 백제의 관계를 설명하는 데는 다음과 같은 가설도 있다.

629년 즉위한 왜의 서명(舒明)천황은 무왕과 선화공주 사이에서 출생한 의자의 누이 부여보(扶餘寶)를 왕후로 맞이했다. 서명천황은 고향을 그리워하는 왕비를 위해 639년 7월, 백제천(지금의 曾我川) 근방을 궁터로 정해 웅장한 백제궁을 짓게 하고 동쪽에는 백제사를 건립했다. 그리고 백제천 옆에는 9층 석탑을 세웠다(이 유적지가 1997년 나라현 기비(吉備) 못 가에서 발굴되었다). 640년 서명천황은 백제궁으로 거처를 옮겼다.

641년 서명천황이 백제궁에서 죽자 왕비 부여보가 보위에 올라 황극(皇極)천황이 되었다. 그 뒤 몇 차례의 정치적 반란을 거쳐 645년, 웅신왕 망명 이후 줄곧 왜의 실권을 장악해온 목협만치(왜로 건너와 소가만치로 이름을 바꿈)의 후손 소가(소하 혹은 소아로도 불림)씨 집안이 망하고 새로운 실권자로 등장한 부여경(扶餘輕: 부여보의 남동생)이 왕위를 이어 효덕(孝德)천황이 되었다. 그는 백제계의 영향이 강한 아스카(飛鳥)를 떠나 수도를 나니와(難波)로 옮기고 나라 이름도 야마토로 고쳤다. 누이에게 왕권을 물려받은 효덕은 여러 가지 제도와 문물을 고치는 대대적인 국정 개혁을 단행했으나 부여풍을 비롯한 구 아스카 세력의 백치반정(白雉反正)으로 수도가 다시 아스카로 정해지고 왕위 역시 상황(上皇) 부여보에게 돌아가니 그가 곧 제명(齊明)천황이다. 따라서 무왕의 공주인 부여보는 황극천황에 이어 제명천황이란 이름으로 또 한 번 보위에 올라 661년, 죽을 때까지 왜국을 이끈다.

본국 백제가 망했다는 소식이 전해졌을 때는 부여보가 왜국의 임금으로 있던 시기다. 그는 사촌인 복신을 원조하기 위해 수천 명의 왜군을 급파하는 한편 화살 10만 본, 면포 1천 필, 견사 5백 근, 솜 1천 근, 가죽 1천 장, 종자용 벼 3천 석 등 군수물자의 지원도 아끼지 않았다. 그러던 와중에 제명천황 부여보가 죽고 그의 아들인 천지(天智)천황이 보위를 이었다. 천자는 백제를 복원하라는 어머니의 유언을 받들어 외삼촌 부여풍에게 귀국을 명했다. 이에 풍은 662년 5월, 군선 1백70척에 군사 1만 7천 명을 이끌고 바다를 건너 백강으로 들어갔다. 왜국의 원군을 이끌고 나타난 부여풍의 위세는 대단했다. 진수사 유인원은 왜의 구원군을 보는 순간 싸울 엄두도 내지 못하고 두려움에 떨었다. 그해 7월, 당주 이치는 유인원에게 칙서를 보내 이렇게 말할 정도였다.

"웅진성 하나만으로 오래 지탱하기 어려울 테니 마땅히 신라 땅을 택해 도독부를 옮겨라. 김법민이 주둔을 허락하면 그곳에 머물러 있고, 그렇지 아니할 경우엔 군선을 징발해 본국으로 돌아와라."(《자치통감》 기록 발췌) — 이상 최진, 《다시 쓰는 한일 고대사》(대한교과서) 참조.

● 소설적인 매력에도 불구하고 한일 양국 학설의 균형을 고려해 이런 내용을 그대로 차용하지는 않았다. 그러나 세세한 내용이야 어쨌든 왜국에서 백제 수복을 위해 부여풍에게 대규모의 지원군과 군수물자를 보낸 것은 사실이고, 그만큼 양국 관계가 긴밀했던 것 또한 부인할 수 없는 일이다.

높이 치솟았다. 그러나 세력이 커갈수록 덩달아 커지는 게 의병을 이끌던 장수들의 알력과 갈등이었다. 수백 년에 걸쳐 보완에 보완을 거듭해온 체제와 법도가 여지없이 무너진 뒤 별다른 체계도 갖추지 못하고 급조한 의병 세력으로선 필히 극복해야 할 당연한 갈등일지도 몰랐다.

처음 부여풍이 왜국에서 선단을 이끌고 귀국했을 때만 해도 복신과 도침은 풍을 임금으로 맞아 전권을 위임하며 충성을 맹세했다. 그런데 시일이 흐를수록 복신은 풍에게 임금 자리를 양보한 일이 억울하다는 생각이 들었다. 그도 그럴 것이 본국 의병들을 통솔해 위세를 드높인 장본인은 정작 복신이었다. 그는 도침과 함께 수덕사에서 몸을 일으킨 이래 늘 신묘한 계책과 뛰어난 판단으로 맞서는 곳마다 나당 연합군을 크게 무찔렀고, 당이나 왜에까지 명성이 알려질 만큼 맹위를 떨쳤다. 나라 안팎에서 망국을 슬퍼하던 백제 유민들 사이에선 오로지 복신이 있어 망한 나라를 다시 일으켜 세운다는 칭송이 자자했고, 이에 용기를 얻어 칠악으로 찾아오는 장정들은 열에 아홉이 복신 장군의 부하가 되기를 소원했다. 그는 661년 2월, 유인원이 이끌던 당나라 유진군 2천을 전멸시키고 임존성을 점거한 일을 필두로, 품일의 신라 원군을 기습해 모조리 땅에 묻어버렸고, 주류성을 탈환해 사비성을 장악한 당군의 바닷길을 봉쇄했다. 그 결과 사비성과 웅진성을 제외한 나머지 모든 강역이 거의 수복 단계에 접어들었다. 그런 그가 왜국에서 나타난 부여풍을 임금으로 섬기자니 원통한 느낌이 들지 않을 수 없었다.

"죽 쒀 개 준다고, 장군께서는 무엇 때문에 힘들여 수복한 땅을 남에게 주려고 하십니까?"

"전날의 사직은 이미 망한 겁니다. 지금 수복한 땅은 장군의 땅이 아닙니까? 마땅히 사직을 다시 세우심이 옳습니다."

"왜국에서 원군이 왔다 해도 그 수는 기껏 2만이 넘지 않습니다. 칠악에 운집한 의병들이 갑절은 되니 세력을 견주어도 마땅히 장군이 보위에 올라야 하지 않겠습니까?"

복신의 부하들도 틈만 나면 그렇게 들쑤셨다.

풍과 복신은 사촌형제 간이었다. 하긴 자신이 보위를 이어도 문제될 건 없었다. 차츰 임금이 될 궁리에 사로잡히게 된 복신은 제일 먼저 도침의 동의를 구해야겠다고 판단했다.

"대사께서는 왜국에서 온 부여풍이 과연 수복한 나라의 임금이 될 자격이 있다고 보시오?"

하루는 복신이 임존성에 상다리가 휘어질 정도로 음식을 차려놓고 주류성에 머물던 도침을 청하여 은근한 말로 묻자 도침은 사뭇 정색을 하며 대답했다.

"물론입니다. 소승이 염주와 목탁을 버리고 창칼을 든 이유는 오로지 스러진 사직을 다시 일으켜 세우기 위해섭니다. 이제 부처님의 도움으로 강토를 거의 되찾았으니 마땅히 임금을 모셔야 하겠는데, 전에 모시던 임금과 태자께서는 모두 낙양으로 끌려가셨으니 서열로 보아 왕제(王弟)를 옹립함이 순리지요. 자격을 논하자면 그이 말고 또 누가 있겠습니까?"

도침은 야속하리만치 말을 매섭게 분질렀다. 복신은 이 일로 도침에게 앙심을 품었다. 처음 몸을 일으킬 때부터 온갖 궂은 일을 나누고 함께 고생해온 그가 하루아침에 풍에게 붙어 충성을 하려 드니 은근히 배신감마저 느껴졌다. 그런데 복신의 속내를 알아차린 도침이,

"장군께서는 자중하십시오. 지금은 보위를 놓고 싸울 때가 아닙니다. 나라를 온전히 되찾는 일이 무엇보다 시급하니 부디 마음을 비우시오."

하는 훈계까지 곁들이자 급기야 복신은 도침을 죽일 뜻을 품었다. 그는 부하를 시켜 도침이 주류성으로 돌아가는 길에 구덩이를 파놓은 뒤 근처에 궁수들을 매복시켰다. 이튿날 임존성을 나선 도침이 수레에 올라 졸고 가는데 갑자기 땅이 송두리째 꺼지면서 수레가 구덩이에 둘러빠지자 사방에서 궁수들이 나타나 일제히 화살을 쏘아댔다. 영거장군 도침은 온몸에 화살이 박혀 고슴도치가 되었다. 복신은 이를 적의 기습으로 위장한 뒤 도침의 시신을 거두어 성대히 장사 지내니 도침을 따르던 승병들은 모두 복신의 휘하로 들어오고 말았다.

도침을 없애고 나자 복신은 더 이상 본심을 숨기려 들지 않았다. 그는 부여풍이 보는 앞에서 공공연히 말하기를,

"보아하니 군주께선 군사(軍事)를 잘 모르는 모양인데 왜군의 지휘를 내게 맡기고 제사만 주관함이 어떻소?"

"왜국에선 원군이 더 오지 않소? 기껏 2만도 안 되는 원군을 보내 무너진 사직을 일으키라니 하도 어이가 없어 묻는 말이오."

하고는 심지어,

"고구려의 연개소문을 만나 원군을 청해봄이 어떠하오? 군주께서 가신다면 내가 장수들을 시켜 평양 장안성까지 안전히 다녀오도록 조치를 취하겠소."

하며 거만한 태도로 위협했다. 풍이 듣기에 고구려로 들어가라는 말은 수복군의 전권을 자신에게 양도하라는 뜻이었다. 젊어서부터 산전수전을 다 겪은 풍이 복신의 변심을 눈치 채지 못할 턱이 없었다.

"아바마마, 영거장군 도침을 죽인 사람은 복신 숙부입니다. 우리 군사가 칠악 근방을 쥐새끼 한 마리 드나들지 못하게 엄중히 수비하는 판에 적이 어느 길로 들어와 유독 도침 한 사람만을 죽이고 돌아간단 말입니까?"

풍의 큰아들 충승(扶餘忠勝)의 말에 작은아들 충지(扶餘忠志)도 이렇게 덧붙였다.

"임존성 장수 지수신(遲受信)은 의리가 있고 충성스러운 사람입니다. 그가 도침을 죽인 사람은 복신이라고 말하는 걸 소자가 직접 들었나이다."

풍은 아들들의 말에 잠자코 고개를 끄덕였다. 마음 같아선 당장 복신을 사로잡아 목을 치고 싶었으나 따르는 세력이 자신의 갑절은 되는 판이라 함부로 일을 벌였다간 도리어 자신이 해를 당할 공산이 컸다. 그는 두 아들에게 입조심을 당부한 뒤,

"기회가 올 것이다. 내게도 다 생각이 있으니 너희는 과히 염려하지 말라."

하고 말했다. 그로부터 며칠 뒤 복신의 사자가 와서,

"상잠장군께서 갑자기 병이 나서 돌아가실 지경에 이르렀나이다."

하고 울먹였다. 풍이 깜짝 놀라,

"며칠 전만 해도 멀쩡하던 사람이 어찌 별안간 무슨 병이 났단 말인가?"

하니 그 사자가 기다렸다는 듯이,

"대왕께서 보내신 제사 음식을 들고 돌연 목숨이 경각에 달렸나이다."

했다. 풍은 사비성이 망한 날짜인 7월 18일에 동명묘와 사직단에 두

루 제사를 지내고 그 음식의 일부를 복신에게 보낸 일이 있었다.

"야단났구나. 날씨가 더워 음식이 상했던가?"

"소상한 일은 모르겠습니다."

"그 음식을 먹은 자가 한두 사람이 아닌데 어찌하여 복신만 병이 났단 말이냐?"

"글쎄올시다."

"상태가 어떻느냐?"

"땀을 비 오듯이 흘리고 사지를 사시나무처럼 떨어대는데 괴질 중에도 그런 괴질을 본 적이 없습니다."

"그럼 의원을 구해 뵐 일이지 병명도 알기 전에 내게는 어찌하여 시급히 왔는가?"

"장군께서 수시로 대왕을 찾으시니 무언가 남길 말씀이 있을까 하여 왔습니다. 필경은 살아나기가 힘들 듯합니다."

풍은 근심이 가득 찬 얼굴로 탄식했다.

"참으로 예삿일이 아니다. 복신이 죽는다면 누가 무너진 사직을 일으킨단 말이냐! 아아, 복신이 죽으면 안 된다!"

그는 황급히 말을 대령하라고 주위에 말한 뒤 복신의 사자에게 소리쳤다.

"너는 어서 가서 복신 장군께 과인이 곧 간다고 전해라. 과인이 도착하기 전에 불상사가 생긴다면 제일 먼저 네 목부터 칠 것이다!"

사자가 기겁을 하고 달려가자 풍은 곧 휘하의 장수 가운데 흑치상지(黑齒常之)를 불렀다. 흑치상지는 키가 7척이 넘고 성품이 곧은 장수로 무엇보다 무예와 지략이 뛰어났는데, 서동대왕을 도와 명성이 높았던 전대의 장수 흑치사차가 본국에 와서 낳은 막내아들이었다.

사차는 슬하에 아들 하나와 딸 셋을 낳고 말년에 다시 아들을 하나 더 보았다. 그 가운데 첫아들 흑치모(黑齒謀)는 가혜성 싸움에서 김유신의 칼에 죽었고, 말년에 본 아들이 바로 흑치상지였다.

공성신퇴(功成身退)한 흑치사차는 경사에서 조금 떨어진 서부 가림군에 식읍을 받아 살면서 늙어서 본 막내아들을 각별히 귀애했다. 아이가 겨우 걸음마를 시작할 때부터 항상 옆에 끼고 다니며 걸핏하면 간지럼을 태우고 엎치락뒤치락 맹수 부자처럼 싸우곤 했는데, 아이가 자랄수록 어찌나 몸이 날래고 발이 빠른지 예닐곱 어름부터는 숫제 아버지 손에 잡히지도 않았다.

"이놈은 틀림없는 장군감이다!"

사차는 싸움터를 전전한 자신의 일생이 과히 흡족하지 않아서 되도록 상지만은 다른 걸 가르치려 했지만 아이의 자질이 제 뜻과 다르니 한탄하듯 말하기를,

"자식 겉 낳지 속 못 낳는다고, 이 아이가 이처럼 태어난 것도 모두 제 운명이다."

하면서 뒤에는 말 타고 칼 쓰는 법을 열심히 가르쳤다. 장자 흑치모가 싸움터에 나가 죽은 뒤 흑치사차는 이를 괴로워하다가 얼마 뒤 죽었다. 사차가 죽을 때 상지를 불러 손을 잡고,

"홀로 만군을 상대할 자신이 없거든 칼을 들지 마라. 무슨 일이건 10년쯤 하면 문리가 트이고, 20년쯤 하면 경지가 보이고, 30년쯤 하면 내가 보이고, 40년쯤 해야 천하가 두루 보인다. 천하를 보지 않고 바깥으로 나대면 네 형과 같이 되기 십상이니 너는 부디 아비 말을 명심하라."

하는 유언을 남겼다. 상지는 의자왕이 서자 41명을 모두 좌평으로 만

들 때 선대의 공으로 함께 달솔에 봉해졌으나 실제로 싸움을 하거나 정사에 참여하지는 않았다. 그는 가림군에 머물며 식솔들을 보살피다가 나라가 망한 뒤에야 비로소 세상에 나왔다.

"내 비록 아버지의 유언에는 아직 미치지 못하지만 나라가 망하고 임금이 수모를 당했음에도 나서지 않는다면 이는 장부의 도리가 아니다. 선친께서도 이런 날이 올 줄 알았다면 그와 같은 유언을 남기지 않았을 것이다."

상지가 그렇게 결심한 어느 날이었다. 그가 살던 동네 야산에 난데없이 말 한 마리가 나타나 밤낮없이 울어댔다. 그것은 보통의 말 울음 소리가 아니라 이상하게도 귀에 거슬리고 신경을 긁어대는 소름 끼치는 소리였다. 말은 한번 울기 시작하면 목에서 갈라지는 소리가 날 때까지 계속해서 울어댔고 그마저도 산지사방을 뛰어다니며 우는 통에 마을 전체가 송신하고 뒤숭숭했다.

"저놈의 말이 대체 뭘 잘못 처먹고 저리도 울어대나?"

"나라가 망했다더니 말까지 미쳐 날뛰는군그래!"

"저게 말 소리여, 귀신 소리여?"

한밤중에 말이 울면 아이들은 집집마다 자다 놀라 울어대고 어른들은 등골이 오싹할 지경이었다. 참다못한 마을 청년 몇 명이 말을 잡으려고 야산으로 밧줄을 가지고 올라갔지만 말은 신기하게도 사람만 보면 달아났다가 사람이 없어지면 다시 나타나곤 했다. 그런 와중에 몇몇이 도망가는 말을 언뜻 보았는데, 가라말이더라고 했다. 가라말 중에도 털빛이 짙은 담가라라고 했다. 담가라도 보통 담가라가 아니라 보통 말보다 갑절은 크고 무섭게 생긴 맹수 같은 담가라라고 했다.

"사람이 키운 말이 아니여. 하늘에서 내려온 말이제."

소문은 차츰 그렇게 퍼졌다. 흑치상지가 마을에 나도는 소문과 밤낮없이 울어대는 예사롭지 않은 말 울음 소리를 듣고는,

"이는 필시 무슨 곡절이 있을 게다."

하고서 하루는 혼자 말이 우는 곳을 향해 조심스럽게 올라갔다. 울음 소리를 따라가자 이내 저만치 산모퉁이에 검푸른 가라말이 하늘을 향해 처절한 울음을 토해내는 게 보였다. 흑치상지는 날쌘 동작으로 말에게 접근해 힘껏 말 목을 움켜잡고 익숙한 솜씨로 답삭 말잔등에 올라탔다. 깜짝 놀란 말이 갑자기 앞발을 높이 쳐들고 울더니 쏜살같이 산등성이로 내닫기 시작했다. 흑치상지가 아무리 달리는 말을 멈춰보려고 애를 썼지만 말은 거침없이 앞으로만 내달렸다.

달리는 말잔등에서 흑치상지는 탄복에 탄복을 거듭했다. 뛰어가는 속도가 어찌나 빠른지 도무지 정신을 차릴 수가 없었다.

"이놈아, 어디로 가느냐? 도대체 어디로 가는 게냐?"

상지는 달리는 말 목을 연신 쓰다듬으며 살갑게 다뤘지만 말은 조금도 속도를 늦추지 않았다.

얼마나 달렸을까. 어디가 어딘지도 모르는 산과 계곡을 따라 정신없이 내달리던 말이 마침내 강변에 이르렀다. 말은 강물로 훌쩍 뛰어들어 헤엄을 쳤다. 상지는 그제야 말에게 목적지가 있음을 알아차렸다. 그렇지 않고야 강물을 건너갈 리 없었다. 강을 건넌 말이 다시금 맹렬한 속도로 내달려 마침내 멈춘 곳은 황산벌, 아직 치우지 않은 시체가 여기저기 널브러진 격전장 한 귀퉁이에서 말은 숨을 씩씩거리다 말고 또 한 번 앞발을 곧추세우며 슬피 울었다. 말이 대가리를 처박고 킁킁거리는 곳에 제법 커다란 무덤 하나가 있었다. 수상히 여

긴 흑치상지는 말에서 내려 무덤을 자세히 살펴보았다.

'백제 충신 계백지묘.'

아, 상지는 그제야 무릎을 쳤다.

"네가 계백 장군의 말이었구나!"

일순 그의 눈에 핑글 눈물이 돌았다. 상지가 말에게 다가가자 녀석
은 무덤 주위를 서성거리다 말고 양순한 태도로 눈을 끔벅였다.

"사람도 제 살길을 찾아 도망가는 판국인데 참으로 네 뜻이 맑고
아름답구나. 너는 사람보다 오히려 낫다. 주인이 여기 묻힌 것을 알
리고 싶어서 그렇게 목이 쉬고 애간장이 타도록 울었던 게냐?"

상지는 말을 붙잡고 울음을 터뜨렸다. 흑치상지가 울자 말의 눈에
서도 눈물이 흘렀다.

"나 역시 이제 세상에 나서려는 참이었다. 네 등에 나를 태우겠느
냐?"

감격한 흑치상지는 말의 목을 하염없이 쓰다듬으며 물었다. 계백
의 애마 담가라를 흑치상지가 얻어 타게 된 사연은 그러했다.

뜻을 세운 그는 가림군을 떠나 좌평 정무의 휘하에 들어갔다. 정무
가 여러 차례 싸움에서 흑치상지의 탁월한 솜씨를 눈여겨보고,

"만일 저 사람이 일찍 세상에 나왔더라면 천하의 일이 어떻게 변
했을지 알 수 없구나."

하며 만시지탄(晩時之歎)을 금치 못했다. 그 뒤로 칠악 부근의 여러
성들을 되찾을 때 흑치상지와 지수신의 무공이 으뜸이었다. 특히 복
신이 주류성을 빼앗고 사비성을 위협해 유인원의 2천 군사를 하나도
빠짐없이 섬멸할 때는 흑치상지가 고향에서 데려온 수미(首彌)와 장
귀(長貴)에게 적의 뒤를 막아서게 하고 별부장 사타상여(沙吒相如)와

나란히 무인지경 적진을 달리며 창날로 목을 땄는데 그 숫자가 무릇 기백에 달했다. 또한 품일의 신라군이 두릉윤성을 공격했을 때도 흑치상지가 홀로 나가 막았고, 천존의 아우 천품과 임존성 앞에서 싸울 때는 1백여 합이 넘도록 지친 기색을 보이지 않아 하는 수 없이 천품이 군사를 되돌려 물러나기도 했다.

내지 사정에 어두운 풍이 왜국에서 귀국한 직후 복신에게 가장 믿을 만한 장수 하나를 천거해달라고 부탁하자 복신이 조금도 망설이지 않고 흑치상지를 추천했다. 그때는 복신이 풍에게 전권을 위임하고 충성을 맹세했을 때였다. 그러나 시일이 흐를수록 복신은 그 일을 가장 후회했다.

"내가 미친놈이다. 내가 눈에 헛것이 씌어 흑치상지를 풍에게 소개했구나. 아, 내가 과연 미친놈이다!"

복신은 수시로 그렇게 탄식하며 기회만 있으면 흑치상지를 다시 임존성으로 데려오려 했으나 풍은 이를 허락하지 않았다.

복신의 사자를 먼저 돌려보낸 뒤 풍은 흑치상지에게 가만히 물었다.

"공은 나와 복신 가운데 누구를 섬기시오? 내 앞이라고 마음에 없는 말은 하지 말고 솔직한 진심을 말씀해보구려."

뜻밖의 질문에 흑치상지는 잠시 어리둥절한 표정을 지었으나 곧 자세를 가다듬고 대답했다.

"군주께서는 이미 백제인의 임금이십니다. 신이 임금을 섬기지 않으면 누구를 섬기오리까?"

"그게 과연 본심이오?"

"그렇습니다."

"하면 한 가지 부탁이 있소."

"하명하십시오."

"이제 복신이 거짓으로 칭병하고 나를 부른 까닭은 과인을 죽여 스스로 백제 임금이 되려 함이오. 충지의 말로는 도침을 죽인 자도 복신이라고 하고, 임존성 장수 지수신조차 그렇게 말했다고 하니 어찌 복신의 마음을 의심하지 않겠소? 하니 공이 나를 수행하여 복신에게로 갑시다. 그가 정말 사경을 헤맬 양이면 위협이 없겠지만 필경은 꿍꿍이가 따로 있을 게 틀림없소. 공이 같이 가야만 내가 비로소 안심할 수 있겠소."

풍이 애처로운 얼굴로 부탁하자 흑치상지는 쾌히 청을 수락했다.

"지수신은 현명하고 의로운 사람입니다. 그가 그렇게 말했다면 사실일 테니 소장이 어찌 마마를 뫼시지 않으오리까. 복신이 비록 부흥군을 이끈 공은 높으나 충심이 없다면 그 또한 일개 역신일 뿐입니다. 수상한 낌새가 보이면 신이 먼저 결판을 짓겠습니다."

그는 자신의 심복인 사타상여와 수미, 장귀로 하여금 풍을 엄호하게 하고 자신은 손때가 묻은 창 한 자루를 든 채 앞장서서 임존성으로 향했다. 이때 복신은 비밀히 풍을 암살할 계책을 짜놓고 어두운 골방 속에서 일부러 다 죽어가는 신음 소리를 내며 누워 있었다. 병풍 뒤에는 미리 10여 명의 도부수가 배치되어 복신이 어이쿠, 소리를 지르면 이를 신호로 달려나와 풍의 머리를 베도록 말을 맞춰두었다. 이윽고 복신의 수하가 달려와 풍이 온다고 알리자 복신은 끙끙거리며 열심히 꾀병을 앓기 시작했다.

어두운 골방 문이 열리고 흑치상지를 앞세운 풍이 나타났다. 자리에 누워 흑치상지를 본 복신은 홀연 가슴이 철렁했다. 하필이면 흑치상지가 풍을 수행해 왔단 말인가. 그는 내심 께름칙한 느낌에 휩싸였으나 그렇다고 이미 짜놓은 계획을 바꿀 수도 없었다.

"어디가 어떻게 편찮으신가?"

풍이 걱정스러운 얼굴로 복신에게 다가가 가만히 머리를 짚어보았다.

"죽을 지경이올시다…… 아마도 살아나기가 어려울 듯해 뵙자고 하였나이다."

복신은 실제로 아파서 죽어가는 사람처럼 간신히 더듬거리며 말했다. 그런데 복신의 그 말이 미처 끝나기도 전에 흑치상지가 입을 열었다.

"장군께선 이 방에 무슨 주술을 걸어놓으셨습니까?"

"주, 주술이라니……?"

"이를테면 괴질에 효험이 있다는 주술 같은 것 말입니다."

"그, 그런 일이 없네……."

"하면 의원이라도 다녀갔는지요?"

"……의원은 청해놨으나 아직 오지 않았다네."

"그럼 사람이 다 죽어가는 판에 아무런 방책도 하지 않으셨단 말씀이 아닙니까?"

흑치상지는 사뭇 걱정스러운 표정으로 물었다. 복신이 일부러 끄응, 신음 소리를 깊이 내고서,

"아무렴. 사람이 죽을 때가 되니 의원도 주술사도 아무도 오지 않네."

하며 몸을 뒤척였다.

"그런데도 온 방에 살기가 가득합니다그려."

흑치상지가 복신을 내려다보며 싱긋 웃었다. 복신이 깜짝 놀라,

"사, 살기라니?"

하자 흑치상지가 대뜸,

"네 이놈! 감히 어느 안전에서 누구를 속이려 하느냐!"

창졸간 안색이 표변해 벼락같이 소리를 지르더니 재빨리 품에서 칼을 꺼내 누워 있는 복신의 가슴에 박아버리고 말았다. 실로 눈 한 번 깜짝할 동안에 일어난 일이었다. 칼에 가슴이 찔린 복신은 놀란 표정 그대로 숨을 헐떡거리기만 했고, 병상을 지키던 복신의 수하들은 뒤로 벌렁 나자빠져서 입을 다물지 못했다.

"이게 대관절 무슨 짓이오?"

헐떡거리던 복신이 팔을 휘젓자 복신의 수하 하나가 간신히 흑치상지를 나무랐다. 그러자 흑치상지는 천천히 벽을 향해 걸어가서 힘껏 병풍 자락을 걷어냈다. 숨어 있던 도부수들이 기겁을 하며 흩어지자 흑치상지는 범 같은 얼굴로 좌우를 둘러보며 소리쳤다.

"한심한 놈들, 이따위 얄팍한 수작이 통할 줄 알았더냐!"

복신은 눈도 감지 못한 채 그대로 숨이 끊어졌고 복신의 수하들은 비록 숫자가 많았지만 흑치상지의 위세에 눌려 감히 대적할 엄두를 내지 못했다. 풍은 복신의 심복 몇 명을 처형하고 임존성의 군사들을 지수신에게 맡긴 뒤 자신은 흑치상지와 더불어 주류성으로 향했다.

상황이 평정되고 나서 풍이 흑치상지에게,

"공이 신통한 줄은 알았으나 어찌 그처럼 복신의 수작을 한눈에 알아차렸소?"

하고 물으니 흑치상지가 웃으며,

"그토록 좁은 방에서 살기를 느끼지 못하는 장수가 어디 장숩니까."

하고 대답했다.

한편 고구려를 치는 일에 혈안이 된 당은 임술년(662년) 정월에 좌효위장군 백주자사(白州刺史) 방효태(龐孝泰)를 옥저도(沃沮道) 총관으로 삼아 또다시 요동 정벌을 도모했다. 그보다 앞서 요동으로 들어간 소정방을 뒤에서 돕기 위해서였다. 용맹스럽기로 이름 높은 방효태는 황제에게 받은 군사 7만에 백주의 향군 3만을 보태고 그것도 모자라 자신의 아들 열세 명을 모조리 이끌고 필승을 장담하며 고구려 정벌에 나섰다. 그는 요동에서 소정방이 닦아놓은 길을 따라 거침없이 행군하여 용케도 사수* 강변까지 이르렀다. 하지만 연개소문이 미리 세워둔 정교한 계책에 휘말려 전군이 떼죽음을 당하고 방효태와 열세 명이나 되는 그의 아들들도 모조리 몰살당하고 말았다.

당주 이치가 번쩍 정신을 차린 건 사수의 참패 직후였다. 그는 비로소 선제 이세민이 왜 그토록 요동 정벌을 만류했는지, 방효태를 잃고 나서야 깊이 깨달았다.

"연개소문은 실로 무서운 자다. 그가 있는 한 요동 정벌은 불가하다. 앞으로 고구려의 일을 말하는 자가 있으면 내가 용납하지 않겠다!"

임술년의 뼈 아픈 몰패로 이치는 깨끗이 요동 정벌을 단념했다. 그러고 나자 관심은 다시 기왕에 얻은 백제 땅으로 향했다. 무언가 획기적인 조치가 없다면 부흥의 소용돌이에 휩싸인 백제를 평정하기 어려운 상황이었다.

이런 인식에서 나온 것이 백제의 옛 왕자 부여융을 귀국시켜 저항하는 잔병들과 동요하는 민심을 위로하고 포섭하는 방안이었다. 백제는 백제인이 다스려야 한다는 게 3년간의 저항을 겪고 나서 얻은

---

* 사수(蛇水): 평양 부근 합장강이란 설이 있으나 정확하지 않다.

교훈이었다. 당주 이치는 부여융을 불러 말했다.

"그대는 본국으로 돌아가 유민들을 거두어 덕으로 다스리되 당나라 사직을 세우고 정삭(正朔)과 묘휘(廟諱)를 나눠주라. 아울러 신라왕을 만나 해묵은 옛날 감정을 풀고 서로 사이좋게 지내도록 하라. 어떤가, 그럴 의향과 자신이 있는가?"

부여융으로선 마다할 까닭이 없었다. 아무 지위가 없이도 꿈에 그리던 고국산천으로 돌아가고 싶은 마당에 낌새를 보아하니 자신에게 백제 땅을 다스리게 하려는 모양이었고, 차츰 시일을 두고 연구한다면 무너진 사직을 재건할 기회도 얻을 수 있겠거니 싶었다.

"신에게 기회를 주시면 결코 황제폐하의 기대를 저버리는 일이 없도록 하겠나이다."

부여융의 대답에 이치는 크게 기뻤다. 그는 융을 웅진도독으로 삼고 귀국하는 대로 유인궤에게서 전권을 위임받도록 한 뒤 우위위장군 손인사(孫仁師)에게 무려 40만에 달하는 군사를 주어 융의 귀국길을 수행토록 했다. 아울러 왜국에도 따로 사신을 파견해 만일 백제를 돕는다면 손인사의 군대로 하여금 왜국까지 정벌하겠다고 으름장을 놓았다.

계해년(663년) 가을, 과거 소정방의 뒤를 이어 만 3년 만에 엄청난 숫자의 당나라 군사들이 다시 덕물도를 경유해 백강으로 들어왔다.

당군의 거병 소식이 알려지자 신라에서도 임금이 직접 나섰다. 법민은 김유신을 비롯한 서른여덟 명의 장수를 총동원해 백제로 향했다. 양국 군사는 미리 약정한 군기에 따라 백강에서 합세해 왜병을 격파하고 칠악 부근의 성곽들을 차례로 공격하며 웅진부성(熊津府城 : 공주)으로 향했다.

또다시 대란이었다. 손인사와 유인원은 신라왕 법민과 더불어 육로로 진격하고, 유인궤 및 별장(別將) 두상(杜爽)은 부여융과 함께 수군을 거느리고 웅진강(熊津江:금강 상류)에서부터 백강으로 나와 육군과 합세한 뒤 주류성으로 향했다. 이때 수군은 백강 어귀에서 왜국 군대와 만나 네 번에 걸쳐 치열한 교전을 벌였으나 모두 이기고 전선 4백여 척을 불태우니 연기와 불길이 하늘을 뒤덮고 강물과 바닷물이 온통 붉게 변했다.

부흥군과 왜군들은 수십만을 헤아리는 나당 연합군의 적수가 되지 못했다. 죽어가는 사람이 연일 수백, 수천이었고, 가림성과 주류성, 두솔성과 두릉윤성 등 칠악과 두시원에 포진했던 백제군의 본거지가 차례로 함락되기 시작했다. 이런 난리통에 주류성의 부여풍은 몰래 몸을 빼내 도망갔고, 왕자 충승과 충지는 왜의 원군과 백제 잔병, 탐라국 사신 등의 무리를 거느리고 투항했다.

연합군의 공격을 받고도 끝까지 온전했던 곳은 지수신이 지키던 임존성뿐이었다.

취리산의 맹세

치욕은 나 개인으로 족하다.
때가 아니면 굽힐 줄 아는 것이
사직과 백성을 거느린 제왕의
책무가 아닌가. 옛날 한신은
시정잡배의 가랑이 밑으로
기어나오는 수모를 당했지만.
오히려 웃었고, 당고조 이연과
태종 이세민도 나라가 안정되지
못한 초기에는 돌궐의 힐리가한에게
무릎을 꿇고 스스로 신하라 칭했다.

지수신은 가지내현(은진)을 다스리던 관수 지 시덕(시덕은 벼슬 이름)이 낳은 3형제 가운데 막내였다. 첫째아들 수은은 도성을 지키던 방군 장수로 있다가 사비성이 함락될 때 목숨을 잃었고, 윤충의 부장이던 둘째 수영은 대야성에서 김유신에게 포로로 붙잡혔다가 김품석 내외의 뼈와 교환된 뒤 치욕스러움을 견디지 못해 절로 들어갔다. 그는 불문에 귀의하며 손에서 무기를 놓았으나 나라가 망한 뒤 도침이 승병을 모집할 때 다시 칼을 들고 세상에 나왔다. 지 시덕이 불사를 깊이 받들어 마지막에 얻었다는 지장(智將) 수신은 오랫동안 고향에서 아버지를 도우며 향군을 거느렸다. 그 공으로 지 시덕이 죽자 관수 일을 물려받았는데, 가지내가 나당 연합군의 집결지가 되어 적군의 손에 들어가자 향군을 이끌고 칠악으로 도망가 좌평 정무와 합류했다.

그는 인근 가림군에 살던 흑치상지와 어릴 때부터 잘 알고 지냈다. 사람을 결코 높여 말하지 않던 수신은 향당의 나이 많은 무인들 사이에서 건방지다는 조명이 떠돌 정도였지만 저보다 두 살이나 어린 흑치상지에게는 늘 예를 갖춰 깍듯이 대했다. 집안의 막내로 처지와 나이가 비슷했던 두 사람은 평생 우정을 다짐하며 좋은 일과 궂은 일을 함께하기로 맹세한 지 오래였다.

주류성이 망하고 부여풍이 왜왕에게 선물로 받은 보검(寶劍)까지 버려둔 채 종적을 감추자 흑치상지는 사타상여와 수미, 장귀 등의 별부장을 거느리고 성곽 뒤편 험한 곳에 의지해 끝까지 저항했다. 이때 흑치상지를 설득하기 위해 나선 이가 곧 부여융이었다.

융은 유인궤와 손인사의 허락을 얻어 혼자 흑치상지의 진중으로 들어갔다. 융을 본 흑치상지는 크게 놀랐다.

"태자마마께서 여기엔 어인 일이십니까?"

왕궁을 상시 드나들던 흑치사차를 따라 어려서부터 왕자들과 면을 익힌 흑치상지는 단번에 융을 알아보았다. 융 또한 자신이 태자에서 쫓겨나 금표 구역에서 지낼 때 지엄한 왕명에도 불구하고 문안을 와준 흑치상지를 모를 리 없었다.

"오늘은 태자로 오지 않고 당나라 관인으로 왔소. 이번에 당군이 들어온 목적은 웅진도독인 나를 보좌하기 위함이오."

융은 자리를 잡고 앉자 안부를 물을 겨를도 없이 본론부터 꺼냈다.

"그러니 장군께서도 이 부여융을 좀 도와주오. 나당 연합군의 숫자가 40만이 넘소. 이런 형세로는 비록 지조와 절개를 드높일 수는 있으나 복국(復國)은 어렵소. 지금으로선 딱히 장담할 수 없지만 오늘 장군이 나를 도와준다면 뒷날 반드시 좋은 일이 있을 것이오!"

융에게 소상한 사정을 전해 들은 흑치상지는 눈을 감고 깊은 생각에 잠겼다. 시간이 얼마나 흘렀을까. 흑치상지가 눈을 뜨고 융을 정면으로 바라보았다.

"한 가지만 묻겠습니다. 태자께서는 당나라 관인으로 공을 세우시려는 것입니까, 아니면 기회를 보아 이 나라를 되찾을 뜻이 있습니까?"

그렇게 묻는 흑치상지에게 융은 낙양으로 끌려갔다가 북망산에 묻힌 의자왕의 최후를 전하며 눈물을 흘렸다.

"믿어주오, 장군! 장군이 내 형편으로 들어와 생각하면 명백하지 않소?"

그러자 흑치상지는 어금니를 굳게 깨물며 고개를 끄덕였다.

"좋습니다. 하지만 제가 항복을 하더라도 그건 당인에게 투항하는 게 아니고 태자마마께 신속(臣屬)하는 겁니다. 마마께서 만일 풍 임금처럼 달아난다면 언제든 다시 일어나서 싸울 것입니다."

"여부가 있겠소. 나는 결코 숙부처럼 달아나지 않을 것이오. 맹세하겠소!"

흑치상지가 항복할 뜻을 드러내자 융은 그에게 임존성의 지수신을 설득해달라고 부탁했다.

"지수신은 항복하지 않습니다."

흑치상지가 단호히 고개를 가로저었다.

"항복하지 않으면 어떡하오? 나는 지수신과 면식이 없으니 찾아가서 설득하기도 어렵구려."

"마마께서 가셔도 마찬가지입니다. 최근에 그는 풍 임금과 좌평 복신이 싸우는 꼴을 보고 나서 왕실에 대한 불신과 반감이 있어 누구의 말도 듣지 않을 게 틀림없습니다."

"그렇다면 실로 낭패가 아니오? 장군의 뜻은 어떠하오?"

융이 안타까운 눈빛으로 묻자 흑치상지가 무겁게 입을 열었다.

"지수신과 저는 세상에서 둘도 없는 우정을 나눠온 사입니다. 그는 회유할 수 없는 강직한 인물입니다. 회유할 수 없다면 칠 수밖에 더 있습니까? 그를 꺾을 사람은 천하에 오직 저밖에 없습니다."

융도 염치가 있는 사람이었다. 그 말을 들은 융은 감히 지수신을 쳐달라는 부탁을 하지 못했다. 한참 만에 흑치상지가 말했다.

"우리 군사들이 험지에 의거해 밥을 굶은 지 오랩니다. 돌아가시거든 제게 갑옷과 식량을 좀 보내주시고, 그런 다음 임존성으로 통하는 길을 열어주십시오. 할 수 있겠는지요?"

"알겠소. 장군 말씀대로 하리다."

융은 당군 진영으로 돌아와 흑치상지의 뜻을 전했다.

"흑치상지에게 공을 세울 기회를 주는 게 좋겠습니다."

융의 말이 끝나자마자 손인사가 발칵 화를 냈다.

"어떻게 흑치상지를 믿는단 말이오? 그에게 갑의를 주고 군량을 보조한다면 이는 도둑에게 오히려 편의를 제공하자는 게 아니오?"

하지만 노신 유인궤의 생각은 달랐다. 부여융이 웅진도독이 된 뒤 검교대방주자사(檢校帶方州刺史)에 봉해진 그는 융의 제안에 일리가 있다며 고개를 끄덕였다.

"내가 흑치상지와 사타상여를 보니 도독에 대한 충성심이 있고 지모 또한 대단하오. 지모가 있는 자가 어찌 이 같은 사면초가의 형세를 읽지 못하겠소? 지금 그들에게 필요한 건 변절하거나 배반하지 않고도 우리에게 투항할 수 있는 명분이오. 지수신과 흑치상지가 비록 오랜 우정을 나눈 절친한 사이라고는 하나 수많은 부하와 군사들의 목숨도 가벼이 여길 수는 없을 게요. 기회를 주어 공을 세우게 합시다."

손인사는 그 뒤로도 두어 차례 흑치상지의 야심을 걱정했지만 모든 일에 능숙한 자사 유인궤의 뜻을 거역할 수는 없었다.

당나라 군사들에게서 갑옷과 식량뿐 아니라 무기까지 공급받은 흑치상지는 우선 허기에 지친 군사들을 배불리 먹인 다음 사타상여와 함께 군사를 두 패로 나눠 임존성으로 향했다. 연일 당군과 싸우며 기세를 올리던 지수신의 군사들은 같은 복장을 한 흑치상지의 군대가 나타나자 영문을 몰라 당황했다. 성문 가까이 이른 흑치상지는 화살에 서찰을 매달아 성안으로 쏘았다.

과거의 태자 부여융이 웅진도독으로 부임한 소식을 알리고 함께 투항하자고 권유하는 내용이었다. 하지만 글을 읽은 지수신은 흑치상지의 예상대로 크게 격분했다.

"나는 저를 벗으로 삼아 평생토록 생사고락을 함께하려 했거늘 어찌 이따위 무례한 글로 변절을 권한단 말인가! 벗도 우정도 덧없다, 장부에겐 오로지 구국의 일념이 있을 뿐이다!"

진노한 그는 성중의 군사들에게 결전을 명령했다. 혹시나 하고 기대하던 흑치상지는 성벽 밖으로 시석이 날아오자 그럴 줄 알았다는 듯 고개를 끄덕였다.

"과연 지수신이다. 투항을 권유한 내가 큰 실수를 했다."

"하면 싸우지 않으시렵니까?"

별부장 장귀가 묻자 흑치상지는 가만히 고개를 저었다.

"그와 나는 이미 오래전에 생사를 넘어 벗이 되었다. 내가 아니면 누가 그의 충절을 만대에 전하겠는가. 그가 나를 상대로 싸우는 것이나 내가 그를 치려는 뜻이 결국은 한가지다."

장귀로선 흑치상지의 말을 이해할 수 없었지만 교전을 하겠다는 의지는 분명해 보였다. 그는 흑치상지의 명을 받들어 군사들에게 성을 치도록 재촉했다. 임존성에선 이내 양측 군사들 간에 치열한 접전이 벌어졌다.

싸움은 연나흘간 밤낮없이 계속되었다. 그러나 시일이 흐를수록 수세에 몰린 쪽은 지수신이었다. 나당 연합군과 교전한 것까지 합치면 근 40일을 싸움만 한 셈이었다. 피곤도 피곤이었지만 고립된 성엔 식량마저 떨어지고 화살과 돌도 모두 바닥이 났다.

임존성의 기세가 눈에 띄게 수그러들자 흑치상지는 군사들을 동원해 성벽을 타고 오르도록 지시했다. 화살과 돌이 바닥난 것을 알아차렸으니 거칠 게 없었다. 성벽을 기어오른 군사들과 이를 막는 군사들 간에 다시금 피를 뿌리는 단병접전(短兵接戰)이 계속됐다.

제일 먼저 임존성에 입성한 무리는 사타상여의 군사들이었다. 그 뒤를 이어 수미의 군대가 동문을 장악했다. 지수신은 죽은 부하들의 시체를 밟고 서서 사타상여와 마주쳤다.

"네 이놈, 감히 누구한테 칼을 겨눈단 말인가!"

지수신이 눈에 불을 켜고 꾸짖자 사타상여는 사뭇 난처한 표정을 지었다. 의병이 궐기한 뒤 정무와 복신의 휘하에 있을 때부터 한솥밥을 먹던 그들이었다.

"죄송합니다, 장군……."

사타상여가 주눅 든 얼굴로 대답했다.

"저는 흑치 장군을 모시는 몸입니다. 명령을 따르지 않을 수 없으니 장군께서 이해하십시오."

"흑치는 왜 갑자기 변절을 하겠다는 건가?"

"변절이 아닌 줄 압니다. 다만 나라를 섬기는 방법이 장군과 다를 뿐입니다."

"복신과 부여풍도 처음에는 복국을 말하고 사직 재건을 맹세했었다. 그러나 끝은 어떠하던가? 부여융인들 그 뜻이 영원할 거라고 어떻게 믿는단 말인가?"

"그들은 말하고 우리는 믿을 따름입니다. 뒤에 변하는 건 그들이지 우리의 믿음은 아니지 않습니까? 우리는 그렇게 맹세하는 사람들을 계속해서 믿고 또 믿을 뿐 다른 방법이 없습니다."

"……상지의 뜻도 너와 같은가?"

"그렇습니다."

지수신은 잠시 마음이 흔들리는 기색이었으나 곧 번뇌를 떨치려는 듯 크게 고함을 질렀다.

"칼을 똑바로 들어라!"

"네?"

"서로 생각이 다르니 결전이 불가피하다."

이어 두 사람은 칼날을 맞대고 4, 5합쯤 자리를 옮겨가며 싸웠다. 맑은 쇳소리가 갱연히 울리는 가운데 좀처럼 구경하기 힘든 거장들의 명승부가 펼쳐졌다. 옆에는 어느새 양측 군사들 몇몇이 모여들었으나 누구도 감히 끼어들 엄두를 내지 못했다.

하지만 칼 솜씨에 우열이 없을 수 없었다. 사타상여가 비록 흑치상지의 별부장 가운데는 으뜸이었어도 지수신의 상대는 되지 못했다. 악, 하는 단말마의 비명과 함께 사타상여의 목이 거짓말처럼 떨어졌다. 구경하던 지수신의 부하들은 환호했다. 그 여세를 몰아 임존성의 잔병들은 마지막 사력을 다해 사타상여의 부하들을 성문 밖으로 내쫓았다.

"멈춰라!"

그때 무너진 성문 근처에서 가라말을 탄 장수가 지수신의 군대를 가로막았다. 고함 소리에 놀란 군사들이 보니 흑치상지가 장창 한 자루를 비껴 든 채 무서운 눈빛으로 자신들을 노려보았다. 지수신도 비로소 흑치상지를 대면했다.

"내가 상여를 죽였네."

지수신이 먼저 말을 걸었다.

"그리고 이제 자네도 죽일 참일세."

"……꼭 이래야만 하는가?"

흑치상지의 눈에서 눈물이 주르르 흘러내렸다.

"뜻이 다르니 어찌하는가."

"누구 뜻이 옳은지는 알 수 없지 않은가."

"옳고 그름이야 우리 손을 떠난 지 이미 오래일세. 다르면 싸울 수밖에."

말을 마치자 지수신이 먼저 칼날을 세워 달려들었다. 숨가쁘게 가해오는 지수신의 공격을 흑치상지는 창 끝으로 몇 차례 막아냈다. 하지만 그는 막아내기만 할 뿐 먼저 공격을 하지는 않았다. 이를 알아차린 지수신이 불쾌한 표정으로 소리쳤다.

"이놈 흑치야! 네 정녕 일생의 벗을 이따위로 대접할 참이냐!"

격노한 지수신이 꾸짖는 말에 흑치상지는 깊은 한숨을 토했다.

"마지막으로 부여융을 한 번만 더 믿어보세. 그마저 우리 기대를 저버린다면 그땐 나도 자네와 뜻을 같이하겠네!"

"……이미 정한 마음이다. 자꾸 흔들지 말라."

"우리는 어려서부터 세상에 둘도 없는 벗이 아니었나? 내게 먼저 기회를 한 번만 달라는 게 그렇게도 어려운가? 다시는 이런 소릴랑 하지 않을 테니 한 번만 내 뜻에 따라주시게."

흑치상지의 음성은 거의 애원에 가까웠다. 누구의 말도 통하지 않을 것 같던 지수신의 강직한 태도가 그제야 약간 누그러지는 듯했다.

"……날더러 그럼 어떻게 하란 말이냐?"

"나하고 같이 부여융의 밑으로 들어가세나."

"그건 싫네."

지수신이 말을 분질렀다.

"기대하고 실망하기도 지겨워."

잠시 생각에 잠겼던 지수신은 이윽고 결심한 듯 칼을 거두며 말했다.

"임존성 내 부하들을 부탁해도 되겠는가?"

흑치상지는 기쁨에 겨워 버럭 소리를 질렀다.

"여부가 있겠나, 염려하지 말게!"

"식솔들도 다 여기 있어."

"알았네!"

한동안 말잔등에 앉은 채로 흑치상지와 눈빛을 맞추던 지수신이 갑자기 말고삐를 잡아채며 뒤로 달아나기 시작했다. 흑치상지가 황급히 말을 달려 따라가며,

"이봐, 어디로 가? 가는 곳이라도 일러줘야지!"

하고 묻자 지수신은 돌아보지도 않고 팔을 휘저으며 더욱 빨리 말을 몰았다.

그가 달아난 곳은 임존성 북문, 뒷날 사람들은 방향으로 짐작해 고

구려로 갔다고 했지만 정확한 사실은 아니다. 주류성에서 도망간 부여풍과 두솔성에서 사라진 좌평 정무처럼 지수신도 그 이후 두 번 다시 세상에 나타나지 않았다.

백제 잔병이 토벌되고 난 뒤 손인사는 군사를 거느리고 본국으로 돌아갔지만 유인궤와 유인원은 그대로 웅진부성에 남았다. 당주 이치는 특히 자사 유인궤에게 별도의 군사들을 맡기고 부여융을 도와 백제 전역을 진수하라고 명령했다.

참혹한 병화(兵火) 끝에 집들이 조잔(凋殘)하고 산천은 황폐하며 시체가 들판에 초개같이 깔려 있었다. 웅진도독부를 맡은 부여융과 진수사 유인궤는 당나라 군대와 투항한 의병들을 동원해 백제 전역에 대대적인 복구 작업을 일으켰다. 먼저 해골을 거두어 묻게 하고, 호구를 살펴 촌락을 다시 일구고, 관수를 임명해 유민들을 다스리게 하고, 도로와 교량을 다시 만들고, 제방과 연못을 재건하고, 농잠을 권하고, 빈민을 구제하고, 늙은이와 고아들을 양육하고, 당나라 사직을 세워 정삭과 묘휘를 널리 퍼뜨렸다. 백제는 지고 대방군으로 명명된 당의 변방이 새로 선 셈이었다.

의자왕을 따라 당나라로 끌려갔던 사람들 중 일부도 다시 본국으로 돌아왔다. 전란에 지친 대부분의 백성들은 사직이야 누구의 것이든 우선 편안하게 살게 되었다며 좋아하고 기뻐했다. 사람 죽는 것만 보지 않아도 그게 어딘가. 백성들은 바뀐 제도와 문물 아래에서 시름을 털고 다시금 생업에 종사하기 시작했다.

그러나 문제는 신라였다. 당이 노골적으로 백제 강토를 탐하는 일도 당혹스러웠지만 무엇보다 부여융을 웅진도독으로 삼아 귀국시킨 처사에 신라 군신들은 극심한 배신감을 느꼈다. 부여융의 등장은 꿈에도 예상치 못한 이변이요, 전혀 새로운 국면이었다. 불시에 허를 찔린 신라 조정에선 연일 어전 회의가 열렸으나 뾰족한 묘안이 나오지 않았다.

설상가상 갑자년(664년) 정월에는 상신 김유신이 풍병(風病)에 걸렸다는 비보가 대궐로 날아들었다. 법민은 편전에서 정사를 보다가 그대로 말을 타고 유신의 사저로 달려갔다. 임금은 말에서 뛰고 내관과 중신들은 뒤에서 허겁지겁 따라가는 웃지 못할 진풍경이 벌어졌다.

다행히 유신이 맞은 풍은 치명적이지는 않았다. 곧 어의들이 달려오고 금성의 이름난 의원들까지 벌 떼처럼 가세해 침과 뜸과 약으로 병을 다스리긴 했지만 의원들은 당분간 바깥출입을 금하라고 입을 모았다. 유신은 벼슬을 내놓고 물러나기를 청했으나 왕은 이를 허락하지 않고 도리어 궤장*을 하사했다.

2월이 되자 당나라 칙사인 유인원에게서 기별이 왔다. 백제와 신라가 따로 동맹을 맺으라는 거였다.

"이미 망한 백제와 무슨 동맹을 맺으란 말인가!"

유인원의 어처구니없는 요구에 조정 대신들은 한결같이 노발대발했다. 그러나 법민은 화를 낸다고 해결될 문제가 아님을 깨달았다.

"당이 부여융을 내세워 백제 유민의 저항을 무마하려는 뜻이라면 뒤를 지켜보는 것도 썩 손해날 일은 아니오. 어차피 지금 꼴로는 우리가 그 땅을 차지해도 같은 형편이 아니겠소?"

---

* 궤장(几杖): '궤(几)'는 팔을 의지하는 목기(木器)이고 '장(杖)'은 지팡이이다. 흔히 70세가 넘은 중신에게 임금이 주는 것이다.

이어 법민은 자신의 아우인 인문을 불렀다. 김인문은 손인사의 대군이 백제로 올 때 따라와서 이때 금성에 머물고 있었다.

"인원이 백제와 동맹을 맺으라는 건 우리가 도독부를 칠까 염려하기 때문인데 우리에게 그럴 의사가 없음을 보여주고 오라. 결전은 백제 고토가 평온해진 뒤에 해도 늦지 않다."

당나라 사정에 해박한 인문도 형과 생각이 같았다.

"현명하신 결단이옵니다. 저쪽에서는 대왕이 오시기를 원하는 듯하지만 당주의 칙명이 아니라 유인원의 서찰을 받았고, 또한 상대가 부여융이라면 대왕께서 움직이는 건 격에 맞지 않습니다. 신이 가서 해결하고 오겠나이다."

"혼자 보내기 께름칙하니 천존 장군과 함께 가라."

이리하여 인문은 칠순 노장 천존과 웅진으로 가서 부여융과 동맹을 맺고 돌아왔다.

그러나 부여융이 웅진도독으로 왔다고 백제 전역이 일시에 조용해진 건 아니었다. 재건과 복구의 와중에도 수십 명, 혹은 수백 명의 무리가 새롭게 일어나 항거하는 사례가 빈발했다. 이들 가운데 대부분은 도독부에 배속된 당군의 출동으로 진압이 되었으나 간혹 맹위를 떨치며 유진군을 위협하는 무리도 아주 없지는 않았다.

3월이 되자 유민 가운데 일부가 사비산성에 의거해 당군을 공격했다. 유진낭장(留陣郎將) 유인원은 군사를 내어 여러 날 이들을 공격했지만 때마침 심한 운무가 끼어 싸움에 애를 먹었다. 그는 사자 백산(伯山)을 금성으로 급파해 도움을 요청했다.

"우리 군사가 간들 운무가 걷히지 않는다면 사정은 마찬가지가 아니냐?"

법민이 묻자 백산이 그럴 거라며 고개를 끄덕였다.

"군사가 부족한 것도 아니고, 다만 천지의 조화로 어려움에 빠졌는데 안개가 걷히기를 기다려야 별수가 있겠는가?"

결론은 그렇게 났다. 그런데 이 소식은 조정 회의에 참석한 내마 김삼광(金三光)을 통해 병석의 김유신에게 전해졌다. 삼광은 유신의 장자였다.

두어 달 정양 끝에 몸이 다소 나아진 유신은 이튿날 임금이 하사한 궤장에 의지해 대궐로 들어갔다. 유신을 본 임금은 어린애처럼 좋아하며 용좌에서 뛰어내려와 불편한 걸음을 친히 부축했고, 조정 중신과 장수들도 한결같이 기뻐하며 유신의 주위를 에워쌌다.

"대각간께서 창졸간 어인 행차십니까?"

왕이 한편으론 걱정이 되고 한편으론 궁금해서 묻자 유신은 오랜만에 상신의 자리를 찾아가 앉더니 다음과 같이 말했다.

"운무란 본래 밤과 낮의 기온 차가 심해 생기는데 사비의 운무는 백강 때문에 일어나는 것입니다. 신이 듣기에 인원의 군대가 운무 때문에 고민한다고 하니 그 방책을 일러주러 나왔나이다."

이어 그는 백산을 향해 말했다.

"너는 가거든 인원에게 내 말을 그대로 전하라. 밤에 달무리가 지고 기온이 떨어졌을 때를 택해 강의 반대편에 불을 피우고 서풍이 불기를 기다리면 이튿날 낮에는 반드시 산성의 안개가 걷힐 것이다. 그때 북소리는 오직 산 밑에서만 울리게 하고 장창 부대를 선봉에 배치한 규진법을 만들어 돌격하게 한다면 어렵지 않게 적을 토벌할 수 있다."

유신이 가르쳐준 전법은 곧 유인원에게 전해졌다. 인원이 유신의 말을 따르자 신기하게도 안개가 걷혀 손쉽게 사비산성의 잔병을 섬멸할 수 있었다. 그는 산성을 평정한 뒤 무릎을 치며 탄복했다.

"김유신은 가히 신장(神將)이구나! 어찌 그를 두려워하지 않겠는가!"

이 소식은 낙양에까지 전해졌다. 당주 이치는 과히 탐탁찮은 기색으로 미간을 찌푸렸을 뿐 특별히 무슨 말을 하지는 않았다.

예상치 못한 일들은 자꾸 생겼다. 그해 8월에는 남역에 심한 지진이 일어나 민심이 더욱 어수선해졌고, 이듬해인 을축년(665년) 2월에는 왕제(王弟) 문왕이 급사했다.

누구보다 문왕을 아꼈던 법민의 상심은 이루 말할 수 없이 컸다. 그는 왕자의 예로써 성대히 장사 지내게 하고 친히 장지로 행차해 통곡했다. 살아서 그렇게도 성질이 급하더니 죽는 것까지 남보다 빠르다며 법민은 좀처럼 울음을 그치지 않았다.

문왕을 각별히 생각했던 당주 이치도 특별히 양동벽(梁冬碧), 임지고(任智高) 등의 조위사를 파견했다. 자줏빛 관복 한 벌과 허리띠, 채능라(彩綾羅:무늬가 수놓인 고운 비단) 1백 필과 생초(生綃:명주) 2백 필의 부의가 당나라 조위사의 수레에 실려 바다를 건너왔다. 임금도 아닌 왕제의 죽음에 조위사를 보내고 부의를 그토록 성대히 갖춘 사례는 전고에는 없던 것이었다.

그뿐 아니었다. 이치는 문왕의 조위사 편에 따로 책봉문을 보내 김유신을 봉상정경(奉常正卿) 평양군개국공(平壤郡開國公)에 봉하고 겸하여 식읍 2천 호를 하사했다. 명분은 그간 김유신이 세운 모든 공을 통틀어 치하한다는 것이었으나 입조도 하지 않은 번국 장수에게 황제가 친히 책봉사를 보내고 식읍까지 하사한 점 또한 선대에는 유례가 없던 조치였다.

아우를 잃고 비통함에 잠겨 있던 법민도 그 순간만은 이치에게 서운했던 감정들이 말끔히 사라졌다. 그는 조위사 겸 책봉사들을 극진히 대접하고 돌아갈 때는 답례로 금백(金帛)을 후하게 챙겨 보냈다.

하지만 그것은 문왕의 죽음을 이용한 당나라 조정의 외교적인 책략이었다. 얼마 뒤인 8월이 되자 이치는 법민에게 조서를 보내 웅진도독 부여융과 직접 화친을 맹약하라고 요구했다. 부여융과 법민을 동급으로 놓고, 도독부의 영토인 백제 고토를 신라로부터 굳게 지키겠다는 저의였다. 자신을 망국의 왕자 부여융과 같은 반열로 격하시킨 이치와 당의 처사가 신라왕 법민으로선 무엇보다 화가 나고 치욕스러웠다.

"이럴 수는 없는 법이옵니다, 마마!"

"차라리 이 기회에 웅진부를 멸하고 당군들을 쫓아내심이 어떠하오리까?"

신하들도 격분하긴 마찬가지였다. 누구보다 인내심이 많은 법민도 당주의 조서를 읽은 직후엔 눈에서 불꽃이 일고 머리털이 왕관을 뚫고 나올 만큼 격노했다. 정말 군사를 일으켜 도독부를 칠까도 심각히 고려했다. 그는 밤잠을 잊고 여러 날 고민을 계속했다.

하지만 냉정히 판단하면 아직은 당과 정면으로 싸울 때가 아니었다. 북으로는 호시탐탐 자신들을 노리는 고구려가 건재했고, 싸움이 나면 당군 수십만은 다시 배를 타고 바다를 건너올 것이었다. 그에 비해 신라 사정은 백제를 토벌하느라 치른 노역에서 아직 헤어나지 못하는 상태였다. 그 뒤로도 걸핏하면 당군을 먹일 식량을 거두고 무기와 장병들을 수시로 징발하는 바람에 국고는 비고 물자는 부족하며 민심은 극도로 지쳐 있었다. 대전을 벌이자면 수년에 걸친 치밀한 계획과 준비가 필요했다. 아울러 무엇보다도 사소한 일로 국력을 함부로 낭비하는 일이 없어야 했다.

"치욕은 나 개인으로 족하다. 때가 아니면 굽힐 줄 아는 것이 사직과 백성을 거느린 제왕의 책무가 아닌가. 옛날 한신(韓信)은 시정잡배의 가랑이 밑으로 기어나오는 수모를 당했지만 오히려 웃었고, 당고조 이연과 태종 이세민도 나라가 안정되지 못한 초기에는 돌궐의 힐리가한에게 무릎을 꿇고 스스로 신하라 칭했다. 여기서 끝나면 안되겠지만 뒷날 치욕을 갚을 방책을 세우기만 한다면 오늘 당하는 수모쯤은 아무것도 아니다."

심사숙고한 뒤 내린 법민의 결정은 그랬다. 진주와 진흠을 목 베어 죽이고 그 구족까지 일거에 참형한 뒤로 신왕의 위엄을 넘보는 이는 아무도 없었다. 군자표변(君子豹變)을 몸소 경험한 신라의 중신들이었다.

법민은 당이 요구한 대로 금성을 떠나 웅진의 취리산(就利山)으로 향했다. 그곳에서 미리 와 기다리고 있던 부여융과 유인원을 만났다. 어가에서 내리는 법민을 보자 부여융의 안색은 희게 변했다. 전날 자신을 말 아래 꿇어앉히고 얼굴에 침을 뱉던 순간이 떠오른 탓이었다.

"원로에 노고가 크셨습니다, 대왕."

유인원이 법민에게 다가와 허리를 굽혀 인사하자 법민은 껄껄거리고 웃었다.

"대국이 오라고 하니 안 올 수 있소?"

그는 점잖은 말로 책망하듯 말한 뒤 인원에게서 시선을 돌려 부여융을 보았다.

"새로 부임한 도독이시오?"

법민의 말에 융은 황급히 허리를 낮추었다. 아무리 같은 반열에서 화친의 동맹을 맺는 자리지만 우열과 서열을 무시할 수 없었다.

"신 웅진도독 부여융, 대왕께 문안 여쭙습니다. 그간에 평강하셨는지요?"

그제야 법민은 짐짓 깜짝 놀란 표정을 짓고 융을 자세히 살폈다.

"오호, 공은 의자 임금의 장자인 바로 그 부여융이구려? 신임 도독의 이름이 귀에 익었지만 필경은 동명이인이려니 하였소. 허허, 공은 재주도 용하시오! 망국의 왕자로 낙양에 갔다가 어찌하여 당나라 관인으로 다시 오셨소?"

뼈 있는 인사말이었다. 융은 겸연쩍은 낯으로 더욱 허리를 낮추며 대답했다.

"결자해지(結者解之)라고 하였나이다. 선대의 묵은 원한을 풀고 새로운 화친의 세월을 일구자면 부족하나마 신이 적임이라는 황제폐하의 판단과 분부가 있었나이다. 앞으로는 신라를 상국으로 섬겨 대왕의 성지를 거스르는 일이 없도록 노력과 정성을 다하겠으니 대왕께서도 그만 지난날 백제의 허물을 용서하옵소서. 대왕마마의 은총과 자비를 바라나이다."

융의 말투는 깍듯하고 태도는 더없이 겸손했다. 법민도 화려한 수사(修辭)엔 일가견이 있는 사람이었다. 그는 융의 가까이 다가가 어깨를 어루만지며 다정하게 말했다.

"매사는 도독이 하기 나름이외다. 금의환향을 하셨으니 서로 손발을 맞춰 잘 지내봅시다. 과인이 유민들을 거두어 집과 전답을 하사하고 한 사람이라도 구제해 내 나라 백성으로 삼으려는 것은 조금이라도 구원(舊怨)이 남았다면 어려운 일이오. 도독이 백제 유민들을 불쌍히 여기는 마음이 있다면 이를 돌보는 과인과 신라 백성들에게 마땅히 고마워해야 할 것이외다."

"삼가 명심하겠나이다."

대강 인사를 마치자 유인원은 미리 준비한 제단으로 두 사람을 이끌었다. 그는 황제의 칙사 자격으로 제사를 주관하고 양국의 화친을 서약하는 맹약문을 낭독했다. 맹약문 역시 유인원이 직접 쓴 것이었다.

지난날 백제 선왕(先王)은 순종의 도리에 어두워 이웃 나라와 우호하지 않고, 인척(姻戚 : 신라와 백제 왕실이 성혼한 것을 뜻한다)간에도 서로 화목하지 않았으며, 고구려와 결탁하고 왜국과 교통하여 함께 잔포한 짓을 저지르는 동시에 신라를 침해하고 성읍을 약탈해 거의 한 해도 편안한 날이 없었다. 이에 천자는 한 사람이라도 마음놓고 살 곳이 없음을 민망해하고 죄 없는 백성들을 불쌍하게 여겨 번번이 사자를 보내 화친을 권했으나 백제는 지리가 험하고 중국과 거리가 멀다는 점을 믿고 천경(天經 : 天道)을 모만(侮慢)하므로 드디어 황제께서 노하여 삼가 조벌(弔伐 : 정벌)을 행하기에 이르렀다.

황군들의 깃발이 이르는 곳은 모두 다 평정되었다. 제대로 하자면 마땅히 그 궁궐을 없애 연못으로 만들어 후손에게 훈계로 삼고, 사직의 근원을 막아 뿌리를 뽑음으로써 후사에 영원한 교훈을 보일 것이지만 한편 생각하면 유순한 자를 감싸주고 배반하는 자를 정벌하는 일은 선왕의 아름다운 전례요, 망하는 것을 일으켜주고 끊어지는 것을 이어주는 일은 전철(前哲)의 상규(常規)가 아니던가. 모든 일이 반드시 옛날을 거울로 삼음은 사기의 기록으로 전해오는 바이다. 하여 전날 백제 대사가정경

(大司稼正卿) 부여융을 웅진도독으로 삼아 선조의 제사를 받들게 하고 그 국토를 보전하게 하였으니, 앞으로는 신라와 서로 의지하며 오래도록 벗이 되어 각기 지난날의 원한을 풀고, 우호를 맺어 서로 화친하며, 각각 조명을 받들고 영원한 번병(藩屏)이 되기를 바란다.

이런 뜻에서 사자로 우위위장군 노성현공(魯城縣公) 유인원을 파견해 친히 권유하며 뜻을 선포하는 것이니, 이를 약정함은 혼인으로써 하고, 맹세는 백마를 희생물로 삼아 피를 서로 입에 찍어 바름으로써 할 것이며, 시종(始終)을 돈독히 한 후로는 재해를 나누고 환난을 구원하며, 은의를 형제처럼 하여 윤언을 잘 받들고, 감히 이를 잊는 일이 없도록 하라. 한 번 맹약한 후로는 반드시 함께 의리를 잘 지킬 것이다.

만에 하나 이 맹약을 배반하고 덕망을 저버려 군사를 일으키고 변경을 침범한다면 천지신명은 온갖 재앙을 내려 그 자손을 기르지 못하게 할 것이고, 사직을 무너뜨려 제사조차 받들지 못하게 끊어버릴 것이다.

맹약식을 거행한 뒤엔 이런 내용을 금서철권*으로 만들어 종묘에 간직해두고 자손만대에 결코 위범하는 일이 없도록 하라.

신이여, 이 맹약을 잘 들으시고 흠향(歆饗)하사 가없는 복을 내려주소서!

자신이 쓴 장문의 맹약문을 읽어 내려간 유인원은 데려온 장정들을 시켜 백마를 잡아 천지신명과 천곡(川谷)의 신에게 제사 지내고, 법민왕과 부여융에게 맹약의 증표로 백마의 피를 마시도록 했다. 모

---

* 금서철권(金書鐵券) : 철판에 글자를 새겨 금을 입힌 것. 옛날 한고조(漢高祖)가 천하를 평정하고 공신(功臣)을 대할 때 백마(白馬)의 맹(盟)과 철권(鐵券)의 서(書)를 지은 일이 있었다.

든 절차가 끝나자 희생물인 백마를 제단 북쪽에 묻고, 맹약문은 신라의 종묘에 간직해두도록 한 뒤 일행은 앞서거니 뒤서거니 취리산을 내려왔다.

그로부터 며칠 뒤 검교 유인궤는 신라, 백제, 탐라, 왜의 4국 사신들을 거느리고 중국으로 돌아가 태산(泰山)에 모여 제사를 지냈는데, 그 내용은 대개 취리산에서 유인원이 낭독한 것과 같이 4국이 싸우지 않겠다는 뜻을 담고 있었다.

모욕이라면 큰 모욕이었지만 취리산에서 돌아온 법민은 의외로 담담했다. 그는 대궐로 돌아오자마자 장자인 정명(政明 : 신문왕)을 세워 태자에 봉하고 이를 기념하기 위해 옥에 갇힌 죄수들을 대사(大赦)하였다.

고구려 멸망

외진 땅 벽지에 성문은 높이 열렸는데

구름 끝 맞닿은 성벽은 길기도 하여라

물 맑은 곳에 석양이 비치더니

강변에 밤이 들자 촛불 별빛 반짝이네

북소리 맞춰 구름이 일고 새 꽃은

흙을 털며 치장을 하건만 밝아오는

아침에도 다시는 듣지 못할

아아, 옛 관현의 소리여 가시밭

황진 속 옛길 옆에는 돋아난 잡초만

덧없이 수북하도다

유인원의 주선으로 법민과 부여융이 화친을 서약한 이듬해(666년), 고구려에서는 연개소문이 죽었다. 그의 나이 예순넷, 거대강국 당을 상대로 여러 차례 대전을 치르며 창칼과 시석이 난무하는 숱한 격전장을 떠돌았지만 천수(天壽)를 다한 죽음이었다.

　　본래 겉이 강하면 안이 약하다고 했던가. 순서로 치면 정변으로 막리지가 된 후 25년 동안 함께 국정을 이끌었던 을지유자가 먼저 죽었다. 그 역시 천수를 누린 끝에 사가의 안방에서 조용히 숨을 거둔 죽음이었다. 유자는 죽을 때 개소문의 손을 잡고,

　　"이제 자네 혼자 매우 바쁘게 생겼네. 먼저 가서 미안하이, 정말 미안하이⋯⋯."

하며 근심을 떨치지 못하였다. 개소문이 당나라 군사들과 싸워 백전 필승의 무공을 세울 수 있었던 수훈의 절반은 유자에게 있었다. 전쟁

이 벌어질 때마다 유자가 내정을 도맡아 빈틈없이 안살림을 꾸려준 덕택에 마음놓고 싸움에 몰두할 수 있었던 것이다. 그런 유자를 여의고 나자 범 같은 개소문의 기세도 급격히 꺾이고 무너졌다. 일생의 반려자를 잃은 그로선 어쩌면 당연한 충격일지도 몰랐다.

개소문이 만일 10년만 더 살았어도 그 뒤의 역사가 어떻게 달라졌을지는 아무도 모른다.

유자를 잃은 뒤부터 그는 자주 술을 마셨고, 한번 술을 입에 대면 정신을 잃을 때까지 그만두지 않았다. 요동의 산천초목도 개소문 앞에서는 가지를 굽힌다는 말이 나돌았으나 기실 그는 먼저 간 벗을 뒤따라갈 만큼 속정이 깊고 심약한 면이 있던 사람이었다.

당대를 희롱하며 수십만 당군을 어린애 다루듯 가지고 놀던 고구려의 영웅 개소문이 죽자 고구려 조정은 사공을 잃은 나룻배처럼 어찌할 바를 모르고 허둥댔다. 남생(男生)과 남건(男建), 남산(男産) 형제는 서로 부둥켜안은 채 통곡하였고, 망자를 어버이처럼 믿고 의지하던 왕은 스스로 조복을 입고 나와 슬피 울며 나랏일을 근심하였다. 문무 백관들과 경향 각지의 백성들도 저마다 하늘을 우러러 탄식하고 당혹스러워하는 모습이 부모를 잃은 어린 자식들과 크게 다르지 않았다. 25년 독재의 공백이 남긴 당연한 혼란이 아닐 수 없었다.

그러나 마냥 슬픔과 탄식에만 빠져 지낼 수만도 없는 노릇이었다. 개소문의 죽음이 밖으로 알려진 뒤 요하 접경에선 당장 심상찮은 전운이 감돌기 시작했다. 임술년(662년) 정월, 당나라 장수 방효태(龐孝泰)가 13만의 수륙군을 이끌고 개소문과 사수(蛇水)에서 싸워 자신은 물론 아들 열세 명과 전군이 하나도 남김없이 몰살당하는 참변을 겪은 후에 당주 이치는 백관들을 불러 말하기를,

"우리는 근년에 거의 해마다 군사를 내었지만 단 한 번도 이겼다는 말을 듣지 못했다. 전에 선제(당태종 이세민)께서는 개소문이 있는 한 요동 정벌은 불가하다고 말씀하시는 것을 여러 번 들었는데, 더구나 그때는 태공(강태공)과 손자를 능가한다는 이정(李靖) 같은 명장이 살았을 때가 아니냐? 선제께서 위국공(이정)을 내고도 이루지 못한 일을 뉘라서 감히 할 수 있겠느냐? 차후 다시는 요동의 일을 거론하지 말라!" 하였는데, 이는 바꿔 말해 개소문이 없다면 언제든지 또 군사를 내겠다는 소리였다.

여러 해 아버지 개소문을 따라다니며 당군과 싸워온 장자 남생이 이 같은 사정을 모를 리 없었다. 개소문에 이어 막리지에 올라 국정을 돌보게 된 남생은 곧 당군의 침략이 있을 것을 알고 압록수 북방의 여러 성을 순시하면서 그 아우 남건과 남산으로 하여금 도성의 일을 맡아보게 하였다. 그런데 남생이 떠나고 나자 평소 그를 못마땅하게 여기던 일부 노신들이 남건과 남산을 찾아와 말했다.

"원덕(元德 : 남생의 字)은 두 아우가 자신의 자리를 빼앗을까 근심하고 있으므로 북방에서 돌아오면 반드시 죽이려고 들 겁니다. 앉아서 당하지만 말고 먼저 계책을 세워 일을 도모하십시오."

두 아우는 처음에만 해도 이런 말을 믿지 않았다.

"그럴 리가 있겠소? 형님은 그럴 분이 아니지만 선친께서도 종효하는 자리에서 우리 형제들이 서로 우애하기를 물처럼 하라고 신신당부하셨소. 아직 선친의 능에 흙도 마르지 않았는데 어찌 골육상쟁으로 천하의 웃음거리가 될 수 있겠소."

그러나 신하들 가운데는 그간 개소문의 정책에 은근히 불만을 품은 자들이 적지 않았다. 20여 년간 개소문의 위세에 눌려 말 한마디

꺼내지 못했던 그들로선 이때야말로 남생을 제거하고 자신들이 국사의 주도권을 장악할 다시없는 적기라고 판단했다.

"그러기에 드리는 말씀입니다. 돌아가신 어른께서는 원덕과 오랫동안 싸움터를 돌아다닌 터라 그의 생각과 인품을 누구보다 잘 알고 계셨습니다. 그런 분이 종신하는 자리에서 하필 형제간의 우애를 강조하신 까닭이 무엇이겠소? 이는 두 아우를 보고 하신 유언이 아니라 원덕에게 하신 말씀이셨소."

노신들의 말에 남건과 남산 형제가 마음이 뒤숭숭하던 무렵 남생의 주변에서도 그와 유사한 주장을 펴는 자들이 있었다.

"남건과 남산에게 도성을 맡겨두고 오신 건 예삿일이 아닙니다. 소문에 듣자니 두 아우는 형님이 돌아와 자신들의 권세를 뺏을까 두려워하여 도성 문을 닫아걸고 길을 막은 지 오래라 합니다."

물론 남생도 처음에는 그 말을 믿지 않았다.

"아버님께서 유언하시기를 화살은 합치면 강하지만 나누면 쉬 부러지는 법이라고 하셨다. 내 아우들이 비록 명석하진 않으나 어찌 선친의 유언을 배반하겠느냐? 그리하면 천하의 빈축을 사게 된다는 점을 저희도 모르지 않을 것이다."

"그럼 몰래 사람을 보내 도성의 동정을 엿보게 하심이 어떻겠습니까? 만일 안심하고 돌아가셨다가 예상치도 못한 봉변을 당할까 두렵습니다."

여러 차례 같은 말을 듣게 되자 도성을 떠나 국내성에 머물고 있던 남생으로서는 은근히 불안한 느낌이 일지 않을 수 없었다. 이에 믿을 만한 사람을 골라 은밀히 도성의 동정을 살피도록 하였는데, 그 믿을 만한 자가 장안성을 지나가다 곧 남건의 수하들에게 붙잡히고 말았다. 남건은 그제야 형의 저의를 의심하게 되었다.

"우리를 해칠 마음이 없다면 어째서 첩자를 보내어 뒤를 살피게 하였으랴. 이는 막리지가 꼬투리를 잡아 너와 나를 죽이려는 수작이 분명하다."

남건의 말에 남산도 맞장구를 쳤다.

"원덕은 본래 욕심이 많고 성질이 포악하여 능히 그럴 수 있는 인물이오. 당장 임금에게 말해 그를 도성으로 부릅시다. 그가 의심 없이 온다면 다시 생각해볼 일이지만 만일 오지 않는다면 뒤로 꿍꿍이가 있는 게 뻔하니 우리가 먼저 선수를 쳐야 합니다."

두 형제는 허수아비나 다를 바 없는 보장왕에게 말하여 시급히 남생을 도성으로 불러들이도록 했다. 왕명을 받은 남생의 의심은 더욱 깊어졌다.

"무슨 일인데 급히 입궐을 하라는 것이냐?"

남생이 자꾸만 다그치자 왕명을 전하러 온 자는 할 수 없이 사실을 털어놓았다.

"이는 막리지의 두 분 아우님들께서 청한 일이지 임금의 뜻은 아닙니다."

남생도 비로소 두 아우에게 딴마음이 있음을 알아차리고 크게 격분했다.

"내 이놈들을 결코 용서치 않으리라!"

남생은 이를 갈며 큰소리를 쳤지만 그렇다고 대책도 없이 도성으로 갈 수는 없었다.

"너는 대궐로 돌아가서 내가 아직 돌아가지 못할 형편이라고 말하라. 그리고 가만히 헌충(獻忠)을 찾아가 화급을 다투어 도성을 떠나라고 전하라."

남생에게는 두 아들이 있었는데 장자는 헌충이요, 차자는 헌성(獻誠)이었다. 그는 도성을 떠나며 헌성 하나만을 데려왔기 때문에 무엇보다 큰아들 헌충의 안위가 걱정스러웠다. 도성으로 돌아온 사신은 남생이 시킨 대로 말하고 은밀히 헌충을 찾아가려 했다. 그러나 먼저 선수를 친 쪽은 남건과 남산이었다.

"이제 더는 의심할 게 없다. 남생이 뚜렷한 이유도 없이 왕명까지 거역해가며 돌아오지 않는 까닭은 그가 떳떳하지 못한 때문이다. 남생은 우리를 죽이려고 흉계를 꾸미는 게 뻔하다. 그렇다면 어찌 앉아서 당하기만 하겠는가? 선친의 유언과 형제간의 우애를 먼저 저버린 쪽은 남생이다. 그 아들 헌충이 도성에 있으니 마땅히 그를 죽여 천벌을 대신하리라!"

남건은 당석에서 군사를 풀어 조카 헌충을 잡아 죽이고 왕을 협박해 스스로 막리지가 되었다. 그리고 군사를 일으켜 국내성으로 향하니 소식을 전해 들은 남생은 황급히 안시성(安市城)으로 달아나 몸을 의탁했다가 하는 수 없이 차남 헌성을 당나라로 보내 구원을 청하게 되었다. 이에 당주 이치는 남생과 크게 싸운 적이 있던 장군 설필하력에게 군사를 거느리고 나가 맞게 했고, 남생은 적장의 도움으로 몸을 빼내 무사히 당나라로 도망하였다.

남생의 망명으로 고구려의 허실을 손바닥 보듯 알게 된 당으로선 더 이상 요동 정벌을 망설일 이유가 없었다. 이치는 남생에게 특진(特進) 요동도독(遼東都督) 겸 평양도안무대사(平壤道安撫大使)를 제수하고 현도군공(玄菟郡公)으로 봉한 뒤 백전노장 이적(李勣)을 딸려 요동 공략에 나섰다.

팔순의 이적이 말을 타고 출장한 것부터가 결전에 임하는 당나라의 의지와 각오를 한눈에 읽을 수 있는 대목이었다. 이적의 휘하에는 학처준(郝處俊), 방동선(龐同善), 설필하력, 두의적(竇義積), 독고경운(獨孤卿雲), 곽대봉(郭待封), 고간(高侃) 등의 장수를 배정하였고, 따로 설인귀(薛仁貴)를 좌무위장군으로 삼아 대병의 뒤를 돕도록 하였다. 여기에 더하여 하북(河北) 지역의 조세는 모조리 요동으로 보내 군용에 쓰도록 하니 이때 당군의 위세는 가히 하늘을 가리고 땅을 뒤덮을 만하였다.

요수를 건넌 이적은 군사를 이끌고 동진하며 요하 동쪽의 16성을 차례로 함락시켜 길을 얻고 단숨에 압록강까지 진격했다. 안시성을 비롯한 장성(천리장성) 변의 11개 성은 끝내 항복하지 않았지만 당군은 이에 연연하지 않았다.

이듬해인 무진년(668년) 정월, 당주 이치는 백제에서 돌아온 자사 유인궤를 우상(右相)에 봉해 부대총관으로 삼고, 당에 숙위하던 신라 왕제 김인문을 부총관으로 삼아 신라에서 군사를 징발해 이적을 돕도록 했다.

2월에 설인귀는 선봉이 되어 고구려 내지의 부여성(扶餘城)을 함락시키고 부여천(扶餘川) 변의 40여 성을 모두 수중에 넣었다. 그리고는 유언비어를 퍼뜨려 민심을 교란하였는데, '고구려 비기(秘記)에 이르기를 나라를 세운 지 9백 년이 되기 전에 여든 살 된 장수가 나타나 사직을 멸망시킨다'라는 내용이었다. 이적의 나이가 여든인 점을 이용한 민심 교란용 술책이었다.

연남건(淵南建)은 군사 5만 명을 보내 부여성을 구원하려 하였지만 오히려 패하여 3만이나 되는 사상자를 내고 패주하였다. 남건이나 남산은 일국을 경영할 인물들이 아니었다. 이적의 당군은 승승장구를 거듭해 3월에는 구련성(九連城)을 얻고, 4월에는 압록책(鴨淥柵)을 격파하고, 다시금 2백 리를 거침없이 진격해 6월에는 욕이성(辱夷城)을 함락시켰다. 그리고 드디어 평양성 밑에 이르렀으나 성이 워낙 높고 견고하여 달포나 성곽을 포위한 채 시간을 보냈다.

이 무렵 신라에서도 당연히 군사를 일으켰다. 신라왕 법민은 아우 김인문이 와서 당이 거병한다는 소식을 전하자 곧 흠순과 인문을 대장군으로 삼아 친히 군사를 이끌고 평양 정벌에 나섰다.

"만일 대각간과 함께 가지 않으면 후회가 있을까 염려됩니다."

출병을 앞두고 흠순이 임금에게 말했다. 평소에는 김유신을 대수롭지 않게 여기고 깔보던 흠순이었지만 싸움이 벌어져 거병 얘기만 나오면 태도가 돌변했다. 번번이 그런 줄을 누구보다 잘 알던 법민이 웃으며 물었다.

"저는 그만두고 바다 건너 당나라 천자까지도 높이 말하는 큰외숙의 공을 유독 인정하지 않으시던 분이 작은외숙이 아닙니까? 이번엔 과인도 작은외숙의 덕을 좀 보려 합니다."

그러자 흠순이 사뭇 얼굴을 붉히며 대답했다.

"그건 신이 자칫 형이 교만해질까 경계해서 하는 말이지 실상이야 어디 그렇습니까? 형의 몸이 대충 다 나았으니 데려갔으면 합니다."

법민은 한참을 껄껄대고 웃었다. 그런데 인문도 은근히 김유신과 같이 갈 것을 말하자 법민은 정색을 하고 속내를 털어놓았다.

"두 분 외숙과 아우*는 계림의 보배다. 이제 모두가 전장으로 나갔

* 김유신, 김흠순 형제와 김인문. 이 세 사람을 일컬어 삼국 통일의 3대 공신이라고 한다.

을 때 갑자기 생각지도 않은 일이 생겨 곧장 돌아오지 못하게 된다면 국사는 어찌 되겠는가? 그런 까닭에 대각간을 금성에 머무르게 하여 나라를 지키게 하려는 게 과인의 뜻이다. 대각간이 금성에 계시면 뒤를 염려할 일은 없지 않겠는가?"

임금의 뜻을 알아차린 흠순과 인문은 더 이상 말하지 못했다. 그러나 편전을 물러나오고도 흠순은 형과 같이 가지 못하는 불안감을 떨칠 수 없었다. 그는 급히 말을 달려 유신의 집을 찾아갔다.

"형님 계십니까? 어디 계시오, 형님!"

흠순이 부리나케 대문을 열고 들어와 고함을 질러대자 유신은 뒷짐을 진 채 마당으로 나왔다.

"아직 출발하지 않았던가?"

"지금 막 떠나려는 참입니다."

"바쁠 텐데 여긴 어인 일이야?"

"내가 급히 여쭐 일이 있어 왔소."

시간에 쫓긴 흠순은 자연 말이 바빴다.

"우리가 재간도 없는 몸으로 대왕을 모시고 위험한 곳으로 가는데 형님은 해줄 말씀이 없소? 특별히 하실 말씀이 있거든 해보시오. 내가 참고로 삼아주겠소."

그제야 유신은 흠순이 찾아온 속셈을 알아차리고 웃음을 지었다.

"그러니 자네가 내게 가르침을 구하러 온 겐가?"

"……굳이 말하자면 그렇소."

흠순이 겸연쩍은 표정으로 대답했다.

"나야 평소에 자네 말처럼 별 지략도 없이 그저 운이 좋아 몇 차례 무공을 세웠을 뿐이니 무슨 할 말이 특별히 있겠는가. 가르침이라니 당치 않네."

유신이 은근히 빼자 촉박한 흠순은 애가 탔다.

"에이 형님도, 새삼스럽게 왜 그러시오? 한 수만 배워 나갑시다!"

"그럼 잘 듣게."

"네."

"에헴, 대저 장군이 된 자는 국가의 간성이고 임금의 조아(爪牙 : 무기)가 되어 승부를 시석 가운데서 결단하는 법일세. 그러니 위로는 반드시 천도(天道)를 얻고, 아래로는 지리(地理)를 얻으며, 가운데로는 인심을 얻은 연후에야 가히 성공을 바랄 수 있네. 백제는 오만함으로써 멸망했고, 고구려는 교만함으로써 위태롭게 되었지만 지금 우리나라는 충절과 신의로써 잘 단합돼 있으니 바른 도리를 가지고 저들의 그릇된 바를 친다면 능히 뜻을 이룰 수 있을 것이네. 싸움에 나가거든 부지런히 힘쓰고 조금도 게으름이 없도록 하게나."

"그게 다유?"

무슨 신통한 말이 나올 줄 알았던 흠순은 기가 막힌 얼굴로 유신을 쳐다보았다.

"암, 다지."

"에이, 형님!"

"왜?"

"삼척동자도 알 그런 소리 말고 실전에서 도움이 될 가르침을 좀 주오!"

흠순의 볼멘소리를 듣고 유신은 또 한 번 껄껄 웃음을 터뜨렸다.

"임금을 뫼시고 평양까지 갈 건 없네. 평양에서 군기를 약정했으니 서두를 것도 없고. 그러니 우리 군사들을 되도록 피곤하게 하지 말고 힘을 비축해두었다가 당군이 평양에 입성했다는 소식이 들리거든 그때 곧바로 평양성으로 가게. 평양성은 쉬 함락되지 않을 걸세. 그때 우리 군사를 내어 결전을 벌이고 평양성을 함락시키면 알짜배기 공은 우리 차지가 된다네. 성 하나를 함락시켜 당군보다 더한 공을 세우려면 이 방법밖에 없지. 명심하시게."

귀를 세우고 솔깃해서 듣고 있던 흠순의 표정에 비로소 엷은 웃음이 번졌다.

"과연 형님이오. 어쩌면 그리도 내 생각과 똑같소. 그럼 다녀와서 뵙겠소."

장안성을 비우고 평양성에 나와 있던 보장왕은 적이 성을 포위한 채 달을 넘기자 남산을 불러 항복을 권했다. 남산은 형 남건에 비해 마음이 여리고 용기마저 없던 인물이었다. 곧 왕의 권유를 핑계 삼아 수령 98명을 거느리고 이적을 찾아가서 항복하니 이적은 이들을 예로써 대접하고 때마침 당도한 신라의 날쌘 기병 5백을 얻어 평양성을 손쉽게 수중에 넣었다. 그러나 남건은 장안성으로 달아나 성문을 굳게 닫고 끝까지 군사를 내어 저항했다.

이때 남건의 휘하에서 군무(軍務)를 맡은 사람 가운데 신성(信誠)이라는 중이 있었다. 평양성까지 점령한 당군과 혈투를 벌이는 게 무모하다고 판단한 그는 가만히 소장들을 불러 의논한 뒤 이적에게 사람을 보내 내응할 뜻을 밝혔다. 그로부터 닷새 뒤, 신성은 몰래 성문을 열어놓았고, 이적은 그 틈을 타 재빨리 군사를 내어 성에 올라 북을 울리고 소리를 지르며 불을 질렀다. 성이 함락된 사실을 알아차린 남건은 자살을 하려 했으나 죽지 못하고 포로가 되었다.

10월에 이적은 보장왕과 남건, 남산 형제를 앞세우고 낙양으로 돌아갔다.

　당주 이치는 먼저 보장왕을 소릉(昭陵 : 태종 이세민의 능)에 바쳐 빌게 한 뒤 군용을 갖추고 개가를 연주하며 개선군들을 서울로 맞아들였다. 그리고 대궐 함원전(含元殿)에서 붙잡혀온 포로들을 처리했는데, 고구려왕 보장은 정사가 자신의 뜻에 따라 처리된 게 아니므로 죄를 용서하고 사평대상백원외동정(司平大常伯員外同正)으로 삼고, 남산은 항복한 점을 참작하여 사재소경(司宰少卿)에 제수하고, 중 신성은 내응한 공을 들어 은청광록대부(銀靑光祿大夫)에 봉하고, 남생에겐 우위대장군(右衛大將軍)을 내리고, 이적 이하 공을 세운 장수들은 각기 차등이 있게 봉상(封賞)하였으나 유독 끝까지 저항한 남건만큼은 검주(黔州)로 귀양을 보냈다. 또한 백제와 마찬가지로 당나라식 행정제를 도입하여 본래 5부, 1백76성, 69만여 호의 고구려 땅을 9도독부, 42주, 1백 현으로 만들고, 평양성에 안동도호부(安東都護府)를 설치하여 통치하게 했다. 도독(都督), 자사(刺史), 현령(縣令) 등의 관리는 고구려 사람으로 공이 있는 자와 당나라 사람을 적당히 섞어 뽑았으며, 설인귀를 검교안동도호(檢校安東都護)에 봉하여 군사 2만 명을 거느리고 고구려 전역을 진무케 하였다. 비록 그 위에 요동도안무대사 우상 유인궤가 있었으나 이는 명목에 불과할 뿐, 실상은 설인귀가 고구려를 다스리는 임금 노릇을 하게 된 셈이었다.

　이로써 시조 고주몽이 천명을 받아 비류수 상류에 나라를 세우고 국호를 고구려라 정한 지 28왕 7백여 년 만에 마침내 군장(君長)은 끊어지고 사직은 허물어져 폐허가 되니 이때가 무진년(668년) 12월이다. 뒷사람이 노래를 지어 고구려를 예찬하였다.

오호 어리석은 한나라 어린아이들아

요동으로 가지 마라, 개죽음이 부른다

문무의 우리 선조는 한웅이라 불렸으니

자손들 이어져 영걸도 많았더라

주몽, 태조, 광개토님

거룩한 위세는 더할 나위 없었고

을지문덕, 양만춘, 개소문은

나라 위해 몸 바쳐 스스로 사라졌다

고구려쯤 주머니에 든 물건이라 큰소리치더니

어찌 알았으랴, 백만 군사가 고기밥이 될 줄을

유철(한무제), 양광, 이세민은

보기만 해도 무너져 망아지처럼 달아났다

영락(광개토대왕의 연호) 기공비는 1천 척

만 색 깃발이 하나 되어 태백은 높았더라

嗟汝蠢蠢漢家兒　莫向遼東浪死歌

文武我先號桓雄　綿亘血胤英傑多

朱蒙太祖廣開土　威振四海功莫加

文德萬春蓋蘇文　爲他變色自靡蹉

謂是囊中一物件　那知百萬化爲魚

劉徹楊廣李世民　望風潰走作駒過

永樂紀功碑千尺　萬旗一色太白峨

북방 강국 고구려의 종말을 슬퍼하는 이가 어찌 한둘이랴. 또 다른 뒷사람이 폐허로 변한 사직을 회고하며 시 한 수를 남겼다.

외진 땅 벽지에 성문은 높이 열렸는데
구름 끝 맞닿은 성벽은 길기도 하여라
물 맑은 곳에 석양이 비치더니
강변에 밤이 들자 촛불 별빛 반짝이네
북소리 맞춰 구름이 일고
새 꽃은 흙을 털며 치장을 하건만
밝아오는 아침에도 다시는 듣지 못할
아아, 옛 관현(管絃)의 소리여
가시밭 황진(黃塵) 속 옛 길 옆에는
돋아난 잡초만 덧없이 수북하도다
세월은 무상하여 영걸은 가고
다시는 양 떼처럼 적(敵)을 몰지 못하니
춘몽일거나, 옛날의 일들
가을 소리 고요한 곳에 기러기만 날으네

검모잠과 왕자 안승

"우리가 이처럼 한뜻으로 뭉칠 수
있었던 이유는 바로 안승왕자의
인품과 자질에 감복하여 그분을
따르고 섬기기로 마음을 정한
때문일세." 하나같이 걸출한 옛
동료들을 만난 검모잠은 끓어오르는
혈기와 흥분을 주체하지 못하고
크게 소리를 질렀다. "내 비록
왕자를 친히 뵙지는 못하였으나
더 이상 무엇을 의심하겠는가!"

평양성에 안동도호부가 들어서고 당장(唐將) 설인귀가 만승의 위엄을 갖춘 채 집무를 보기 시작하자 이를 바라보는 고구려 백성들은 남녀노소 할 것 없이 가슴이 터지고 창자가 끊어지는 듯한 느낌에 사로잡혔다. 개중에 나라의 녹을 받던 신하와 장수들의 비통함과 치욕스러움은 이루 말로 다 형용할 수 없었다.

호태대왕(광개토왕) 시절에는 중국 대륙을 경략했던 고구려였다. 불과 몇십 년 전만 하더라도 양광의 수백만 군사가 을지문덕의 고함 소리 한 번에 놀라 흩어지고, 당태종, 도종, 이적, 장손무기 등도 해마다 개소문에게 쫓겨 달아나는 모습이 범을 보고 도망가는 들개의 무리와 크게 다르지 않았다. 대부분의 망국대부들에게는 그때의 일들이 너무나도 또렷한데, 사직은 하루아침에 무너지고, 한낱 변방의 소장에 불과하던 설인귀 따위가 지존이 되어 거들먹거리는 꼴을 보고 있자니 도대체 울화가 치밀고 억장이 무너져 견딜 재간이 없었다.

백제도 그러했지만 안동도호부의 등장은 고구려 사람들에게도 전혀 예상 밖이었다. 비록 싸움에 져서 도성은 함락되어도 7백 년을 면면히 이어온 한 나라 사직이 그처럼 허무하게 끝나리라곤 아무도 예측하지 못했다. 대개 왕이 낙양에 입조하여 죄를 빌고 신하의 예로써 번국 임무에 충실하기로 맹세하면 적어도 조상 제사는 받들고 사직은 잇게 해주는 것이 전고의 상규요, 선대의 관례였다. 설사 원한이 깊어 굳이 왕을 폐하기로 들면 왕자나 왕실 족친 중 한 사람을 후왕으로 세울 줄 알았다. 그러나 당은 왕과 왕자들을 모조리 잡아가 돌려보내지 않으면서 당나라 장수와 관리들을 보내 땅과 백성을 다스리게 하니, 그간 당에 우호적이던 서화남진파(西和南進派 : 북화남진) 사람들까지도 끓어오르는 울분을 참지 못하게 되었다. 수림성(水臨城) 사람 검모잠(劍牟岑)도 바로 그런 인물이었다.

평양에 다니러 왔던 검모잠이 당나라 호위병들에게 둘러싸여 성을 순시하던 설인귀의 행차를 우연히 길에서 보고는 곧장 주막으로 달려가 술을 청하여 단숨에 대여섯 사발을 벌컥벌컥 들이켜고 나서,

"정명진과 소정방을 강아지처럼 쫓아다니던 용문 촌놈의 태도가 어찌 저리도 거만하고 무례하단 말인가! 아, 분하고 원통하구나! 저놈이 저리 될 줄 진작에 알았더라면 내 어찌 횡산(橫山)서 만났을 때 그냥 돌려보냈으랴!"

분을 삭이지 못해 한참을 씩씩거렸다. 마침 마당 평상에서 술상을 받고 앉았던 귀골풍의 청년 하나가 이 모습을 물끄러미 지켜보다가,

"실례지만 전에 무얼 하시던 분이오?"

하고 물으니 검모잠이 선 채로 다시 두어 사발 술을 거푸 들이켠 뒤에,

"지난 일이야 말해 무엇하는가."

대뜸 반말로 답하며 젊은이 맞은편에 털썩 주저앉았다.

"나는 남쪽 신라놈들을 더 괘씸하게 여겼지 당인들에 대해선 그다지 나쁜 마음이 없었는데 정작 도성이 함락된 후에 하는 꼴을 보니 실로 후안무치하고 흉악무도한 도적놈들이 바로 당나라 것들일세. 전고에 이런 법은 없었네. 남의 땅에 들어와 사직을 하루아침에 거덜 내고 나라와 백성을 통째로 집어먹는 것들이 당나라놈들 말고 또 누가 있었던가?"

청년이 분개하는 검모잠의 행색을 찬찬히 살피는 중에 별안간 조의* 복색을 한 젊은이 몇이 부리나케 주막 안으로 뛰어들었다. 그들이 마당에 서서 잠시 우왕좌왕하는 사이 꼬리를 물고 이내 당군들이 들이닥쳤다.

"게 섰지 못하겠느냐! 달아나면 화살을 쏠 테다!"

군사를 이끌고 온 관리가 눈알을 부라리며 고함을 질렀다. 그러나 젊은이들은 곧 두 패로 갈라져서 담벼락을 타고 기어오르기 시작했다.

"쏴라!"

관리의 명령이 떨어지기 무섭게 활을 든 궁사 하나가 번개같이 시위에 살을 먹여놓았고, 뒤이어 젊은이 하나가 단말마의 비명을 지르며 담에서 굴러 떨어졌다. 그는 목덜미에 살을 맞고 사지를 부들부들 떨어댔다.

"에구, 저를 어째!"

"무슨 대역죄를 지었기에 저러나?"

* 조의선인(皀衣先人) : 신라의 화랑도와 같은 고구려의 청년 집단.

"쏘자면 다리에나 대고 쏘지 우정 목에다 살을 놓누? 그래서 죽지 않을 사람이 몇이나 되려구?"

주막 안에 있던 사람들이 저마다 술맛을 잃고 웅성거렸지만 궁사는 들은 척도 아니하고 다시 살을 먹였다. 보다 못한 검모잠이 주먹을 불끈 쥐고 일어나 당군들에게 달려가려 하자 맞은편의 젊은 사람이 황급히 옷자락을 붙잡고 조그만 소리로 말했다.

"그대로 계시오. 나서면 일이 더 어려워집니다."

젊은 사람은 검모잠을 향해 가만히 고개를 흔들었는데 이제까지와는 달리 그 모습에 사뭇 범상치 않은 위엄이 느껴졌다. 그사이에 쫓기던 일패는 무사히 담을 넘어 달아났지만 마지막으로 담장에 올라섰던 젊은이 하나가 다시 등에 화살을 맞았다. 관리는 허리에서 칼을 뽑아 들고 살을 맞은 두 청년에게 달려갔다.

"이놈! 격문을 지은 놈이 누구냐!"

관리가 바닥에 누워 신음하는 청년들에게 호통을 쳤다. 그러나 살을 맞은 청년들은 대답할 형편이 되지 못했다. 먼젓번의 청년은 이미 절명한 뒤였고, 뒤에 나동그라진 사람도 등에 맞은 살이 앞가슴을 관통해 가쁘게 숨을 몰아쉬는 중이었다.

"어서 불어라! 그렇지 않으면 네놈의 9족을 찾아서 도륙을 낼 것이다!"

관리가 험상궂은 얼굴로 다그쳤지만 비스듬히 누운 청년은 피 묻은 입술을 벌리고 희미하게 웃음을 지었다.

"이 나라의 조의를 뭘루 보느냐? 목숨 따위가 아까웠더라면 아예 나서지도 않았다. 나는 죽어 귀신이 되어서도 산곡간의 바람 소리로 격문을 짓고 잠든 영결의 혼을 일깨워 너희가 내 땅에서 물러가는 순간까지 괴롭힐 테니 그리 알라."

말을 마치자 혀를 깨물어 그대로 자결하고 말았다. 그 모습을 본 주막 안의 사람들이 다시 웅성거리기 시작했다. 분위기가 심상치 않음을 알아차린 관리는 잠시 어쩔 바를 몰라 하며 사방을 두리번거리다가 군사들을 향해,

"윗전에 알려야 하니 이 두 놈을 수레에 실어라."

하고는 총총히 주막을 빠져나갔다. 당군들이 죽은 청년 둘을 끌고 사라진 뒤에 검모잠의 맞은편에 앉았던 젊은 사람이 서둘러 몸을 일으켰다.

"자네는 어찌하여 나를 붙잡았는가?"

검모잠이 궁금히 여겨 묻자 옥골선풍의 젊은이는 크지 않은 소리로,

"보아하니 힘깨나 쓰시던 양반인 듯한데 무기도 없이 맨손으로 나섰다가 봉변이라도 당하면 어찌하오? 이게 어디 단번의 욱기로 풀 일이오? 저 젊은이들이야 사정이 여의치 않아 화를 당했다지만 나리까지 사서 목숨을 잃을 건 없지 않소?"

하고서,

"대관절 무슨 격문을 지었는데 사람을 저렇게 만드는지 어디 구경이나 하러 갑시다."

하였다. 젊은이에게 대단한 사연이라도 있을 줄 알았던 검모잠은 일순 허탈감을 느꼈다.

"그러니까 자네가 나를 염려하여 순전히 그 때문에 붙잡았더란 말인가?"

"그렇소."

"예끼 이 사람, 이 검모잠이 아무리 맨손이라지만 그깟 당나라 졸

개 몇 놈을 당하지 못하겠는가!"

그는 기가 찬다는 듯 제 가슴을 쿵쿵 쥐어박다가,

"이제 보니 자네야말로 여간 우스운 사람이 아닐세! 어쨌거나 뒤에 살을 맞은 불쌍한 청년은 자네가 죽인 거나 매한가지니 그리 알게나!" 퉁명스레 쏘아붙이고는 다시 몇 사발의 술을 연거푸 들이켰다. 그랬거나 말거나 젊은이는 신발을 찾아 신고 평상을 내려섰다.

"격문 구경을 아니 가시겠소?"

"자네나 많이 가게. 나는 벌써 보고 왔네."

"저 사람들이 지은 격문을 보았단 말씀이오?"

"누가 지은 건지는 알 수 없지만 소경이 아닌 다음에야 장안에 빨래처럼 널린 격문을 보지 못할 턱이 있나?"

"무슨 특별한 내용이라도 있습디까?"

젊은이가 묻자 검모잠은 그제야 격문의 내용이 떠오른 듯 고개를 갸우뚱거렸다.

"이상한 구절이 하나 있긴 있었지."

"그게 무엇입디까?"

"나라 사람으로 망국의 울분을 가진 자는 3월 삼짇날 궁성의 신묘(神廟 : 시조대왕 주몽과 그 어머니 유화 모자를 모신 곳) 제사에 참례하라는 소리가 있더군 그래. 그런데 제사는 궁성에서도 있지만 신묘가 어찌 궁성에 있는가? 그것도 수상한 일이거니와 날짜와 장소를 만천하에 공시하면 설령 뜻이 있다 한들 뉘라서 가겠나? 당군이 먼저 가서 오라를 들고 기다릴 게 뻔한데."

검모잠의 얘기에 젊은이는 잠깐 생각에 잠겼다가 가만히 고개를 끄덕였다.

"그건 목멱산(木覓山)으로 모이라는 얘기올시다."

"목멱산? 그걸 자네가 어찌 아나?"

그러자 젊은이는 검모잠 가까이 다가와 소리를 낮춰 속삭였다.

"방금 나리 말씀처럼 격문을 쓴 자들이 바보가 아닌 다음에야 집결할 장소를 버젓이 공시할 까닭이 있소? 그러니 그 속에는 반드시 숨은 뜻이 있을 텐데, 고래로 3월 삼짇날은 우리네 명절이요. 그날 군신들이 모여 사냥을 하고 제사를 올린 장소는 낙랑의 언덕이니 패수(대동강) 북방은 아닌 게요. 게다가 목멱산에는 전날 국강상왕(고국원왕) 때 궁성으로 쓰던 동황성(東黃城)이 있으니 궁성의 신묘라면 목멱산 신묘를 일컫는 게 틀림없소."

젊은이의 설명을 듣고 나자 검모잠도 비로소 고개를 끄덕였다.

"신통하구먼. 나는 눈으로 보고도 알아채지 못하는 걸 자네는 어찌 남의 말만 듣고도 그처럼 훤히 아는가?"

검모잠은 은근히 탄복하며 새삼스럽게 젊은이의 행색을 훑어보았다. 나라가 망한 뒤에 여러 사람이 흰색으로 조복을 지어 입고 남녀노소 모두 거의 치장을 하지 않았으므로 그것만 가지고야 특별하달 수는 없었지만 단아한 이목구비며 헌칠하고 건장한 체구, 어딘지 모르게 기품과 위엄이 서린 듯한 몸가짐 따위가 예사로운 여염의 자제는 아닌 듯했다. 그러나 검모잠이 막 청년에게 호기심을 느끼는 순간 청년은 주모를 불러 술값을 치르고,

"하면 천천히 오시오. 나는 이만 바쁜 일이 있어 가봐야겠소."

하며 작별 인사를 건네더니,

"존함이 검모잠이라 하셨지요? 나중 삼짇날에 짬이 나거든 목멱산으로 와보오. 보아하니 나리도 당의 처사에 어지간히 격분한 모양

인데 혼자서 나대다간 제아무리 항우장사라도 개죽음만 당할 뿐이오."

제 할 말을 마치자 미처 붙잡을 겨를도 없이 등을 돌려 사라졌다.

검모잠은 청년이 가고 나서도 얼마간을 더 주막에 머물며 차고 앉은 말술을 모두 비웠지만 술이 들어가면 갈수록 정신은 맑아지고 속은 불에 덴 것처럼 화끈거렸다. 눈에서는 방금 전에 살에 맞아 죽은 두 고구려 젊은이의 처참한 최후가 어른거리고, 그 위로 수백 명의 근위병에 둘러싸여 한껏 거드름을 피우며 성내를 순시하던 설인귀의 모습이 겹쳐 떠오르곤 했다.

그가 설인귀를 만난 건 꼭 10년 전이었다. 그때 그는 온사문(溫沙門) 장군의 부장이 되어 싸움에 나갔다가 당시 우령군 중랑장이던 설인귀의 군사들과 횡산서 맞닥뜨렸다. 설인귀는 한 해 전에도 영주도독 정명진과 함께 군사를 이끌고 요동으로 쳐들어왔다가 개소문의 귀신 같은 책략에 휘말려 소득 없이 돌아간 일이 있었다. 검모잠은 설인귀의 군사들을 횡산 협곡 속에 몰아넣고 미리 설치한 복병을 내어 크게 무찔렀다. 혼비백산한 설인귀가 부하의 옷을 빌려 입고 허겁지겁 내빼는 것을 미리 퇴로를 지키고 섰던 검모잠이 한 패의 군사를 이끌고 가로막았다.

"네 이놈, 인귀야! 변복을 하고 도망가는 몰골이 실로 가관이구나! 그리고 달아나면 누가 모를 줄 알았느냐?"

그는 마상에서 안색이 이미 하얗게 변한 설인귀를 향해 준절히 꾸짖었다.

"너는 과히 좁지도 않은 네 나라를 두고 어찌하여 번번이 남의 땅을 쥐새끼처럼 들락거리며 소란을 피우는가! 천제(天帝) 해모수의 후예 검모잠이 여기서 쥐덫을 놓고 기다린 지 오래다! 말에서 내려 항복을 하든가, 굳이 도망을 가려거든 목을 두고 가라!"

궁지에 몰린 설인귀는 대꾸할 형편조차 되지 못했다. 곧 검모잠을 향해 칼날을 세워 벼락같이 고함을 지르며 달려들었고, 이에 양국 군사들 간에는 피를 튀기는 치열한 접전이 벌어졌다. 검모잠은 설인귀를 상대로 족히 20여 합을 겨루었으나 쉽게 승부를 가리지 못했다. 그러는 사이 설인귀를 따라온 당군 수십 명이 검모잠의 군사들에게 목숨을 잃었다. 위급함에 빠진 설인귀가 애원하듯 말했다.

"요동은 예로부터 군자의 나라라 하였는데 장군은 어찌하여 싸움을 포기하고 달아나는 사람을 무참히 박멸하려 하시오? 나는 황제의 뜻에 따라 마지못해 군사를 이끌고 왔을 뿐 애초에 귀국을 적으로 여기지 않았으니 부디 자비를 베푸시오. 살아서 돌아가면 황제께 아뢰어 다시는 오늘과 같은 일이 없도록 하겠소."

잘못과 패배를 시인한 설인귀의 간청에 검모잠은 잠시 마음이 흔들렸다. 더군다나 그는 자신이 섬기던 온사문과 마찬가지로 개소문의 북진정책에 은근히 반감을 가지고 있던 장수였다. 고구려에서는 누구도 감히 개소문의 북진책을 드러내놓고 반대하지 못했으나, 속으로는 당과 우호하여 지내기를 바라는 자들이 적지 않았다. 뿐만 아니라 이세민과 이치 부자가 대를 이어 끊임없이 군사를 내자 처음에는 개소문의 정책에 찬성하던 사람들까지도 군역에 시달리고 싸움에 지친 나머지 해가 갈수록 당과 화친을 바라게 되었다. 이들은 배후에서 당을 조종하는 원흉이 신라라고 믿고 오히려 신라에 대해 더 깊은 원한과 적대감을 가지고 있었다. 다만 적잖은 사람들의 이 같은 생각이 누구도 넘볼 수 없는 막리지 개소문의 위엄에 짓눌려 좀체 밖으로 표출되지 못했을 따름이었다.

"장수가 목숨을 구걸하다니 구차하기 짝이 없구나. 차라리 일신을 던져 의연함과 기개를 지키는 편이 더 명예롭지 않겠는가?"

다소 누그러진 검모잠의 말투에 설인귀는 한층 비굴한 웃음을 지으며 매달렸다.

"내 한 몸을 바쳐 양국의 화평을 도모할 수만 있다면 어찌 죽기를 망설이겠소? 장군 말씀대로 나는 기왕 횡산서 죽은 목숨이니 황제께 돌아가면 생사를 초월해 바른말을 아뢰겠소. 우리는 피차 원한을 산 바가 없거니와, 양국이 서로 사이좋게 지낸다면 함께 술잔도 기울일 수 있는 처지가 아니오? 모쪼록 자비를 베풀어주시오."

꼭 그 말을 믿어서는 아니었지만 결국 검모잠은 퇴로를 슬그머니 열어주었고, 설인귀는 재빨리 잔병들을 거두어 협곡을 빠져나가면서 마상에서 허리를 굽혀 고마움을 표시했다.

그렇게 도망갔던 적장은 불과 10년 만에 고구려 전역을 다스리는 제왕이 되어 거드름을 피우는데, 자신은 그가 지배하는 땅에 이름 없는 촌부가 되어 7백 년 사직의 허무한 종말을 속수무책 지켜보는 신세로 전락하였으니, 망국지한에 개인의 영욕마저 겹쳐 그 감회가 남달리 절통할 수밖에 없었다.

홀로 울분을 씹던 검모잠이 마음을 달래려고 찾아간 곳은 도성 남쪽으로 1백여 리쯤 떨어진 강서향(江西鄕: 패강 서쪽)이었다. 거기에는 검모잠이 평생 아버지처럼 섬겨온 노장 온사문이 살고 있었다. 온사문으로 말하면 평강왕의 국서(國壻)였던 온달의 후손이다. 그는 아주 어렸을 때부터 아단성에서 신라 장수 이리벌이 쏜 화살을 맞고 전사한 할아버지 온달 장군의 얘기를 귀가 따갑도록 들으며 자랐다. 그런 온사문이 신라에 대해 원한을 품고 남진파와 뜻을 함께하게 된 배경은 극히 자연스러웠다.

그러나 온사문이 벼슬을 얻어 세상에 나왔을 때는 이미 조정의 남진파는 모조리 궤멸된 뒤였고, 천하는 오로지 막리지 개소문의 수중에 있었다. 게다가 개소문은 온사문을 유난히 총애하여 당과 싸움이 있을 때마다 중책을 맡기니 그 또한 고구려의 많은 장수들처럼 본심을 숨긴 채 견마의 도리를 다하지 않을 수 없었다.

온사문이 마침내 왕권을 강화하는 일에 발 벗고 나선 것은 개소문이 죽고 난 뒤부터다. 그는 5부 욕살들과 중신들의 집을 일일이 찾아다니며 왕의 권세를 능가하는 신하가 다시는 나오지 않도록 해야 한다고 역설했다. 그 과정에서 잠시 남건을 돕기는 했지만 이는 어디까지나 개소문의 막강한 지위를 물려받은 남생을 견제하기 위함이었지, 다른 욕심이 있어서는 아니었다. 남생을 제거하고 나면 곧바로 남건과 남산을 없애고 실추된 보장왕의 권위를 되찾아주려는 게 싸움터에서 수발이 황락한 온사문의 계획이었다.

하지만 노장군의 그와 같은 충절은 남생이 당으로 망명하는 순간 빗나가기 시작했고, 사직이 망하고 안동도호부가 들어서면서 모조리 수포로 돌아가고 말았다.

승석 때가 지나 검모잠이 강서향 온사문의 집에를 당도해 주인을 찾으니 말쑥한 차림의 한 사내가 나와서,

"빙부께서는 마침 출타 중이시니 뉘신지는 모르오나 다음에 오시지요."

하고 말하는데 그 기색이 어딘지 심상찮고 얼굴에는 알지 못할 수심이 가득했다. 검모잠이 잠시 난감하여 섰다가,

"나는 수림성 사람으로 노장군을 가까이 뫼시던 검모잠이라 하오.
마음이 하도 괴롭고 허전하여 어른을 뵈려고 왔는데 그만 허행을 하
게 생겼구려."

하며 자신의 신분과 용무를 밝힌 뒤에,

"날이 저물어 남경(평양)까지 돌아가기가 어려우니 노숙이나 면하
게 해주오. 헛간이라도 무관하외다."

하고 하룻밤 묵어가기를 청했다. 온사문의 사위라는 사내가 검모잠
을 모르지 않는 듯 희미하게 반색을 하며,

"모잠 장군의 말씀은 빙부께 익히 들어 알고 있습니다. 어찌 귀빈
을 헛간에 뫼시리까."

하고는 비로소 안으로 맞아들여 사랑채로 데려갔다.

검모잠이 사내를 따라가며 동정을 엿보니 넓은 집에는 절간처럼
적막감이 감돌고 인적은 통 뵈지 않아서 폐가를 찾은 듯 을씨년스럽
고 괴괴한 느낌마저 일었다. 사내가 사랑채에 이르러 묵을 방을 안내
하고는 혼자 어디론가 갔다가 조금 후에 소찬이 차려진 밥상 하나를
손수 들고 나타났다. 검모잠이 급히 상귀를 마주잡아 앉고서,

"별배들은 다 어디를 가고 서랑께서 친히 상을 들여오시오?"

하며 묻자 사내가 문득 크게 한숨을 짓더니,

"장군은 한집 식구나 진배없으니 이런 말씀을 드려도 과히 허물이
없으리다."

하고서 입을 열었다.

사위가 말하는 사연은 이랬다.

온사문은 슬하에 딸 하나 아들 셋을 두었는데, 개소문이 죽던 이듬
해 막내가 강동의 이씨(李氏) 집 규수를 배필로 맞아들여 강서향 관

아 옆으로 새살림을 냈다. 그런데 나라가 망하자 강서향이 현(縣)으로 바뀌고 새로 부임한 현령은 당인 마소삼(馬巢三)이란 자였다. 그는 부임 첫날부터 상다리가 휘어지게 주연을 열고 온 고을에 말하여 여자들을 모조리 동원하라는 영을 내렸다. 그러나 고구려는 본래 여자가 귀하기로 이름난 곳이라 배필을 구하지 못하는 총각들이 부지기수였다. 처가에서 노역이나 군역을 몇 년씩 대신하는 예서(豫壻: 데릴사위) 자리도 얻기만 하면 만인의 부러움을 사는 판이니 관아의 주연에 불려나올 여자들이 있을 리 만무했다. 이런 사정을 알 바 없던 호색한 마소삼은 동원할 여자들이 없다는 고구려 구실아치들의 얘기를 전해 듣자 내막을 알아보지도 않고 무조건 화부터 냈다. 여자가 없다는 걸 자신에 대한 고구려 사람들의 반항이라고 여긴 마소삼은 본때를 보여주겠노라 공언한 뒤 군사를 풀어 눈에 보이는 여자들은 신분의 높고 낮음과 노소의 구분 없이 모두 관아로 붙잡아오도록 지시했다. 이에 현의 많은 부녀자들이 끌려오게 되었는데, 길에 지나다니던 사람은 말할 것도 없고 처녀와 노파, 모녀와 고부, 심지어 안방에서 갓난애에게 젖을 물리던 여자까지도 애를 품에 안은 채로 잡혀와 당하에 부복하였다.

"계집이 없다더니 많기만 하구나."

마소삼은 흡족한 웃음을 머금으며 여자가 없다고 아뢴 고구려 관속과 구실아치들을 모조리 옥에 가두어버렸다.

"감히 누구를 모만하려 드는가? 본래 천하에는 음양이 있고, 궐에는 궁녀가 있으며, 관에는 관기가 있고, 민가에는 처첩이 있다. 만일 너희가 아직도 이 같은 이치를 몰랐다면 이제라도 제도와 관습을 뜯어고쳐 상국의 예를 따를 일인즉, 우선 관기를 뽑아 관아의 면모를 일신할 테니 지금부터 내가 지목하는 자는 관에서 기숙하며 오로지 정성을 다해 나를 섬기고 관인을 받들도록 하라."

마소삼은 근 10여 명에 이르는 여인들을 간선하여 집에 돌아가지 못하도록 했다. 그 가운데 인물이 곱기로 소문난 온사문의 며느리 이씨가 제일 첫 번째로 지목을 당해 당장 수청을 들라는 명을 받았다. 이씨는 이미 지아비가 있는 몸이라고 읍소했지만 그런 말이 통할 리 만무했다. 그런데 마침 이씨의 몸에 경도가 있었으므로 이를 핑계 삼아 며칠간의 말미를 얻게 되었다.

비보를 들은 온사문은 그 길로 자식을 앞세우고 강동의 이씨 친정을 찾아갔다. 이씨 일가붙이 중에는 전날 고추대가 밑에서 나라의 접빈객 사무를 맡아보던 이가 있었는데, 당나라 관리들과 교분이 두터운 그에게 부탁하면 무사히 일을 해결하지 싶어서였다. 온사문을 만나 비로소 사단을 알아차린 이씨 친정에서도 부랴부랴 사람을 보내 일가붙이를 청해왔더니 그가 마소삼은 잘 모르지만 신임 황주(黃州: 황해도)자사와는 친분이 있다 하고,

"강서현이 황주 속현이니 황주자사에게 말하면 현령이 그 말을 듣지 않을 까닭이 있겠습니까."
하였다. 그 일가붙이가 온사문의 집에서 싸준 적잖은 재물을 들고 황주자사를 찾아가 손을 써서 며느리는 곧 풀려났다. 그러나 이미 이씨의 미색에 반한 마소삼이 강동현 현령에게 말해 이씨 친정의 남자들에게 일제히 군역을 부과하고 일변으론 가세가 적빈하던 친정을 재물로써 구워삶으니 사람이 신신치 못하던 이씨의 친정 아버지가 하루는 온사문을 찾아와,

"우리가 전에는 사돈의 지위가 높은 점을 자랑스럽게 여겨 데릴사

위 노릇도 시키지 않고 귀한 딸을 그냥 주었으나 이번에 내가 예순을 넘긴 나이로 군역에 나가게 생겼으니 전날 안 시킨 데릴사위 노릇을 지금 시켜야겠소."

하고 말하였다. 온사문이 일견 서운한 마음은 들었지만,

"처가의 부모도 부몬데 부모가 늙어 군역에 나가지 못할 형편이면 당연히 자식이 대신해야지요. 사돈 말씀을 따르리다."

쾌히 대답하고 당석에서 아들을 불러 군역에 대신 나가게 했다. 그러나 내심 짚이는 바가 있어 혼자 남은 며느리를 본가로 들이고 사랑채를 내줘 같이 지냈다.

친정에 수작을 부려 이씨를 차지해보려던 마소삼이 뜻을 이루기 어렵게 되자 이번에는 온사문의 뒤를 샅샅이 적간했다. 그랬더니 온사문이 개소문의 총애를 받던 나라의 유명한 장수요, 한때는 남건을 도와 대형 벼슬에까지 오른 사실이 적나라하게 드러났다.

"이거 순 역신의 집안이 아닌가!"

마소삼은 흥분을 감추지 못하고 소리쳤다. 그는 황주자사에게 온사문의 행적을 적은 상신을 올려 윗전의 분부를 물었고, 황주자사는 일이 너무도 엄청나므로 혼자 독단하지 못하고 다시 도호부의 품의를 기다렸더니, 온사문이 장수였던 점은 망국민의 전죄를 묻지 않겠다는 황제의 칙령에 따라 크게 죄 될 게 없으나 역적 남건을 도운 일만은 가벼이 넘길 수 없다 하고, 자사나 현령이 친히 문초하여 진상을 알아본 후 당에 복종할 뜻이 있거든 관대히 처분하지만 만일 그렇지 않거든 일족을 멸하라는 설인귀의 친필 교시가 내려왔다.

자사가 설인귀의 뜻을 현령에게 그대로 전하자 마소삼은 드디어 고구려의 절색을 품어보게 되었다며 기쁨을 감추지 못했다. 그는 잠

시도 지체 없이 군사를 풀어 온사문의 식솔들과 구종별배들까지 모조리 결박해 관아로 끌고 갔다.

그 일이 이레 전에 났는데, 소문에 듣자니 그간 고문과 문초를 거듭해 있는 죄에 없는 죄까지 만들어서, 죄상을 열거한 책만도 족히 한 권 분량이라 하고, 온사문과 두 아들은 조만간 참수하고, 여자와 종들은 관비로 박고, 재산은 몰수하여 관아에 귀속시킨다는 풍설이 고을에 자자하다는 거였다.

"우리 내외도 소문을 듣고 달려왔다가 붙잡혀가서 이틀 밤을 관아 옥사에서 보냈는데, 제 가친께서 임금을 수행해 낙양에 머물고 계신 사실이 알려져 혼자만 방면되었습니다."

사위의 말을 듣는 동안 시초에는 이를 갈며 주먹을 불끈 쥐고 분통을 터뜨리던 검모잠도 마침내는 기가 차고 억장이 무너져 방바닥이 꺼지도록 한숨만 토했다. 이런 게 바로 사직을 잃은 망국의 설움이지 싶으면서도 평소 아버지처럼 따르던 온사문의 얼굴을 떠올리자 피가 거꾸로 끓어올라 도저히 참을 수가 없었다. 눈을 감고 골똘한 생각에 잠겼던 검모잠이 한참 만에 사위를 보며 나지막한 소리로 물었다.

"혹시 어른께서 쓰시던 갑옷과 칼이 있소?"

"네. 안방에 걸려 있습니다만."

"서랑은 무기를 쓸 줄 아시오?"

"능란하지는 못하지만 흉내는 좀 낼 줄 압니다."

"관아 졸개들은 대략 얼마쯤 되오?"

"2백 남짓 되는 줄 알고 있습니다."

"2백이라…… 그중에 야간 번을 서는 자는 몇이나 되더이까?"

"옥사를 지키는 당번은 서너 명에 불과하지만 순라병과 앞문 뒷문

에서 졸고 있는 자들까지 모두 합친다면 아무리 야밤이라도 4, 50명
쯤은 되지 않을까요…… 어떻게 하시려구요?"

대답을 하던 사위가 조심스레 되물었다.

"일문이 이렇게 결딴나는 꼴을 보고만 있겠소?"

"하지만 당인 관리들이 부임한 고을에서는 혹시나 있을지도 모를
민란을 우려해 관아 방비가 밤낮 구분 없이 철통같습니다. 어찌 장군
혼자 몸으로 4, 50이나 되는 군사를 상대하겠으며, 설사 식솔들을 구
해낸다 하더라도 천하가 이미 당의 소유인데 어디로 도망갈 수 있겠
습니까? 그러다 공연히 장군까지 화를 입는다면 이는 빙부께서도 바
라는 일이 아닐 겁니다."

사위의 만류하는 말에 검모잠은 어금니를 깨물고 고개를 가로저었다.

"나라가 망했다고 사람까지 망할 수야 없소. 백성은 새와 같고 나
라와 사직은 둥지 같으니 백성들이 있는 한 나라는 다시 짓고 무너진
사직도 일으켜 세우면 되는 것이오. 내지에 온 당인들이 백성을 함부
로 짓밟는 이유는 그와 같은 이치를 잘 알기 때문이오."

사위가 종시 내키지 않는 듯 미적거리자 검모잠이 단호하게 말했다.

"1천 년을 바라보던 사직이외다. 더구나 망국지민이 되어 이처럼
수모를 당하고 살아야 한다면 차라리 죽느니만 못하지 않겠소? 서랑
은 어른께서 쓰시던 갑옷과 칼을 가져다주고 관아까지만 인도하오.
현령이 묵는 장소와 옥사 위치를 일러주면 나머지는 내가 알아서 하
리다."

검모잠이 온사문의 집을 나선 때는 그날 밤 2경 무렵이었다. 그는
사위의 안내를 받아 관아 후문까지 몰래 접근하는 데 성공했다.

"서랑께서는 여기서 말을 대기하고 기다렸다가 식솔들이 나오거

든 구월산 쪽으로 달아나시오. 그곳 암자에 아는 중이 있으니 구월산까지만 무사히 당도하면 당분간은 몸을 의탁하고 무사히 지낼 수 있을 거외다."

그러자 사위가 말했다.

"구월산까지는 길이 너무 멀어서 그사이에 어떤 화를 당할지 알 수 없습니다. 다행히 해포에 저와 절친한 벗이 살고 있으니 차라리 거기로 가서 의지하는 게 어떻겠습니까?"

"서랑의 벗이 화를 입으면 어찌하오?"

"그는 전날 조의선인 출신으로 기운이 좋고 용맹이 있습니다. 작년까지만 해도 해포에서 수군을 훈련시키는 무장 일을 보았는데, 나라가 망한 후에 수군이 해체되고 해포 진지까지 봉쇄되었다며 한탄하는 말을 들었습니다. 모잠 장군께서 찾아가시면 그는 도리어 반가워할 게 틀림없습니다."

검모잠은 잠깐 생각한 끝에,

"좋소. 그리합시다."

하고서 한 차례 사방을 살핀 뒤 날렵하게 관아의 담을 넘었다. 그는 담벼락을 끼고 소리 없이 관아 내부로 침입하여 현령이 기거하는 내당 가까이 이르렀다. 내당 입구에선 군사 서넛이 양쪽으로 나란히 앉아 약속이나 한 듯 무릎 사이에 고개를 처박고 잠들어 있었다. 검모잠은 이들을 해칠 마음이 없었지만 닫아놓은 문을 열자면 어쩔 도리가 없었다. 곧 칼을 뽑아 달려들어 번개같이 양쪽으로 칼질을 하자 잠들었던 졸개들은 비명 한 번 지르지 못하고 그대로 목이 달아나고 말았다. 초병들을 처치한 검모잠은 피를 뒤집어쓴 채 내당으로 치달아 등촉이 아직 꺼지지 않은 안방을 급습했다. 하지만 문을 열어젖혔을 때 안방엔 사람의 모습이 보이지 않았다.

　당나라 관리들은 부임하기 직전에 반란을 경계하는 조정의 교시를 받았고, 마소삼도 그 교시에 따라 침소를 위장해 지내오고 있던 터였다. 일이 틀어졌음을 안 검모잠은 그대로 내당을 빠져나와 옥사를 향해 달려갔으나 이때는 이미 번을 돌던 순라들이 안채에서 나는 심상찮은 인기척을 들은 후였다. 검모잠은 옥사가 저만치 바라뵈는 곳에서 허겁지겁 달려온 10여 명의 군사들과 맞닥뜨리고 말았다.

　"웬놈이냐!"

　창칼을 든 군사들이 검모잠을 에워싸며 소리쳤다. 일전이 불가피하다고 판단한 검모잠은 대꾸도 하지 않고 사방의 군사들을 상대로 칼을 휘둘렀다. 멋모르고 대들던 졸개 서너 명이 한꺼번에 비명을 지르며 나둥그러지자 군사들은 그제야 상대가 범상찮은 인물임을 알아차리고 자객이 나타났다며 고함을 질러댔다. 순식간에 관아가 발칵 뒤집히고 횃불을 든 군사들이 여기저기서 뛰어나왔다. 내당 아래채에서 양쪽으로 계집을 끼고 잠들었던 마소삼도 깜짝 놀라 황급히 바깥으로 달려나왔다.

　"뭣들 하는 게냐! 저 흉악한 놈을 당장 붙잡아라!"

　현령의 다그치는 소리에 군사들이 일제히 칼날과 창끝을 앞세우며 달려들었다. 그러나 상대는 천군만마를 호령하며 해마다 북방 격전지를 누볐던 고구려의 명장이었다. 아무리 혼자 몸이지만 한낱 향리 졸개들의 두서없는 창칼에 당할 인물은 아니었다. 검모잠은 도성에서부터 가슴에 쌓였던 울분을 한꺼번에 풀려는 듯 대갈일성 포효하며 무섭게 칼을 휘둘렀다. 그의 장검이 숲을 지나는 바람 소리를 내며 허공을 가를 때마다 무턱대고 달려들던 군사들이 두세 명씩 비명을 지르며 맥없이 나가떨어졌다. 실로 날렵한 몸놀림이요, 현란한 검술이었다. 관아 마당은 이내 향군들의 시체와 잘려나간 목, 스치는 칼날에 떨어진 신체 일부가 낭자한 유혈과 뒤범벅이 되어 차마 눈뜨고 볼 수 없는 아수라장으로 변해갔다.

"이놈들아, 머뭇거리지 말고 대들어라! 수십 명이 어째 한 놈을 당하지 못한단 말이냐! 주저하는 놈들은 똑똑히 보아두었다가 나중에 필히 형벌로써 다스릴 테다!"

마소삼이 안타까운 마음으로 팔짝팔짝 뛰며 닦달하고 협박했지만 군사들은 나중 형벌보다도 귀관이 출몰하는 목전의 생사가 더 위중했다. 검모잠은 완연히 겁을 집어먹고 무춤거리던 앞줄의 군사 하나를 제물로 삼아 한 번 칼질에 허리를 여지없이 동강내고 나서 곧 사방을 둘러보며,

"이제 죽은 자가 절반을 넘어섰구나! 목숨이 아깝거든 지금 달아나라! 만일 눈치를 살피며 미적거리는 자가 있다면 끝까지 쫓아가서 이 꼴로 만들어주리라!"

하니 멀찌감치 에워쌌던 향군들이 일제히 슬금슬금 뒷걸음질을 쳤다. 바로 그때,

"네 이놈들!"

하는 호통소리가 나자 그만 부리나케 줄행랑을 쳐버리고 말았다. 그런데 그 호통은 검모잠이 지른 소리가 아니라 현령 마소삼의 것이었다. 물러서지 말라고 지른 고함 소리에 오히려 군사들이 뿔뿔이 달아나자 혼자 남은 마소삼은 돌연 눈앞이 캄캄하지 않을 수 없었다.

엉겁결에 그도 도망가는 군사들을 뒤쫓아 내당으로 피신한 뒤 안에서 빗장을 걸고 아래채 마루 밑으로 숨어들었다. 허우대만 멀쩡하

고 위세만 부릴 줄 알았지 실은 칼 한 번 잡아보지 못했던 책상물림 마가가 얼마나 혼비백산했으면 입고 있던 바지가 다 축축했다.

그러나 마소삼은 약삭빠른 인물이었다. 그는 마루 밑에 숨었다가 마침 현령의 안부가 걱정되어 나타난 늙다리 당인 하리(下吏)에게 자신의 관복을 입혀 대신 숨게 한 다음 자신은 하리 복장으로 위장하고 담을 넘어 달아났다.

마소삼이 그런 수작을 부리는 동안 검모잠은 옥사 문을 열고 온사문의 식구들을 밖으로 빼내려고 했다. 그러나 온사문과 큰아들은 이미 만신창이가 되어 산 사람이라고는 볼 수 없었고, 노환이 있던 온사문의 처도 봉변 끝에 그만 정신이 나갔는지,

"낭군님 오셨구려."

검모잠을 치바라보고 배시시 웃더니 갑자기 비틀거리며 일어나 덩실덩실 어깨춤을 추면서,

"주필산(요동)에 춘화가 만발하면 태평지절 온다기에 연지곤지 찍고 손꼽아 기다렸더니 우리 낭군 오실 제 마음이 변하였나, 지천으로 핀 그 꽃을 왜 아니 꺾어왔소."

하고 얄궂은 노래를 불러댔다. 함께 붙잡혀 있던 딸과 며느리들이 그런 노모를 양옆에서 부축하려 들자 이번에는 이년들이 사람 잡는다며 마구 고함을 질러대니 그나마 몸이 성한 온사문의 둘째아들이 말하기를,

"장군께서 목숨을 돌보지 않고 우리를 구원하러 오신 뜻은 고맙기 한량없으나 우리는 벌써 살아나기 어려운 사람들이 되었습니다."

하고서,

"이곳에 붙잡혀온 뒤로 아버지께서는 진작에 사람들을 끌어모아

당과 대적하지 못한 것을 늘 후회하셨습니다. 이제 장군께서 몸을 일으키셨으니 저희는 이대로 두고 더 큰일을 하십시오. 아버지께서 말씀하시기를 사직이 망할 때 왕실 사람들은 대개 다 이적(李勣)이 낙양으로 끌고 갔으나 단 한 분, 임금의 서자이신 안승(高安勝)왕자만 목멱산 동황성에 숨어 지내는 바람에 화를 모면했다고 합니다. 그는 비록 적자는 아니지만 적자인 복남(福男), 덕남(德男)보다도 훨씬 인품이 높고 기개가 뛰어나서 임금도 함부로 하지 못하던 남생의 아들들을 개 꾸짖듯 꾸짖는 일이 잦았다고 합니다. 안승은 문무를 겸비하고 지모도 출중해서 능히 임금으로 섬길 만한 사람이니 장군께서는 그를 찾아서 사직의 재건을 도모하십시오. 이는 제 소망이자 저기 누워 계신 아버지의 이루지 못한 꿈이기도 합니다."

하며 눈물을 흘렸다. 검모잠은 착잡한 마음을 금할 길 없었다. 거적 위에 누운 온사문의 팔과 어깨를 몇 번이나 쓰다듬어보았으나 그는 가까스로 숨만 쉴 뿐 손끝 하나 움직이지 못했다. 하는 수 없다고 판단한 검모잠은 성한 둘째아들에게 말했다.

"그럼 자네와 나머지 분들이라도 나를 따라가세나. 밖에 자네 매부가 말을 준비하고 기다리네."

그러자 둘째아들은 가만히 고개를 저었다.

"저마저 가고 나면 아버지의 시신은 누가 거두겠습니까? 또한 여자들도 장군을 따라가면 공연히 짐만 될 뿐입니다. 우정 데려가시려거든 누이와 계수씨만 데리고 가십시오. 계수씨가 여기 있는 한은 군역을 나간 아우의 목숨마저 위태롭습니다."

어쩔 수 없는 일이었다. 검모잠은 그렇게 하겠노라고 말한 뒤 시신이나 다를 바 없는 온사문을 향해 큰절로 하직 인사를 하고서,

"당나라 현령놈은 내가 죽이고 가네. 자네는 식구들을 집으로 옮기게나."

말을 마치자 두 여인을 데리고 나와 후문에서 기다리던 사위에게 인계한 뒤 곧장 발걸음을 돌려 내당으로 달려갔다. 질러놓은 내당 빗장은 분노로 머리털이 곤두선 검모잠의 발길질에 대번 박살이 났다. 사방을 두리번거리던 그가 아래채로 달려가 방 문을 확 잡아채니 현령의 모습은 보이지 않고 겁에 질린 여자 두 사람이 서로 부둥켜안은 채 사지를 덜덜 떨고 있었다.

"현령놈은 어디로 갔는가!"

검모잠이 분기에 가득 찬 음성으로 물었다.

"저희는 모릅니다."

"아까 소란 중에 나가서 아직 들어오지 않았습니다."

여자들이 번갈아 대답했다. 하지만 그 가운데 한 여자가 말과는 달리 손가락으로 슬그머니 마루 밑을 가리켰다. 검모잠이 비로소 눈치를 채고,

"그대들은 어서 집으로 돌아가라. 현령놈을 잡으면 따끔하게 야단을 치려고 했는데 이놈이 뵈지 않으니 불이나 질러 분풀이나 하고 가야겠다."

하고서 방에 켜둔 등촉을 가져다가 마루 밑으로 홀쩍 집어던졌다. 그러자 가슴을 죄며 바깥 동태에 귀를 기울이던 당인 하리가 기겁을 하고 마루 밑에서 엉금엉금 기어나왔다. 그는 검모잠을 보고 맨땅에 넙죽 엎드려,

"소인은 현령이 아니올시다. 소인은 다만 현령의 명을 받고 마루 밑에 숨어 있었을 뿐 절대로 현령이 아니올시다!"

하며 사정을 밝혀 말하였다. 하지만 검모잠은 당나라 말을 쓰고 관복까지 입은 그의 주장을 믿으려 들지 않았다. 현령이 목숨을 부지하기 위해 수작을 부린다고 믿은 그는,

"닥쳐라, 이놈! 네 감히 누구를 속이려 하느냐!"

땅이 쩌렁쩌렁 울리는 호통과 함께 단칼에 목을 쳐 죽여버리고 말았다. 그리고 죽인 자의 목과 육신을 창에 꿰어 관아의 대청에 걸어놓은 뒤에야 유유히 강서현을 떠났다.

밤새 길을 재촉한 검모잠 일행이 해포에 도착했을 때는 아침해가 동천에 훌쩍 치솟아 있었다. 그곳에서 만난 사위의 벗은 이름이 음직(陰稷)으로, 몸집이 실하고 기골이 장대하여 첫눈에도 힘깨나 쓸 법해 보이는 사람이었다. 성품마저 호방한 그는 강서현의 얘기를 전해 듣자,

"당나라 놈들이 들이닥친 후로 늘 뱃속이 징건하더니 그 얘기를 듣고 나니 체기가 싹 가시오. 정말 자알 하셨습니다!"

하며 기뻐하였다. 그리고 일행을 보며,

"여기 해포는 수군 진지를 폐쇄하는 바람에 감시가 오히려 허술할 뿐더러 관아의 군사들은 거의 다 전날 내가 훈련시킨 아이들이올시다. 세상이 잠잠해질 때까지 당분간 내 집에 계시면 별탈이 없을 겁니다."

하였다. 그러나 이미 온사문의 뜻을 받들기로 마음을 도슬러먹은 검모잠은 음직의 집에서 한숨 눈을 붙이고 일어나자 돌연 떠날 채비를 서둘렀다. 일행은 지금쯤이면 마소삼의 죽음이 외관으로 알려져서 방비가 삼엄할 거라고 걱정들이 심했다. 검모잠은 걱정하는 사람들

에게 옥사에서 들은 온사문의 뜻을 대강 설명했다.

"어제 왕경에 나붙은 격문을 보니 삼짇날 망국의 울분을 품은 자는 목멱산으로 모이라고 했는데, 왕자 안승이 동황성에 있다니 어쩌면 그가 사람들을 끌어모으고 있는지도 모르겠소. 어쨌거나 나는 동황성으로 가서 안승왕자를 만나볼 작정이오. 그래서 만일 그가 들은 말과 같이 섬길 만한 인물이고 또 사직 재건에 뜻이 있다면 마땅히 그를 도와 큰일을 도모할 것이외다."

얘기를 듣고 난 음직이 가만히 고개를 끄덕였다.

"안승왕자 얘기는 나도 들은 바가 있거니와 남생이 두려워한 유일한 인물이 바로 안승이라고 합디다. 이제 모잠 장군의 말씀을 듣고 보니 목멱산에 모이라는 격문은 그와 관련된 게 틀림없소."

음직은 검모잠의 손을 붙잡으며 말했다.

"사직위허(社稷爲墟)를 통탄하는 사람이 어디 한둘이겠소? 이곳 해포에는 약간 손만 보면 당장이라도 띄울 수 있는 선박이 1백여 척은 되고, 또 내가 나서면 5백 명 정도는 어렵잖게 사람을 모을 수 있습니다. 장군이 안승왕자를 만나 대사를 도모하게 되면 반드시 내게도 기별을 주십시오. 틀림없이 보탬이 될 겁니다."

검모잠은 음직의 말에 큰 힘을 얻었다.

"그러지요. 공과 같은 충절이 있는 한 어찌 성급하게 망국을 논하겠소. 수군이 필요하게 되면 당장 해포로 달려오리다."

그는 음직에게 일행을 부탁한 뒤 이른 저녁까지 얻어먹고 집을 나섰다. 그런데 검모잠이 막 말에 오르려 할 때였다. 온사문의 며느리 이씨가 별안간 검모잠의 앞을 가로막고 자신도 데려가달라고 부탁했다. 그는 강서현의 일로 고을마다 경비가 삼엄할 것을 들어,

"저를 데려가신다면 장군께서도 사람들의 의심을 한결 덜 받을 테지만 저 또한 그렇게 하지 않고는 견디기가 어렵습니다. 여기 형님 내외분은 돌아갈 본댁이라도 있으나 저는 이제 아무 데도 갈 데가 없어졌습니다. 제발 엎드려 청하옵건대 장군을 따라다니며 고구려 군사들을 위해 밥 짓고 빨래하는 일이라도 거들도록 해주십시오. 그래야만 시댁이 멸문하고 지아비와도 헤어진 제 가슴의 원한을 조금이나마 달랠 수 있겠습니다."

하고 눈물을 흘리며 간청했다. 처음만 해도 검모잠은 이씨의 말을 거절하려 했지만 이씨에게 별반 감정이 좋지 않던 온사문의 딸이,

"어디를 가든 자네 자유이나 앞으로 두 번 다시 강서향 근처에는 얼씬거리지도 말게! 나는 자네 아버지의 군역을 대신 나간 내 아우가 돌아오면 자네가 죽었다고 말하겠네!"

하며 냉담하게 쏘아붙이는 말을 듣고서야 이씨의 딱한 처지를 동정하는 마음이 생겼다. 결국 온사문은 말에서 내려 마차로 갈아타고 둘이 작반하여 해포를 떠나게 되었다.

여자와 동행한 덕택인지 검모잠은 군사들에게 심문 한 번 당하지 않고 무사히 평양까지 들어왔다. 그는 우선 아는 사람의 집에 이씨를 데려다 놓고 삼짇날 목멱산에를 대어갔더니 동황성 밖 신묘 사당에 모인 장정들의 숫자가 족히 6, 7백은 돼 보이는데, 앞에 나와 그들을 통제하는 조의 복장의 젊은이들 중에는 전날 주막에서 담을 넘어 도망갔던 낯익은 면면들도 섞여 있었다. 이들은 장정들을 일일이 면대하여 이름이 무엇이냐, 전에 무슨 일을 하였느냐, 무기는 다룰 줄 아느냐, 목숨을 버릴 각오가 되었느냐 따위를 시시콜콜 따져 묻고서 선

에 든 사람들만 따로 사당 뒤편 공지에 모이도록 하였다. 이윽고 검모잠의 차례가 되어 묻는 말에 답을 하려니 조의가 이름 석 자만 듣고도 돌연 반색을 하며,

"장군께서 오셨습니까? 예서 잠시만 기다립시오."

하고서 부리나케 어디론가 사라졌다가 이내 사람 하나를 달고 나타났다.

"이게 누구신가? 연무(高延武)가 아닌가!"

검모잠은 조의를 따라 나온 사람을 보자 양팔을 허우적거리며 달려가 덥석 어깨를 끌어안았다.

"자네가 오기를 벌써부터 기다리고 있었네."

고연무가 그런 검모잠을 향해 빙긋이 웃음을 지었다. 그는 전날 위기에 빠진 안시성을 구원하러 갔다가 당태종에게 포로로 붙잡혀 장안에서 죽은 북부욕살 고연수(高延壽)의 아우로, 검모잠과 같은 수림성 사람이었다. 양인은 어려서부터 동향에서 자란 죽마고우이자 한때는 생사고락을 함께하기로 맹약할 만치 각별한 사이였다. 그러나 앞서거니 뒤서거니 벼슬길에 나온 뒤부터 그만 사정이 달라졌다. 온 사문의 영향을 받아 서진정책에 반감을 갖고 있던 검모잠과는 달리 연무는 억울하게 죽은 형을 생각해 끝까지 서벌을 주장하던 개소문의 뜻을 충실히 받들었고, 개소문이 죽은 뒤로는 남생을 섬겨 나라가 망하기 전에는 벼슬이 태대형에까지 올랐다. 이를 두고 검모잠은 연무가 나라와 백성은 생각하지 않고 지나치게 출세와 문달을 추구한다고 여겼으며, 연무는 연무대로 검모잠을 기피하여 둘 사이가 꽤나 데면데면하고 버성겼다.

하지만 그런 일들이 이제 다 무슨 소용이란 말인가.

나라는 망하고 사직은 폐허가 되어 똑같이 처량한 망국대부의 신세로 만났으니 오직 남은 거라곤 동향 향풍에서 힘과 뜻을 기르던 죽마고우의 옛정 하나뿐이었다.

오랜만에 만난 두 사람은 한동안 정답게 우어하며 그간의 안부를 묻고 근황을 확인했다. 아나나 다를까, 연무는 보장왕의 서자인 안승왕자를 모시고 거사를 도모하려는 자신의 계획을 조심스럽게 털어놓았다.

"자네야말로 둘도 없는 충신이네!"

검모잠은 그런 연무를 크게 치하하다 말고 갑자기 불쑥 궁금증이 일어났다.

"그런데 어디서 신통술을 배웠던가? 내가 여기에 올 걸 어찌 알고 기다렸나?"

"낸들 어찌 알았겠나. 왕자께서 자네가 올 거라고 미리 말씀하셨다네."

연무가 점점 모를 소리만 하니 검모잠으로서는 더욱 기가 찰 노릇이었다.

"수상한 일이구먼. 안승왕자께서는 어디에 계시는가?"

"며칠 전까지만 해도 이곳에 계셨으나 설인귀를 만나신 뒤에 궁모성(窮牟城)으로 거처를 옮기셨네."

"설인귀를 만나셨다면 당에서도 왕자가 여기 계신 줄을 안다는 소리가 아닌가?"

"그렇지."

"하면 어찌 거사를 하려구?"

"오히려 거사를 위해 그리 하셨네."

연무는 궁금해하는 검모잠에게 일의 자초지종을 소상히 설명했다.

"거사를 도모하려면 어차피 사람들이 많이 모일 수밖에 없는데, 만일 왕자께서 목멱산에 계셨다가 차후에 발각이라도 난다면 어찌 목숨을 부지할 수 있겠는가? 그러니 왕자께서 스스로 도호부를 찾아가 당에 복종하는 흉내를 내고, 여기선 따로 군사들을 모집해 거사를 준비한다면 비록 사전에 발각이 나도 왕자께서 화를 당하는 일은 없을 것이네. 다행히 설인귀는 왕자께서 자진하여 찾아가자 크게 환영하여 아무런 의심 없이 패수 남단의 궁모성을 맡겼으니 성곽 하나를 공으로 얻은 셈이 되었네. 우리는 이제 여기서 차근차근 거사를 도모하였다가 날짜를 정해 도호부를 치고 일이 성사되면 왕자를 뫼시고 와서 임금으로 받들면 그만일세."

"안승왕자는 과연 사직을 이어받을 임금 재목인가?"

검모잠이 묻자 연무는 대답을 미루고 대신 인사를 시켜줄 사람들이 있다며 그를 동황성 안의 옛 궁궐로 데려갔다. 그곳에는 고하(高河), 뇌독(惱督), 백포정(白布精), 손우지(孫右志), 다식(多式)과 같은 알 만한 장수들이 모여 있었는데, 검모잠을 보자 한결같이 반가움을 감추지 못하며 달려와 어깨를 얼싸안았다. 고하는 동부 욕살을 지낸 노장이요, 뇌음신(惱音信)의 아들 뇌독과 손우지는 검모잠과 함께 북방을 누비던 장수들이었고, 다식이며 백포정 등은 당과 화친을 주장하던 장수들이었다. 가히 노소도 없고, 알력과 파벌도 없고, 오로지 망국의 현실과 사직 재건의 꿈만 있을 뿐이었다.

한동안 재회의 반가움이 가시고 나자 연무가 입을 열었다.

"우리가 이처럼 한뜻으로 뭉칠 수 있었던 이유는 바로 안승왕자의 인품과 자질에 감복하여 그분을 따르고 섬기기로 마음을 정한 때문일세."

하나같이 걸출한 옛 동료들을 만난 검모잠은 끓어오르는 혈기와 흥분을 주체하지 못하고 크게 소리를 질렀다.

"내 비록 왕자를 친히 뵙지는 못하였으나 더 이상 무엇을 의심하겠는가! 오로지 국가를 일으키고 끊어진 세대를 잇는 일에 초개같이 한 목숨을 바칠 따름일세!"

이리하여 검모잠은 목멱산 산채에 합류해 멸망한 국가의 재건을 도모하는 일에 앞장서게 되었다. 이들은 소집한 군사들을 폐궁에서 훈련시켜 거사에 대비하는 한편 설인귀가 거느린 당군 2만과 대적할 계책에 골몰했다. 그러나 아무리 의기와 혈기가 충천한들 기껏 기백의 군사로 2만이나 되는 당군을 물리치기란 불가능한 일이 아닐 수 없었다.

그럴 무렵 당주 이치는 도호부에 칙령을 내려 내지의 3만 8천3백 호, 물경 20만 명에 달하는 백성들을 요하 동쪽의 험지 여러 주에 강제로 이주시키고 그 가운데 일부는 당으로 끌고 가는 사건이 일어났다. 이는 주민들을 분산시킴으로써 혹시 있을지도 모를 반란의 움직임을 사전에 완전히 차단하겠다는 당나라 조정의 치밀한 계산이었다. 살던 곳을 떠나게 된 백성들은 하늘을 우러러 당의 처사를 원망했지만 어쩔 수 없는 일이었다. 그 바람에 거사가 더욱 어려워진 것은 말할 나위도 없었다.

도탄에 빠져 있던 목멱산 산채에서 하루는 책사 백포정이 의견을 내었다.

"당과 대적하기란 갈수록 힘들게 되었소. 다른 건 다 그만두고 도성을 지키는 1만 당군을 상대하기에도 군사와 물자가 턱없이 부족하오. 그런데 풍문에 듣자니 신라왕 법민은 의표가 단아하고 지략이 있으며 인품 또한 후덕하여, 비록 멸망한 나라의 백성일지라도 제 나라 신민들과 차별 없이 대하고, 창칼을 마주하고 싸운 적국일지라도 그 사직이 끊어지는 것을 눈물을 흘리며 슬퍼한다고 합디다. 그는 우리보다 원한이 깊은 백제가 망했을 때도 군사를 내어 유민을 보살폈을 뿐 아니라, 지난 병인년(666년)에 개소문의 아우 정토(淵淨土)가 조카 남생에게 쫓겨 12성, 7백 호, 3천5백 명을 거느리고 종사관 24명과 더불어 투항했을 때도 의복과 양식은 물론 원하는 곳에 집과 땅을 하사하고 군사까지 파견하여 그들을 지켜주었다고 들었소."

천하가 바뀌니 사람 또한 그러한가. 백포정은 온사문, 다식과 더불어 세상이 알아주던 남진파 신하였다. 그의 입에서 신라를 두둔하는 말이 나온 것은 그 자체만으로도 여러 사람을 놀라게 하기 충분했다.

"그러니 차제에 신라왕 법민에게 도움을 청해봄이 어떨까 싶소."

백포정의 의견에 다식마저 공감을 표시했다.

"나 또한 백 장군의 뜻과 크게 다르지 않소. 당인들은 전장에서 우리나라 사람을 철천지원수처럼 무자비하게 죽였을 뿐만 아니라 잡아간 포로들도 마소보다 더 함부로 취급하였지만 신라에서는 삼한이 일가(一家)라며 모두 은전을 내려 농사를 짓고 살게 하였다니 아무래도 당나라 족속들보다는 신라가 우리를 대우하는 게 한결 윗길이오. 속설에 살년(殺年)이 들어야 인심을 알고 궁해봐야 참벗을 얻는다 하더니 나라가 망하고서야 당과 신라의 차이를 알게 된 셈이외다. 이제 삼한 가운데 백제와 우리는 망하고 홀로 신라가 남았으니 사람을 보내 도움을 청한다면 아주 묵살하지는 않을 것이오."

두 사람의 주장에 이의를 제기한 이는 국내성에서 망국지변을 당한 장수 손우지였다. 이때까지도 압록수 북방의 11개 성*들은 함락되지 않고 있었으므로 손우지는 그들과 손을 잡고 사직을 일으키려는 생각을 갖고 있었다.

"신라는 당나라와 연합하여 백제와 우리를 망하게 한 원흉인데 어찌 그곳에다 도움을 청하겠으며, 설사 그렇게 하더라도 당과 신라가 서로 짝짜꿍이가 되어 순치보거(脣齒輔車)처럼 지내는데, 당을 배신하고 우리에게 도움을 줄 리가 만무하오. 공연한 짓이니 다른 방법을 찾아봅시다."

연무가 그런 손우지를 보며 말했다.

"손공의 우려하는 바도 일리는 있으나 지금 신라와 당나라 사이는 겉과 속이 같지 않소. 백제가 망한 직후에 금이 가기 시작한 그들의 동맹은 우리나라가 망하고 나서 회복할 수 없는 지경에 이르렀소. 당은 이제 신라까지 병탄해 삼한을 송두리째 집어삼키려 하니 이를 알아차린 신라가 어찌 가만히 있겠소? 우리가 당에 대적하려고 도움을 청하면 반드시 무슨 좋은 소식이 있지 싶소."

그러자 노장 고하가 입을 열었다.

"나당 양국은 아직 혈전을 벌일 만치 여건이 무르익지 않았으므로 설사 신라의 도움이 있더라도 우리가 1만 당군을 상대로 남경(평양)을 되찾기란 어려울 게요. 그러니 만일 신라가 도움을 준다면 우선 안승왕자를 임금으로 옹립하고 무너진 사직부터 일으켜 세우는 게 어떻겠소? 도성이야 어딘들 어떠하오? 7백 년 사직이 흘러오는 동안에도 도성은 여러 번 바뀌었으니 절해고도를 가더라도 군장을 잇는

---

* 북부여성, 절성, 풍부성, 신성, 도성, 대두산성, 요동성, 안시성(환도성), 옥성, 백석성, 다벌악.

일이 무엇보다 시급하외다."

　장수들은 대충 고하의 의견에 동의했다. 이들은 우선 왕자 안승이가 있는 궁모성에 집결한 뒤 패수 남쪽을 공략하여 수중에 넣기로 하고, 일변으론 사람을 금성에 파견해 군사와 물자를 청하며 신라의 의향을 떠보기로 했다. 이에 처음에는 백포정이 신라로 갈 뜻을 밝혔으나 그는 군사를 부리는 데 중요한 사람이라서 한동안 격론 끝에 공평하게 제비를 뽑기로 했더니, 당첨된 이가 고하였다. 나머지 장수들이 고하가 연로함을 들어,

　"제비를 다시 뽑도록 합시다."

하니 고하가 웃으며,

　"그러면 애당초 제비는 무엇하러 뽑았소?"

하고서,

　"지금 여기 있는 사람 중에 더 중하고 덜 중한 사람이 없으니 정한 대로 하는 게 상책이오. 더구나 나는 비록 촌수는 멀지만 왕실의 면예손이므로 하늘이 내게 소임을 맡긴 게 틀림없소."

말을 마치자 그날로 한 필 말에 올라 금성으로 남향하였다.

　고하가 떠난 후 목멱산 장수들은 전국 각지에서 소집한 7백여 명의 군사를 궁모성에 다시 모이도록 하고 자신들도 말을 달려 왕자 안승을 찾아갔다. 설인귀에게 궁모성 성주 자리를 얻어 성안의 3천여 호를 다스리며 기회를 엿보고 있던 안승은 목멱산에서 달려온 장수들을 보자 일일이 손을 맞잡으며 크게 반가워하였다. 그는 특히 검모잠 앞에 이르러,

　"모잠 장군께서는 그간 무양하셨소?"

하고 안부를 물었는데, 검모잠이 시초에는 화려한 채색 옷에 흰 비단

으로 관을 만들어 쓰고, 금테를 두른 가죽 요대까지 찬 왕자의 늠름한 모습을 알아보지 못하다가 한참 만에야 그가 전날 도성의 주막에서 만났던 젊은이임을 깨달았다.

"어이쿠, 이게 대관절 어찌 된 영문입니까?"

검모잠이 다짜고짜 넙죽 맨땅에 엎드렸다.

"신이 어리석고 아둔하여 존귀하신 왕자를 알아뵙지 못하였습니다. 죄를 무엇으로 갚으리까!"

그가 전날 함부로 굴었던 일을 사죄하자 안승이 껄껄 웃음을 터뜨렸다.

"그때는 내가 백면서생으로 그대를 만났으니 알아보지 못한 게 당연하지 무슨 허물이 있겠소? 장군은 너무 괘념치 마시오."

안승은 친히 검모잠을 일으켜 손등을 어루만졌다.

"내게 비록 덕은 없으나 시조대왕의 음덕과 천지신명의 보살핌으로 그대와 같은 장수를 얻었으니 무엇을 주저하며 누구를 두려워하겠소? 나는 이제 혼신의 힘을 다해 사직의 재건을 도모하려 하거니와, 장군은 부디 나를 도와 요동에서 당군을 몰아내고 1천 년의 거룩한 역사를 다시 이 땅에서 잇도록 해주오."

안승이 사뭇 정색을 하고 떨리는 목소리로 간청하자 감격한 검모잠은 홀연 눈물을 글썽이며,

"신이 비록 불초하고 용렬하오나 뼈가 부서져 가루가 될 때까지 견마의 도리를 다하겠나이다."

하고 굳게 맹세했다.

안승은 성주의 거처로 자리를 옮겨 장수들로부터 사정 얘기를 전해 듣자,

"패수 남단은 도성에 비해 당군의 방비가 허술한 편이니 신라가 원군을 보내 우리를 돕기만 한다면 능히 수복할 수 있을 것이오. 그런데 신라왕 법민은 계산이 빠르고 워낙 빈틈이 없는 사람인 데다 아직은 당과 우호하여 지내기를 원할 테니 과연 군사를 내어 우리를 도우려고 할지 의문이오. 내가 짐작건대 나당 양국이 비록 사이에 금이 가서 예전과 같지는 않다고 하더라도 불가피한 경우가 아니면 신라는 당을 상대로 먼저 군사를 내지 않을 것이오."

하며 난감해하였다. 여러 장수들이 주민들을 강제로 이주시킨 당의 처사를 원망하며,

"앞으로 갈수록 거사를 도모하기가 어려운 형편이라 시일을 더 미룰 수가 없습니다."

하자 안승이 말하기를,

"이곳 궁모성에 3천 호가 살고 있는데 내가 성주로 와서 은밀히 알아보았더니 대부분 당의 처사에 반감을 가지고 있어 동원령만 내리면 적잖은 장정들을 끌어모을 수 있지 싶소. 이제 고하 장군이 신라에서 오거든 얘기를 들어보고 만일 사정이 여의치 않더라도 이곳을 근거지로 삼아 거사를 일으킵시다. 지금 우리나라 사람들은 거의가 당에 불만을 품고 있기 때문에 정작 사직의 재건을 천하에 공포하면 얼마나 많은 사람들이 스스로 찾아올지 알 수가 없소."

하여 장수들이 모두 안승의 뜻에 따르기로 하고 금성에 간 고하가 돌아오기만을 목이 빠지게 기다렸다.

무너지는 동맹

"내 어찌 저들을 용납하겠으며,
낙양 옥중에서 죽어간 양도의
한 맺힌 원수를 갚지 않을 수
있겠는가! 장수들은 모두 들라!
오악이 풍우에 씻겨 모래알이
되고 알천과 황천의 강물이
마를 때까지 필사의 힘을 다해
당과 싸우리라!" 말을 마치자
부들부들 사지를 떨다가 다시
기운을 잃고 쓰러졌다.

이 무렵 신라왕 법민(法敏)은 날로 노골화하는 당의 흑심을 걱정하느라 거의 밤잠을 못 이루고 고민에 잠겨 지냈다. 선왕의 유지를 받들고 유업을 계승해 마침내 삼한의 국경을 허물었다는 만족감도 잠시, 언제부턴가 당나라 사신이 속국을 드나들듯 금성에 나타나 당주의 조서와 칙령들을 무례하게 전하더니 급기야는 사전에 아무 상의절차도 거치지 않고 함부로 군자(軍資)와 사람까지 요구하는 지경에이르렀다.

돌이켜보면 실로 어처구니없는 일이 한두 가지가 아니었다. 백제땅에 5도독부를 두어 부여융을 웅진도독으로 삼은 점은 그렇다손 치더라도 신라를 계림도독부라 칭하고 자신을 계림도독으로 삼은 일만은 아무리 생각해도 동맹국에 대한 결례요, 자신에 대한 모욕이었다. 취리산의 억지 동맹만 해도 그렇고, 그걸 금서철권으로 만들어 신라

종묘에 보관시키는 처사는 또 뭐란 말인가! 그러면서도 걸핏하면 웅진으로, 평양으로, 무슨 맡겨놓은 물건 찾아가듯 군량과 마초를 실어 나르라고 명령하고 군사와 무기를 요구해대니, 언제부턴가 당나라 사신만 보면 이번엔 또 무슨 가당찮은 말을 물고 왔는지 미리 안색이 변하고 속이 있는 대로 뒤집어질 판이었다.

"이치, 그 용렬한 작자의 태도가 갈수록 가관이구나!"

법민은 무리하거나 방자한 요구가 있을 때마다 이를 악물고 초인적인 인내로 화를 삭이곤 했다. 하지만 그런 일이 생길 때마다 법민의 마음은 수백 보씩 당에서 멀어져갔다. 동맹의 균열은 신라를 압박하는 당의 정책과 이를 받아들이는 법민의 마음속에서 이미 상당 부분 진행되고 있었던 셈이었다.

그럼에도 불구하고 고구려를 칠 때 법민은 혼신의 힘을 다해 동맹국의 책무를 다했다. 당에서 요구한 물자를 차질 없이 공급함은 물론, 당군이 수세에 몰려 고전을 면치 못할 때마다 원군을 보내 지원하기를 마치 청년이 병든 노인을 구하듯 했다.

무진년(668년) 6월, 당장 유인궤와 낙양에 숙위하던 삼광*이 고구려 토벌을 위한 군기(軍期)와 전술전략(戰術戰略)을 논의하고 헤어진 뒤, 신라는 곧 대대적인 정벌군을 편성해 평양 북쪽 영류산(대성산)에서 당병과 합류하였다. 이후 사천과 평양성 일대의 대문, 북문, 남교, 소성 그리고 평양 군영과 성안 전투에서 신라군은 그야말로 혁혁한 전과를 올리고 눈부신 전공을 세웠다. 특히 평양성의 예봉이 완전히 꺾인 것은 사천 싸움에서 신라 장수 김문영이 고구려군을 대파시킨

* 김삼광(金三光): 김유신의 장자.

덕택이었고, 이적이 평양성을 수중에 넣은 것도 문영의 5백 마군이 죽기를 무릅쓰고 분전한 덕분임은 만천하가 아는 사실이었다. 그런데도 이적은 싸움이 끝난 뒤 신라가 군기를 어겼다고 트집을 잡아 뒷날 반드시 엄벌에 처하겠다며 으름장을 놓았고, 낙양으로 돌아가서는 신라에 아무 공이 없다는 주장을 폈다. 법민으로선 당최 숨이 막히고 억장이 무너질 노릇이었다.

물론 그렇게 해서 당이 노리는 바는 자명했다. 법민은 당의 속셈을 사전에 미리 간파하고 나름대로 성실히 대비책을 강구하기 시작했다. 그는 여당(麗唐) 전쟁이 한창 치열할 때 왜국으로 가만히 사신을 파견했다. 이때 왜는 백제 부흥군을 돕다가 패하여 물러간 뒤 나당 연합군이 자신들을 치러 올 거라는 두려움에 떨고 있었다. 법민이 사신을 보내 왜의 이 같은 불안감을 없애준 까닭은 언젠가는 당과 벌일 일전을 염두에 두었기 때문이요, 그렇게 함으로써 왜가 더 이상 본국 백제를 원조하는 일이 없도록 해두려는 사전포석의 일환이었다.

아니나 다를까, 고구려를 점령한 당은 역시 백제에서와 마찬가지로 도호부와 도독부를 설치해 자국의 영토로 만들더니 마침내 신라를 향해 한층 더 노골적인 마수를 뻗쳐오기 시작했다.

대고구려전이 끝난 직후 당은 신라가 차지한 패수 남쪽의 일부 구역은 고사하고 심지어 30여 년 만에 수복한 비열성(卑列城)까지도 즉시 도호부에 반환하라는 명령을 내렸다. 법민왕은 그곳이 본래 신라 영토였음을 밝히고 이미 관부를 두어 백성들을 옮겼다며 호소했지만 통하지 않았다.

당초의 약속과 상도를 벗어난 당나라의 요구는 거기서 끝나지 않았다. 당주는 승려 법안(法安)을 금성으로 보내 군자에 요긴한 자석

(磁石)을 구해 바치라는 칙령을 전하더니 그로부터 얼마 뒤엔 다시 법안을 칙사로 파견해 신라 사람 가운데 구진천(仇珍川)이란 이를 찾아 급히 당으로 보내라고 명령했다. 법민은 안색이 백변할 만큼 크게 놀라고 당황했다.

"구진천을 보내라니, 차라리 금성을 들어 당주에게 바치라고 해라! 다른 사람이라면 몰라도 구진천만은 절대 보낼 수 없다. 대체 이 일을 어찌하면 좋단 말인가!"

계책이 무궁하고 마음이 담대하여 여간한 일에도 놀라거나 당황하지 않던 법민이었다. 탑전에 모인 신하들도 하나같이 얼굴이 흙빛이 되었다.

"고구려를 멸한 당이 드디어 그 여세를 몰아 우리까지 치겠다는 본색을 만천하에 드러냈구나. 아아, 소적을 치기 위해 대적을 끌어들인 줄은 진작부터 알았지만 그 수작이 어찌 이리도 치졸하고 비열하며 시기 또한 이처럼 급하더란 말인가!"

왕의 탄식이 계속되자 성격이 급하기로 이름난 흠돌이 분을 참지 못하고 말했다.

"이놈들이 보자 보자 하니 오만하고 무례하기가 차마 눈뜨고는 보지 못할 가관의 경지에 이르렀습니다! 노사(弩師) 구진천은 계림의 보배 중에 보배올시다. 더구나 백제와 고구려가 모두 망했는데 잔적 토벌을 이유로 그를 데려가겠단 뜻은 의심할 바 없이 우리를 치겠다는 수작입니다. 차라리 이번 기회에 요망한 당나라 중놈을 목 베어 죽이고 군사를 양쪽으로 내어 웅진과 평양을 동시에 칩시다! 당군은 고구려와 싸우느라 힘을 많이 소진하였으므로 번개같이 기습한다면 충분히 승산이 있습니다!"

그러자 김유신을 따라다니며 공을 세운 아찬 대토(大吐)가 조심스레 입을 열었다.

　"구진천을 데려가겠다는 법안의 말이 비록 당혹스럽기는 하나 아직은 당과 싸울 시기가 아닙니다. 웅진도독부와 평양도호부가 서북으로 포진한 형세는 전날 백제와 고구려가 건재했을 때와 조금도 다를 바가 없으니 만일 이들을 친다면 여제(麗濟) 양 적에다 당까지 보탠 3국 군사를 동시에 상대함과 같나이다. 또한 웅진의 부여융은 당을 섬기는 충절이 남다르고, 그 수하인 녜군(禰軍)은 흔히 성충과 홍수의 지략에 비견할 만한 재사(才士)라고 들었습니다. 어디 그뿐입니까? 웅진성 성주 흑치상지는 계백의 무예와 용맹을 능가하는 장수로 정평이 자자하고, 평양에는 설인귀까지 있으니 함부로 결정할 일이 결코 아니옵니다. 신이 생각하기에는 구진천이 칭병을 하고 법안을 재물로 적당히 구워삶아 위기를 모면함이 상책일 듯합니다."

　그 뒤에도 몇몇 사람이 의견을 내었으나 대개는 흠돌과 대토의 양론을 벗어나지 않았고 그중에서도 대토의 신중론이 조금 더 우세하였다. 법민은 대토의 의견을 따르기로 하고 곧 그에게 당승 법안을 구워삶는 일을 맡겼다. 대토가 법안을 자신의 집에 청하여 연일 떡 벌어지게 주연을 베풀고 고운 여자를 안겨 환심을 산 뒤에 따로 마련한 자루에 왕이 하사한 재물을 넉넉히 봉박고서,

　"그런데 대사, 노사 구진천이 급작스레 괴질을 얻어서 이번에 대사를 따라가지 못하게 되었으니 어찌하면 좋소?"

하며 가만히 법안의 눈치를 살폈다. 법안이 과분한 환대의 내막을 비로소 깨달았으나 그렇다고 재물까지 받은 마당에 아주 모르쇠로 나올 수가 없어,

"이거 야단이 아닌가."

하며 한동안 낭패로운 기색으로 혀를 차며 앉았다가,

"노사가 득병한 모습을 내 눈으로 직접 봐야겠네."

하고는 대토를 앞세워 구진천의 집을 찾아갔다.

양국에서 이토록 탐내는 구진천은 활을 만드는 명공(名工)으로, 그가 손을 댄 활에 살을 메기면 비록 촌부가 쏘더라도 족히 1천 보는 가볍게 날아갈 정도였고, 명궁이 시위를 당기면 강과 성을 사이에 두고도 성루에 앉은 적장 머리를 정확히 관통시킬 만큼 성능이 탁월했다. 백제군이 두려움에 떨었던 신라의 궁척부대(弓尺部隊)가 바로 구진천의 활 만드는 솜씨 덕택이요, 그가 만든 활을 지니지 않은 신라 장수는 아무도 없었으며, 당장 소정방은 그가 만든 활 한 자루를 얻자 천하의 신물을 얻었다며 죽을 때까지 애지중지했다.* 이에 구진천의 이름이 당장들의 입을 통해 낙양의 이치와 무후의 귀에까지 이르러 급기야는 법안이 당주의 칙령을 가지고 금성을 방문한 거였다.

대토가 법안을 대동하고 구진천의 집에 들어서니 미리 입을 맞춘 구진천이 이불을 뒤집어쓰고 다 죽어가는 시늉을 하였다. 법안이 이불을 걷고 꾀병 앓는 구진천의 이마를 짚어보며 찬찬히 혈색을 살폈다. 한참 만에 그가 빙그레 웃으며 말했다.

"신열도 없고 혈색도 좋은데 앓는 소리만 요란하니 확실히 괴질은 괴질일세."

뜨끔한 대토가 무슨 변명인가를 더 하려고 했으나 법안은 팔을 휘저었다.

---

* 소정방은 고구려가 망하기 1년 전인 667년에 사망했다.

"더 듣지 않아도 알겠네. 어쨌든 내가 눈으로 본 바가 있으니 황제께는 알아서 여쭙겠네."

그러고는 싸준 재물을 챙겨 혼자 돌아갔는데 낙양에 가서는 아뢰기를,

"하필이면 빈도가 갔을 때 구진천이 병을 얻어 데려오지 못했으나 상태를 보아하니 중병은 아니라 서너 달쯤이면 회도할 수 있지 싶습니다. 이번에는 비록 허행하였지만 올겨울쯤에 다시 가면 반드시 데려올 수 있을 줄 압니다. 그 일은 소승에게 맡겨주십시오."

하여 당주 내외에게서 그렇게 하라는 허락을 얻었다.

한편 법안이 돌아간 후 신라왕 법민은 비장한 결심을 하지 않을 수 없었다. 그는 군신들을 모아놓고 다음과 같이 하교했다.

우리는 강계(疆界)가 백제와 고구려에 인접한 까닭에 서벌과 북벌로 잠시도 편안한 세월이 없었고, 전사들의 뼈는 부서져 들판에 쌓이고 몸과 머리는 따로 떨어져 강토에 널렸다. 선왕께서는 백성들의 참혹함을 불쌍히 여겨 천승의 귀한 몸임에도 불구하고 바다를 건너 당에 들어가 당주에게 군사를 요청하였는데, 이는 양 적을 평정하여 쌓이고 쌓인 원한을 갚고 백성들의 수명을 완전하게 함이었다. 이에 백제는 비록 평정하였으나 고구려는 쉽게 격멸시키지 못하였더니 최근에 이르러 내가 선왕의 유업을 이어받아 마침내 그 뜻을 완성하였…….

이처럼 고구려 토벌 사실을 공식화한 그는 곧 이를 기념하기 위해 경미한 죄로 옥에 갇힌 죄수들을 대사(大赦)하고, 관작을 뺏긴 자들에게는 다시 옛날대로 벼슬을 주었으며, 곡식이 잘 여물지 않는 땅에

사는 가난한 백성들에게는 아예 조세를 없애주었다. 아울러 옥토에 사는 이들에게까지 나라에 갚을 이자를 탕감하거나 감면해주는 대대적인 은전을 베풀었다.

앞으로 닥칠 전란에 대비한 또 하나의 포석이었다. 오랜 전란에 시달린 고단한 민심을 위무하고 새로운 결의를 얻어내기 위한 심모원려, 싸움에서 승리하면 그 혜택이 모든 백성들에게 골고루 돌아간다는 점을 상기시켜 다시 한 번 단합된 민심을 이끌어내려는 데 그 목적이 있었다. 법민의 하교를 끝까지 기록하면 다음과 같다.

……이제 백제와 고구려의 적들은 평정되어 사방이 안정되었고, 싸움터에서 공을 세운 사람에게는 이미 상을 내렸으며, 전사한 유혼들에게는 따로 명자(冥資)를 추증하였다.

다만 감옥에 갇힌 죄수는 가쇄*의 고충에서 읍고(泣辜 : 죄인을 보고 울어줌)와 갱생의 은총을 입지 못했으므로 이 일을 생각하면 과인의 침식이 불안하니 국내 죄수들은 대사(大赦)함이 옳겠다.

총장 2년(669년 : 總章은 당나라 이치의 여섯 번째 연호) 2월 21일 미명 이전에 5역죄(五逆罪 : 君, 父母, 祖父母를 죽인 죄)와 사죄(死罪 : 사형) 이하를 범한 자는 죄의 대소를 막론하고 모두 내놓고, 앞서 대사(大赦)한 이후 죄를 범해 삭탈관직한 자는 다 복구케 하라. 도적 죄인은 몸을 놓아주고 변상을 원칙으로 하되 변상할 재물이 없는 자라고 다시 가두지 말라. 또 가세가 빈한하여 남의 곡식을 먹은 자로 농작이 부실한 곳에 살면 원금과 이자를 갚지 않아도 좋고, 만일 농작이 잘 되는 곳에 살면 금년 추수 때

* 가쇄(枷鎖) : 목에 칼을 씌우고 발에 쇠사슬을 채우는 형벌.

에 단지 그 본곡만 갚고 이자는 물지 말 것이니, 금월 30일을 기한으로 유사는 이 뜻을 받들어 곧 실행하라.

그로부터 몇 달 뒤 당승 법안이 또 금성을 찾아왔다. 그는 오자마자 일전에 꾀병을 앓은 구진천의 일을 말하며,

"만일 이번에도 나를 속이려 들면 황제께서 용서치 않을 것이오."
하고 으름장을 놓았다. 법안은 신라 조정의 의중을 꿰뚫고 오히려 이를 마음껏 농락하고 있었다. 왕은 피가 거꾸로 치솟는 듯한 모욕감과 분노에 치를 떨었다. 법안이 영객부로 물러가고 나자 왕은 장수들을 불러 말했다.

"웅진과 평양을 동시에 치면 아무래도 무리가 따르겠소. 그런데 평양성이 함락된 뒤로 웅진에 주둔하던 당군들이 거의 빠져나갔으므로 부성(府城 : 도독부의 주성인 사비성)에는 부여융과 일부 우리에게 복종하지 않는 무리밖에 남아 있지를 않소. 비록 네군과 웅진성의 흑치상지가 있다 하나 세력이 미미하니 무슨 수로 우리와 대적하겠소? 북방의 당군이 도착하기 전에 번개같이 기습하여 백제 구토를 장악한다면 부여융으로선 달리 방법이 없을 것이오."

장수들은 왕이 이미 결전을 치를 각오가 된 사실을 알고 군말 없이 이에 순응했다. 왕은 먼저 각간 천존을 대총관으로 삼고 문충과 죽지를 총관으로 삼은 뒤 품일, 문영, 흠돌, 천품, 군관 등의 걸출한 장수들을 모조리 동원해 웅진 공략에 나섰다. 그리고 당에 사죄사*로 가

---

* 사죄사(謝罪使) : 고구려 정벌이 끝난 뒤 이치는 법민왕이 마음대로 백제 땅의 유민들을 거둬들였다고 트집 잡아 격분했다. 그래서 신라에서는 급히 사죄사를 파견했다. 양국의 관계를 단적으로 드러내는 일이 아닐 수 없다.

있던 흠순과 김양도의 빈자리를 자신의 아우들인 인태(仁泰), 지경(智鏡), 개원(愷元) 등으로 충원했다.

그런데 편전에 모인 장수들이 한창 길을 나눠가며 계책을 세우고 있을 무렵 내관이 와서 유신의 셋째아들 원정(元貞)이 입궐해 임금께 알현을 청한다고 알렸다.

"어서 들게 하라!"

왕은 논의를 잠시 중단하고 내관에게 일렀다. 원정이 탑전에 이르자 왕은 몸을 일으켜 원정을 맞이했다.

"태대각간의 병환은 어떠하신가?"

본래 신라엔 각간이 제일 높은 벼슬이었다. 그러나 백제를 토벌한 뒤에 김유신을 높여 대각간(大角干)으로 삼았고, 고구려를 정벌하고 나서는 다시 유신을 태대각간(太大角干)에, 왕제 김인문을 대각간에 봉했다. 왕이 다급하게 묻자 원정이 부복하여 아뢰었다.

"성은의 극진함 덕택에 차차 나아가는 중이옵니다. 근자에는 스스로 수저를 들고 밥과 찬을 모두 비울 만치 사정이 좋아졌습니다."

유신은 고구려와 싸움이 끝난 직후 또다시 풍기가 도졌다. 풍은 김유신 가계의 고질이었다. 원정의 말에 왕은 돌연 희색이 만면해 소리쳤다.

"오오, 하늘의 돌보심이다! 대장군께서 회도하신다는 말을 들으니 1만 가지 번뇌가 일시에 스러지는구나!"

그러다가 그는 갑자기 원정을 책망하듯 물었다.

"너는 부친의 병수발에 전념할 일이지 어찌하여 이곳에는 왔느냐?"

"실은 가친의 심부름을 왔나이다."

"대장군의 심부름을 왔다고?"

법민이 놀라 반문하자 원정은 품에서 서찰 한 통을 꺼내 두 손으로 공손히 진상했다.

"대왕께 황급히 전해 올리라는 당부의 말씀이 있었습니다."

왕이 급하게 서찰을 펼쳐보니 그곳에는 대략 다음과 같은 내용이 적혀 있었다.

신은 본래 어리석고 재주가 없으나 두 분 대왕의 바다와 같은 은덕에 힘입어 나라의 중책을 맡아 지냈는데 이제 육신이 늙고 병들어 옥체를 가까이 대하지 못하니 늘 이를 슬퍼합니다.

신이 병석에서 풍문을 들으니 당이 우리의 명공 구진천을 원하여 사신을 보냈노라 하고, 대왕께서 이에 반대하여 당과 일전을 벌이려 한다기에 급히 몇 자 글로써 아룁니다. 구진천을 보내라는 당주의 요구는 실로 가당찮은 것으로 저들이 흑심을 품지 않고는 가히 있을 수 없는 일입니다. 그러나 구진천은 본래 나라에 대한 충심과 절개가 남다른 사람입니다. 어찌 당이 불러서 낙양에 간들 저들을 위해 명궁을 만드오리까. 지금 우리나라는 오랜 전란을 겪은 탓에 백성들이 모두 지치고 피곤해 있습니다. 게다가 조정 대신 중에는 당에서 유학을 했거나, 당에 연고가 있거나, 이런저런 이유로 당을 섬기는 자들이 적지 않습니다. 불초한 신의 생각에도 당과 한 번은 결전을 치러야 비로소 삼한을 일가로 아우를 것이요, 또한 그날이 목전에 닥쳤음도 사실입니다. 하오나 아직은 때가 아닙니다. 하늘의 때와 사람의 일을 굽어 살피사 마침내 한 번 군사를 일으키면 기필코 삼한에서 적을 완전히 몰아낼 수 있어야 합니다. 그러한 때를 아직 얻지 못하였으니 대왕께서는 부디 현찰하소서.

읽기를 마친 왕은 더욱 밝은 얼굴로 신하들을 돌아보았다. 서찰에 담긴 내용을 궁금해하던 장수들을 대표해 천존이,

"용안이 근자에 드물게 밝고 쾌하십니다. 태대각간께서 무슨 좋은 계책이라도 적어 보내셨습니까?"

하고 묻자 왕은 유신이 글로 적은 내용을 대충 일러준 뒤에,

"과인의 마음이 날아갈 듯한 까닭은 서신의 내용보다도 대장군의 필체요. 보시오들, 풍을 맞은 바른손으로 쓴 글씨가 이토록 반듯하고 힘이 넘쳐나니 대장군께선 조만간 병석을 걷고 일어나 우리 곁으로 달려오실 게 틀림없소. 대장군이 건재하는 한 내가 무엇을 근심하며 두려워하겠소!"

하여 천존을 비롯한 여러 장수들도 왕이 내보인 서신의 필체를 확인하느라 목을 뽑고 차례를 다투었다.

유신의 서신 한 통에 그때까지 머리를 맞대고 하던 공론은 모조리 무위로 돌아갔다. 왕은 원정을 데리고 모처럼 별궁으로 자리를 옮겨 장수들과 권커니 잣거니 술잔을 나누었는데 그 유쾌하고 흥겨워하는 모습이 방금 전까지 근심하던 사람들이라곤 믿기 어려웠다.

뒷날 왕은 사찬 구진천을 편전으로 불렀다.

"본시 재주가 뛰어난 이는 사방에서 서로 데려다 쓰려고 다투는 법이다. 이제 당주가 그대를 탐내어 기어코 데려가려 하니 힘없는 과인이 어찌 이를 막겠는가. 내가 너를 보내고 밤마다 계림 연못가에 앉아 괴로운 심사를 술로 달랠지언정 당주의 칙령을 더는 거역할 수가 없구나."

왕이 전에 없이 애잔한 소리로 깊이 탄식하자 구진천도 홀연 눈물을 흘렸다.

"전조에 충신 박제상(朴堤上)은 왜국에 가서도 목숨을 돌보지 않고 조국을 섬겨 만대에 썩지 않을 이름을 남겼는데 신이 계림 사람으로 어찌 그 도리를 모르오리까. 비록 신에게 미미한 재주가 있어 사방에 부질없는 허명이 알려진 모양이오나 나라 사정과 대왕의 근심을 누구보다 잘 알고 있습니다. 하늘을 두고 맹세컨대 신은 어디를 가든 우리나라를 위해서가 아니면 단 한 개의 활과 화살도 만들지 않을 겁니다. 대왕께서는 조금도 염려하지 마소서."

그 말을 들은 왕은 구진천을 가까이 불러 손을 잡았다.

"날씨가 추우니 옷을 두껍게 입고 가라. 고생이 되더라도 조금만 참고 지내면 머잖은 날 반드시 태평한 세상을 만들고 천하를 뒤져서라도 다시 그대를 찾아 데려올 것이다."

구진천은 너무도 감격한 나머지 차마 그 뒷말을 잇지 못했다.

당승 법안이 구진천을 데리고 떠난 얼마 후에 고구려 사람으로 기어코 왕을 알현코자 하는 이가 있어 왕이 친견을 허락하고 그를 만나게 되었다. 자신을 망국의 패장(敗將)이라고만 밝힌 그 사람은 군사들에게 이끌려 편전에 이르자 곧 왕에게 주위를 물려달라고 간청했다. 법민이 용상에서 내려다보니 백발은 성성하고 행색은 남루하였으나 건장한 체격에 어딘지 범상치 않은 기색이 감돌았다. 왕은 노장의 무례함을 꾸짖는 중신들에게,

"삼한이 이미 한식구와 같은데 경들은 무엇을 그토록 의심한단 말인가."

하고는 곧 백관들을 밖으로 물리고 불과 서너 보 거리에서 독대하였다.

"이제 되었소?"

왕이 묻자 정체 불명의 그 노장이 잠자코 자리에서 일어나 두 번 절하고 입을 열었다.

"과연 대왕께서는 세상에 알려진 대로 비범한 영웅의 풍모를 갖추셨습니다. 저는 전날 고구려에서 동부욕살을 지낸 고하라고 합니다."

이렇게 말문을 연 고하는 장시간에 걸쳐 당의 처사에 불만하는 고구려 백성들의 민심을 전하고 아울러 자신을 비롯한 몇몇 장수들이 당에 대항해서 거사를 준비하고 있음을 털어놓았다. 그때까지 당이 장악한 고구려 내지 사정을 잘 알지 못하던 법민으로서는 크게 놀라지 않을 수 없었다.

"한데 장군은 그와 같이 중대한 기밀을 어찌하여 내게 와서 발설합니까? 설마 우리나라와 당나라의 관계를 모르고 오지는 않았을 테지요?"

법민이 의심하여 묻자 고하가 대답했다.

"범의 새끼를 데려다가 길러보면 처음에는 개 젖도 빨고, 양 젖도 빨며 지극히 양순하게 지내다가도, 차츰 이빨이 나고 발톱이 자라면 개도 잡아먹고, 양도 잡아먹고, 마침내는 우마와 사람까지 해치게 마련입니다. 삼국이 형세를 나란히 하여 지낼 때 당은 마치 양순한 범 새끼와 같았으나 백제가 망하고 지금은 우리마저 사직이 끊어졌으니 신라를 대하는 태도 또한 어찌 예전과 같겠나이까?"

고하의 예리한 지적에 법민은 일순 마음 한구석이 뜨끔해졌다. 고하가 다시 말했다.

"본래 중국 족속들이란 오방잡처(五方雜處)의 여러 무리들이 뒤섞여서 저희들 간에도 말과 뜻이 통하지 않는 경우가 허다합니다. 거기 비하면 우리 3국은 비록 그 뿌리는 다르지만 말과 글이 흡사하고, 예식과 종교가 유사하며, 풍류와 향속이 크게 다르지 않아서 백성들 간에는 일가로 여긴 지가 이미 오랩니다. 당의 속국이 되느니 차라리 계림의 번병으로 살고자 함이 어찌 반드시 저 혼자만의 뜻이오리까? 망한 나라를 일으키고 끊어진 세대를 잇게 하는 갸륵함은 천하의 공의(公義)라, 오직 대왕의 현명하고 너그러운 처사를 기대할 따름입니다."

법민은 잠시 생각에 잠겼다가 고하에게 물었다.

"과인이 어떻게 도우면 되겠소?"

"남경을 수비하는 당군 숫자가 1만이요, 도성 부근의 여러 요지에 당군 1만이 더 있습니다. 우선 그들을 상대할 수 있도록 약간의 군사를 내어주십시오. 압록수 북방에는 아직 항복하지 않은 성이 10여 군데나 되므로 남경만 되찾는다면 남북에서 서로 협공하여 내지에 들어온 당군을 능히 몰아낼 수 있습니다."

고하의 요청을 들은 법민은 당장 결정을 내릴 수 없었다.

"장군의 말씀을 깊이 생각해보겠으니 과인에게 하루만 말미를 주시오."

그는 영객부에 명하여 고하를 융숭히 대접하라 이른 뒤 서둘러 자신의 넷째 아우인 파진찬 지경을 불렀다. 지경은 이때 국가의 기밀사무를 관장하는 집사부* 중시(中侍) 일을 맡아보고 있었다.

"아무래도 고구려 구토의 사정이 예사롭지 않은 듯하다."

법민은 고하가 했던 말을 아우에게 대충 전한 뒤에 그의 견해를 물었다.

"이는 하늘이 우리에게 내린 기회입니다!"

---

* 국가 기밀을 다루던 품주가 이때는 집사부로 이름을 바꾸었다.

지경은 흥분을 감추지 못했다.

"어차피 사정은 점점 당과 결전을 벌이는 쪽으로 치닫고 있습니다. 이러한 때에 고구려에서 반란 세력이 일어나면 우리에게는 더할 나위 없이 반가운 소식입니다. 한산주에 말하여 군사들을 모두 고구려인 복장으로 갈아 입힌 뒤 서해로 배를 내어 돕는다면 당의 시선을 감쪽같이 피할 수 있지 않겠습니까?"

지경의 말에 법민이 개운찮은 표정을 지었다.

"나도 처음 그 말을 들었을 땐 너처럼 생각했다만 저들이 말하는 반란 세력이 과연 어느 정도인지 알 수 없으니 걱정이다. 우리가 군사를 낸다고 해도 당이 모르게 하려면 그 숫자는 기껏 1, 2천을 넘지 못할 텐데, 거사가 성공하면 뒤탈이 없겠지만 만일 실패하면 화가 우리에게까지 미칠 일은 자명하지 않느냐? 또한 거사가 크게 성공해도 큰일이다. 아무리 당의 소행이 괘씸하더라도 유민들이 사직을 일으켜 과거의 고구려로 되돌아간다면 그 또한 낭패가 아니냐? 지금이야 형편이 딱하니 무슨 소린들 못하겠느냐만 나라를 회복하고 나면 사정은 금세 달라진다. 요컨대 돕기는 돕되 그 명맥이 끊어지지 않도록 적당히 돕고, 설인귀 군대가 힘을 모두 소진해서 궁극에는 우리가 어부지리를 취할 수 있을 정도로만 만들어야 한다."

"그럼 군사는 그만두고 우선은 물자만 내어 저들의 향후 동향을 살피심이 어떻겠나이까?"

"아무래도 그편이 옳지 않겠느냐?"

형제가 공론 끝에 대충 이렇게 가닥을 잡아가고 있을 때 왕명을 받고 말 기르는 목장 일을 감독하러 갔던 알천의 아들 예원(禮元)이 돌아왔다. 이 역시 앞으로 쓰일 군마를 미리 확보해두려는 법민의 장구

지계였다.

"승부령은 고생이 많았다. 그래, 마장을 다 손보았느냐?"

"네."

"한데 어찌 이리 늦었느냐? 일이 꽤나 힘들었던 모양이구나?"

"대왕께서 말씀하신 40여 목장을 수리하고 새로 망아지를 기를 장소를 여러 곳에 마련하느라고 약간 지체가 되었습니다. 용서해주소서."

"오호, 이심전심이라더니 그대가 과인의 마음을 훤히 들여다보았구나!"

법민은 예원의 말에 기쁨을 감추지 못했다.

"백성들의 땅을 침범하지는 않았는가?"

"그럴 리가 있겠나이까. 새로 지은 마장은 거의 험지를 개간하여 새로 얻은 곳입니다."

"잘했다. 그 수는 대강 얼마쯤이나 되느냐?"

"1백30곳이 조금 더 되는 줄 아옵니다."

"뭐라고?"

법민이 소스라치게 놀라 되묻자 동석했던 지경 또한 경이로움을 감추지 못했다.

"대저 1백 하고도 서른 곳이나 되는 마장을 어디다 새로 개간했단 말씀이오?"

그러자 예원이 가만히 웃음을 짓고 대답했다.

"대왕께서 친히 마장을 손보라고 말씀하신 데는 장차 깊은 뜻이 담겨 있는 듯하여 도성 밖의 폐가와 버려진 황무지와 잡목이 무성한 임야를 두루 돌아다니며 장소를 물색하고 말들에게 먹일 풀도 구해

두었나이다."

자고로 군자(軍資) 중에서도 군마(軍馬)만큼 중한 것이 없었다. 법민의 기쁨은 말로 표현하기 어려웠다.

"과연 이찬이구나! 하나를 맡기면 열 가지 근심이 절로 해결되는구나."

그는 예원을 크게 치하하고 당석에서 어명을 내렸다.

"그토록 많은 목장을 관에서 다 관리할 수 없으니 중신들에게 상급으로 주어 말 기르는 일을 나누도록 함이 좋겠다."

이에 따라 태대각간 유신에게 6개소, 당에 숙위 중인 대각간 인문에게 5개소, 각간 7인에게 각 3개소, 이찬 5인에게 각 2개소 등 대아찬 이상의 모든 관리들에게 목장을 할애하고 나머지 40곳 정도만 승부와 궁중으로 귀속시켰다. 처리를 끝내고 나자 예원이 물러가지 않고 물었다.

"신이 입궐하며 들으니 망국 장수가 찾아와 대왕께서 친견을 허락하셨다던데 혹시 고구려에서 모반하려는 자가 아닌지요?"

법민은 예원을 기특하게 여기던 터였으므로 곧 기밀을 숨기지 않고 털어놓았다. 사정 얘기를 들은 예원이 잠시 궁리한 끝에 입을 열었다.

"지금 북방의 일은 누구도 앞을 장담할 수 없는 안개 속과 같습니다. 비록 고구려의 사직이 끊어졌다고는 하나 안시성을 위시한 10여개의 요동 성들이 아직 항복하지 않았고, 요하의 천리성에서는 여전히 북소리와 징 소리가 조석으로 요란하다고 합니다. 사정이 이러할 때 잔병을 돕는 건 실로 위험천만한 일입니다. 대왕께서는 백제가 망한 뒤 주류성과 임존성에 웅거하며 사직 재건을 도모하던 잔병들을 벌써 잊으셨습니까? 그들은 백제 2백 성 가운데 거의 절반에 가까운 1백여 성을 회복하며 한때 맹위를 떨쳤습니다. 대개 수백 년 사직이 망하고 나면 그런 무리들은 나오게 마련입니다. 당이 고구려를 수중에 넣었다고 큰소리를 치지만 냉정히 말하면 아직 싸움은 끝난 게 아닙니다. 대왕께서는 도움을 청하러 온 자에게 다만 따뜻한 말과 극진한 환대를 베풀어서 보내시면 충분합니다. 가만히 있어도 북방은 곧 어지러움에 빠질 텐데 어찌 공연한 싸움에 미리부터 참견해서 화를 자초하오리까? 아울러 지난해 사죄사로 당에 입조한 흠순공과 김양도가 아직 돌아오지 않았음을 통촉하소서."

듣고 보니 예원의 말도 그른 데가 없었다. 법민은 곰곰 생각하다가 아직은 당과 척을 질 때가 아니라던 유신의 글을 떠올리고 예원의 진언을 좇기로 마음을 굳혔다.

이튿날 고하가 탑전에 불려오자 법민은 다시 주위를 물리고 안색을 부드럽게 하여 일렀다.

"과인이 노장군의 말씀을 듣고 밤새 고민해보았으나 우리나라는 연거푸 대전을 치른 지 얼마 되지 않은 터라 산곡간의 피폐함이 황무지와 같고, 곳간은 비었으며, 사람과 말은 모두 지쳐서 아무래도 도움을 줄 방도가 막연하오. 장군이 이미 우리와 당의 관계를 통연히 꿰뚫고 있으니 대개는 어제 말한 바와 같지만, 아직은 본심을 숨기고 사이좋게 지내는 척하는 게 현실이오. 그런데 우리가 군사를 내어 장군을 돕는다면 결국은 당과 일전이 불가피하겠고, 지금 우리 형편이 그 전쟁을 감당할 수 없으니 어찌하면 좋소."

법민이 설명하자 고하가 침통한 얼굴로 고개를 끄덕였다. 그 역시 신라왕이 말하는 바를 수긍하지 못할 사람은 아니었다. 법민은 더욱 부드러운 목소리와 온화한 얼굴로 말했다.

"그러나 혜란이 불에 타면 난초가 슬퍼하고, 소나무가 무성하면 잣나무가 기뻐한다고 했소. 고구려와는 비록 오랫동안 국경을 두고 다투어 원수처럼 지낸 것도 사실이지만 그렇다고 어찌 삼한 일국이 중국의 종이 되고 그 천년 사직마저 흔적 없이 끊어지기를 바라겠소? 더군다나 전날 귀국의 담덕대왕(광개토왕)이 크게 강성하여 대륙을 아우르고 서북방 천하 대지를 경략할 적에는 우리가 그 은덕으로 사직을 보전한 일도 있거늘 흥망이 무상하여 이제는 그 후손이 계림에 도움을 청하러 왔는데 어찌 이를 모른 척하겠소."

법민은 2백 년도 더 지난 과거지사까지 들먹이며 고하의 마음을 사로잡았다.

"해서 말씀이오만 거사를 한 해만 뒤로 미루시는 건 어떻소? 하면 그사이에 과인이 열심히 군자를 비축하고 안으로 힘을 길렀다가 반드시 원하시는 도움을 드리겠소."

법민의 말투며 표정은 진지함과 애틋함으로 가득해서 고하로선 진의를 의심할 여지가 없었다. 그는 아무것도 얻지 못했음에도 용상 아래 부복하여 격앙된 말투로 아뢰었다.

"형세가 하도 곤궁하여 전후불계하고 달려왔으나 신인들 어찌 대왕과 대국(신라)의 난처한 형편을 모르오리까. 다만 저희 사정 또한 긴급하와 1년씩이나 기다릴 수 있을지 의문입니다. 돌아가서 나머지 장수들과 긴히 의논하여 결정을 하겠으니 만일 훗날에 다시 도움을 요청하거든 그때는 부디 거절하지 마소서!"

"여부가 있겠소! 가시거든 과인의 안타까운 마음을 동료들에게도 꼭 전해주오."

"성은이 하해와 같습니다. 다시 뵙지 못하더라도 옥체 만강합시오."

법민은 고하가 국궁하고 물러나자 영객부에 명하여 약간의 폐백을 마련해주고 안전한 곳까지 군사를 딸려 환송했다.

그런데 고하가 신라를 다녀간 사나흘쯤 뒤, 법민왕으로서는 도저히 더는 당을 용납할 수 없는 비통한 사건 하나가 터졌다. 당에 사죄사로 간 충신 김양도의 옥사(獄死) 사건이었다.

법민은 1년 전에 국보(國寶)로 만인의 사랑과 추앙을 받던 흠순과 양도를 특별히 사죄사로 뽑아 당에 파견했다. 당에 숙위하던 아우 인문이 신라가 백제 유민들을 함부로 거둬들인다며 당주가 크게 격분한 사실을 인편으로 알려왔기 때문이다.

나라가 망한 뒤 본국을 탈출한 백제 유민들은 대부분 왜와 탐라로 건너갔고, 일부는 중국 서안의 대방고토나 남령, 부국 등의 담로지를 찾아 떠났다. 하지만 백제 사람을 차별하지 않는다는 신라의 삼한일가 정책이 차츰 빛을 발하면서 유민들은 다투어 신라로 모여들었다. 그 숫자가 해마다 엄청나서 웅진에선 골머리를 앓을 지경이었다. 당주는 실상을 알리는 부여융의 장계를 받고 크게 화를 냈다. 아직은 이치와 당조를 달랠 필요가 있다고 판단한 법민은 부랴부랴 사죄문을 짓고 사죄사를 파견했다. 이때 사죄사로 뽑힌 사람은 흠순과 양도, 두 사람 모두 나라의 보배로 만인의 추앙을 받던 인물이었다. 그러나 어찌 된 영문인지 낙양으로 떠난 사신들은 좀체 다시 돌아오지 않다가 근 1년 만에 흠순이 혼자 돌아와 고하기를,

"신과 김양도가 낙양에 입조하던 그날부터 옥에 갇혀 지금껏 지내다가 신은 대각간 인수(仁壽 : 김인문의 字)가 눈물로 읍소한 덕택에 풀려나 겨우 환국을 허락받았으나 양도는 끝내 옥중에서 숨을 거두고

말았습니다. 양도와 신은 함께 죽기를 맹약한 사이라 신 또한 낙양에서 목숨을 끊으려고 하였는데, 대왕께 억울한 사정을 알려야겠기에 일촌간장(一寸肝腸)이 에이는 비통함과 죽어도 잊지 못할 수모를 참아가며 망극하옵게도 홀로 어전에 이르렀나이다. 대왕께서는 신을 죽여주옵소서!"

하며 닭똥 같은 눈물을 뚝뚝 떨구었다.

법민이 흠순과 양도를 사죄사로 보낸 데에는 나름대로 계산이 깔려 있었다. 당주와 무후의 노여움이 군사를 일으킬 정도라는 인문의 서신을 받고 만조를 통틀어 적임자로 삼았던 이가 곧 흠순과 양도였다. 흠순으로 말하면 왕의 외숙이요, 양도는 무려 여섯 차례나 당나라에 들어가 숙위했던 사람으로 두 사람 모두 당에서도 알아주던 천하 명장이며 양신이었다. 적어도 사죄사의 격을 그만큼 높이면 틀림없이 일이 잘 무마될 수 있으리라 여겼다. 그런데 당주는 이런 법민의 기대를 완전히 뒤엎고 동맹국 왕실에서 사죄사로 파견한 사람을, 그것도 왕의 외숙까지 근 1년이나 옥에 가두어 고생을 시키고, 그도 모자라 한 사람은 끝내 옥에서 죽게 만들었으니 이는 동맹 관계를 파기하겠다는 뜻이나 마찬가지였다.

법민은 이때 일을 신라에 대한 당주의 선전포고로 받아들였다. 백제 멸망 이후 살얼음판을 걷듯 위태롭던 나당(羅唐) 관계가 마침내 산산이 부서지는 순간이었다.

법민은 흠순을 부둥켜안고 한동안 말을 잇지 못했다.

"과인이 부덕하고 용렬하여 연로하신 외숙께 차마 필설로 형용하지 못할 고초를 겪게 만들었으니 이 죄를 무엇으로 어떻게 빌어야 합니까!"

한참 만에 왕이 울먹이는 목소리로 말하자 흠순은 다음과 같이 덧붙였다.

"더욱 기막힌 일은 장차 우리나라와 백제의 경계선을 획정(劃定)하여 유민들이 함부로 넘나들 수 없도록 하겠답니다. 이를 위해 과거 지도를 세밀히 살펴 우리가 차지한 백제 옛 땅을 모두 웅진부에 돌려주라고 하였나이다."

설상가상이었다. 고구려에 이어 백제 구토까지도 모조리 내놓으라는 소리였다. 법민은 홀연 머리털이 곤두서고 치가 떨려 부르르 진저리를 쳤다.

"아아, 당나라 놈들의 야수 같은 소행이 어찌 이처럼 오만하고 무례하단 말인가!"

그는 곤두선 머리털이 왕관을 치켜들 만치 비분강개했다가 이윽고 분기를 이기지 못하고 그대로 혼절했다. 어의가 부리나케 입궐해 왕을 진찰하고 처방을 썼다. 그러나 반나절 만에 간신히 깨어난 법민은 이내 핏발선 눈을 부릅뜬 채,

"내 어찌 저들을 용납하겠으며, 낙양 옥중에서 죽어간 양도의 한 맺힌 원수를 갚지 않을 수 있겠는가! 장수들은 모두 들라! 오악(五岳)이 풍우에 씻겨 모래알이 되고 알천과 황천(낙동강)의 강물이 마를 때까지 필사의 힘을 다해 당과 싸우리라!"

말을 마치자 부들부들 사지를 떨다가 다시 기운을 잃고 쓰러지고 말았다.

두 번씩이나 연거푸 쓰러진 왕은 한동안 운신하고 기동하는 데 내관의 부축을 받아야 할 정도로 건강이 나빠져서 군신과 백성의 애를 태웠다. 이에 태자 정명이 나서서 신하들의 접근을 막고 사량궁(沙梁

宮)으로 비접을 나가 지냈는데, 고구려로부터 당나라 도호부에 반대
하는 세력들이 드디어 군사를 일으켰다는 낭보가 날아든 건 바로 그
럴 무렵이었다.

강수 선생

신이 환국 인사차 형의 집을

찾아갔더니 형이 시종 대왕의 환후를

걱정하면서 이는 필경 신병이

아니라 심병일 테니 그 병환을 다스릴

사람도 의원 가운데 있지 않고

조정 대신 중에 있다고 하였나이다.

그러면서 대왕께 특별히 한 사람을

천거해달라고 부탁했는데 그는

지금 내관에서 상서와 작문의 일을

맡아보는 내마 자두이올시다.

당에서는 이들을 반란군이라 칭했지만 고구려 사람들은 다물군이라 불렀다. 다물(多勿)이란 국토 회복을 뜻하는 고구려 말이다.

패수 남변 궁모성을 근거로 일어난 다물군 숫자는 처음에는 고작 3천 명에 불과했으나 소문이 퍼지자 산지사방에서 유민들이 모여들기 시작해 금세 5, 6천을 헤아렸고, 급기야 달포 만에 1만이 넘는 대군으로 불어났다. 이들은 군장과 무기도 변변히 갖추지 못한 향군들이요, 손에 든 거라곤 대부분 농기구와 집에서 쓰던 연장이었다. 그러나 한번 싸움이 벌어지면 생사를 돌아보지 않고 악착같이 달려들어 불구대천 원수를 만난 듯 당군들을 처참히 죽이는가 하면, 심지어 그 인육을 입에 씹으며 격렬히 날뛰었으므로 이내 당군들에게는 공포의 대상이 되었다.

다물군은 순식간에 패수 일대를 장악하고 매일 2, 30리씩 북으로 진격해 설인귀의 1만 군대와 도성 남단에서 대치했다. 소문은 입에서 입으로 압록수 북방까지 전해졌고, 당에 항복하지 않았던 천리장성 부근의 10여 개 성들도 크게 고무되어 곧 남북으로 성원상접(聲援相接)할 태세를 취하고 나왔다.

궁지에 몰린 설인귀는 황급히 본국 조정에 지원을 요청했다. 급보에 접한 낙양에서는 말갈에 진무사(鎭撫使)로 가 있던 연산도총관 이근행(李謹行 : 말갈 출신의 장수)에게 반란군의 진압을 명하는 한편 요동 지리에 밝은 장군 고간(高侃)을 동주도행군총관으로 파견해 이근행의 진압군을 돕도록 지시했다. 하지만 을지문덕이 수나라 양광의 침략에 대비해 구축해놓은 요동의 석성(石城)들은 그야말로 난공불락의 요새들이었다. 양광의 수백만 군대와 이세민의 당군들이 번번이 분루를 삼키며 돌아서던 곳. 이근행은 요동 반란군의 근거지인 장성 부근 안시성과 요동성 일대를 달장근이나 공략했지만 뜻을 이루지 못하자 낙양에서 당도한 고간의 군사들에게 그곳을 맡기고 자신은 말갈 군사들과 함께 압록수에서 가까운 오골성으로 진격했다.

그사이에 평양의 설인귀에게서 원군을 요청하는 두 번째 급보가 날아들었다. 압록수 이남의 반란군을 제압하려면 결국 신라의 도움을 청할 수밖에 달리 방법이 없는 형국이었다.

백제가 멸망하던 무렵부터 이미 국사의 전권을 도맡아 행사하던 측천무후는 신라에 사신을 급파해 위급함에 빠진 설인귀를 도우라는 황제의 칙령을 전했다.

한편 당이 고구려 다물군의 저항으로 한창 홍역을 치르는 동안 신라 태자 정명은 원병을 요청하러 금성을 방문한 설인귀의 사신을 만났다. 그는 아버지 법민을 대신해 설인귀의 사신에게,

"부왕께서 지금 환후가 위중하여 정무를 제대로 살필 수 없으니 이는 귀국에 사죄사로 갔던 우리 장군 김양도가 처참하게 옥사를 당했기 때문이다. 동맹국의 굳은 결의와 아름다운 약속을 먼저 헌신짝처럼 저버린 그대들이 무슨 염치로 우리에게 원병을 청하러 왔는가? 나는 아무리 생각해도 그 까닭을 알 수가 없다!"

하며 선 채로 한참을 꾸짖은 뒤에,

"지금은 대왕의 환후가 워낙 깊어서 어떤 말씀도 아뢸 수 없으니 그리 알라. 다만 차도가 있으면 적당히 기회를 봐서 여쭐 것이되 낙양에서 억울하게 죽은 양도는 대왕께서 평소 혈육처럼 아끼시던 사람이다. 내 짐작으론 양도가 살아오지 않는 한 원병을 보내기는 어려울 것이다."

하고 말을 분질렀다.

사신이 평양으로 돌아간 뒤 하루는 흠순이 사량궁에서 정양 중인 법민을 찾아왔다. 시위부 군사들에게 자신의 허락이 없이는 아무도 들이지 말라고 엄명을 내렸던 태자 정명이 처음에는 찾아온 사람을 묻지도 않고,

"천지가 뒤바뀌는 일이 아니거든 훗날 들라고 하라."

하며 물리치려 하였는데 내관에게서 입궁한 이가 흠순이라는 말을 듣자 두말없이 달려나가 절한 뒤 친히 흠순을 안내해 왕 앞에 이르렀다. 법민이 핼쑥한 얼굴로 흠순을 반갑게 맞이하고서,

"외숙께서는 옥사에서 고생한 사독이 조금 풀리셨습니까?"

하고 물으니 흠순이 희미하게 웃으며,

"신이 앓을 여독을 대왕께서 대신 앓아주셔서 더욱 민망합니다."

하여 법민은 고사하고 정명까지도 모처럼 밝은 표정으로 웃음을 지

었다. 법민이 아직도 양도의 일만 생각하면 피가 끓어 참을 수가 없다 하고, 그러나 흠순이 건강하게 돌아온 일을 천행으로 여겨 심신을 다스리는 중이라고 말하니 흠순이 한동안 무춤거리다가,

"양도가 신에게 남긴 마지막 말이 있습니다."

하고는 연하여 이르기를,

"비록 자신이 죽더라도 아직은 당과 결전을 치를 때가 아니니 대왕께 잘 말씀드려 국사가 감정으로 흐르지 않도록 몇 번이나 신신당부를 하였습니다."

했다. 그 말을 듣자 법민은 양도가 더욱 그리워져서 눈에 물기가 그득했다. 임금이 심란해하는 모습을 본 흠순이 문득 건강을 해칠까 두려워져서 시급히 화제를 바꾸었다.

"신이 대왕을 찾아온 까닭은 다름이 아니라 태대각간의 말씀을 전하기 위해섭니다."

유신의 말을 전하러 왔다는 소리에 법민의 안색은 금세 밝아졌다. 법민이 유신과 흠순, 두 외숙을 의지하고 따르는 마음은 아버지를 섬기는 듯했으나 그 가운데서도 특히 큰외숙 유신을 믿고 흠모하는 정은 너무도 깊고 자별해서 때로는 맹목적으로 비치기까지 했다.

"그래 대장군의 환후는 좀 어떠하십디까?"

"신이 떠나기 전보다 많이 좋아진 듯합니다."

유신의 풍병은 기후와 절기에 따라 악화되기도 하고 차도를 보이기도 했다.

"조만간 바깥출입을 하실 수 있겠던지요?"

"지금도 부축을 받지 않고 혼자 측간에는 다닐 정돕니다."

흠순의 말에 법민은 뛸 듯이 기뻐했다.

"전에는 야간에 미복으로 대장군을 자주 찾아뵈어 궁금함이 덜했는데 한번 크게 꾸지람을 들은 뒤로는 통 뵙지 못해 과인의 병이 아무래도 거기서 연유한 듯합니다."

그 내막은 법민과 유신, 둘만 알았지 흠순이나 정명으로선 전혀 모르고 있었다.

"설마 신하의 도리를 아는 형이 감히 대왕을 꾸짖기야 했겠습니까?"

"작은외숙께서도 아직 모르고 계셨습니까? 허허, 병든 족친 한 사람을 섬겨 만신의 충절을 잃으려 하느냐고 아주 눈물이 쏙 빠지도록 야단을 쳤습니다. 제가 그때 얼마나 혼이 났으면 이후로 큰외숙 집 근처는 아예 얼씬거리지도 못하고 지냅니다."

법민의 설명을 듣자 흠순은 평소 언행대로 김유신을 조롱했다.

"형이 본래 자기도 잘 모르는 신통한 소리들을 곧잘 하지요. 그 바람에 괜히 허명이 높아져서 낙양의 애들까지 김유신이 누구인지를 알게 되지 않았습니까."

그리고 흠순은 유신의 전언을 상주했다.

"신이 환국 인사차 형의 집을 찾아갔더니 형이 시종 대왕의 환후를 걱정하면서 이는 필경 신병(身病)이 아니라 심병(心病)일 테니 그 병환을 다스릴 사람도 의원 가운데 있지 않고 조정 대신 중에 있다고 하였나이다. 그러면서 대왕께 특별히 한 사람을 천거해달라고 부탁했는데, 그는 지금 내관에서 상서와 작문의 일을 맡아보는 내마 자두(字頭)이올시다. 계림의 문장이기도 한 자두의 지략이면 지금 대왕을 괴롭히는 심병쯤은 능히 퇴치할 수 있다는 게 형의 얘기였습니다."

법민이 자두라는 이름을 이때 처음 듣고 고개를 갸우뚱거리며 물었다.

"상서와 작문의 일을 맡아보는 문장이라면 전에는 양도와 풍훈(金風訓)이 있었고, 지금은 강수(强首)와 설수진(薛守眞)이 있을 뿐인데 자두라는 이가 다시 어디에 있는지요?"

그러자 흠순이 웃으며 대답했다.

"강수가 곧 자두입니다. 강수는 붕어하신 선대왕께서 지어 부르신 이름이고 자두는 그의 집안에서 부르는 이름이올시다."

법민은 강수가 일찍이 문장으로 이름을 얻어 태종무열대왕의 총애를 한몸에 받은 줄은 알고 있었지만 그가 계책과 지략을 가진 사람인 줄은 미처 깨닫지 못했다. 게다가 법민은 무열왕 즉위 이후 바쁘게 팔방을 돌아다니느라고 강수를 직접 면대하여 얘기를 나눈 일이 단 한 차례도 없었다.

"강수는 어떤 사람입니까?"

법민이 묻자 흠순이 강수에 관한 얘기를 자세히 들려주었다.

무열왕과 김유신의 등장 이후 신라에서는 실로 무수한 가야국 후손들이 쏟아져나와 국사를 보필했는데 강수 또한 그들 가운데 하나였다. 그는 본래 임나가량(任那加良 : 대가야) 출신으로, 골품은 5품이고, 한때 용화향도로 이름을 떨쳤던 내마 석체(昔諦)의 아들이었다. 하루는 석체 처가 머리에 뿔이 달린 사람을 꿈에서 보고 임신하여 이듬해인 임진년(632년)에 사내아이를 낳았는데, 묘하게도 뒷머리에 검은 사마귀와 불거진 뼈가 있어 꿈에서 본 사람과 흡사했다. 이를 수상히 여긴 석체가 당시 현자라고 알려진 사람을 찾아가서,

"아이의 두골이 어찌 이처럼 묘하게 생겼습니까?"

제가 낳은 아이를 남에게 물으니 현자라는 이가 강보에 싸인 아이를 찬찬히 뜯어보고 나서,

"듣건대 중국의 복희(伏羲)는 범 상이요, 여와(女媧 : 복희의 아내)는 뱀의 몸이며, 신농(神農)씨는 머리가 소처럼 생겼고, 고도(皋陶)의 입은 말과 같았다고 하오.* 이처럼 옛 성현들은 하나같이 생긴 모습들이 이상했다고 하므로 외모가 수상쩍다고 기분 나빠 할 일은 아니외다. 지금 이 아이 머리에는 검은 사마귀가 있는데, 상법(相法)에 얼굴 사마귀는 좋지 않고 머리 사마귀는 나쁘지 않다고 했으니 어쩌면 훗날 기이한 인물이 될지 누가 알겠소?"

하므로 집에 돌아와 처를 보고,

"이 아이는 보통 아이가 아닌 듯하니 잘 길러서 후에 반드시 국사(國士)로 만들어야겠소."

하며 이름을 자두라고 지었다. 그런데 자두는 차츰 자랄수록 생이지지(生而知之)한 데가 있어 스스로 글을 읽을 줄 알고 문장의 뜻에 통달하니 하루는 석체가 아들의 뜻을 알아보고자,

"너는 불도(佛道)를 따르겠느냐, 유가(儒家)에 들겠느냐?"

하고 물었다. 이에 자두가 대답하기를,

"소자가 듣건대 불법은 세속을 벗어난 가르침이라고 하니 어리석은 사람이 불법을 배워 무엇에 쓰겠습니까? 차라리 유자의 도리를 따르겠습니다."

하므로 석체가,

"그럼 네가 좋아하는 걸 공부해라."

---

* 이들은 모두 중국 고대 전설상의 임금인 3황 5제에 속하는 인물들로, 사람의 형상이 아니라고 전한다.

하고 유학을 배우도록 허락했다. 그 뒤로 자두는 산곡간의 수많은 스승들을 찾아다니며 《효경(孝經)》, 《곡례(曲禮)》, 《이아(爾雅)》, 《문선(文選)》 등을 두루 섭렵했는데, 배운 것은 비록 적고 얕아도 터득하고 깨달은 바는 심히 도저하여 드디어 당대의 걸출한 인물이 되었다. 그는 진덕여왕 말년에 벼슬길에 나서서 여러 관직을 거치고 태종대왕 즉위 후에는 어전을 드나들며 임금의 총애를 받을 만큼 크게 출세했다.

자두가 일찍부터 부곡의 천민인 대장장이의 딸과 야합해 정분이 사뭇 각별했는데 이를 알지 못한 부모가 그의 나이 20세가 되었을 때 고을의 양가에서 용모가 아름답고 품행이 단정한 규수를 골라 아내로 삼게 했더니 자두가 두 번 아내를 얻을 수 없다며 거절하고 마침내 대장장이 딸과 야합한 사실을 털어놓았다. 석체가 노하여,

"너는 세상에 이름이 나서 백성들 중에 모르는 사람이 없는데 하찮은 대장장이 딸을 배필로 얻는다면 그 수치스러움을 어찌할 테냐?"

하니 자두가 두 번 절하고 결연히 대답하기를,

"가난하거나 천함은 수치가 아니옵고 학문을 배우고도 배운 대로 행하지 않음이 진실로 부끄러운 것입니다. 소자가 일찍 듣고 배운 바로 조강지처는 쫓아내지 않고 빈천할 때 사귄 벗은 잊지 않는다 했으므로 비록 천한 아내라도 버리지 못하겠습니다."

하므로 역시 사리분별이 명확하던 석체가 차후 다시는 그 일을 재론하지 않았다.

태종무열대왕이 즉위했을 때 당에서 사신이 이르러 조서를 전했는데, 그 가운데 판독하기 어려운 부분이 있어 왕이 자두를 불러 물으

니 한 번 보고는 해석하고 설명하는 데 아무런 막힘이 없었다. 왕이 놀라고 기뻐하여 서로 늦게 만난 일을 한탄하면서 본향이며 생일생시를 자세히 물은 뒤에,

"경의 두골을 보니 강수 선생(強首先生)이라고 할 만하다."

하고서 그로 하여금 당에 보낼 회서를 짓게 했더니 그 글과 문장이 다시금 놀라웠다. 특히 글을 취하고 행간을 나누는데 왕의 심정을 너무도 환히 꿰뚫고 있어 그를 귀히 여기는 마음이 더욱 커졌다. 이후 무열왕은 붕어하는 날까지 자두의 이름을 함부로 부르지 않고 공석에서는 강수라 칭하고 사석에서는 그가 태어난 해를 빗대어 임생(任生 : 임진년에 태어났다는 뜻)이라고 예우했다.

이처럼 선왕으로부터 강수 혹은 임생으로 불리게 된 자두는 벼슬길에 나선 뒤에도 가세가 물로 씻은 듯 적빈했다. 그 바람에 끼니를 때우기도 어렵게 되자 한번은 이를 안 무열왕이 유사에 명하여 거둬들인 국세 가운데 조 1백 섬을 따로 하사한 일도 있었다.

법민은 흠순의 설명을 듣자 당석에서 태자 정명에게 말했다.

"대장군께서 강수 선생을 그처럼 높이 말씀하셨다면 그는 문장뿐 아니라 지략으로도 능히 일국의 정사를 보필할 만한 인물이다. 너는 지금 당장 강수 선생을 찾아가서 제자가 스승을 섬기듯 공손히 뫼셔오도록 하라."

얼마 뒤 강수가 태자를 따라 사량궁에 이르렀다. 법민이 보니 그는 마흔이 채 안 된 젊은 사람으로, 관복은 남루하고 인물과 체격은 실로 볼품이 없는데 소문대로 뒷머리가 눈에 띄게 불거져서 머리에 쓴 견포 복두가 한 뼘이나 위로 치솟아 위태로운 형국을 하고 있었다.

만일 유신의 천거와 흠순의 설명 없이 만났더라면 기피했을지도 모를 외모였지만 법민은 그런 강수의 손을 친히 맞잡으며 환대했다.

"과인이 과문하여 그대와 같은 영걸이 계림에 있음을 알지 못했는데 이를 딱하게 여긴 태대각간께서 와병 중임에도 특별히 경을 천거하여 과인의 어두운 귀를 열어주셨소. 강수 선생은 부디 천하를 움직일 대략을 내어 내 흉중의 심병을 고쳐주오."

법민은 강수가 비록 젊었을망정 선왕에게 배운 대로 인걸을 대하는 예를 등한히 하지 않았다. 왕의 간곡한 말에 강수가 두 번 절하고 국궁하여 아뢰는데, 흉한 외양과는 달리 그 음성은 쟁반 위를 굴러가는 옥구슬 소리처럼 티없이 높고 청아하였다.

"신이 보기엔 근래 당의 소행이 나날이 오만불손하고 방약무도해져서 대왕께서 도저히 묵과하지 못할 형편이나 일변 나라 사정이 아직 당을 상대로 결전을 벌일 수 없으니 대왕의 심병은 거기서 연유함이 아닐는지요?"

"그러하오. 심지어 당은 우리가 차지한 백제 영토마저 모조리 부여융에게 돌려주라 하고, 조만간 새로운 경계선을 획정해 출입조차 막겠다니 내 어찌 저들의 뜻에 따를 수 있겠소? 간밤에도 나는 당나라 군대와 싸우는 꿈을 꾸었소. 그러나 아침에 일어나면 없던 용기가 생겼다가도 저녁이면 산곡간의 피폐한 형편과 지친 백성의 모습이 시야를 가려 조석으로 결심이 흔들리다가 그만 심사를 해쳐 몸이 이 지경이 되었소. 대체 어찌하면 삼한에 들어온 당군들을 몰아내고 계림의 만년 사직을 지킬 수가 있겠소?"

법민의 애절한 물음에 강수는 조금도 망설이지 않고 대답했다.

"당은 대국이라서 웅진과 평양에 주둔한 양쪽 세력을 일거에 물리칠 수는 없습니다. 그러나 선후를 가려 어느 한쪽을 먼저 토벌한다면 지금이라도 방법이 없지는 않습니다."

강수의 말에 법민은 왈칵 무릎을 당겨 앉았다.

"좀 소상히 말씀해보시오. 어떻게 하면 좋겠소?"

"우리는 당의 도움을 받아 백제를 멸했지만 그 영토를 얻지 못했고, 당을 도와 고구려를 멸했으나 역시 얻은 건 하나도 없습니다. 게다가 당은 백제와 고구려를 모두 속토로 삼은 뒤에 우리마저 노리고 있으니 오히려 소적을 치기 위해 대적을 끌어들인 형국이 되고 말았습니다. 따라서 우리는 대적을 상대로 처음부터 전쟁을 다시 해야 할 판입니다. 그런데 한 가지 다행스러운 점은 웅진과 평양이 서로 멀리 떨어진 데다 당주가 있는 낙양은 더욱 멀리 있다는 사실입니다. 이와 같을 때 흔히 쓸 수 있는 계책은 화전(和戰) 양책입니다. 낙양의 당주는 더욱 극진히 섬기는 척하면서 일변으론 웅진과 평양을 차례로 공격해 저쪽을 혼란에 빠뜨리는 일종의 술계(術計)입니다. 대왕께서는 만일 선후를 정해 어느 한쪽을 먼저 치신다면 어디를 택하시겠습니까?"

질문을 받은 법민이 잠시 침묵에 잠겼다가 대답했다.

"그거야 마땅히 웅진을 먼저 토벌해서 남역을 완전히 평정하는 일이 시급하지 않겠소?"

그러자 강수가 웃음을 짓고 말했다.

"그렇습니다. 삼한이 천년 사직을 바라볼 만큼 유구한 세월을 이웃하여 내려온 까닭은 그 형세가 안전한 솥발과 같았기 때문입니다. 이와 같은 정족지세(鼎足之勢)로는 국력을 어느 한쪽으로만 치중할 수 없어 계책을 내고 병법을 쓰기가 여간 까다롭지 않습니다. 그런데 마침 고구려 구토에선 다물군이 맹위를 떨치며 설인귀를 위협하고 있으므로 이 기회를 틈타 웅진을 토벌하기란 그리 어려운 일이 아닙니다. 더욱이 지난 을축년(665년) 가을 취리산 맹약식 이후에 당은 우리가 딴마음을 품지 않을 것으로 믿고 웅진에 주둔시킨 군사들을 해마다 수천 명씩 감축하였기 때문에 지금은 당의 관리 몇 사람이 부성(府城)에 남아 있을 정돕니다. 이 기회를 틈타 먼저 웅진을 공취하면 차후로는 남북으로 대치한 양국전 형세가 되니 대왕께서 꿈꾸시는 삼한일통의 대업을 한결 수월히 도모할 수 있지 않겠나이까?"

"그렇긴 하오만 어떻게 하면 웅진을 토벌할 수 있겠소? 거기엔 소수의 당인들도 있지만 특히 부여융의 심복인 녜군과 흑치상지는 지략과 용맹이 꽤나 출중한 자들이라서 쉽게 볼 일이 아니오."

"녜군이 비록 약간의 지략이 있고 흑치상지가 용맹스럽다고는 하나 그들을 사로잡을 계책은 이미 신의 흉중에 있으니 대왕께서는 조금도 염려하지 마십시오."

그리고 강수는 궁금해하는 왕에게 몇 마디 말을 더 아뢰었다. 얘기를 듣고 난 법민은 홀연 손뼉을 치며 뛸 듯이 기뻐했다.

"경이야말로 과인의 병을 단숨에 고쳐준 명의 중의 명의로다! 아, 내 어찌 경의 말을 따르지 않겠는가? 여봐라, 당장 어가를 준비하라! 과인은 천하의 강수 선생과 더불어 다시 대궁으로 돌아가리라!"

태자 정명과 사량궁 나인들은 오랜만에 왕의 우렁찬 옥음을 다시 들었다. 법민은 촌각도 지체하지 않고 환궁을 서둘렀는데, 그 태도며 안색이 언제 아팠냐는 듯 생기와 활기로 충만하였다.

대궁에 돌아온 왕은 강수의 벼슬을 대내마로 높여 군사(軍師)의 일을 맡게 한 뒤 이내 문무 백관들을 소집하고 다음과 같이 말했다.

"돌이켜보면 당과 우리는 오랫동안 사지를 넘나들며 생사고락을 함께해온 혈맹으로 그 돈독한 우애나 아끼고 섬기는 마음은 한배에서 난 형제와 조금도 다를 바가 없다. 비록 근년에 약간의 오해와 불만이 있었다고는 하나 어찌 동맹의 크고 굳은 결의를 저버릴 수 있겠는가? 공교롭게도 그간 과인이 병중에 있어 바깥 사정을 잘 알지 못하였는데 이제 태자에게 들으니 북방의 고구려가 모반하여 당나라 관리들을 모조리 살해하였다 하므로 우리는 마땅히 동맹의 결의를 되살려 이를 정벌해야 할 것이다."

당나라의 무도한 처사에 격분해 병까지 얻었던 법민이었다. 신라 중신들은 왕의 갑작스런 태도 변화에 돌연 어안이 벙벙하지 않을 수 없었다. 그때 대내마 강수가 앞으로 나섰다.

"고구려 반란군은 그 기세가 매우 날카롭고 인육을 씹을 만치 흉포할 뿐 아니라 고토 전역에서 수백 혹은 수천 무리가 우후죽순처럼 발호하여 우리 군사만 가지고는 위급함에 빠진 당군을 시급히 구원하기가 어렵습니다. 그런데 당나라 고을인 웅진부에서도 우리와 같은 고민을 하고 있을 게 뻔하므로 사람을 청해 함께 구원책을 의논함이 어떠하오리까?"

법민은 강수의 진언에 크게 고개를 끄덕였다.

"경의 말을 듣고 보니 일리가 있다. 그렇다면 누구를 청해 함께 의논하는 게 좋겠는가?"

"부여융이 온다면 더할 나위가 없으나 그는 함부로 움직이려 하지 않을 게 틀림없습니다. 네군과 흑치상지가 오더라도 출병을 의논하고 계책을 세우는 데는 별 무리가 없을 듯합니다."

강수의 대답이 끝나자 법민은 중신들을 둘러보며 물었다.

"신하들 가운데 누가 부성으로 가서 녜군과 흑치를 청해보겠는가?"

"신이 웅진을 다녀오겠습니다."

제일 먼저 나선 사람은 이찬 예원이었다. 그러나 예원의 말이 미처 끝나기도 전에 아찬 대토가 말했다.

"한낱 패전국의 관리를 청하는 일에 어찌 이찬 대신을 보내오리까? 신을 보내주십시오."

그러자 예원도 지지 않고 대토의 말을 공박했다.

"부여융은 의심이 많은 인물이라서 자네가 가면 따로 무슨 흉계를 의심해 녜군과 흑치상지를 보내지 않을지도 모르네. 그들이야말로 부여융이 하늘같이 믿고 의지하는, 웅진에서 제일 가는 대신들이 아니던가?"

법민은 두 사람이 다투는 말을 듣고 잠깐 생각에 잠겼다가 예원의 말을 따르기로 했다.

"군사를 일으키는 일에는 반드시 먼저 계책이 있어야 하니 그대는 이와 같은 과인의 뜻을 잘 전하여 기필코 두 사람을 다 데려오도록 하시오."

"여부가 있겠나이까. 대왕께서는 조금도 심려하지 마십시오."

예원이 장담하고 떠난 뒤에 강수는 조용히 법민을 찾아가서 말했다.

"이번에 예원공은 두 사람을 데려오지 못합니다. 대왕께서는 장수들을 소집해 출병할 채비를 갖추고 기다리셨다가 예원이 당도하거든 대내마 무수(武守)로 하여금 신이 지은 거짓 서찰을 지니게 하여 낙양으로 보내십시오. 무수는 우리나라 신하가 된 지 오래이나 흑치상지의 충복인 장귀(長貴)와는 각별한 사이로 알고 있습니다. 비록 무수의 충절을 의심하지는 않지만 그 또한 사람인데 어찌 고향을 위하는 애틋한 마음이 없겠습니까?"

강수가 말한 무수는 그 아우 인수(仁守)와 더불어 백제에서 은솔 벼슬을 지냈던 사람이다. 나라가 망한 뒤 형제가 나란히 신라에 귀화해서 무열왕에게서 대내마 벼슬을 얻고 무수는 대감, 인수는 제감 직을 맡아 일하고 있었다. 이들은 삼한일가를 외치던 무열왕이 재능을 보아 등용한 충상, 상영, 자간 등의 다른 백제 중신들과 더불어 자신들을 흔쾌히 받아준 신라 조정을 위해 견마지로를 다했다. 과거 동료였던 백제 잔병들과 싸울 때는 물론, 고구려를 칠 때도 군사를 이끌고 싸움터로 나가 서로 공을 다투며 혁혁한 전과를 올렸다. 법민은 강수의 계책을 짐작하고 곧 그 말에 따랐다.

웅진으로 떠난 예원은 부여융과 녜군을 만나 법민왕의 뜻을 전하고 함께 신라로 가서 계책을 상의하자고 말했다. 이때 부여융은 스스로를 백제왕이라 칭하고 녜군을 웅진도독부 사마(司馬)에 책봉해 이전과 다름없이 구토를 다스리고 있었다.

예원의 말을 들은 녜군이 빙긋이 웃음을 짓고 대답했다.

"상국이 위급함에 처했으니 이를 구원하는 일은 번병의 당연한 책무이나 어찌 하필이면 우리가 금성에 가서 논의를 해야 한단 말씀이오? 금성이 고구려로 가는 길목에 있다면 또 모르지만 평양은 오히려 여기서 더 가까운데 화급을 다투는 일을 의논하자면서 군이 그곳까지 오라는 저의를 모르겠소."

예원은 사마 녜군의 지적에 당황하면서도 일변 크게 마음이 상했다. 아무리 당의 위세에 굴복해 울며 겨자 먹기로 억지 화친을 맹약했다곤 하지만 백제는 엄연히 신라와 싸워 멸망한 나라였다. 멸망한 나라의 일개 장수가 승전국의 왕명을 두려워하지 않고 심지어 대등한 관계에서 말하는 태도에 예원으로선 울화통이 치밀 수밖에 없었다. 그런 예원의 마음을 네군은 오만불손한 말로 더욱 무참히 짓밟았다.

"더구나 우리는 천자 앞에서 웅령(熊嶺)을 다스리며 끊어진 사직을 이으라는 칙명을 받고 부임한 상국의 신하들이니 격으로 따지더라도 마땅히 계림 장수들이 이곳에 이르러 계책을 논의함이 옳을 것이며, 출병을 할 때는 우리의 절도와 군령을 받아야 사리에 합당하오. 그대는 시급히 법민왕께 가서 우리의 이러한 뜻을 전해주시오."

예원은 일순 억장이 무너지고 기가 차서 차마 더 말이 나오지 않았다. 그는 내심 이찬인 자신이 사신으로 오면 네군이 황감해하며 따라나설 줄로 잔뜩 기대했던 터라 낙담과 분노가 더욱 컸다. 하지만 가야 할 사람이 가지 않겠다니 어쩔 수 없는 일이었다.

"필시 뒷날 후회할 테니 그리들 아시오!"

한참을 매시근히 앉았던 예원은 부여융과 네군을 번갈아 치바라보며 씹어 뱉듯 한마디를 남기고 급히 말을 몰아 금성으로 돌아왔다. 예원에게서 자초지종을 전해 들은 법민왕은 속으로 강수의 예측에 허를 내둘렀지만 짐짓 격분한 척 옥음을 높였다.

"망국한 땅에 사는 무리들이 어찌 이리도 무엄하고 방자하더란 말이냐! 사직을 잃고 상국에 기생해서 빌어먹는 것들의 처지가 하도 가련하고 불쌍해서 공을 세울 기회를 나눠주고자 하였더니 정 그렇다면 어쩔 수 없다! 이 모든 경위를 당주께 글로 아뢰고 우리만이라도 원군을 보낼 수밖에!"

그는 강수가 말한 대로 대내마 무수를 불러 말했다.

"그대는 과인의 장계를 지니고 당에 입조하여 작금의 일을 황제께

낱낱이 고하라. 부여융과 그 졸개들이 신하의 도리를 다하지 않음을 보고도 그냥 지나친다면 이는 충절을 중히 여기는 동맹국 군주의 도리가 아니다."

무수는 임금 앞으로 나아가 절하고 강수가 미리 써둔 글을 받아 지체없이 금성을 출발했다. 그는 배를 타기 위해 금성에서 당항성(화성군)에 이르는 7백 리 당은포로(唐恩浦路)를 달려가다가 삼년산성(보은) 부근에서 하룻밤을 묵게 되었다.

삼년산 관아에서 내어준 객관 한 채를 빌려 홀로 등촉을 밝히고 앉았으려니 달은 휘영청 처량히도 밝고, 빛을 물고 되살아난 별자리는 이루 다 헤아릴 길 없어 막막한데, 그 처량함과 막막함 뒤로 한모금 술 생각이 간절해졌다. 무수가 객관 당번을 불러 술상을 청하자 그 당번이 무수의 쓸쓸한 심사를 눈치로 알아차렸는지,

"보아하니 객수가 사뭇 깊사온 듯한데 자작으로 마시는 술이 도리어 독이 되지 않겠습니까? 혹간 오가는 사신들을 뫼시는 기생이 있으니 말벗이라도 하심이 어떠실는지요?"

하며 넌지시 일렀다. 무수가 생각하니 그도 싫지는 않은지라,

"아무렇게나 하게."

반답을 하고서,

"이거 술값일세."

하며 공으로 먹는 객관 술에 넉넉히 셈까지 치르니 당번의 입이 한순간에 활짝 찢어져서는,

"천하절색으로 당장 대령하겠습니다요!"

하고 물러갔다. 그로부터 달이 한 치나 움직였을 때 여인 하나가 술과 식어빠진 나물, 전 몇 가지를 올린 소반을 들고 나타났다. 그 여인은

당번의 호언처럼 천하절색은 아니었으나 그런대로 인물이 곱고 태도가 정숙했다. 무수가 여인에게서 술 한 잔을 받고 이름을 묻자,

"은고라고 합니다."

하였다. 무수가 돌연 허허 웃음을 터뜨리고서,

"하고 많은 이름 가운데 어찌하여 하필이면 이름이 은고더냐?"

하니 여인이 말똥말똥한 눈으로 무수를 살피며,

"소녀의 죽은 아비가 이름을 그리 짓고 갔습니다."

하고서,

"그런데 소녀 이름에 무슨 연고가 있사옵니까?"

하며 반문하였다. 무수가 술 한 잔을 다시 비우고서,

"전에 내 알던 가인의 이름과 같아 그런다."

하니 그때까지 무수의 얼굴에서 시선을 떼지 않던 여인이,

"혹시 나리께서도 백제분이십니까?"

하므로 무수가 잠자코 고개를 끄덕였다.

"백제분을 신라 사신이 묵는 객관에서 만나다니 놀랍고 반갑습니다. 소녀 또한 백제가 고향입니다."

여인은 반색을 하며 자신의 아비가 곡내부(穀內部)에서 진무 벼슬을 지냈던 곡창지기였다는 말과, 변란 중에 일가붙이와 식솔들은 대부분 배를 타고 왜국으로 건너갔으나 자신은 연로한 홀어머니와 함께 남았다가 신라로 넘어와 살게 된 사정을 차분히 털어놓고서,

"소녀도 얼마 전에서야 은고라는 이름이 당에 끌려가신 왕후(의자왕비)의 존함과 같다는 사실을 알았습니다."

하고 희미하게 웃음을 지었다.

"그래, 신라에 와서 살 만은 하더냐?"

무수가 묻자 여인은 그저 소리 없이 웃기만 했다. 그러잖아도 인접한 본향 곰나루(웅진)의 산천이 눈앞에 어른거려 술을 청했던 무수인지라 같은 처지의 유민을 만나니 그 심사가 더욱 처연하지 않을 수 없었다. 그러구러 밤이 깊어 한 잔 두 잔 받아 마신 술이 거나해지자 간간이 부는 바람에 달마저 흔들리는데, 풍편에 전해오는 야릇한 향내가 해마다 그맘때면 곰나루 강변에 지천으로 피어나던 꽃창포 향기인 듯하여 무수의 눈에선 까닭 없이 눈물이 주르르 쏟아졌다.

7백 년 영화가 스러진 곳에 와
가인의 그림자와 하룻밤을 새노라니
예 살던 곳은 동(東)이든가 서(西)이든가
만릿길 가다 말고 수레 멈춰 돌아보니
꽃 내음 끊어진 곳에 망월(亡月)만 가득하여라

무수는 생각이 깊고 마음이 정한 사람이었다. 구슬픈 감회를 시 한 수로 읊고 멀거니 허공을 향해 앉았던 그가 슬그머니 왕의 장계를 열어보기로 용기를 낸 것은 향수에 사무친 술 힘을 빌려서였다.

"큰일났다! 이 글을 당주가 본다면 그나마 이어오던 부여씨의 명맥마저 끊기고 말겠구나. 아아, 내 어찌 이리도 기구한 소임을 맡았더란 말인가……."

무수는 부여융과 사마 네군의 소행을 꾸짖고 흑치상지에게 딴마음이 있는 듯하다는 장계의 통렬한 문장을 읽고 나자 마음이 더욱 심란해졌다. 그는 혼잣소리로 길게 탄식하다가 이윽고 무슨 생각을 했는지 주섬주섬 옷을 챙겨 입고 떠날 채비를 서둘렀다.

"날이 새자면 아직 한참이나 남았습니다. 소녀가 극진히 뫼시겠사오니 눈을 좀 붙였다가 떠나시지요."

그는 붙잡는 은고의 손길도 뿌리치고 급히 말을 몰아 웅진성으로 달려갔다. 하지만 차마 부여융을 만날 자신은 없었다. 그는 국경 관문을 지키는 장수에게 웅진의 존망이 걸린 문제라며 화급을 다투어 장귀를 불러달라고 청했다.

연락을 받은 부성(사비성)의 장귀는 무수가 왔다는 말에 의심 없이 웅진성으로 달려왔다. 국운이 쇠하여 사람의 길은 갈렸으나 한때 관포지교를 논하던 옛 벗의 정리마저 끊을 수는 없는 일이었다.

"이게 누구신가! 나루터 길쌈집의 큰 육손이가 아닌가?"

장귀는 예전과 다름없는 반가운 얼굴로 무수의 손을 맞잡았다. 무수의 어머니는 길쌈하는 솜씨가 남들보다 뛰어났으며 그의 형제들은 모두 손가락이 여섯 개여서 어려서는 이름 대신 길쌈집 큰 육손이로 불리던 무수였다.

"잘 계셨는가……."

무수가 약간 겸연쩍어하며 장귀에게 인사를 건네자 장귀는 호방한 성격답게 껄껄 웃음을 터뜨렸다.

"나라가 망해서 그렇지 나는 잘 있네. 이 사람아, 기왕 예까지 왔으면 곰나루 옛집 구경도 하고 나랑 모처럼 술잔이라도 기울이게 성 안으로 들어올 양이지 국경까지 사람을 불러낼 건 무어야? 신라인들도 허락을 얻으면 왕래가 자유로운 판국인데 아무려면 누가 자네를 해치기야 하겠는가?"

장귀는 무수의 팔을 잡아끌며 지금이라도 주성 안으로 들어가자고 말했지만 무수는 어정쩡하게 서서 이를 완곡히 거절했다. 그러곤 품에서 법민왕의 장계를 꺼내 보이며 자신이 찾아온 까닭을 털어놓았다.

"여우도 죽을 때는 제가 살던 언덕으로 머리를 둔다고 하였네. 내 비록 신라의 신하가 되었으나 어찌 촌각인들 선조 무덤이 있는 고향을 잊을 것이며, 고향이 잘되기를 바라고 근심하는 마음이 없겠는가?"

장귀는 무수가 내민 장계를 읽는 순간 안색이 백변했다. 특히 그가 주목한 대목은 흑치상지에 관한 글이었다.

흑치상지에 대한 유민들의 신망은 대단했다. 계백 이후 다시 흑치상지가 있다고들 칭송이 자자했다. 우선 당에 투항해 시일을 두고 백제를 재건하자는 융의 간곡한 청을 받아들인 그에게 당은 절충도위 진웅진성대주(折衝都尉鎭熊津城大主) 벼슬을 내리고 도독부 치소인 웅진성의 책임을 맡겼다. 결코 섭섭지 않은 대우였다.

당이 항복한 흑치상지에게 웅진성 성주를 맡겨 내지에 그대로 머물게 한 이유는 말할 것도 없이 유민들의 반감을 무마하기 위해서였다. 백제인의 신망을 한몸에 받고 있는 그를 적절히 활용한다면 수만 명 유진군의 몫을 대신할 수 있다는 게 당조의 계산이었다. 그런 흑치상지에게 만일 딴마음이 있다면 당으로선 대경실색할 일이 아닐 수 없었다.

"자네는 어서 이 장계의 내용을 위에 보이고 시급히 대비책을 강구하도록 진언하시게. 나는 예서 기다리고 있다가 자네가 장계를 다시 가져다 주면 삼년산성 객관으로 돌아가 거짓 칭병으로 시일을 끌어보겠네."

무수의 말이 미처 끝나기도 전에 장귀는 자리에서 벌떡 일어났다. 당에서 비록 민심 무마를 위해 흑치상지를 내지에 남겨두긴 했지만 혹시 그가 백제의 재건을 따로 도모할까 얼마나 노심초사하는지를 알던 장귀로선 잠시도 머뭇거릴 여유가 없었다. 장귀는 무수에게 미처 치사를 할 겨를도 없이 흑치상지에게 달려가 법민왕의 장계를 보였고, 흑치상지는 다시 부여융과 사마 녜군을 찾아가 대책을 강구했다. 장계를 읽고 난 융은 대번 사색이 되었다.

"이 서신이 황제와 무후에게 전해지면 그야말로 낭패가 아닌가!"

워낙이 잘 쓴 글이었다. 융의 말에 녜군도 크게 한숨을 토했다.

"아무래도 신이 금성을 다녀와야겠습니다."

"저쪽에 무슨 흉계가 있으면 어찌하려구?"

융이 묻자 녜군은 잠시 생각에 잠겼다가 말했다.

"흉계란 다른 게 아닙니다. 저들은 원군의 출병을 핑계 삼아 신과 흑치 장군을 청하여 볼모로 잡고 우리를 공격하려는 수작이 틀림없습니다."

그러자 융은 더욱 놀라 반문했다.

"저들의 수작을 알면서도 어찌하여 공은 스스로 화를 자초하려 하는가? 그대 두 사람이 없다면 웅진이 망하는 건 필지의 일일세!"

융이 팔을 허우적거리며 만류하자 녜군은 침착하게 입을 열었다.

"신에게도 계책이 있으니 대왕께서는 너무 심려하지 마십시오. 이번 기회에 금성의 허실을 알아보는 것도 과히 나쁘지는 않습니다. 다만 금성에는 저 혼자 다녀오겠습니다."

그리고 그는 흑치상지를 돌아보았다.

"장군께서는 제가 성을 비운 뒤에 국경 방비를 한층 강화하고 신라의 동태를 더욱 주시하십시오. 신라인들 중에 장군을 두려워하지 않는 이는 아무도 없습니다. 웅진에 장군이 계신 것은 마치 험곡에 범이 도사리고 있음과 같으니 뉘라서 감히 가벼이 볼 수 있겠습니까? 제가 혼자 간다면 저들은 십상팔구 딴마음을 품지 못할 것입니다만, 만일 조금이라도 수상한 기미가 엿보이거든 제 안부 따위는 개의치 말고 응전하십시오. 그러나 어떤 경우에도 우리가 먼저 군사를 내어서는 안 됩니다. 이 점을 반드시 명심하셔야 합니다."

"공은 장차 나라와 사직을 되찾는 데 없어서는 안 될 보배 같은 분이외다. 어찌 그 안부를 소홀히 여길 수 있겠소? 신라 사신이 지금 우리에게 있으니 차라리 그를 베고 우리가 먼저 북방으로 원군을 보낸다면 당의 의심을 사는 일은 없을 게 아니오?"

"그건 그렇지 않습니다."

흑치상지의 제안에 네군이 무겁게 고개를 저었다.

"신라 사신을 우리가 먼저 벤다면 이는 지난번 취리산의 맹약을 스스로 어기는 일이요, 그렇게 되면 신라가 우리를 마음놓고 칠 수 있는 빌미를 줍니다. 우리가 이나마 명맥을 유지하는 까닭은 금서철권으로 만들어 금성에 보관 중인 바로 그 맹약문 때문이올시다. 우리 쪽에서 먼저 군사를 내어서는 안 된다고 당부한 것도 같은 맥락이지만 만일 당에 입조하는 사신을 중로에서 죽여 신라가 이를 핑계 삼아 전군을 동원해 공격해온다면 그땐 당에 하소연할 명분조차 잃게 됩니다. 하물며 당은 고구려 일에 온 정신이 팔려 있으니 지금은 신라에 그 어떤 빌미도 줘서는 안 됩니다."

네군은 흑치상지에게 다시 한 번 당부했다.

"신라군은 원군의 파병로를 반드시 이 부근으로 잡으려 할 것입니다. 그러고는 여차하는 순간에 행로를 돌려 우리를 치려 할 게 틀림없습니다. 장군께서는 조금도 경계를 게을리 하지 마시고 때를 기다리십시오. 장군이 먼저 군사를 내거나 또는 저들의 공격을 받고도 제

안부를 걱정해 응전하지 못한다면 이것이야말로 저들이 노리는 바이니 거듭 유념하십시오."

녜군의 결연한 말투에 흑치상지도 비로소 고개를 끄덕였다.

"공의 말씀은 충분히 알겠소. 그러나 7백 년 사직의 이어짐과 끊어짐이 오로지 공의 생사에 달렸다고 해도 과언이 아니므로 아무래도 적지에 혼자 보낼 수는 없소. 내 수하인 수미(首彌)와 장귀는 무예가 출중하고 용맹스러운 장수들이니 이들을 데려가도록 하오."

"장군께서 그렇게까지 염려해주시니 고맙기 이를 데 없습니다."

공론을 끝마친 녜군이 융을 향해 큰절로 하직 인사를 올리자 융은 안절부절 어찌할 바를 몰라 하다가 급기야 눈물을 보이며 말했다.

"만일 그대에게 무슨 변이 생긴다면 과인은 누구를 믿고 의지해야 하오?"

녜군이 웃으며 대답했다.

"신이 비록 못나고 용렬한 사람이나 어찌 계림의 족속들에게 변을 입으오리까. 하오나 급히 상의할 일이 있거든 법총(法聰)과 윤회(允淮)를 부르십시오. 그 두 사람이라면 능히 지략을 구할 만합니다."

융과 작별한 녜군이 수미와 장귀, 두 장수의 호위를 받으며 금성에 당도하자 법민은 즉시 강수를 불러 물었다.

"일이 대개 경의 말한 대로 되었으나 다만 흑치상지가 오지 않았으니 걱정이오. 녜군이야 돌려보내지 않으면 그만이지만 흑치는 일기당천의 맹장이라 그를 웅진에 두고서 어찌 함부로 군사를 낼 수 있겠소?"

그러자 강수가 대답했다.

"녜군이 혼자 온 것은 벌써 이쪽의 계책을 속으로 꿰뚫고 있기 때문입니다. 대왕께서는 그를 불러 출병 문제를 의논하십시오. 그는 군사를 일으키기 전에 쌍방의 관리로써 볼모 교질(交質)을 하자고 말할 것입니다. 그러면 이를 못 이기는 척 받아들이셨다가 흑치상지의 출병 여부를 확인해서 만일 그가 출병을 하지 않는다면 볼모로 보내달라고 말씀하시면 됩니다. 그럴 리는 없겠지만 출병을 한다면 일은 간단합니다. 우리 장수와 흑치상지를 함께 북방으로 보낸 후에 웅진을 치면 그만이올시다."

법민은 반신반의하며 녜군을 편전으로 불러들였다. 녜군이 양손을 공손히 모으고 국궁재배했다.

"신 사마 녜군, 신라 대왕의 부르심을 받고 하명에 따르고자 왔습니다."

법민이 시치미를 떼고 몇 마디를 물었다.

"전에 사람을 보내 청했을 때는 오지 않다가 어찌하여 갑자기 마음을 바꾸었던가?"

"신은 오로지 뫼시는 주군의 뜻에 따를 뿐입니다. 그때는 주군의 뜻이 그러했지만 다시 하명하시기를 마땅히 찾아뵙는 게 도리라고 하므로 이렇게 왔습니다."

"하면 그대의 주군은 조변석개를 예사로 하는 천하에 믿지 못할 사람이 아닌가?"

"처음에 도리를 모르다가 뒤에 깨우쳐 시정함이 어찌 반드시 나무라기만 할 일이겠습니까?"

"도리를 깨우친 사람이 시정을 하려면 제대로 하지 왜 절반만 하는가? 일전에 사신을 보냈을 때 분명히 그대와 또 한 사람, 흑치상지를 함께 청하였거늘?"

"흑치 장군은 비록 오지 않았으나 신과 동행한 두 장수는 능히 그
에 필적할 용장들이올시다. 또한 신이 비록 용렬하오나 출병을 의논
하는 일 정도는 혼자서도 능히 감당할 수 있으니 대왕께선 조금도 심
려치 마십시오."

녜군의 대꾸는 결코 호락호락하지 않았다. 법민은 그가 과연 소문
에 듣던 대로라고 여기면서 비로소 본론을 끄집어냈다. 우선 양쪽 진
영에서 보기병 1만씩을 파견하되 웅진에서는 선박을 이용하고 신라
에서는 육로로 한산주를 거쳐 파병하자는 게 법민의 제안이었다. 하
기야 웅진에서 고구려로 파병하자면 수로밖엔 다른 파병로가 있을
수 없으니 일견 당연한 얘기였지만 군사들이 1만 명씩이나 빠져나갔
을 때 육로의 신라군들이 돌연 말 머리를 돌려 웅진을 친다면 이는
상상만 해도 섬뜩한 일이었다. 자신들의 속사정을 밝히는 것 같아 말
은 하지 않았으나 웅진의 1만 군사란 도독부에 배속된 거의 전군이
라고 해도 과언이 아니었다. 잠자코 얘기를 듣고 난 녜군이 한참 만
에 입을 열었다.

"대붕은 하늘이 무너져도 놀라는 법이 없으나 홍곡(기러기)은 우렛
소리에도 피할 곳을 찾고, 황작(참새)과 같은 미물은 한낱 바람 소리
에도 놀라 달아납니다. 이렇듯이 약자는 티끌만한 일에도 의심하고
놀라게 마련입니다. 그런데 양측에서 군사를 일으킨 후에는 피차 서
로 의심할 여지가 있으니 원군들이 임무를 마치고 돌아올 때까지 양
쪽에서 관리 몇 사람을 볼모로 교환해둠이 어떻겠습니까? 대왕께서
는 고금에 좀처럼 나오기 힘든 성군이며 명군이시니 사직을 잃고 방
황하는 약자들의 형편을 모쪼록 깊이 헤아려주사이다. 웅진에서 1만

군사는 신라의 10만 군대보다도 오히려 많은 숫자입니다."

이번에도 역시 강수가 말한 대로였다. 법민은 짐짓 마뜩찮은 얼굴로 시간을 끌다가 마침내 못 이기는 척 말하기를,

"서로 믿지 못함이 안타깝긴 하지만 우정 그래야 한다면 도리가 있는가."

하고서 연하여 누구를 볼모로 삼을지를 의논하게 되었다. 법민은 강수의 말대로 대뜸 흑치상지의 출병 여부를 묻고 나왔다. 그러자 녜군의 표정이 눈에 띄게 달라졌다. 하지만 그는 금세 이렇게 응수했다.

"흑치 장군의 출병 여부는 신이 결정할 사안이 아니라 딱히 뭐라고 말씀 드릴 수는 없으나 만일 그를 볼모로 삼는다면 대왕께서도 그에 필적할 인물을 우리에게 주셔야 합니다."

"누구를 주면 되겠는가?"

"송구하오나 김유신 장군이나 흠순 장군은 내어주셔야 합니다."

녜군은 당당하게 말했다. 그 소리를 들은 법민의 안색이 일순 벌겋게 달아올랐다.

"듣자 듣자 하니 네 말이 어찌 그토록 무례한가? 그 두 장군이 짐의 외숙임을 알고 하는 소리렷다?"

법민이 흥분하여 옥음을 높이자 녜군은 스스로도 자신의 요구가 다소 무리했다고 느꼈던지,

"흑치상지는 웅진에서 제일가는 장수입니다. 계림에는 나라의 3보*보다 귀중한 아홉 장수가 있다고 들었사온대 백 보를 양보하더라도 그 가운데 한 사람은 내어주셔야 격에 맞지 않겠나이까?"

* 3보(三寶): 황룡사의 9층탑과 장륙존상. 진평왕의 천사 옥대.

하며 한발 물러섰다.

네군이 말한 아홉 장수란 무열왕이 진흥왕조에 빗대어 일컬은 장수들로 유신과 흠순 말고도 천존, 죽지, 진주, 품일, 문충, 천품, 흠돌 등을 가리켰다. 그러나 진주와 진흠 형제가 일족과 함께 처형되었으므로 진복(眞福)이 진주의 빈자리를 대신해 전조와 금조에 약간의 차이가 있었다. 백제 정벌의 주역이 무열왕의 아홉 장수였다면 고구려와 싸운 으뜸 공은 법민왕의 아홉 장수에게 있었다. 이들 가운데 한 사람을 볼모로 달라는 말을 듣자 법민은 더욱 분기를 추스르지 못했다.

"흑치는 기껏 일개 성주에 불과하지만 네가 말한 아홉 장군은 상국과 우리나라에 두루 대공을 세우고 지금은 모조리 나라의 재상이 된 사람들이다! 하물며 상국에 불복했던 대역의 전죄까지 있는 흑치가 아닌가? 네가 과연 그따위 소리를 지껄이고도 목숨을 부지할 수 있을 줄 아느냐?"

"신은 다만 양쪽의 형편을 가감 없이 아뢰었을 따름입니다."

네군은 잠시 사이를 두었다가 이렇게 덧붙였다.

"원군을 파견하는 건 촌각을 다투는 일입니다. 볼모 교질은 서로 적당한 선에서 해두고 시급히 출병부터 서두르심이 어떨는지요?"

하지만 법민이 네군의 제의를 순순히 받아들일 리 없었다.

"기왕에 너와 내가 합의한 일이다. 흑치의 격에 맞는 우리 성주 한두 사람을 내어줄 테니 너는 이러한 사실을 부여융에게 글로 알려서 반드시 흑치를 금성으로 보내도록 하라."

"그럼 신이 돌아가서 의논하여 처리하겠나이다."

"그럴 여유가 어디 있느냐? 너 또한 원군이 임무를 마치고 돌아올 때까지는 여기에 그대로 머물러 있어야 할 것이다!"

법민이 단호하게 말하자 녜군은 잠시 깊은 생각에 잠겼다가,

"아뢰옵기 황송하오나 신이 이곳에 있어야 한다면 흑치 장군은 어떤 일이 있어도 부를 수가 없습니다."

역시 결연한 어조로 대답했다.

"정녕코 네가 내 뜻을 거역하려느냐!"

법민이 크게 노하여 소리쳤다.

"도리가 없는 일이올시다."

"보아하니 너는 목숨이 도리어 귀찮은 모양이로구나?"

법민이 싸늘한 표정으로 빈정거리자 녜군은 흡사 살기를 포기한 사람처럼 더욱 의연하게 응수했다.

"사람은 어차피 한 번은 죽게 마련이올시다. 신이 목숨 따위를 아깝게 여겼다면 어찌 이곳에 왔겠습니까?"

"닥쳐라, 이놈! 내 너를 잡아두었다가 훗날 우리 군사들이 출병할 때 목을 쳐서 악귀를 쫓고 군문의 사기를 높이는 데 쓸 것이니라!"

법민은 더 이상 화를 참지 못하고 벼락같이 고함을 질러 녜군을 뢰옥에 가두어버리고 말았다.

녜군이 아직 옥사에 갇혀 있을 때 당나라 칙사 법안이 다시 금성에 왔다. 법안이 찾아온 용무는 두 가지였다. 첫째는 원군 파병을 재촉하는 당주의 칙명을 전하는 일이었고, 둘째는 신라에서 활을 만들 목재를 얻어가기 위함이었다. 법민은 강수가 말한 화전 양책(和戰兩策)을 염두에 두고 애써 부드러운 낯으로 법안을 영접했다.

"그러잖아도 북방의 형세가 여의치 않다는 소식을 듣고 웅진의 부여융과 원군 파병 문제를 의논하던 중인데, 저쪽에서 차일피일 시일

을 끄는 바람에 일이 그만 늦어졌소."

"의논을 할 만큼 여유가 없습니다. 더욱이 황제와 무후께서는 계림에 파병을 명하였지 웅진과 논의하라는 말은 없었으니 대왕께서는 오늘이라도 당장 군사를 내셔야 할 줄 압니다. 소승은 이번에 파병하는 것을 보고서야 돌아갈 생각입니다."

무후가 총애하는 승려답게 법안은 점점 더 안하무인으로 설쳐댔다.

"어찌 오늘 당장이야 군사를 내겠소? 빨리 준비를 해서 조만간 파병을 하리다."

"오늘이 어려우면 사흘 말미를 드릴 테니 그사이에 원군을 내시오. 소승은 목재나 구하며 기다리겠소."

법안이 활 만드는 목재를 구하러 온 까닭은 낙양으로 끌고 간 명공 구진천 때문이다. 구진천은 낙양에 가자 곧 당주의 명령으로 활을 만들게 되었는데, 1천 보를 날아간다던 활이 쏘아보니 고작 30보밖에 나가지 않았다. 이에 당주가 그 까닭을 묻자 구진천이 중국의 자재가 좋지 못하다고 말하며,

"만일 본국에서 자재를 가져온다면 잘 만들 수 있겠습니다."

하였고, 사연을 믿은 당주는 법안을 보내 신라의 나무를 배에 실어오도록 했다. 법민은 사연을 전해 듣자 구진천의 속마음을 단번에 알아차렸지만 겉으로는 토목과 영선의 사무를 맡은 예작부(例作府)에 명하여 자재를 넉넉히 구하도록 일렀다. 그리고 혹시라도 웅진을 치려는 계획이 탄로날까 우려해 왕궁에서 술과 고기로 법안을 극진히 환대하며 말하기를,

"과인은 일편단심 상국을 섬기고 황제께 충절을 다하기로 천지신명을 두고 맹세한 사람이외다. 어찌 칙명을 받고도 행하지 않을 것이

며, 그 시행에 촌각의 망설임과 머뭇거림이 있을 수 있겠소? 파병도
그렇고 목재를 실어 나르는 일도 모다 과인이 알아서 할 테니 대사는
타관서 고생하지 말고 하루라도 빨리 고향으로 돌아가오."
하며 몇 번이나 좋은 말로 꾀었는데, 다른 때 같았으면 못 이기는 척
돌아갈 법도 하련만 이번에는 무슨 소리를 듣고 왔는지,

"소승 걱정은 마십시오. 예서 파병하는 것과 목재를 실은 배가 떠
나는 광경을 보고 소승은 평양으로 가서 설인귀 장군을 만날 예정입
니다."
하며 법안은 고집을 부렸다.

법민은 무엇보다도 궐옥에 갇힌 사마 녜군의 일이 법안의 귀에 들
어가지나 않을까 신경이 쓰였다. 그것은 금서철권으로 만들어 종묘
에 보관 중인 맹약문의 내용을 정면으로 뒤엎는 것이었고, 당에서 이
를 알면 웅진에서 철수시킨 당군을 다시 보강하고 나올 일은 불을 보
듯 뻔했다. 차제에 반드시 웅진을 쳐서 남역평정을 이루기로 작심한
법민으로선 여간 애가 타지 않았다. 그는 법안이 끝내 자신의 말을
거역하자 야심한 시각에 강수를 불러 가만히 법안을 죽이는 문제를
의논했다.

"저들이 이미 우리 사신 양도를 죽였는데 우리라고 그렇게 하지 말
란 법이 있겠소? 법안이란 자는 비록 불문에 귀의한 승려라고는 하나
주육과 재물을 탐하고, 색을 밝히며, 아첨과 비행을 일삼는 꼴이 여느
속인들과 조금도 다를 바가 없소. 게다가 걸핏하면 우리나라를 제 집
곳간 들락거리듯 하여 하나를 보고도 열을 짐작하니 저런 자를 계속
살려두었다가는 반드시 뒷날 땅을 치며 후회할 일이 생길 것이오."

우스꽝스럽게 치켜 들린 복두 아래로 시종 형형한 눈빛을 빛내며

앉았던 강수가 한참 만에 입을 열었다.

"법안 따위를 살리고 죽이는 일은 아무래도 좋습니다. 하오나 문제는 북방입니다. 당은 고구려 다물군을 평정하고 나면 틀림없이 관심을 우리나라로 돌려 백제와 국경 문제를 매듭지으려고 들 것입니다. 그런데 소문에 듣자오니 당장(唐將) 고간이 이근행과 말갈병까지 동원하여 압록수 북방의 다물군을 연일 크게 격퇴시키고 있다 합니다. 만일 우리가 미처 웅진을 토벌하기도 전에 당이 먼저 북방을 평정해버린다면 오늘과 같은 호기는 좀체 다시 맞기 어렵습니다."

그리고 강수는 사뭇 음성을 낮추어 아뢰었다.

"법안이 와서 파병을 독촉하는 상황은 오히려 우리에게 득이 될 수 있습니다. 먼 곳을 돕고 가까운 곳을 치는 것과 서쪽을 얻기 위해 일부러 동쪽을 소란스럽게 만드는 계책은 병법에 흔히 있는 일입니다. 대왕께서는 법안이 보는 데서 원군을 보내십시오. 그러나 육로로 파병하지 말고 당항성에서 배를 내어 요동의 고구려 다물군과 내응하게 한다면 두 가지 시름을 한꺼번에 덜 수 있지 않겠습니까?"

이를테면 은밀히 고구려 다물군을 도와서 당을 곤경에 빠뜨리자는 것이었다. 강수의 말이 채 끝나지도 않아서 법민은 크게 무릎을 쳤다.

"과연 강수 선생이다! 내 어찌 그 생각을 못했더란 말인가!"

이튿날 날이 밝자 법민은 칙사 법안이 지켜보는 앞에서 파병을 선포하고 사찬 설오유(薛烏儒)를 장수로 삼아 군사 1만을 내어주며 일렀다.

"패수 이남은 반란군이 장악해 육로를 얻기가 쉽지 않다. 오유는 군사를 이끌고 당항성을 출발하여 해로를 따라 평양으로 가서 안동도호 설인귀의 절도를 받으라. 상국과 우리나라의 명운이 너와 원군의 손에 달렸다. 부디 대공을 세우고 돌아와 황제와 과인을 두루 기쁘게 하라!"

명을 받은 설오유가 두 번 절하고 대답했다.

"삼가 대왕폐하의 명을 받들어 반란군의 씨를 말리고 오겠습니다."

이리하여 설오유가 보병 1만을 인솔하여 금성을 떠났는데, 사전에 따로 이야기가 있었음은 다시 말할 나위가 없었다.

백관들과 당상에 어깨를 나란히 하고 원군들이 북을 울리며 떠나는 모습을 물끄러미 지켜보던 법안은 돌연 눈을 거만하게 치켜 뜨고 퉁명스런 어조로 중시 지경에게 불평을 늘어놓았다.

"대왕께서 시급히 원군을 보낸 일은 고맙고 가상하나 그 장수가 소승은 아직 한 번도 이름을 듣지 못한 생면부지의 인물이니 수상하오. 계림은 비록 소국이지만 대국인 우리나라에서도 이름만 들으면 다 아는 기인과 명장들이 수두룩한데 어찌하여 그런 장수는 한 사람도 뵈지 않소? 혹시 정성과 힘을 아끼는 게 아니오?"

"대사께서 아시는 계림의 장수가 과연 얼마나 되오?"

지경이 웃으며 반문하니 신라 사정에 정통하고 해박한 법안이 유신은 제쳐두고 천존과 흠순의 이름을 제일 먼저 꼽고 죽지, 품일, 문충, 문영 등을 차례로 말했다. 웃던 지경이 문득 정색을 하며,

"흠순 외숙께서는 옥고를 치르시고 돌아와 그 후유증 때문에 출입도 제대로 못 하십니다."

하고서,

"대사께서 아는 우리 장수들은 거의가 육순, 칠순에 이른 노장들이오. 더군다나 그분들은 양도 장군이 낙양에서 옥사한 소식을 듣고 한결같이 마음이 상해서 상국에 대한 충심이 전과 같지 않으니 우리

대왕께서 이를 아시고 젊은 장수를 뽑아서 보내신 거외다."

은근히 말 속에 뼈를 박아 응수했다. 법안도 그제야 염치가 있었던지,

"허, 그러셨소."

겸연쩍게 웃으며 어물쩍 받아넘긴 뒤에,

"하긴 대왕께서 어련히 알아 하셨겠소. 소승은 다만 아는 장수들이 뵈지 않아 궁금해서 물어봤을 뿐이오."

하고는 두 번 다시 그런 말은 입에 담지 않았다.

당초에 법안은 목재를 구하는 일까지 마저 보고 금성을 떠나고자 했다. 원군이 출발한 뒤에 법민이 다시 그를 편전으로 불러,

"나무를 베어서 다듬고 배에까지 싣자면 하루이틀에 끝날 공역이 아닐뿐더러 지금은 여름철이라 목질이 수분을 많이 머금어서 활을 만들기에도 적합지 않소. 우정 그 일까지 다 마치고 가겠다면 겨울이나 돼야 할 텐데, 그래도 좋다면 뜻대로 하오마는 대사가 여기 있으나 없으나 나무배가 가는 데는 하나도 달라질 게 없소."

하며 은근히 떠나기를 종용했다. 그때만 해도 법안의 대답은 전과 마찬가지였다. 그러나 법민이 더는 칙사 대접도 안 해주고 돌보기를 소홀히 하자 영객부 대신들에게 틈만 나면 주절주절 불평을 늘어놓더니 열흘쯤 지나자 별안간 태도를 바꾸어,

"그럼 소승은 이만 가볼까 하오니 대왕께서는 벌목할 때가 되거든 차질이 없이 목재를 실어 보내주시오."

마치 제 물건을 맡겨놓은 사람처럼 말하고 설인귀를 만나 상의할 일이 있다며 부랴부랴 육로를 따라 북향하였다.

(10권으로 계속)

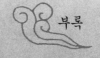 부록

7세기 삼국의 주변국

백제의 멸망과 여당전쟁

660년 백제 멸망

고구려 멸망

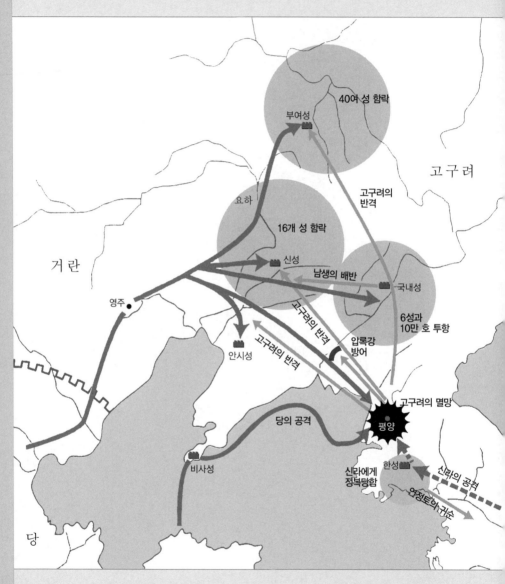

40여 성 함락

부여성

고구려

고구려의
반격

요하

16개 성 함락

거란

신성

남생의 배반

국내성

영주

6성과
10만 호 투항

고구려의 반격

안시성

고구려의 반격

압록강
방어

고구려의 멸망

당의 공격

평양

비사성

신라에게
정복당함

한성

신라의 공격

연정토의 귀순

당

668년 고구려 멸망

연표로 보는 삼한지

연도	신라	고구려	백제	중국
654년	진덕여왕 사망. 태종무열왕(29대) 즉위.	말갈군과 함께 거란 공격.	사택지적비 건립.	당, 수도에 나성 축조.
655년		백제·말갈군과 함께 신라를 공격해 30여 개 성 점령.		당, 왕후 왕씨를 폐하고 측천무후 세움.
656년			성충, 의자왕에게 충언하다 옥사.	
657년			왕의 서자 41명을 좌평에 임명.	
659년			신라의 독산·동잠 2성을 공격.	당, 측천무후 득세.
660년	백제와 황산벌 전투에서 반굴, 관창 전사.	신라의 칠중성 침공.	황산벌 전투에서 계백 전사. 의자왕, 웅진성으로 피난. 백제 멸망. 당, 웅진도독부 설치.	당, 백제 출병 결정.
661년	태종무열왕 사망. 문무왕(30대) 즉위.	공격해온 당나라와 압록강에서 격전.	복신·도침·흑치상지, 백제 부흥 운동 전개.	당, 고구려 공격 명령.
662년	백제 부흥군 토벌.	연개소문, 사수에서 당나라 군대를 크게 이김.		
663년	당, 계림도독부 설치		백제·왜 연합군, 백강에서 나당 연합군에 패배.	당 유인궤, 백제에 주둔.
664년		신라에 돌사성 점령당함.		
665년	백제 부여융과 화친 맹약.			
666년		연개소문 사망. 남생, 당나라에 망명. 연정토, 신라에 투항.		당, 이적에게 고구려 공격하게 함.
668년	당군과 함께 고구려의 평양성 포위.	평양성 함락. 고구려 멸망.		
669년	고구려 왕족 안승, 신라에 망명.	당, 평양에 안동도호부 설치.		당, 고구려 유민을 지방 각지로 옮김.
670년		검모잠, 한성에서 안승을 고구려 왕으로 추대.		
673년	김유신 사망.			
675년	칠중성·천성 등에서 당 군대와 싸움.			
676년	부석사 창건. 사찬 시득, 설인귀의 당군을 대파. 당군을 완전히 몰아냄. 삼국 통일 완성.			

역사책 엿보기

신라 제29대 임금 태종무열왕(太宗武烈王)

7년(660) 7월 김유신의 군대가 황산벌로 진격해 계백(階伯)의 군사와 맞닥뜨렸다. 흠순(金欽順)의 아들 반굴(盤屈)과 품일(品日)의 아들 관창(官昌)이 장렬히 전사했다. 그 덕으로 기세가 오른 김유신의 군대가 계백의 결사대를 무찔렀다. 계백은 전사하고, 좌평 충상(忠常)과 상영(常永) 등 20여 명은 포로가 되었다. 소정방(蘇定方)은 군기를 어긴 것을 트집 잡아 김문영(金文穎)을 군문에서 참형하려 했지만 김유신이 나서서 무마시켰다. 의자왕은 신하들을 거느리고 웅진성으로 도망갔으나 닷새 뒤 돌아와 나당 연합군에 항복했다. 법민(金法敏)은 의자의 아들 부여융(扶餘隆)을 말 앞에 꿇어앉히고 위협했다. 사비성을 점령한 왕은 대야성에서 딸을 죽인 원수 검일과 모척을 처형했다.

8년(661) 백제 잔병들과 나당 연합군 사이에 치열한 공방전이 계속되었다. 5월 고구려 장군 뇌음신(惱音信)이 말갈 장군 생해와 더불어 술천성(述川城)으로 쳐들어왔으나 물리쳤다. 6월 대관사(大官寺)의 우물물이 피처럼 붉었고, 금마군에서는 땅에서 피가 흘러 다섯 보나 넓게 퍼졌다.

왕이 돌아가시므로, 시호를 무열이라 하고, 영경사(永敬寺) 북쪽에 장사 지냈다. 태종이란 묘호를 올렸다. 당고종은 왕의 부음을 듣고 낙성문에 나와 애도의 뜻을 표했다. 《삼국사기》 권5, 〈신라본기〉 제5)

신라 제30대 임금 문무왕(文武王)

왕의 휘는 법민으로, 태종무열왕의 장자이고, 어머니는 김씨 문명왕후로 소판 서현의 막내딸이자 김유신의 누이동생이다. 문명왕후가 왕후되기 전의 일이다. 하루는 문명왕후의 언니가 꿈에 서형산 꼭대기에서 오줌을 누니 그 오줌이 서울 장안에 가득하게 되었다. 꿈에서 깨어난 언니가 꿈 이야기를 하자 아우는 장난 같은 말로 "언니 꿈을 사고 싶다"고 하여 서로 사고 팔기를 언약하고 꿈값으로 비단치마를 주었다. 그런데 며칠 뒤 김유신은 춘추공과 함께 공을 차며 놀다가 춘추공의 옷 끈을 밟아 떨어뜨렸다. 김유신은 춘추공을 집에 데려와 누이동생들을 불러 춘추공의 옷 끈을 꿰매라고 했다. 언니인 보희는 연고가 있다고 나오지 않고 아우 문희가 춘추공 앞으로 나와 바느질을 하는데, 문희의 깨끗한 차림새와 아름다운 용모가 춘추공의 마음을 빼앗았다. 그로부터 얼마 뒤 춘추는 문희에게 청혼하여 드디어 결혼하게 되고, 곧 아이를 낳으니 그가 바로 법민이다.

왕비는 자의왕후(慈義王后)로 파진찬 선품(善品)의 딸이다. 법민은 용모가 깨끗하고 자질이 영민하며 총명과 지략이 뛰어났다. 그는 초기에 당나라에 들어가 고종에게 대부경 벼슬을 받고 태종무열왕 원년에 파진찬 벼슬에 올라 병부령이 되었는데, 얼마 안 있어 태자로 책봉되었다. 현경 5년(660)에 태종무열왕이 당나라 장수 소정방과 백제를 평정할 때 법민도 종군하여 대공을 세웠다. 그는 선왕이 돌아가시자 곧 뒤를 이어 즉위했다.

원년(661) 6월에 당에 숙위하던 아우 김인문(金仁問)이 돌아와 당주가 35도의 수륙군을 거느리고 고구려를 정벌하는 데 신라에서도 연합군을 동원하라는 당의 뜻을 전했다. 7월에 왕은 김유신을 대장군으로 삼고, 김인문, 진주, 흠돌을 대당장군으로 삼고, 천존, 죽지, 천품을 귀당총관으로 삼고, 품일, 충상, 의복을 상주총관으로 삼고, 진흠, 중신, 자간을 하주총관으로 삼고, 군관, 수세, 고순을 남천주총관으로 삼고, 술실, 달관, 문영을 수약주총관으로 삼고, 문훈, 진순을 하서주총관으로 삼고, 진복을 서당총관으로 삼고, 의광을 낭당총관으로 삼고, 위지를 계금대감으로 삼아 모든 장병들을 거느리고 북쪽으로 진격했다. 그런데 8월에 시이곡(始餌谷)에 이르렀을 때 사자가 와서 백제 잔적들이 옹산성(甕山城)에서 길을 막아 더 진격할 수 없음을 알렸다. 9월에 왕은 옹산성을 포위하여 잔적들을 소탕했다.

2년(662) 정월에 김유신을 포함한 아홉 장수들이 장병들과 수레 2천여 량을 이끌고 온갖 고초를 무릅써가며 당나라 군사들에게 군량을 공급했다. 그러나 소정방은 군량만 챙기고 그대로 돌아갔다. 2월에 탐라국주좌평 도동음률(徒冬音律)이 항복하여 신라의 속국이 되었다. 3월에 왕은 죄수들을 대사했다. 이미 백제를 평정했으므로 유사에 명하여 큰 잔치를 베풀었다. 7월에 이찬 김인문을 당나라에 파견했다. 8월에 백제 잔적들이 내사지성(內斯只城)에 집결해 악행을 저지르므로, 왕은 김흠순 등 장군 열아홉 명을 파견해 이를 평정하게 했는데, 대당총관 진주와 남천주총관 진흠은 꾀병을 핑계로 한가롭게 놀고 국사를 돌보지 않았다. 왕은 그들을 처형하고 아울러 일족을 멸해버렸다.

3년(663) 5월에 백제의 옛 장수 복신(福信)과 승려 도침은 옛 왕자 부여풍을 임금으로 세우고 유진낭장 유인원이 있는 웅진성을 포위하고 공격했다. 당고종은 유인궤와 왕문도를 파견했다. 복신은 도침을 죽인 다음 그 무리를 아우르니 기세가 크게 확장되었다. 당고종은 우위위장군 손인사를 파견했다. 왕은 김유신 등 38명의 장수들을 거느리고 당군과 합세하여 두릉윤성(豆陵尹城), 주류성(周留城) 등 여러 성을 공격해 모두 함락시키니, 부여풍(扶餘豊)은 도망가고 왕자 충승(扶餘忠勝)과 충지(扶餘忠志) 등은 무리를 거느리고 항복했다. 그러나 지수신(遲受信)만은 홀로 임존성(任存城)에 머물러 항복하지 않았다.

4년(664) 정월에 김유신이 사직을 청하였으나 왕은 이를 허락하지 않고 궤장을 하사했다. 2월에 각간 김인문과 이찬 천존이 당나라 칙사 유인원과 함께 백제의 부여융과 웅진에서 동맹을 맺었다. 7월에 왕은 장군 김인문과 품일, 군관, 김문영 등에게 명하여 일선, 한산 2주의 군사를 거느리고 웅진부성의 군사와 더불어 고구려 돌사성(突沙城)을 치게 했다.

5년(665) 2월에 이찬 문왕이 죽으므로 왕자의 예로써 장사 지냈다. 8월에 왕은 칙사 유인원과 더불어 웅진도독 부여융(扶餘隆)과 취리산(就利山)에서 백마를 잡아 화친을 맹세했다.

6년(666) 2월에 왕경에서 지진이 일어났다. 4월에 영묘사(靈廟寺)에 화재가 났으므로 죄수들을 대사했다. 이때 천존의 아들 한림과 유신의 아들 삼광은 모두 내마 벼슬로서 당나라에 들어가 숙위하고 있었는데, 왕은 이미 백제를 평정했으므로 고구려를 평정하고자 당에 군사를 청했다. 12월에 당은 이적으로 하여금 고구려를 치게 했다. 고구려의 신하 연정토(淵淨土)가 12성 7백36호 3천5백43명의 주민을 거느리고 와서 항복했다. 왕은 연정토 및 그 종사관 24명에게 의복과 양식과 집을 주어 도성 및 주와 부에 나누어 살게 했다.

8년(668) 11월 5일, 왕은 사로잡은 고구려 사람 7천 명을 거느리고 서울로 돌아왔다. 다음날 6일에는 문무백관을 거느리고 선조 사당에 배알하며 "삼가 선조의 뜻을 이어 당나라와 함께 의병을 일으켜 백제와 고구려에 죄를 물었는데 그 원흉들이 복죄하였으므로 나라가 태평하게 되었나이다. 이에 감히 알리오니 성신께옵서는 들어주소서" 하고 고하였다. 11월 18일에 왕은 전사자에게 폐백을 내렸는데 소감 이상은 열 필을 하사하고 종사관에게는 스무 필을 주었다.

9년(669) 당나라 중 법안이 와서 당주의 명령을 전하고 자석을 구했다. 2월 21일, 왕은 군신들을 모아놓고 백제와 고구려를 평정한 사실을 공표하고 아울러 전후 복구와 사면령을 발표했다. 5월에 급찬 기진산 등을 당에 파견해 자석 두 상자를 바치고 각간 흠순과 파진찬 양도를 보내 사죄했다. 겨울에 당나라 사신이 와서 조서를 전하고 노사(弩師)인 사찬 구진천(仇珍川)을 데리고 돌아가 당주의 명령으로 활을 만들게 했다. 그런데 쏘아보니 화살이 30보밖에 나가지 않아 본국에서 자재를 가져오도록 했다. 하지만 구진천이 만든 활은 끝까지 제 기능을 발휘하지 못했다.

(《삼국사기》 권6, 〈신라본기〉 제6)

백제 제30대 임금 의자왕(義慈王)

20년(660) 나당 연합군의 공격을 받고 왕은 군신들을 불러 대책을 물었으나 조정의 뜻이 둘로 갈렸다. 왕은 귀양 간 흥수(興首)에게 사람을 보내 위급한 사태를 알리고 방법을 물었다. 흥수는 성충(成忠)의 유언과 똑같은 대책을 내놓았지만 왕과 신하들은 흥수가 앙심을 품었을 거라고 의심해 그의 말을 따르지 않았다. 왕은 최후를 예감한 듯 "후회로다, 내가 성충의 충성된 말을 듣지 않아 결국 일이 이 지경에 이르렀구나!" 하고 탄식하며 뒤늦게 후회했다.

왕은 태자와 함께 웅진성(熊津城)으로 도망가고 왕의 차자인 태(扶餘泰)가 도성을 지켰는데, 태자의 아들 문사가 태를 의심하여 몰래 성문을 열고 나가 항복했다. 이에 사비성(泗沘城)은 함락되고 왕과 태자도 웅진성에서 돌아와 연합군에게 항복했다.

소정방은 왕과 태자 및 대신과 장수 88명, 백성 1만 2천8백7명을 당나라 서울로 압송했다. 당고종은 의자왕과 사로잡힌 포로들을 나무라고 곧 용서했다. 의자왕이 병들어 죽자 금자광록대부위경(金紫光祿大夫衛尉卿)을 추증하고, 옛날의 신하들이 가서 조상하는 것을 허락했다. 그리고 손호와 진숙보의 묘 곁에 장사 지내게 한 뒤 비를 세웠다. 왕자 부여융에게는 사가경의 벼슬을 내렸다.

백제는 본래 5부 37군 2백 성 76만 호가 있었는데 당나라는 웅진(熊津), 마한(馬韓), 동명(東明), 금련(金漣), 덕안(德安)의 5도독부를 설치해 각 주와 현을 다스렸고, 낭장 유인원에게 도성을 진수하게 하는 한편 왕문도를 웅진도독으로 삼아 남은 유민을 무마시켰다. 웅진도독으로 부임하던 왕문도가 바다를 건너가다 죽었으므로 유인궤로써 그를 대신하게 했다.

무왕의 조카인 복신은 나라가 망한 뒤 군사를 거느리고 승려 도침과 함께 주류성에 웅거하며 일찍이 왜국에 가 있던 옛 왕자 부여풍을 맞아 왕으로 삼으니 서북부의 여러 성이 이에 호응했다. 이들 세력은 명장 지수신, 흑치상지(黑齒常之), 사타상여(沙吒相如) 등의 동참에 힘입어 한때 맹위를 떨쳤으나 복신과 부여풍 사이에 알력이 생기면서 힘을 잃어갔다. 복신은 도침을 죽이고 부여풍까지 죽이려 했지만 이를 먼저 알아차린 부여풍이 복신을 먼저 죽였다.

당고종은 의자왕의 아들 부여융을 웅진도독으로 삼아 귀국시켰다. 당나라 인덕 2년(665)에 부여융은 신라왕 김법민과 함께 웅진에서 백마를 잡아 서로 화친할 것을 맹세했는데, 유인궤가 맹세하는 글을 지었다. 이 글은 금서철권으로 만들어 신라의 종묘에 두게 했다. (《삼국사기》 권28, 〈백제본기〉 제6)

고구려 제28대 임금 보장왕(寶藏王)

19년(660) 11월에 당나라 장수 설필하력, 소정방, 유백영, 정명진 등이 군사를 거느리고 길을 나누어 쳐들어왔다.

20년(661) 정월에 당군 4만 4천여 명이 쳐들어왔다. 4월에도 당고종은 친히 정벌에 나서려 했으나 신하들의 반대로 그만두었다. 5월에 왕은 장군 뇌음신을 파견해 말갈병과 함께 신라의 북한산성을 10일 동안이나 포위했지만 갑자기 큰 별이 아군 진중에 떨어지고 천둥 번개가 심하므로 두려워서 되돌아왔다. 8월에 소정방과 설필하력이 길을 나눠 쳐들어왔다. 9월에 개소문은 아들 남생(淵男生)을 파견해 압록강을 수비했다.

21년(662) 정월에 당나라 장수 방효태는 개소문과 사수에서 싸웠으나 전군이 섬멸되었다. 방효태는 그 아들 열세 명과 함께 전사했다. 이때 소정방은 평양을 포위하려 했으나 마침 큰 눈을 만나 퇴각했다.

25년(666) 왕은 태자 복남을 당나라에 파견해 태산 제사에 참례하게 했다. 개소문이 죽고 그의 장자 남생이 막리지가 되었다. 처음에 그는 국정을 맡아 여러 성을 순시하면서 아우 남건과 남산에게 후사를 맡겼는데 일부 신하들이 두 아우를 부추겨 형제간에 이간질을 시켰다. 남건은 스스로 막리지가 되어 군사를 일으켜 형의 세력을 토벌하니 남생은 도망하여 국내성에 의거하고, 그의 아들 헌성을 당나라에 보내 구원을 요청했다. 6월에 당고종은 좌효위장군 설필하력에게 명하여 군사를 거느리고 남생을 맞이했다. 8월에 왕은 남건을 막리지로 삼고 내외병마사를 겸하게 했다. 9월에 당고종은 남생에게 특진요동도독 겸 평양도안무대사를 제수하고 현도군공으로 봉했다. 12월에 당고종은 이적, 백안륙, 학처준, 방동선, 설필하력, 두의적, 독고경운, 곽대봉 등의 장수를 동원해 요동 출정을 계획했다.

26년(667) 9월에 이적은 신성을 빼앗고 설필하력에게 이를 지키도록 했다. 그런 다음 군사를 이끌고 진격해 16성을 차례로 함락시켰다. 설인귀는 남생과 합세하고 곽대봉은 수군을 이끌고 다른 길을 통해 평양으로 향했다.

27년(668) 9월에 이적은 평양성을 함락시켰다. 설필하력은 먼저 군사들을 이끌고 평양성 밑에 이르니 이적이 뒤따라 이르렀다. 이후 평양성은 한 달이 넘도록 포위되었다. 왕은 남산과 장수 98명에게 백기를 들게 하고 이적을 찾아 항복하니, 이적은 이들을 예로써 대접했다. 그러나 남건만은 오히려 성문을 닫고 항거하며 번번이 군사를 내어 싸웠다. 남건은 군사를 승려 신성(信誠)에게 맡겼는데, 신성은 사람을 이적에게 가만히 보내 내응할 것을 제안하고 5일 만에 몰래 성문을 열어놓았다. 이에 이적의 군사들은 북을 울리고 불을 지르며 성으로 진격했다. 남건은 자살하려 했지만 죽지 못하고 사로잡혀 포로가 되었다.

당고종은 고구려의 5부 1백76성 69만 호를 나누어 9도독부, 42주, 1
백 현으로 만들고 안동도호부를 평양에 설치하여 통치하게 했는데 고구
려 장수로 공이 있는 자를 뽑아 도독, 자사, 현령으로 삼아 당나라 관리들
과 함께 이를 다스리게 하고, 우위위대장군 설인귀를 검교안동도호로 삼
아 군사 2만을 거느리고 이들을 진무하게 했다. 이때는 당고종 총장 원년
(668) 무진년이었다. (《삼국사기》 권22, 〈고구려본기〉 제10)